KB074375

언제까지나
쇼팽

# 언제까지나 쇼팽

나카야마 시치리 장편소설

이연승 옮김

블룸 6

옮긴이 **이연승**

아사히신문 장학생으로 유학, 학업을 마친 뒤에도 일본에 남아
게임 기획자, 기자 등으로 활동하며 폭넓은 경험을 쌓았다.
귀국 후에는 여러 분야의 재미있는 작품을 소개하고 우리말로
옮기는 일에 집중하고 있다. 옮긴 책으로 아오사키 유고의
『체육관의 살인』시리즈를 비롯해 아키요시 리카코의 『성모』,
우타노 쇼고의 『D의 살인사건, 실로 무서운 것은』, 『디렉터즈 컷』,
미쓰다 신조의 『붉은 눈』, 시즈쿠이 슈스케의 『범인에게 고한다』,
『염원』, 오츠이치의 『하나와 앨리스 살인사건』, 이노우에 마기의
『그 가능성은 이미 떠올렸다』, 이시모치 아사미의 『절벽 위에서
춤추다』, 오승호(고 가쓰히로)의 『도덕의 시간』, 나카야마 시치리의
『히포크라테스 선서』, 『테미스의 검』, 『악덕의 윤무곡』 등이 있다.


# 언제까지나
# 쇼팽

**초판 1쇄 발행** 2020년 4월 29일   **초판 2쇄 발행** 2020년 8월 31일

**지은이** 나카야마 시치리  **옮긴이** 이연승
**책임편집** 민현주   **디자인** 디자인비따   **제작** 송승욱   **발행인** 송호준

**발행처** 블루홀식스   **출판등록** 2016년 4월 5일 제 2016-000100호
**주소** 경기도 파주시 회동길 483-1   **전화** 031-955-9777   **팩스** 031-955-9779
**이메일** blueholesix@naver.com

ISBN 979-11-89571-21-4 03830

• 저자와 출판사의 서면 허락 없이 내용의 일부를 무단 인용하거나 발췌하는 것을 금합니다.
• 이 도서의 국립중앙도서관 출판예정도서목록(CIP)은 서지정보유통지원시스템 홈페이지
  (http://seoji.nl.go.kr)와 국가자료종합목록 구축시스템(http://kolis-net.nl.go.kr)에서
  이용하실 수 있습니다. (CIP제어번호: CIP2020015950)
• 책값은 뒤표지에 있습니다. 잘못된 책은 구입하신 곳에서 교환해 드립니다.

**일러두기**
본문의 각주는 전부 독자의 이해를 돕기 위한 옮긴이 주입니다.

*Preludio*
## 전주곡

2010년 4월 10일 러시아 서쪽 상공.

레흐 카친스키는 알렉산데르 국가 보안부 부장과 회의를 마치고 곧장 읽다가 만 역사책을 펼쳤다.

어느 나라나 마찬가지겠지만 대통령은 국가의 노예라 오롯이 자신만을 위해 쓸 수 있는 시간이 별로 없다. 이런 비행기 안이 아니면 책도 읽을 수 없다.

변호사 시절부터 철학과 역사를 좋아했다. 글을 쓰는 것도 싫어하지 않는다. 임기를 마치면 직접 쓴 책을 출판하는 것도 나쁘지 않을 것이다. 그러나 다른 정치인들처럼 회고록을 쓰고 싶지는 않다. 연대노조 운동이나 동지 바웬사에 얽힌 이야기를 읽고 싶은 사람이 많겠지만 지금은 루스벨트처럼 평소 좋아하는 역사책을 써 볼까 생각 중이다.

그런 생각을 하고 있을 때 아내 마리아가 다가왔다.

"어머, 당신. 지금 책 읽어요? 앞으로 한 시간도 안 돼서 도착할 텐데."

"그 정도면 충분해."

"그렇게 오래된 이야기들이 재밌어요?"

"요즘 이야기들은 하나같이 살벌하니까."

레흐가 그렇게 대답하자 마리아는 이해한 것처럼 고개를 끄덕이고 맞은편 자리에 앉았다.

요즘 이야기.

자연스럽게 러시아 대통령과 한 회담이 떠올라 레흐는 기분이 조금 우울해졌다. 그 대통령에게서는 끊임없이 푸틴의 그림자가 아른거렸다. KGB의 망령 놈. 이제야 뒤늦게 카틴 숲 사건이 스탈린의 지시로 발생했다는 것을 인정했지만 그후 지금까지 얼마나 오랜 세월이 흘렀나. 이번 추도식에서 또다시 그와 얼굴을 마주할 텐데 그는 오른손으로 악수할 때도 왼손에 칼라시니코프 권총을 쥐고 있는 남자다. 현 대통령의 임기가 끝나면 또다시 대통령 자리를 꿰찰 것이다. 뉴스에 등장해 육체미를 과시하는 것도 다 그 포석이다. 흥, 눈꼴신 자식.

눈을 혹사하기보다는 귀로 휴식을 취하겠다며 마리아가 꺼낸 것은 아이팟이라는 애플사의 휴대용 오디오였다.

마리아의 이야기로는 이 도미노 피스 크기의 기계에 무려 2만 곡이 넘는 곡이 들어간다고 한다. 디지털 기술의 발전 속도에 경탄을 넘어 어이가 없을 정도지만 아내는 어이없어하기보다 지금의 상황을 즐겁게 받아들이고 있다. 다른 사람도 아닌 마리아의 아이팟이니 안에는 당연히 쇼팽의 곡이 가득 채워져 있을 것이다.

좋은 일이다. 나는 마리아만큼 음악을 탐닉하지는 않지만 그래도 관저 거실에 들어갈 때 쇼팽이 흐르고 있으면 피폐해진 머릿속이 치유되는 느낌을 받는다. 이제 반년 앞으로 다가온 쇼팽 콩쿠르 시상식에도 시상하러 나가야 하는데, 다른 문화 행사들에서 그런 것처럼 꿔다 놓은 보릿자루 같이 느껴지지 않는 건 아마 쇼팽의 피아노곡이 이제는 거의 내 삶 속에 녹아들어서일 것이다.

아니, 그건 아니다. 레흐는 곧장 생각을 고쳤다. 쇼팽의 피아노곡이 삶에 녹아든 사람은 비단 나뿐만이 아니다. 폴란드 국민 대다수가 그렇다. 국가를 아직 부르지 못하는 아이도 쇼팽의 〈강아지 왈츠〉만은 흥얼거린다. 폴란드에서 쇼팽 콩쿠르는 단순한 문화 사업이 아닌 국민적 행사다.

한 명의 음악가가 남긴 작품이 이토록 전 국민에게 사랑받는 사례를 레흐는 알지 못한다. 이는 분명 탄압과 저항의 연속이었던 폴란드의 역사와 깊은 관련이 있지 않을까.

고국에 돌아가면 오랜만에 마리아에게 쇼팽 녹턴집이라도 빌릴까.

그렇게 떠올릴 때였다.

뒤에서 작은 폭발음이 들렸다.

쿵, 하고 기체가 크게 흔들렸다.

충격 때문에 손에 들고 있던 책이 바닥에 떨어졌다.

에어포켓에라도 진입한 걸까. 그렇다고 하기에는 너무 찝찝한 충격이다. 대통령 전용기라고 해도 어차피 투폴레프 Tu-154 기종의 내부 장식만 바꿨을 뿐이라 보잉기의 쾌적함에는 발끝에도 미치지 못한다. 이러니 러시아산은……

독설을 내뱉을 새도 없이 두 번째 충격이 덮쳤다. 기체가 또다시 크게 흔들렸고 이번에는 책상 위에 있는 컵이 바닥에 떨어졌다.

"마리아!"

두 사람 다 안전벨트를 하지 않았다. 앞으로 고꾸라진 아내의 상반신을 끌어올리자 아내의 얼굴에서는 이미 핏기가 사라져 있었다.

부기장이 슬슬 보고하러 올 거라 생각해 기다리고 있는데, 예상과 다르게 공고르 폴란드군 총참모장이 뛰어들어 왔다.

"무슨 일이지?"

"엔진 한 기가 고장을 일으켰다고 합니다."

"고장?"

단순한 고장이라고 하기에 처음 들린 소리는 명백한 폭발음이었다. 레흐는 캐물으려다가 그만두었다. 총참모장의 눈빛이 입과는 다른 말을 하고 있다. 그의 눈이 이번에는 마리아를 향했다.

마리아를 더 불안하게 하고 싶지 않은 것은 레흐도 마찬가지였다.

"괜찮은 거 맞아요?"

"영부인, 안심하십시오. 이 제트기는 엔진 두 기를 탑재하고 있습니다. 한 기가 고장 나도 큰 영향은 없을 겁니다."

총참모장의 힘찬 목소리에도 불구하고 마리아의 얼굴에서는 불안감이 완전히 지워지지 않았다.

"이러니까 러시아산은!"

레흐는 그렇게 외치며 웃어넘겼다. 과장된 연기가 아내의 마음을 조금은 달래 주면 좋을 텐데.

"이제는 진지하게 보잉사 기종으로 바꾸는 방안을 검토해야겠어. 가서 싸구려 엔진에 한바탕 욕지거리라도 퍼붓고 올까. 당신은 여기서 잠깐 기다리고 있어."

"여보……."

"이 딜컹거리는 멍청이를 가서 혼내 주고 올게. 금방 돌아올 거야."

레흐는 총참모장과 함께 통로로 나가 문을 닫았다. 이제는 대화 소리가 안에 들리지 않을 테지만 그래도 자연히 목소리가 작아졌다.

"뭐가 어떻게 된 건가?"

"수직 꼬리 날개부의 엔진이 파손됐습니다. 지금 여러 명이 달라붙어서 폭발의 원인을 확인 중입니다만 엔진 자체 결함일 가능성은 낮은 것으로 보입니다."

"누군가 엔진에 뭔가를 심은 건가?"

"현재 그 가능성을 부정할 단서는 없는 상황입니다."

이번에도 눈빛이 입과 다른 말을 하고 있다. 그의 말을 통역하자면 '그 가능성밖에 없다'가 될 것이다.

"지금 여기가 어디쯤이지?"

"스몰렌스크 상공입니다. 공항과는 거리가 상당히 떨어져 있고……."

"엔진 하나로 거기까지 운항할 수 있나?"

"스몰렌스크 북부 공항까지면 기장도 난색을 보일 겁니다. 현재 가장 가까운 비행장을 찾고 있습니다. 다만……."

"다만?"

"안개가 짙어서 시거리가 채 5백 미터도 되지 않습니다. 스몰렌스크 북부 공항으로부터 GCA(지상 유도 착륙)를 시도하고 있습니다만 그 공항에는 ILS(계기 착륙 장치)가 없어서 기장이 직접 눈으로 항로를 찾아야 하는 상황입니다."

제트기도 제트기지만 공항도 공항이다.

레흐는 이제 진심으로 욕설을 내뱉고 싶어졌다.

"할 수 있겠나?"

"저공에서 고 어라운드를 시도하겠습니다."

"부탁하네."

레흐는 그 말을 남기고 아내 곁으로 돌아갔다. 마리아는 여전히 얼굴에 핏기가 없었다.

그녀의 눈을 보고 레흐는 후회했다.

남편의 과장된 연기를 꿰뚫어 본 아내의 눈빛이다. 생각해보면 그럴 만도 하다. 그단스크대학에서 처음 만난 이후 벌써 30년을 넘게 함께 살아온 여자다. 내가 입에 담은 거짓말따위 처음부터 알아챘을 것이다.

"폴란드 공군 파일럿들은 실력이 우수해."

그렇게 위로하는 게 고작이었다.

마리아는 아무 말 없이 고개를 끄덕였다.

레흐는 자리에 앉아 안전벨트를 단단히 맸다. 마리아도 남편을 따랐다.

몸의 중심이 서서히 높아지는 게 느껴졌다. 기장이 저공비행에 들어간 것이다.

믿을 것은 관제관의 유도와 기장의 시력에만 의존한 고 어라운드. 설마 그런 것에 의지하게 될 줄은 꿈에도 생각하지못했다.

급격한 고도 변화로 귓속에서 지잉 하는 소리가 울렸다.

옆에서 마리아가 손을 뻗었다. 레흐는 아내의 손을 양손으로 꼭 감싸 주었다.

"괜찮아."

레흐는 스스로 되뇌듯 다시 한번 반복했다.

"괜찮아."

투폴레프는 계속해서 고도를 낮추더니 다시 상승 비행을 시작했다. 온몸에 중력이 엄습했다. 아무래도 첫 번째 고 어라운드로는 공항을 발견하지 못한 듯하다.

투폴레프는 잠시 고도를 유지하다가 두 번째 저공비행에 돌입했다.

이번에는 처음보다 더 급격한 하강이었다. 기체가 덜컹덜컹 흔들렸다.

긴장감 속에서 레흐는 문득 떠올렸다. 고장 난 엔진은 꼬리 날개부에 있다고 했다. 꼬리 날개부라면 화물 창고 근처다. 그곳에는 이번 추도식에 참가한 관료 96명의 짐이 실려 있다. 물론 자신의 것을 포함해서. 게다가 이륙 전에 모든 사람들의 짐 내용물을 확인했을 것이다.

잠깐.

예외도 있다. 나와 마리아의 짐은 확인하지 않았다. 관저에서 짐을 꾸리고 공항까지는 바로 왔으니 위험물을 집어넣을 새는 없었을 텐데.

갑자기 마리아가 손가락에 힘을 줬다.

"여보……."

"응?"

"당신과 함께 있어서 다행이야."

"마리아……."

"당신이 먼저 떠날까 봐 계속 두려웠어."

레흐는 지금 당장 안전벨트를 풀고 아내를 꼭 껴안아 주고 싶은 충동에 휩싸였다.

그 뒤로 대통령 전용기는 두 번 더 고 어라운드를 반복했지만 그것이 마지막이었다.

대통령 부부 이하 정부 관계자 및 군 간부를 포함한 96명을 태운 제트기는 네 번째 저공비행에서 안테나 탑에 접촉, 자세를 바꾸지 못한 채 그대로 나무에 충돌한 뒤 추락했다.

96명은 모두 사망했다.

I    *Molto dolente*
더없이 애통하게

# I

오전의 메마른 햇빛이 흰 건반을 또렷이 비춘다.

얀 스테판스는 숨을 가볍게 들이마시고 양손을 건반 위에 얹었다.

쇼팽 〈에튀드 10-1 다장조〉.

화려하게 시작하는 여덟 소절. 이 연습곡의 주제다. 타건은 강하면서도 유려하게. 끊기지 않는 리듬과 포지션 이동. 실제로 연주해 보면 분산화음의 범위가 넓어 손가락이 유연하면서도 강인해야 한다는 것을 알 수 있다.

왼손은 옥타브만 누르지만 그만큼 오른손은 처음부터 끊임없이 질주한다. 물 흐르는 듯한 선율이 한시도 멈추지 않는다.

엄지, 검지, 약지로 옥타브를 짚고 그 위의 음을 새끼손가락으로 누른다. 두 번째 소절부터는 모든 아르페지오*의 최고음에 악센트를 넣는데 그러려면 자연스럽게 오른손을 최대한 펼쳐야 한다. 그러나 다음 순간 다시 3도 아래를 엄지로 눌러야 해서 엄지와 새끼손가락 사이에는 건반 하나의 간격밖에 없게 된다. 한계까지 펼친 손가락을 다시 최대한 좁혀야 하는 것이다. 그런 타건을 강하게 3백 회 이상 반복한다. 고작 2분짜리 연습곡인데도 엄청난 피로감을 느끼는 것은 그 때문이다.

같은 악절을 되풀이하면서 피아노의 선율은 점차 우아함을 머금는다.

22번째 소절은 세 번째 음과 네 번째 음이 몹시 떨어져 있다. 예전에 안은 이 부분에서 네 번째 음을 왼손으로 누른 적이 있다. 훨씬 치기 쉬웠지만 당시 안을 지도한 아담 카민스키 선생님은 그런 운지運指를 금했다. 왼손의 움직임이 커져서 보기에는 그럴싸하지만 심사위원들 눈에는 어려워서 도망치는 것처럼 보인다고 했다.

49번째 소절에서 곡이 재현부에 접어든다. 손가락 뿌리 부분이 슬슬 피로감을 호소하지만 음은 절대 끊이지 않고 상향과 하향을 거듭하며 끝없이 이어진다.

73번째 소절에서는 손가락에 한층 곡예 같은 움직임이 요

---

*     arpeggio, 화음을 동시에 연주하지 않고 아래에서 위로 또는 위에서 아래로 연주하는 기법.

구된다. 엄지와 새끼손가락을 검은건반, 검지와 중지를 흰건반에 올려야 하는 것이다. 간격이 좁은 검은건반 사이에 검지와 중지를 넣는 것으로 모자라 건반 안쪽을 눌러야 하니 힘이 더 들어간다. 특히 검지와 중지는 힘이 분산되지 않도록 주의해야 한다.

77번째 소절에서 마지막 전투에 돌입한다. 79번째 소절의 페르마타*에서 음을 서서히 줄여 나간다.

마지막 한 음이 잠시 공간을 맴돌다가 이내 사라진다.

얀이 온몸의 힘이 빠져 한숨을 내쉬었을 때 등 뒤에서 발소리가 들렸다.

"끝부분에서 음을 잘못 짚었군."

돌아보니 비톨트가 팔짱을 끼고 있다. 실수를 눈치채면 발소리를 내는 건 오래전부터 이어져 온 그의 버릇이다.

"그런데 아르페지오의 악센트는 완벽했잖아. 그걸 잘 구현했으니 음 하나쯤은 틀려도……."

"'하나쯤이야'라는 마음은 바이러스와 같지. 하나가 두 개가 되고, 두 개가 괜찮으면 세 개도 괜찮다는 식으로 점점 커지기 마련이야."

"아니야, 그렇지 않아."

"아니, 세상에는 스스로를 그렇게 잘 다스리는 사람이 많

---

*    fermata, 본래 박자보다 두세 배 길게 늘여 연주하라는 악상 기호.

지 않다. 얀."

"하지만, 아빠……."

"넌 아직 열여덟 살이야."

비톨트는 얀의 말을 중간에 잘랐다. 늘 있는 일이다. 그리고 아버지는 당연히 그래도 된다고 생각하는 듯하다.

"실수하는 건 어쩔 수 없지. 하지만 실수를 방치하는 건 바람직하지 않다."

"다시 칠게."

"다른 에튀드로 바꾸는 건 어떠냐?"

비톨트가 무슨 말을 하려는지 금세 느낌이 왔다. 조금 쉬운 곡을 치더라도 절대 실수하지 말라는 뜻이다.

〈10-1〉은 쇼팽 에튀드 스물네 곡 중 가장 어려운 곡으로 알려졌다. 따라서 피아니스트의 솜씨를 가늠하기에 안성맞춤인 곡이라고 말하는 사람도 있다.

"국제 콩쿠르에는 전 세계의 무시무시한 천재들이 모인다. 아무리 폴란드에서 1등이라고 해도 조금만 방심하면 그대로 끝이야."

"그래서 〈10-1〉을 고르는 참가자도 많잖아. 이 곡으로 기술력을 선보일 수 있으니 실력에 자신 있는 애들은 다들 이걸 칠 거야. a군 안에서도 선택률이 가장 높았어."

얀은 탁자 위에 있는 종이를 가리켰다. 1차 예선 과제곡 목록이다.

## 에튀드 두 곡(a, b에서 한 곡씩 선택)

### a

에튀드 제1번 다장조 C-dur Op.10-1

에튀드 제4번 올림다단조 cis-moll op.10-4

에튀드 제5번 내림사장조 Ges-dur op.10-5

에튀드 제8번 바장조 F-dur op.10-8

에튀드 제12번 다단조 c-moll op.10-12

에튀드 제23번 가단조 a-moll op.25-11


### b

에튀드 제2번 가단조 a-moll op.10-2

에튀드 제7번 다장조 C-dur op.10-7

에튀드 제10번 내림가장조 As-dur op.10-10

에튀드 제11번 내림마장조 Es-dur op.10-11

에튀드 제16번 가단조 a-moll op.25-4

에튀드 제17번 마단조 e-moll op.25-5

에튀드 제18번 올림사단조 gis-moll op.25-6

에튀드 제22번 나단조 h-moll op.25-10


## 다음 곡목에서 한 곡

에튀드 제3번 마장조 <이별의 곡> E-dur op.10-3

에튀드 제6번 내림마단조 es-moll op.10-6

에튀드 제19번 올림다단조 cis-moll op.25-7

녹턴 제3번 나장조 No.3 H dur op.9-3

녹턴 제7번 올림다단조 No.7 cis moll op.27-1

녹턴 제8번 내림라장조 No.8 Des dur op.27-2

녹턴 제12번 사장조 No.12 G dur op.37-2

녹턴 제13번 다단조 No.13 c moll op.48-1

녹턴 제14번 올림바단조 No.14 fis moll op.48-2

녹턴 제16번 내림마장조 No.16 Es dur op.55-2

녹턴 제17번 나장조 No.17 H dur op.62-1

녹턴 제18번 마장조 No.18 E dur op.62-2

## 다음 곡목에서 한 곡

발라드 제1번 사단조 Ballade g-moll Op.23

발라드 제2번 바장조 Ballade F-dur Op.38

발라드 제3번 내림가장조 Ballade As-dur Op.47

발라드 제4번 바단조 Ballade f-moll Op.52

스케르초 제1번 나단조 Scherzo h-moll Op.20

스케르초 제2번 내림나단조 Scherzo b-moll Op.31

스케르초 제3번 올림다단조 Scherzo cis-moll Op.39

스케르초 제4번 마장조 Scherzo E-dur Op.54

환상곡 바단조 Fantasia f-moll Op.49

뱃노래 올림바장조 Barcarolle Fis-dur Op.60

이 안에서 곡을 조합해 길이를 20분에서 25분 정도로 맞춘다. 기초 기술, 서정성, 구성력이 돋보이는 선곡 센스도 중요하다.

"지금 바꾸기에는 이미 늦었어."

"여전히 고쳐야 할 문제가 산더미인데 1차 예선까지 앞으로 나흘밖에 없지. 지금까지 했던 연습량으로 충분할까?"

"예선은 엿새 동안 치르잖아. 추첨 결과에 따라서는 열흘 뒤가 될지도 모르고."

"얀. 네 능력을 조금 과신하는 거 아니냐?"

비톨트는 비난 섞인 눈빛으로 얀을 내려다봤다. 아버지의 눈빛이 아닌 바르샤바 음악원 교수의 눈빛이다.

"이건 평범한 국제 콩쿠르가 아니다. 쇼팽 콩쿠르야."

"알아."

"아니, 넌 모른다."

비톨트는 근처에 의자가 있는데도 우두커니 서서 얀을 내려다보고 있다. 얀은 이 각도로 내려다보는 눈길이 싫었다.

"쇼팽 콩쿠르는 그 위상이 특별한 데다 입상하려면 실력 외에 운 같은 것들도 필요한 아주 까다로운 대회지. 그런 곳에 불완전한 실력으로 발을 들이는 건 신 앞에 불경한 일이다. 봐라, 이분들의 모습을."

비톨트는 벽에 나란히 걸린 사진을 가리켰다. 얀의 할아버지와 증조할아버지. 3대째부터 모두 스테판스 가문이 배출한 음악가들이다. 얀은 이미 귀에 못이 박이도록 그들의 업적에 대해 들어서 이다음 아버지의 입에서 나올 말까지 줄줄 읊을 수 있을 정도였다.

"증조할아버지 헤링은 바르샤바 고등 음악학교의 교장 선생님이었다. 할아버지 유제프는 바르샤바 음악협회 회장님이었고. 모두 명예를 얻고 사람들의 칭송을 받았지. 그건 그대로 스테판스 집안의 명성으로 이어졌고."

아빠는 음악원 교수로 일하면서 아빠 자신도 가문의 명성을 높이고 있다고 생각하지? 얀은 튀어나오려는 말을 목구멍 안에서 집어삼켰다.

"그러나 명예는 얻었어도 영예는 얻지 못했다. 나, 그리고 내 아버지도 쇼팽 콩쿠르에 도전했지만 2차 예선에서 모두 떨어지고 말았으니. 폴란드 국민들의 기대를 한몸에 받고 공연장에서 우레 같은 박수 소리까지 들었는데도 말이야."

비톨트는 그때를 떠올리자 원통한지 말끝이 살짝 떨렸다. 이것도 늘 있는 일인데 얀은 그때마다 비톨트를 이해할 수 없었다. 과거에 저지른 실패가 한 사람의 인생을 이토록 깊은 나락에 빠트릴 일일까. 적어도 비톨트는 좋은 남편이자 아버지이며 훌륭한 교육자다. 그런 사람이 왜 자기 자신을 이토록 깎아내리는 걸까.

"아무튼 넌 기대주다. 스테판스 집안, 그리고 폴란드에서도. 올해도 폴란드는 많은 신예들을 콩쿠르에 보냈어. 그런

데 여론이 주목하는 사람은 오직 너 한 명뿐이지. 지난번에
이어 이번에도 폴란드에 영광을 갖다줄 사람은 얀, 너밖에
없다는 소리다."

"나도 알아."

"알면 마땅히 할 일들을 해라. 네 손가락은 너 혼자만의 것
이 아니야. 스테판스 가문과 폴란드의 것이지."

얀은 몸을 일으켜 피아노 앞을 벗어났다.

"잠깐 머리 좀 식히고 올게."

"어디 가느냐?"

"공원."

"얀!"

"금방 돌아올게."

얀은 비톨트의 손아귀에서 벗어나듯 레슨실을 나가 그대
로 현관문을 뛰쳐나갔다.

머리를 식히고 오겠다는 말은 사실이었다. 그러나 머리가
뜨거워진 이유는 연습이 아니라 아버지의 잔소리 때문이다.

집 근처에도 작은 공원이 있지만 머리를 식힐 거라면 역시
와지엔키 공원이다. 얀의 집에서 걸어서 갈 수 있는 거리에
있다.

공기가 적당히 건조했다.

거리에는 낙엽이 카펫처럼 쌓여 있다. 여름에는 인파로 붐
비던 카페들이 반년 동안의 휴식기에 들어갔고, 와지엔키 공

원까지 가는 거리는 지나치게 고요했다. 이유는 알고 있다. 최근 몇 달간 바르샤바 시내에서 테러 사건이 자주 일어나는 바람에 외출을 삼가는 시민이 많아졌다.

바르샤바의 가을은 짧다. 앞으로 한 달만 더 지나면 바람이 매서워지고 풍경은 모노톤으로 가라앉을 것이다.

국립 박물관을 지나 조금 더 걷자 공원이 눈에 들어왔다. 멀리 보이는 나무들이 붉고 노랗게 물들어 있다. 바르샤바에서 이토록 아름다운 단풍을 볼 기회는 그리 많지 않다.

붉은 단풍도 있기는 하지만 대부분 선명한 노란빛을 띤다. 오늘은 날씨도 쾌청해서 노란색이 한층 반짝였다. 1년 중 가장 아름다운 바르샤바의 황금의 가을이다.

다른 나무보다 유독 키가 큰 나무 밑에 빨간 원피스를 입은 여자아이가 앉아 있었다.

"앗, 얀!"

"여, 마리."

마리는 얀을 보자마자 환하게 미소 지었다. 자세히 보니 마리의 다리 옆에서 다람쥐 한 마리가 나무 열매와 격투를 벌이고 있다. 와지엔키 공원에는 다람쥐가 유독 많은데 특히 이 계절이 되면 어디에든 출몰한다. 맑은 날이면 마리는 주로 공원에서 이 다람쥐들과 함께 논다.

"얀, 콩쿠르에 나간다며?"

"응."

"왈츠는? 왈츠도 쳐?"

"응, 쳐."

"〈강아지 왈츠〉 쳐 줘."

"그래. 생각해 볼게."

얀이 대답하자 마리는 다시 다람쥐 쪽을 돌아봤다. 마리는 공원에서만 만날 수 있는 친구다. 정확한 나이와 사는 곳은 모른다. 다만 어머니가 공원 근처 꽃집에서 일하고 있어서 일을 마치고 올 때까지 여기서 기다린다고 했다. 평소라면 마리와 조금 더 대화를 나누겠지만 오늘은 별로 그럴 기분이 아니었다. 얀은 "그럼 다음에 보자" 하고 다시 발걸음을 뗐다.

황금 잎사귀로 지어진 통로 아래를 지나 쇼팽상이 있는 연못에 다다랐다. 듣자 하니 쇼팽은 바르샤바에 살 때 이 공원에 자주 왔다고 한다.

조각상을 올려다봤다. 2백 년 전에 태어나 폴란드를 사랑했고 수많은 음악과 심장을 고국에 남긴 남자. 그 얼굴은 미소 짓는 것 같기도, 슬퍼하는 것 같기도 하다.

각국에서 콩쿠르 참가자들이 속속 모여들고 있다. 그중 몇 명은 이곳에 와서 이 쇼팽상을 나처럼 올려다볼지 모른다.

하지만. 얀은 속으로 쇼팽상을 향해 말을 걸었다.

같은 폴란드인인 내게는 알려 주지 않을래요? 당신의 콩쿠르에서 우승하려면 뭘 어떡해야 하나요?

얀은 쇼팽의 대답을 기다려 봤지만 당연히 조각상은 아무 것도 알려 주지 않았다.

생각해 보면 얀이 이 세상에 태어난 이유는 오직 쇼팽 콩쿠르에서 우승하기 위해서라고 해도 과언이 아니다. 어머니의 말로는 아버지 비톨트는 얀이 말을 배우기도 전에 건반부터 두드리게 했다고 한다. 얀 역시 유소년기의 기억이라고는 피아노에 얽힌 기억뿐이었다.

비톨트는 외아들이 자신보다 피아노에 재능이 있다는 것을 깨닫고 몹시 기뻐했고, 그 뒤로는 집에 있어도 아버지보다는 피아노 가정교사로서 얀을 대했다. 친구와 공부, 교우관계까지 피아노 실력을 늘리는 데 보탬이 되지 않으면 철저히 배제했다. 식사와 운동, 수면은 피아니스트를 양성하는 커리큘럼에 불과했고 얀에게는 이를 거부할 권한이 없었다.

얀의 타고난 재능과 환경으로 아버지의 계획은 확실히 점차 나아갔다. 명망 높은 국내 콩쿠르에서 우승하고 음악원에 조기 입학하자 얀은 신동이라는 별명을 얻게 되었다. 열일곱 살이 되었을 때는 추천인 두 명을 손쉽게 확보해 쇼팽 콩쿠르 출전권을 따내기도 했다. 앞으로도 아버지가 쓴 시나리오대로 모든 일이 착착 진행되고 나면 얀에게 주어진 사명도 끝날 것이다.

하지만, 그 뒤에는?

콩쿠르에서 우승해 전 세계에 얀 스테판스의 이름을 널리 알리고 난 뒤에는?

경연 대회에서 영예를 거머쥐는 것까지는 나도 알고 있다. 쇼팽 콩쿠르도 경연 대회인 이상 규모와 명성, 수준이 다를 뿐이지 지금껏 참가한 콩쿠르와 완전히 다르지는 않을 것이다. 박수갈채와 환호성 역시 익숙해지면 똑같다.

하지만, 그 뒤에는?

아버지가 주문이라도 외듯 틈만 나면 강조하는 '폴란드의 쇼팽'이니 뭐니를 충실히 지키며 그것을 세계에 전파하는 걸까. 아니면 폴란드에 머무르며 음악원 교수가 되어 역사의 일부로 남게 되는 걸까.

어느 쪽이든 열여덟 살인 얀에게는 현실성이 별로 없었다.

"오, 얀이구나."

조각상 앞에 우두커니 서 있자 누군가 말을 걸어 왔다. 돌아보니 낯익은 얼굴이 눈앞에 있었다.

"카민스키 선생님."

아담 카민스키는 평소처럼 자상한 미소를 지으며 그곳에 서 있었다.

"산책이라도 나왔니? 예선이 이제 나흘 남았는데."

"네, 뭐……."

"무슨 일이라도 있었어?"

"아뇨, 아무것도……."

"나한테 거짓말이 통할 것 같아? 그냥 단순히 쇼팽상을 보러 온 건 아니겠지. 기분 전환을 하러 왔다면 기분 전환을 해야 할 일이 있었다는 뜻일 테고."

눈치 빠른 카민스키를 보며 얀은 혀를 내둘렀다.

"못 당하겠네요, 선생님께는."

카민스키는 의기양양하게 손가락을 세워 보였다.

아담 카민스키는 얀이 열 살 때부터 작년까지 얀을 가르쳐 온 피아노 선생님이다. 얀은 앞으로도 그에게 계속 피아노를 배우기를 원했지만 카민스키가 바르샤바 음악원 학장으로 취임한 뒤로는 좀처럼 레슨 시간을 잡을 수 없었다.

"비톨트는 잘 지내나?"

얀이 어떻게 대답해야 좋을지 망설이자 카민스키는 사정을 대충 눈치챈 것처럼 의미심장하게 미소 지었다.

"그래서 집을 나온 건가."

비톨트와 카민스키는 한때 음악원 동료였다. 카민스키가 비톨트와 스테판스 집안 사정을 잘 아는 것도 당연하다. 바꿔 말하면 숨길 필요가 없으니 솔직히 털어놓으면 마음도 편해질 것이다.

"실은 잘 모르겠어요. 쇼팽 콩쿠르의 의미를."

"네가? 집과 학원에서 피아노에만 빠져 살던 네가 이제 와서 새삼스럽게 쇼팽 콩쿠르의 의미를 모르겠다니."

"쇼팽 콩쿠르가 가장 권위 있는 경연 대회라는 건 알아요. 하지만 왜 하필 쇼팽일까 하는 의문이 들어서……. 청중들이 쇼팽의 음악만 듣는 것도 아니잖아요. 베토벤과 모차르트, 라벨과 드뷔시. 이 세상에 피아노곡은 쇼팽이 만든 것 말고도 많은데 아버지가 유독 쇼팽에 집착하는 이유를 잘 모르겠어요."

현실 도피가 아닌 솔직한 심정이었다. 지금도 세계에는 청중을 사로잡는 음악가가 하늘의 별만큼이나 많다. 그러나 그들 모두가 쇼팽 콩쿠르 우승자인 것은 아니다. 또한 콩쿠르 순위가 음악가의 미래를 보장해 주지도 않는다. 콩쿠르에서 우승해도 그 후 사람들의 기억에서 잊히고 오히려 2위, 3위에 머물렀는데도 세계적인 피아니스트가 되는 사례도 많다.

"그렇게 생각하면 아버지처럼 쇼팽에 집착하는 게 별 의미가 없지 않나 싶어서요."

"쇼팽은 특별하단다. 수많은 피아니스트에게. 그리고 이 나라에서 태어난 사람들에게."

카민스키가 그렇게 말했지만 얀은 영 마뜩잖았다. 무엇보다 카민스키는 이번 쇼팽 콩쿠르에서 심사위원장을 맡았다. 그런 사람이 쇼팽의 음악을 가벼이 여길 리 없다.

그러나 얀의 그런 마음도 꿰뚫어 봤을 것이다. 카민스키는 얀에게 얼굴을 가까이 하더니 얀의 얼굴을 빤히 들여다봤다.

"사람들은 각자 자기가 처한 입장에 따라 하는 말이 바뀌는 경우가 종종 있지. 그런데 지금부터 내가 하는 말은 음악원 학장과 콩쿠르 심사위원장이라는 직함을 떠나 너와 똑같이 피아노를 연주하는 한 사람의 의견이야. 그렇게 들어 줬으면 좋겠구나."

얀은 저도 모르게 자세를 가다듬었다. 나이가 곧 예순을 넘기는 폴란드 음악원 학장이 진지한 눈빛으로 자신을 바라보고 있다. 자세를 가다듬지 않을 도리가 없다.

"분명 이 세상에는 쇼팽의 음악만 존재하는 건 아니야. 베토벤과 모차르트도 쇼팽만큼 훌륭하다 할 수 있지. 하지만 네가 알아야 할 흥미진진한 사례가 하나 있단다. 그게 뭐냐면, 베토벤을 어렵지 않게 연주하는 사람이 쇼팽을 연주하면 그 즉시 실수를 저지르고, 쇼팽을 익숙하게 치는 사람은 다른 작곡가의 곡도 완벽하게 소화할 수 있다는 사실이지. 바꿔 말해 쇼팽을 완벽하게 연주하는 피아니스트는 그 어떤 곡도 완벽하게 칠 수 있다는 뜻이다. 심지어 이 세계에는 쇼팽 연주를 듣기 전까지는 피아니스트의 재능을 평가하지 말라는 말이 있어. 쇼팽의 곡만을 심사하는 쇼팽 콩쿠르에서 입상하는 게 피아니스트들 사이에서 최고의 권위인 건 그런 이유란다."

카민스키의 설명은 납득할 만했다. 라벨이나 리스트의 곡 중에도 어려운 곡은 있지만 쇼팽 곡이 어려운 이유는 기본적으로 손가락 움직임 때문인 경우가 많다. 또, 연습곡으로 알려진 스물일곱 곡을 쉽게 연주하는 실력이면 다른 곡을 두려워할 것 없다는 의식도 있다.

"또 한 가지 쇼팽이 특별한 이유는 바로 쇼팽의 음악이 폴란드 국민의 굴하지 않는 국민성의 기반이 되었기 때문이란다. 너도 우리나라가 박해받은 역사는 알지?"

얀은 당연하다는 듯이 고개를 끄덕였다. 폴란드는 16세기 이후 주변 국가들에게 끊임없이 간섭을 받았고 분할 점령도 수없이 반복됐다. 이 나라의 역사는 그대로 저항 운동과 봉기, 진압의 역사다. 제2차 세계대전 때는 독일과 소련에 분할 통치를 당했고 독·소전을 거쳐 독일의 지배를 받았을 때는 아우슈비츠에서 유대인 인구의 90퍼센트가 학살됐다. 전쟁이 끝난 뒤에도 소련의 끈질긴 개입을 견디며 1989년 공화국을 세우고 나서야 명실공히 독립할 수 있게 되었다.

"여긴 조용하구나."

카민스키가 나직이 중얼거렸다.

"따사로운 햇볕이 내리쬐고 연못에서는 물고기들이 유유자적 헤엄치고 있지. 이 풍경만 보면 정말 평화 그 자체야. 하지만 현실에서는 시가지에서 알카에다의 테러 사건이 속출하고 시민들은 공포에 떨고 있단다. 도무지 평시 상태라고 하기 어려운 상황이야. 그런 상황에서도 쇼팽 콩쿠르는 의연하게 개최된다. 왜인지 아니?"

얀은 그런 건 생각해 본 적이 없어서 잠시 입을 다물었다.

"혹시 뭔가 정치적인 배경 같은 게 있는 건가요?"

"일부에서는 현 대통령인 코모로프스키의 퍼포먼스라는

의견도 있지만 진실은 문화청이 폴란드 국민들의 의사를 반영한 거야. 예의 그 대통령 전용기 추락 사고를 겪었을 때도 폴란드는 국가 전체가 애도하는 의미에서 모든 문화 행사를 중단했지만 쇼팽 콩쿠르만은 그대로 진행하기로 했단다. 나라가 테러라는 국가적인 폭력에 노출된 상황에야말로 쇼팽의 곡이 필요하니까."

"폭력에 노출된 상황에야말로 쇼팽의 곡이……."

"쇼팽은 바르샤바 봉기 이후 거처를 파리로 옮겼지만 그의 영혼은 늘 폴란드와 함께했지. 그가 만든 곡은 고국에 대한 향수와 애정으로 가득 차 있어. 폴란드 국민들도 그런 마음을 이해하니 그의 곡을 받아들인 거고. 쇼팽의 곡은 폴란드의 마음 그 자체란다. 롱티보도 차이코프스키도 아닌 쇼팽 콩쿠르에서 폴란드인 참가자가 좋은 성적을 거둬야 하는 의미는 바로 거기에 있어."

얀은 또다시 고개를 끄덕였다. 그러나 쇼팽 곡의 난도 이야기는 순순히 납득했지만 지금 들은 말은 잘 와닿지 않았다. 카민스키의 이야기를 이해 못 하는 것은 아니다. 그러나 이해되지 않는 점도 있다. 만약 아버지와 카민스키의 논리가 옳다면 나는 국위 선양의 도구에 불과하다는 말이 된다. 거기서 오는 불쾌감은 단순히 세대 간의 차이 때문일까. 아니면 내가 무심해서일까.

카민스키는 또다시 얀의 속내를 읽은 것처럼 미소 지었다.

"고민하지 않아도 된다, 얀. 피아니스트는 연주를 통해서 성장하고 나 자신과 세계를 더 깊이 알게 되지. 쇼팽 콩쿠르가 어떻게 마무리되든 거기서 얻은 건 앞으로 평생 네 자산이 될 거다."

카민스키는 얀의 어깨에 손을 얹었다. 레슨에서 늘 막다른 골목에 빠질 때마다 마음을 다잡게 해 준 그리운 감촉이다.

"너도 알다시피 최근까지 널 가르친 나는 널 채점할 수는 없단다. 그러니 지금은 무난한 조언만을 해 주마."

"무난한 조언요?"

"소위 말하는 세평이라는 게 있다. 정확한 데이터에 기반한 게 있는가 하면 헛소문처럼 뜬구름 잡는 이야기도 있지만, 주로 심사위원들 사이에서 도는 건 정확한 정보가 많지. 이건 심사위원이 직접 음악 잡지 인터뷰에 응한 내용이니 네게 이야기해도 문제 되지 않을 거야. 네 대항마가 될 수 있는 두 명의 참가자에 대한 정보다."

"대항마요? 어느 나라에서 온 누구죠?"

"뜻밖이라고 생각할지 모르겠지만 두 사람 다 일본인이라더구나. 한 명은 시력을 잃은 천재 피아니스트라 불리는 사카키바 류헤이. 또 한 명은 대회 최연장자 참가자인 미사키 요스케라고 한다."

10월 2일 1차 예선 첫째 날.

이번 1차 예선 참가자는 예비 예선을 뚫고 올라온 81명이다. 1차 예선은 총 엿새에 걸쳐 진행되고 여기서 뽑힌 36명이 2차 예선에 진출한다.

추첨 결과 얀의 차례는 내일로 정해졌다. 하루 전날 아무리 발버둥을 쳐 봐야 소용없다는 건 지금까지의 콩쿠르 경험으로 이미 알기에 얀은 연습하기보다는 관심 가는 참가자의 실력을 직접 확인하기로 했다.

카민스키에게 조언을 들었지만 얀은 극동 아시아에서 온 참가자들에게 별로 흥미가 없었다. 어차피 로봇처럼 악보를 실수 없이 따라 치는 연주나 선보일 것이다. 그들보다는 다른 참가자에게 관심이 갔는데 그 두 사람은 우연히도 출신이 같았다.

러시아 대표인 발레리 가가리로프와 빅토르 오닐. 현재 얀은 이 두 사람이 자신의 적수가 될 거라 예상하고 있다. 실제 연주를 보지는 못했지만 두 사람 다 국제 콩쿠르에서 우승하고 상위권에 오른 경험이 있다. 다행인지 불행인지 두 사람의 순서가 첫째 날이라 얀은 수고를 덜 수 있어 좋았지만, 공연장 측과 관객들의 반응은 달랐다.

공연장 입구에 붙은 포스터에는 대통령 전용기 사고를 애도하는 검은 리본이 붙어 있었다. 화려한 공연장 입구를 장식한 애도용 리본. 그뿐만이 아니다. 공연장 주변에는 제복을 입은 경찰관들이 눈에 띈다. 쇼팽 콩쿠르에는 각국의 음악계 유명 인사들이 모인다. 테러 방지책으로 당연히 경찰관이 배치되었고 이에 따라 이번 대회가 비상시국 속에서 치러지고 있다는 사실도 새삼 떠올랐다.

안은 바르샤바 필하모니 홀 안에 발을 들인 순간, 하마터면 여기가 폴란드라는 것을 잊을 뻔했다.

공연장에 모여든 청중 대다수는 물론 폴란드인이지만 그 이상으로 동양인이 많았다.

이유는 조금만 떠올려도 알 수 있다. 이번 1차 예선에 남은 81명 중 폴란드인은 일곱 명이다. 가장 많은 일본인 참가자가 열일곱 명, 다음으로 러시아인 열두 명, 중국인 열 명, 대만인 여섯 명, 한국인 네 명. 실로 거의 절반을 동양인이 차지하고 있다. 폴란드로서는 쇼팽 콩쿠르가 국민적 행사이지만 세계에서 보면 콩쿠르 때문에 들뜨는 국가는 폴란드와 러시아, 아시아의 몇 나라뿐. 그런 자학 섞인 타이틀을 내건 일부 신문의 해석도 완전히 엇나간 것은 아니다.

음악가를 키워 내려면 우선 돈이 필요하다. 악기값, 레슨비, 연습 장소. 제대로 된 교육을 받으며 국내 콩쿠르에 참가하기까지 막대한 투자비용이 든다. 주로 경제적으로 여유가 있는 나라에서 참가자들이 오는 것은 당연하다. 관객들도 그런 사정을 알고 있어서 이제는 동양인 참가자들의 활약을 인정하는 것처럼 보였다.

문제는 러시아를 향한 태도만은 미묘하게 다르다는 점이다. 이를테면 얀이 보는 앞에서 참가자 목록 앞을 지나던 어떤 남자는 러시아인 참가자의 이름을 손가락으로 툭툭 쳤다. 게다가 적지 않은 러시아인 관객에게 폴란드인들이 보내는 시선은 냉랭하기조차 하다.

모든 것은 4월에 일어난 대통령 전용기 추락 사고가 원인이었다.

사고 직후 유족이 사고 현장인 스몰렌스크를 찾았을 때 폴란드어 추도문이 적힌 화강암 비석이 어느새 다른 것으로 바뀌어 있었다. 러시아가 새롭게 세운 추도비 속 비문의 내용은 기존의 것보다 간략해진 것으로 모자라 심지어 카틴 숲 사건을 언급한 부분이 모조리 빠져 있었다.

2차 세계대전 당시 폴란드군 장교를 포함한 2만 2천 명이 소련 비밀경찰에 학살된 카틴 숲 사건을 둘러싸고 구소련이 오랫동안 사건 자체를 은폐하는 바람에 양국 외교에 긴장을 불러일으켰다. 그리고 러시아 정부가 마침내 그 학살이 스탈린의 지시하에 이뤄진 것이라고 인정하며 소강 분위기가 무르익었을 때 이 추도비 바꿔치기가 발각된 것이다. 폴란드 안에서는 또다시 러시아를 믿을 수 없다는 목소리가 터져 나왔고 개중에는 대통령 전용기 사고도 러시아의 음모일 수 있다며 의심하는 기사도 나왔다.

그런 상황에서 러시아인 참가자가 콩쿠르에 출전한 것이다. 폴란드 공산당 정권 시절 배후에서 정권을 조종한 소련에 좋은 인상을 가진 폴란드 국민은 적다. 다들 대놓고 말하지는 않지만 콩쿠르에서 러시아인에게 승리의 영예를 빼앗기는 일만은 절대 없었으면 하는 분위기가 엄연히 존재했다.

잠시 후 객석이 조금씩 조용해지더니 장내 방송이 울려 퍼졌다.

—오전부 첫 번째 참가자. 참가 번호 42번 발레리 가가리로프. 곡명 〈에튀드 다장조 작품 10-1〉, 〈에튀드 올림사단조 작품 25-6〉, 〈녹턴 제8번 내림라장조 작품 27-2〉, 〈발라드 제1번 사단조 작품 23〉. 피아노는 스타인웨이.

음악의 제전에 정치와 국가 간 대립이 엮인 기이한 상황을 본인도 아는지 가가리로프는 묘하게 굳은 얼굴로 무대 가운데로 걸어 나왔다. 배포된 팸플릿 자료에 따르면 그의 나이 올해 스무 살. 그러나 곱슬머리인데다 얼굴에 아직 앳된 기운이 남아서 도통 스무 살로는 보이지 않는다.

—발레리 가가리로프. 러시아.

가가리로프가 첫 곡으로 택한 곡은 역시 〈에튀드 10-1〉이었다. 우선 심사위원들에게 기술력을 어필할 전략일 것이다.

왼손의 강한 타건으로 곡이 시작됐다. 이 곡의 생명은 질주감이다. 부드럽게 달린다. 활주하듯 달린다. 점프하듯 달린다. 마구 달린다. 왼손으로 옥타브를 새길 때마다 기분 좋은 질주감이 객석으로 전해진다.

듣고 있는 한 연주에 실수는 없다. 격렬하게 포지션을 이동하는데도 음에 균형이 잡혀 있다. 운지도 지시대로다. 문제는 이 어려운 연주 기술과 함께 서정성을 잘 표현하는가인데 그 역시 합격점을 줄 만하다. 아니, 합격점을 뛰어넘어 숨이 턱 막힐 듯한 열정이 뿜어져 나오고 있다.

얀은 분석하면서 그의 연주를 듣다가 문득 묘한 감각에 휩싸였다. 나와 같은 곡을 같은 기법으로 연주하는데도 음이 전혀 다르다.

다음 곡은 〈에튀드 25-6〉. 우울한 멜로디가 듣는 이의 속을 떠보는 것처럼 느릿하게 시작된다. 이 곡도 〈10-1〉번과 막상막하일 만큼 어려운 곡인데 오른손의 3도 트릴*과 반음계, 온음계가 끊임없이 오르락내리락하는 것이 특징이다.

가가리로프는 여기서도 기술을 다 보여 줄 생각은 없는 듯하다. 오른손이 3도로 바쁘게 움직이지만 곡의 전체 흐름을 장악하는 것은 왼손이다. 오른손으로 선율을 새기고 왼손으로 음악성을 표현한다. 따라서 왼손의 움직임은 절대 단조로워지지 않는다. 왼손 포지션이 하향할 때도 그냥 내려가는

---

* trill, 어떤 음을 연장하기 위해 그 음과 2도 높은 음을 교대로 빨리 연주해 물결 모양의 음을 내는 장식음.

게 아니라 음을 확장하면서 내려간다.

숨어 있던 열정이 조금씩 고개를 들고 꿈틀거리며 천천히 고조된다. 템포가 점차 속도를 더하고 오른손이 초고속 트릴을 연주한다.

얀의 가슴속에 또다시 기묘한 감각이 피어올랐다. 가가리로프와 나의 음악성은 어느 부분에서 차이가 있는 걸까. 그러나 결론을 내리지 못한 채 선율은 천천히 속도를 줄이다가 이내 멈췄다.

가가리로프는 양손을 내리고 한숨을 내쉬었다.

기술 면에서는 훌륭하다고 할 수밖에 없다. 이번에도 실수라고 할 만한 것은 없었는데 구태여 꼽자면 마지막 박자가 약간 느렸던 것 정도일까. 기술을 최대한 어필하고 싶다면 이 곡은 1분대에 끊는 것이 좋다.

세 번째 곡, 〈녹턴 제8번〉.

창가에서 밤하늘을 올려다보며 사랑하는 사람을 떠올리는 정경을 그린다. 왼손으로 비약을 섞은 큰 규모의 분산화음 반주를 하고 오른손으로는 달콤하고 우아한 선율을 만들어 간다.

이 곡은 쇼팽이 유일하게 론도 형식*으로 쓴 녹턴인데 두 개의 주제가 번갈아 총 세 번 반복된다. 우아한 제시부와 열

---

\*   순환 부분을 가진 악곡 형식의 하나로 주제부 사이에 삽입부가 되풀이되는 형식.

정적인 중간부의 대비가 그야말로 감미로우면서도 애달픈 곡상을 이룬다.

그저 주제를 반복할 뿐만 아니라 그때마다 악센트를 넣으며 단조로움 없이 물 흐르듯 연주를 이어 나간다.

반음계를 활용한 유려한 화성 진행.

가가리로프의 얼굴에서는 긴장감을 찾아볼 수 없다. 스스로 자아내는 선율에 도취된 사람처럼 두 눈을 꼭 감고 고개를 살며시 흔들고 있다.

중간부도 내림가장조로 시작되는데 여기서도 정情과 동動이 뒤얽힌다.

그러다가 느닷없이 정열이 고개를 치켜든다. 분노마저 느껴지는 질실함.

얀은 화들짝 놀랐다. 나는 이 곡에 이토록 거대한 정서를 담아낸 적이 없다. 물론 고조되는 감정은 표현하지만 지나치지 않도록 자제한다. 그러나 가가리로프는 제어를 완전히 벗어나 솟구치는 감정을 고스란히 선보이고 있다. 앳된 얼굴에서는 상상하기 어려운, 격정이라는 단어에 걸맞은 감정 표현이다.

정과 동의 맞물림은 불안정한 화성과 함께 조금씩 열기를 머금어 간다.

애수를 띤 조바꿈. 3도와 6도 중음으로 이뤄진 또 하나의 주제가 노래를 시작한다. 조바꿈으로 생긴 고양감으로 음량도 덩달아 높아진다.

이 18번째 소절에서 가가리로프의 손가락은 음정을 옥타
브까지 확대했다. 표정이 급격히 굳고 확장해 나가는 음을
필사적으로 억누르려는 것처럼 보이기도 한다.

비화성음을 가득 담은 즉흥적인 패시지*. 페달을 연신 밟
아도 고음이 절대 탁해지지 않고 오히려 낭랑하게 소리를 내
뿜는다. 당시 만들어진 피아노의 특성을 어김없이 활용했고
피아노의 발달과 더불어 작곡법을 바꿔 간 쇼팽의 진면목이
드러난 부분이다.

그 뒤로 곡은 끝을 향해 간다. 주제는 첫 주제를 재현하지
않고 계속 포르티시모** 나아가 흥분을 잇는다.

그러고 나서 소리가 일단 잦아든다.

감미로운 기쁨과 감상을 번갈아 느끼다가 잠시 후 스르르
잠에 빠진 사람처럼 곡이 끝났다.

가가리로프는 다시 양손을 아래로 내리고 짧게 휴식했다.

그제야 얀은 자신과 가가리로프의 피아니즘 차이를 인식
했다. 한마디로 말하면 가가리로프의 연주는 전형적인 러시
아식 낭만주의다.

물론 쇼팽은 낭만주의를 대표하는 작곡가이니 낭만파 범
주 안에서 둘 사이에 큰 차이는 없다. 유럽 피아노 교육의 밑

---

\*     passage, 선율 사이를 높거나 낮은 방향으로 급하게 진행하는 부분.

\*\*    fortissimo, 매우 세게 연주.

바탕에는 19세기에 성숙기를 맞이한 낭만주의의 계승이 있고 얀 역시 그렇게 배웠다.

다만 이 낭만주의는 제국주의부터 혁명 이후 정치 체제에 이르기까지 사회적, 지리적으로 단절된 러시아에서 특유의 발전 형식을 보였다. 낭만주의 자체가 러시아인의 기질에 맞기도 해서 정서 표현이 약간 과다한 특징을 보이는 것이다. 또한 그런 지향점이 러시아 음악 교육의 정점에 군림해 온 모스크바 음악원에서 가치관으로서 확고히 자리 잡히는 바람에 러시아 피아노 교육의 기반이 되었다는 배경이 있다.

그러나 얀을 가르친 카민스키는 단언한 바 있다. 그것은 결코 '폴란드의 쇼팽'이 아니라고.

쇼팽 콩쿠르에서는 항상 언급되는 명제가 있다. 이 참가자의 연주는 훌륭하다. 그러나 이를 과연 폴란드의 쇼팽이라 할 수 있는가. 아무리 기술이 뛰어나고 표현력이 풍부해도 폴란드가 해석하는 쇼팽이 아니면 쇼팽 콩쿠르에서는 영예를 거머쥘 수 없다. 그런 전설과도 같은 이야기가 지금껏 전해져 내려온다.

마지막 네 번째 곡, 〈발라드 제1번〉.

내림가장조의 제주*로 일곱 소절의 서주가 시작된다. 소리가 아주 잘 들리는 타건이지만 악절은 왠지 망설이고 주저하

---

\* 齊奏, 왼손과 오른손이 동시에 같은 선율을 연주.

는 듯한 분위기에 물들어 있다.

가가리로프의 손가락이 세 개의 불협화음을 누른다. 이 불협화음은 최고음을 D로 잡는 사람도 있지만 가가리로프는 오리지널대로 Es를 눌렀다.

우울한 분위기의 1주제가 이어진다. 단순한 것 같지만 종잡을 수 없는 선율이 여러 번 멈춰 서다가 다시 진행되기를 반복한다. 이 악절은 표현법을 터득하지 못하면 연주가 순식간에 지리멸렬해진다. 피아니스트가 각별히 신경을 기울일 수밖에 없는 부분이다.

잠시 후 1주제와는 대조적인 2주제가 모습을 드러낸다. 내림마장조의 화려하면서도 열정적인 노래. 처음은 피아니시모*로, 그러나 뒤이어 변주를 거듭하며 서서히 발걸음을 재촉하듯 감정이 고조돼 간다.

얀은 가가리로프의 연주를 들으며 조금 전 자신이 내린 분석이 틀리지 않았음을 확인했다. 음울한 1주제와 열정적인 2주제. 두 주제의 성격이 대조적인 것은 맞지만 그래도 가가리로프의 연주는 대비를 드러내는 방식이 다소 과잉됐다. 두 주제에서 느껴지는 온도 차가 너무 크다. 연주의 음영을 뚜렷이 하는 것은 중요하지만 과장하면 곡의 균형 자체가 무너지고 만다.

*　　pianissimo, 매우 여리게 연주.

〈발라드 1번〉은 후반부가 인상적인 2주제가 인기가 많은 곡인데 피아니스트로서 중요한 점은 그 후반부에서 기술적인 면이 흐트러지지 않게 하는 것이다. 카민스키를 비롯한 심사위원 대부분도 아마 이 지점에 주목할 것이다.

94번째 소절에서 1주제가 되돌아온다. 그러나 가단조로 재현된 주제는 음울함 외에 슬픔과 우아함을 머금고 있다.

선율이 부자연스럽게 가라앉는 것은 아니다. 자연스럽게 제어하며 전체적인 곡상에서 이탈하지 않게끔 철저히 계산하고 있다.

102번째 소절부터 크레셴도*.

그야말로 훌륭하다. 가가리로프가 만들어 내는 긴장감이 청중들의 영혼을 꽉 붙들고 놓아 주지 않는다.

가가리로프의 손가락이 거친 질주를 시작했다.

솟구치는 격정. 강렬한 타건.

106번째 소절에서 질주가 포르티시모에 달하자 느닷없이 두 번째 2주제가 가단조로 복귀한다.

잘게 되풀이되는 상향과 하향.

오른손 옥타브가 포르티시시모**까지 뛰어 올라간다.

덩달아 듣는 이들의 심박 수도 함께 치솟는다.

경쾌한 패시지가 폭발했다. 가가리로프의 두 손이 현란하

---

\*     crescendo, 점점 세게 연주.

\*\*    fortissisimo, 가장 세게 연주.

게 건반 위를 내달린다.

강한 타건을 유지한 상태에서 고상함을 더해 세 번째 1주제를 맞는다.

짧게 단축된 1주제는 크레셴도로 부드럽게 솟아오르더니 점차 슬픔을 머금기 시작한다.

그리고 208번째 소절에서 코다*에 돌입한다.

여기서부터가 〈발라드 1번〉의 백미다.

반음계에 의한 극적인 급상승.

숨 쉬는 것조차 망설여진다. 무대 위에 있는 가가리로프는 단거리 달리기 주자처럼 호흡을 멈추고 있다.

242번째 소절에서 선율이 단숨에 내려간다. 극한까지 치솟은 뒤 급강하하면서 소리가 바닥을 긴다. 여기서부터 일곱 소절은 연결부인데 마지막 폭발을 예상케 하는 불온한 기운으로 가득 차 있다.

257번째 소절에서 가가리로프는 최후의 질주에 들어갔다.

양손 옥타브.

반음계가 모든 것을 쓰러뜨린다.

격렬한 포르티시시모.

마침내 듣는 이의 가슴에 두툼한 쐐기를 깊숙이 박아 넣고

*    coda, 악곡이나 악장의 끝부분.

10분에 이르는 발라드가 끝났다.

가가리로프는 모든 힘을 소진한 채 천장을 우러러봤다.

그 순간 박수갈채가 터졌다.

얀도 박수를 아끼지 않았다. 객석에서 듣는 한 미스터치는 단 한 번도 없었다. 나와 피아니즘 차이는 있어도 마땅히 찬사를 보낼 만한 훌륭한 연주였다.

주위를 넌지시 둘러보자 격렬히 손뼉을 치는 사람은 역시 러시아인이 압도적으로 많다. 중간중간 폴란드인도 섞였지만 대부분의 폴란드인은 비교적 냉정하게 가가리로프의 연주를 들은 듯했다. 널리 해석하면 이러한 반응은 얀의 분석이 옳았음을 증명한다. 아무리 기술이 뛰어나고 감정 표현이 압도적이어도 폴란드인의 가슴에 와닿지 않으면 그냥 평범하게 뛰어난 연주에 불과한 것이다.

다음으로 얀은 심사위원석을 올려다봤다. 카민스키를 비롯한 열여덟 명의 심사위원들의 얼굴이 하나같이 냉정해 보인다. 그중 몇 명인가는 쓴웃음마저 짓고 있다. '폴란드의 쇼팽'이 역시 건재하다는 뜻일까.

그럼에도 얀은 확신했다. 가가리로프의 연주는 정확하면서도 듣는 이에게 진한 인상을 남겼다. 피아니즘의 차이 같은 것을 가볍게 뛰어넘었으니 가가리로프는 반드시 2차 예선에 올라갈 것이다. 그를 라이벌로 본 자신의 눈은 틀리지 않았다.

가가리로프 자신도 바라던 연주를 한 듯했다. 그는 무대에 처음 나왔을 때의 긴장한 모습은 온데간데없고 후련한 얼굴로 몸을 일으켰다.

얀은 가가리로프의 연주가 앞으로 콩쿠르에 미칠 영향을 떠올렸다. 1차 예선, 그것도 첫날 첫 번째로 이런 연주를 접하게 된 다른 참가자들은 압박감을 느끼지 않을 도리가 없다. 엿새로 나뉜다고 해도 81명의 쇼팽을 매일, 계속 들으면 아무리 쇼팽을 좋아하는 사람도 식상해진다. 그럴 때 처음 들은 연주는 인상에 남기 쉽고, 그것을 뒤집으려면 후발 주자들이 더 강렬한 연주를 선보여야 한다.

얀은 전투 의욕이 한층 끓어올랐다. 지금 안심하고 있어라. 내일이 되면 내가 러시아식 낭만주의 따위 흔적도 남지 않게 철저히 부숴 줄 테니.

가가리로프가 무대 옆으로 사라지자 다음 장내 방송이 나왔다.

―두 번째 참가자. 참가 번호 53번 빅토르 오닐. 곡명 에튀드 〈가단조 작품 25-11〉, 〈에튀드 가단조 작품 10-2〉, 〈녹턴 제17번 나장조 작품 62-1〉, 〈발라드 제4번 바단조 작품 52〉. 피아노는 스타인웨이.

잠시 후 모습을 드러낸 오닐은 가가리로프와는 사뭇 대조적인 분위기의 청년이었다. 자료를 보면 나이는 스물넷. 키가 훌쩍하고 외모는 성숙하다. 턱에 자란 수염이 한층 나이

들어 보이게 했다.

〈에튀드 25-11〉의 연주가 시작됐다.

얀은 절반도 듣지 않고 속으로 신음을 내뱉었다.

이게 대체 어떻게 된 일인가. 이 오닐도 가가리로프와 마찬가지로 러시아식 낭만주의의 계승자다. 게다가 가가리로프 못지않은 뛰어난 기술력과 서정성까지 겸비했다.

얀은 비로소 자신이 오해했음을 깨달았다. 나의 적은 가가리로프도, 오닐도 아니다. 굳이 꼽자면 이 러시아식 낭만주의야말로 내가 맞서 싸울 상대인 것이다.

다소 과장된 표현. 유럽 음악계에 등을 돌린 교육의 산물.

쇼팽과 같은 폴란드인이라면 이질적이라며 한 귀로 흘릴 수도 있는 피아니즘이다. 그러나 희한하게도 가가리로프와 오닐의 연주는 얀의 가슴속에 깊게 그림자를 드리웠다.

## 3

—어제 오전 10시 바르샤바 필하모니 홀에서 국제 쇼팽 콩쿠르 1차 예선이 열렸습니다. 올해는 쇼팽 탄생 200주년이라는 기념할 만한 해로 각국의 참가자 숫자가 과거 최대…….

TV에 필하모니 홀의 외관과 청중들의 모습이 비친다. 입구 근처에는 제복을 입은 경찰관도 있다. 경찰관의 모습을 잠깐 확대해서 보여 주는 것은 현재 이상 사태 속에서도 콩쿠르가 열렸다는 것을 강조할 의도일까.

"빌어먹을 문화청 놈들."

안토니 바인베르크 주임 경부는 독설을 내뱉고 리모컨을 들어 TV를 껐다.

가슴께에서 말보로 담배를 꺼내 불을 붙인다. 그러고 보니 요즘은 금연 운동 같은 것이 유행한다고 한다. 이 나라의 경찰 조직은 한심한 게 한두 가지가 아니지만 그중 딱 하나 칭찬할 만한 점도 있다. 상사 중 어느 누구도 금연 같은 말을 입 밖에 꺼내지 않는다는 점이다. 이토록 담배를 좋아하는 나라에서 담배를 금하다니. 대체 어느 대국에 알랑거리려는 목적일까. 이것이 또 다른 세계화의 일환이라고 해도 바인베르크는 사절이었다.

문화청의 결정에는 화가 치밀었다. 그 결정을 옳다고 평가한 쇼팽 연구소에도 똑같이 화가 치밀었다. 쇼팽 콩쿠르가 중단되면 그들도 일감이 사라지니 필사적으로 진행하려 하겠지만 수많은 인명이 위험에 노출되는 상황을 대체 어떻게 생각하고 있는 걸까.

그러지 않아도 폴란드 국내는 지금 뒤숭숭한 분위기에 휩싸여 있다. 2003년과 2004년에는 알카에다 간부가 테러 대상지로 폴란드를 지목했고, 2007년에는 아프가니스탄에 지원 부대로 파견된 폴란드군이 무장 세력의 공격 대상이 됐다. 작년에는 베를린 경찰이 수상한 입국자에게서 알카에다 관련 문서를 압수했는데 그 안에는 폴란드의 수도 바르샤바에서 벌이는 테러 활동 계획이 포함돼 있었다.

그리고 올해, 악몽은 현실이 되었다.

4월 일어난 대통령 전용기 추락 사고. 범행 성명이 따로 없었다고 해도 폴란드 국가 경찰은 알카에다의 파괴 공작 가능성을 의심했다. 추락 현장에 남은 블랙박스를 분석한 후에 제기된 가설이라 국가 경찰은 폴란드 중앙 법과학 연구소의 협력을 받아 곧장 범인 물색에 나섰다.

그 직후 바르샤바 시가지에서 연쇄 테러가 일어났다.

첫 장소는 5월의 구 시가지 시장 광장이었다. 일요일 쇼핑객으로 붐비는 광장에서 주차장에 세워진 차가 폭발해 근처에 있던 시민 여덟 명이 사망, 스무 명이 중상을 당했다.

다음은 7월, 장소는 성 얀 대성당. 성당 안에 있던 파이프 오르간에 폭탄이 설치돼 있었는데, 정오를 알리는 종이 울리자 그것이 폭발해 미사에 참가한 신자 120명 중 13명이 희생됐다.

쇼팽 콩쿠르는 그런 시국에 치르는 행사다. 위기의식 결여를 보여 주는 이만 한 사례가 또 있을까. 불특정 다수를 위험에 노출시킨다면 이것은 범죄 행위라고 할 수도 있다.

"이건 꼭 폭탄을 들고 공연장에 들어와 달라고 호소하는 거나 마찬가지잖아."

저도 모르게 목소리가 커졌을 때 누군가가 사무실 문을 열었다.

"주임 경부님, 댓바람부터 또 뭐가 그렇게 기분이 언짢으십니까."

문을 열고 들어온 사람은 피오트르 형사였다. 예전 부하인데 얼굴을 본 건 거의 반년 만이다.

"뭐야, 자네가 무슨 일이지? 벌써 새 부서에 싫증이 났나?"

"아뇨. 꽤나 자극적인 부서입니다. 싫증은커녕 매일 레이디 가가와 마주하고 있는 것처럼 아주 스릴이 넘치죠."

바인베르크는 레이디 가가가 누군지 모르지만 일일이 묻기도 귀찮아서 코웃음을 치고 대화를 끊었다. 늘 그렇듯 피오트르는 돌려 말했지만 지금 그가 속한 부서가 전시 상태나 마찬가지라는 것은 바인베르크도 알고 있었다.

스타니슬라프 피오트르가 윗선의 급한 지시를 받고 테러 특별 대책 본부에 파견된 건 구 시가지 시장 광장에서 테러 사건이 일어난 직후였다. 대책 본부가 필요할 만큼 대형 사건이라는 것은 이해했지만 유능한 부하를 빼앗기는 상황은 역시 타격을 줬다. 그 증거로 최근 반년간 형사과의 검거율이 눈에 띄게 떨어지고 있다.

"그렇게 일상이 즐거워 어쩔 줄 모르는 사람이 옛 보금자리에는 무슨 일이지?"

"법과학 연구소에 갔다가 오는 길에 들렀습니다. 아, 커피한 잔 마시겠습니다."

피오트르는 조금도 망설이지 않고 사무실 안쪽에 들어가 전용 머그잔을 가져왔다. 바인베르크는 아무 말 없이 그가 하는 대로 내버려 뒀다. 내버려 두다 보면 이 남자는 제 입으로 알아서 할 말을 시작한다.

"요즘 자주 일어나는 테러 사건 말인데요……."

역시나 시작됐다.

"마침내 예전에 발생한 그 대통령 전용기 추락 사고와 이어졌습니다."

"오. 드디어 뭔가 특정됐나?"

"추락 현장에 남아 있던 장치 중 일부가 바르샤바 시내에서 쓰인 폭발 장치와 똑같다더군요. 법과학 연구소는 90퍼센트의 확률로 동일범의 소행이라고 결론 내렸습니다."

"동일범이라."

"네. 알카에다에 속해 있기는 한데 실행범은 단 한 명입니다. 수법과 장치에 사용된 부품들이 같아요. 폭탄 미치광이 고작 한 명이 지금 이곳 바르샤바와 시민들을 유린하는 상황입니다."

피오트르는 흥분하며 말했다. 조금 풋내가 나기는 해도 대책 본부에서 파견 요청이 들어왔을 때 바인베르크가 이의를 제기하지 않은 것은 대의와 정의를 중시하는 그의 이런 성격을 잘 알고 있었기 때문이다.

테러의 목적은 명확하다. 현재 미군이 파키스탄 북쪽 지역에서 탈레반과 교전 중인데 알카에다는 미군의 지원 부대로 파병된 폴란드군을 격퇴하겠다며 날뛰고 있다. 본국의 수도에서 집중적으로 테러 활동을 벌이는 것도 목적은 뻔하다. 바르샤바에서 테러가 연이어 일어나면 파병 때문에 병력이 부족해진 군대가 바르샤바를 방어하기 위해 철군할 상황을 노리는 것이다. 테러 행위 자체에 세계를 향한 시위 효과도 있다.

"카친스키 대통령은 테러와의 전쟁에 힘을 실어 줬죠. 미국 대통령과 의견이 일치해서 반 알카에다의 선봉에 섰습니다. 표적이 될 만도 했습니다."

"꼭 카친스키만 그랬던 건 아니지. 이유 없는 폭력에 반발하는 건 폴란드의 국민성이야. 그러니 히틀러도 그토록 우리를 미워한 거고."

공격받고 탄압당할수록 더 저항하는 성향은 폴란드 국민들의 가슴속에 뿌리 깊게 박혀 있다. 어쩌면 폴란드인은 세계에서 가장 굳센 민족일지 모른다.

"폭탄 제조법과 폭탄에 쓰인 부품 같은 건 지문이나 마찬가지라더군요. 법과학 연구소는 데이터를 기반으로 FBI에 조회를 의뢰했습니다. 그랬더니…… 아주 딱 들어맞은 사람이 나왔습니다."

"이미 수배 중인 테러리스트의 소행이라는 건가?"

"네. FBI 안에서는 거의 마이클 잭슨만큼 유명하다더군요. 작년 런던 동시다발 테러 때도 한몫했다고 합니다."

"그럼 거물이군."

"거물이든 잔챙이든 다 똑같은 인간입니다."

피오트르는 잔에 든 커피를 단숨에 비웠다.

"실은 제가 계산을 좀 해 봤습니다. 녀석이 설치한 폭탄으로 총 몇 명이 희생됐는지를요. 확실히 판명된 건 대통령 전용기 사고부터인데 거기서부터 세도 무려 117명에 달합니다. 엄청난 숫자죠. 이 나라가 사형을 폐지했다는 게 원통할 따름입니다. 할 수만 있다면 체포 이후 미국이나 벨라루스에 보내서 재판받게 하고 싶은 심정이에요."

지나치게 격앙되지는 않았다. 그렇다고 속을 끓이며 한탄하는 것도 아니다. 마치 잡담을 나누는 듯한 평온한 목소리.

그래서 더욱 바인베르크는 피오트르의 가슴에서 타오르는 불길이 눈에 보이는 듯했다. 가끔 너무 냉정한 판단을 하기도 하지만 범죄자를 향한 증오는 남들보다 훨씬 크고 사냥감을 쫓을 때의 집요함도 보통이 아니다.

피오트르를 보고 있으면 바인베르크는 자연스레 오래전 자신과 지금의 자신이 잃어버린 것들을 떠올렸다. 그런 형사이니 계속 그를 수하에 두고 싶었던 것이다.

"녀석의 정체는 뭐지?"

"정확한 건 아직 밝혀지지 않았다고 합니다."

피오트르는 못내 아쉬운 듯이 말했다.

"국적과 나이, 성별도 불명. 심지어 얼굴 사진 한 장 없다네요. 밝혀진 거라고는 폭탄 전문가라는 사실뿐입니다."

"뭐야, 그게. FBI의 자료 수준이 고작 그 정도인가?"

"아직 활동한 지 그리 오래되지 않은 것도 있겠지만 정작 알카에다 안에서도 그 또는 그녀의 정체를 아는 사람이 얼마 없을 겁니다. 그러니 내부에서 새는 정보도 극단적으로 적은 상황이고요."

"마치 유령 같군."

"네. 그렇지만 단서가 하나."

피오트르가 바인베르크를 똑바로 쳐다봤다.

드디어 올 것이 왔다. 그가 이렇게 쳐다보는 건 대체로 상사에게 무리한 부탁을 할 때다.

"법과학 연구소는 남은 폭발물 잔해 일부에서 대단히 흥미진진한 결론을 끌어냈습니다. 모든 시한폭탄이 기존 방식이 아닌 새로운 방식으로 설계된 거라더군요. 폭탄을 운반하려면 위험이 따릅니다. 더욱이 새로운 설계로 만들어진 거라면 만든 사람이 직접 현장에서 설치도 했을 가능성이 크죠."

"이봐, 그 말은 곧……."

"네. 지금 테러리스트는 이곳 바르샤바 부근에 잠복해 있을 가능성이 크다는 뜻입니다. 그리고 파키스탄에서 폴란드군이 철수하지 않는 이상 녀석은 이곳에서 계속 폭탄 테러를 반복할 거고요. 녀석을 붙잡으려면 지금밖에 없습니다."

피오트르는 머그잔을 책상에 내려놓고 바인베르크를 향해 몸을 돌리더니 종이 한 장을 꺼냈다.

"이미 세관에 최근 반년간 입국자 리스트를 뽑아 달라고 했습니다. 경부님은 이 목록을 보시고 폭발물 부품이 어디서 조달됐는지를 찾아봐 주셨으면 합니다."

바인베르크는 목록을 훑어봤다.

'타이머 부분. IC555 반도체 소자, 7490 TLL 카운터. 약제. 질산, 아세트산, 나이트로벤젠……'

목록에는 총 83개의 부품이 나열돼 있었다.

"하나같이 쉽게 손에 넣을 수 있는 것들인데……. 이걸 보고 폴란드 안에서 입수 경로를 조사해 달라는 말인가?"

"그렇습니다."

"이봐, 애송이. 어떤 배은망덕한 인간이 다른 부서로 옮겨 간 탓에 지금 형사과가 얼마나 일손 부족에 시달리는지 모르나?"

"뭐 대략은."

"하필 그럴 때 이런 힘든 조사를 도와 달라고?"

"놈을 붙잡으면 그 즉시 복귀해 빚을 갚겠습니다."

피오트르는 하고 싶은 말을 마치고 등을 홱 돌리더니 문쪽으로 향했다. 이런 뻔뻔한 면모는 부서를 옮겨도 고쳐지지 않은 듯하다.

제기랄. 성가신 일만 떠넘기고.

마지막으로 핀잔 한마디를 던지려 하는데 그가 갑자기 방향을 틀고 말했다.

"아. 깜빡할 뻔했네요. 놈에게는 별명이 있다고 합니다."

"별명?"

"알카에다 동료들 사이에서 불리는 이름이라네요. 코드네임 같은 거겠죠. 다른 호칭이 없어서 FBI도 그렇게 부르고 있습니다."

"뭐라고 불리는데?"

"'피아니스트'라고 합니다."

◇◇◇

10월 3일 1차 예선 둘째 날.

얀의 순서는 네 번째였다.

첫 번째와 두 번째 참가자는 폴란드인이었다. 21세의 사무엘 아담스키와 19세의 오텔루야 에델만. 같은 국적의 동포지만 두 사람 다 처음 에튀드 두 곡을 듣고 더 듣고 싶은 마음이 사라졌다.

우선 아담스키가 연주한 〈에튀드 10-12 혁명〉은 첫 부분만 듣고도 실망했다. 〈혁명〉은 프랑스로 건너간 쇼팽이 러시아의 바르샤바 침공 소식을 듣고 느낀 분노와 슬픔을 담은

곡이다. 그러나 아담스키의 연주는 단조로워서 듣는 이에게
어떤 감흥도 주지 못했다. 악보를 그대로 연주하는 게 고작
이고 연습량이 부족한 것이 훤히 보였다.

에델만은 〈에튀드 10-7〉에서 음을 일곱 군데나 이탈했다.
1분 30초도 안 되는 곡에서 무려 일곱 군데! 극도로 긴장했
다는 것을 한눈에 봐도 알 수 있었지만, 그렇게 따지면 첫날
연주한 가가리로프와 오닐 쪽이 조건이 훨씬 좋지 않았다.
어떤 상황에서든 실수하지 않는 운지는 피아니스트가 지녀
야 할 최소 조건이다.

콩쿠르에서 저지르는 실수에는 크게 두 종류가 있다. 미래
의 밑거름이 되는 실수와 그러지 않은 실수다. 아담스키와
에델만의 실수는 후자로 볼 수밖에 없었다.

어차피 두 사람의 미래 따위 나와는 상관없다. 얀이 그렇
게 떠올렸을 때 앞줄에 앉은 커플이 짧은 평을 늘어놓기 시
작했다.

"너무 심하네……."

"이건 국가적 모욕 아니야? 이렇게 연주할 거면 차라리 기
권이나 하지."

얀은 저도 모르게 어깨를 움츠렸다. 잊고 있었다. 폴란드
청중은 쇼팽의 곡에 특히 민감하다. 가끔은 심사위원보다 더
신랄하고 가차 없기도 하다.

"러시아나 아시아에 질 수 없다면서 사람을 긁어모은 것까

지는 괜찮지만 이런 수준이면 그냥 다른 참가자들을 돋보이게 하는 도우미 역할밖에 못 하잖아. 올림픽이 스포츠 전쟁이라면 쇼팽 콩쿠르는 음악 전쟁이야. 군인의 머릿수만 모은다고 이길 수 있겠어?"

"너무 걱정하지 않아도 될 거야. 이다음에 얀 스테판스가 기다리고 있으니."

두 사람의 대화를 들으며 얀은 어깨 위에 얹힌 짐이 급격히 무거워지는 것을 느꼈다.

콩쿠르를 전쟁터로 표현하는 것은 아버지 비톨트의 전매특허라고 생각했는데 꼭 그렇지도 않은 듯하다.

더 이상 기죽어서는 안 된다. 이제 곧 차례도 돌아오니 얀은 자리를 벗어나 대기실로 향했다.

세 번째 참가자 첸 리핑의 연주에 충격을 받은 것은 대기실에 들어간 직후였다.

아시아인, 그중에서도 중국인 참가자의 대두는 최근 몇 년간 유독 두드러졌다. 경제가 발전하면 그다음으로 갈망하는 것이 명예인 건 사람이든 국가든 마찬가지다. 나라를 대표하고 세계적으로 통용되는 피아니스트를 배출하려 한다. 지지난 대회의 우승자가 윤디 리였다는 사실도 그것을 상징한다. 그러나 얀은 그들에게 관심을 가진 적은 없었다. 동양인이 폴란드의 쇼팽을 이해할 거라고 생각하지 않았기 때문이다.

리핑의 연주는 선입견에 가득 차 있던 얀의 뺨을 사정없이 후려갈겼다.

무대 진행을 확인하려고 대기실 모니터를 보는데 리핑이 〈녹턴 16번〉을 연주하고 있었다. 키는 아마 얀보다 작아 보였다. 얀의 귀에 들린 건 곡의 중간부였는데 마치 빛의 알갱이가 반짝이며 한데 겹치는 듯한 소리를 듣고 얀은 순간 허리를 꼿꼿이 세웠다.

〈녹턴 16번〉만큼 연주자와 청중의 느낌이 다른 곡도 드물 것이다. 쇼팽의 녹턴치고는 급격한 선율의 변화가 없고 전개부나 재현부도 없다. 그래서 단조롭게 연주하면 곧장 졸음을 부르는 곡이 돼 버리는데, 음형은 바뀌지 않아도 화성 진행은 시시각각 변한다. 그리고 왼손 반주의 음역이 넓어서 양손의 손가락이 빈번하게 겹치기 때문에 음을 이탈하기 쉽다.

그런 난관을 뛰어넘어 안정된 템포로 곡을 연주하면 쇼팽다운 유려함과 우아함이 피어난다. 다시 말해 이 곡은 연주자의 테크닉에 의한 효과가 확실한 곡이라 쇼팽을 제대로 연주할 수 있는지를 가늠하는 시금석이 되기도 한다.

리핑의 연주는 완벽했다. 악보에 충실하고 곡 해석도 폴란드의 전통을 그대로 계승한 것처럼 들린다. 도무지 동양인의 연주로는 들리지 않았다.

터무니없는 복병이 나타났을지도 모른다.

얀은 불안한 마음에 잠자코 있을 수 없었다.

대기실을 박차고 나가 무대 끝으로 향한다.

마주 오는 사람들을 밀치며 복도를 빠르게 뛰어가 간신히 무대에 도착했다.

아무래도 시간에 맞춘 듯하다.

리핑이 네 번째로 택한 곡은 〈발라드 제4번 바단조 작품 52〉.

똑똑 떨어지는 낙숫물처럼 곡이 시작되더니 뒤이어 곧장 단조의 1주제가 나타난다. 이 주제는 애수에 가득 차 있다. 비단 슬픔뿐 아니라 그것을 감싸 안는 우아함도 있다.

리핑의 시선은 건반을 벗어나 있었다. 약간 비스듬하게 위를 향한 채 혀 위에 올라간 것을 맛보는 것처럼 허공을 맴돈다. 건반을 누르지 않는 손을 때때로 들어 박자에 맞추기도 한다.

연습량이 상당한 사람의 몸짓이다. 운지나 박자가 몸에 익어서 연주 중에 선율에 맞춰 춤출 수도 있다. 그러나 피아니스트라면 모두 알고 있다. 이 우아한 선율을 끌어내려면 얼마나 뛰어난 기술과 상상력이 필요한지를.

〈발라드 4번〉은 쇼팽 원숙기의 작품이다. 그 시기에는 〈영웅 폴로네즈〉와 〈스케르초 4번〉 같은 주로 규모가 큰 곡을 썼고 이후 작품 수가 급감한 것을 고려하면 그야말로 쇼팽의 재능이 정점을 찍었을 무렵의 곡이다. 따라서 발라드 네 곡 중에서는 기술과 음악 면에서 가장 까다로우면서도 아름다운 곡이기도 하다.

리핑의 손가락은 건반을 어루만지듯 움직였다.

절묘한 운지다. 얀은 리핑의 손을 잠시 멍하니 바라봤다. 두 개의 검은건반 사이에 중지를 집어넣는 트릴, 손가락 하나로 누른 채 이뤄지는 3도 패시지. 평범한 부분에서도 높은 집중력이 필요하다.

그리고 왼손 옥타브에 이끌려 빛나는 2주제에 들어간다. 화음이 주조음인 내림나장조가 천천히 흐르고 이따금 왈츠 가락이 언뜻언뜻 얼굴을 보인다. 복잡한 화음에서 이런 화려함이 느껴지게 하려면 상당한 숙련이 필요하다. 그러나 무대 위에 있는 리핑은 마치 호흡하는 것처럼 아무렇지 않게 손가락을 움직이고 있다.

얀은 갑자기 자신이 수치스러워졌다. 중국인이 '폴란드의 쇼팽'을 이해하지 못할 거라고? 터무니없는 오만이었다. 리핑은 이해를 넘어서 아예 그것과 한 몸이 된 느낌이다.

순간 리핑의 타건이 격렬해졌다.

깊숙한 왼손 옥타브.

통통 튀는 오른손.

강한 타건으로 선율이 춤추면서 험준한 오르막길을 오른다. 그러나 바로 다음 순간 다시 급강하하더니 마치 발밑을 확인하며 걷는 것처럼 낮은 선율로 바뀐다.

경쾌하게 춤추기 시작한 선율이 또다시 잠결에 빠진다.

길고 긴 패시지가 이어진다. 그러나 긴장감은 단 한 번도 끊기지 않고 청중들의 마음을 견인한다. 문득 주위를 둘러보니 모두가 뜻밖이라는 듯이 리핑을 바라보고 있었다.

재현부에서 1주제가 다시 나타난다. 복잡한 변주지만 리핑의 손가락은 물 흐르듯 막힘없이 움직인다. 양손의 손가락이 얽히고, 떨어졌다가, 다시 얽힌다.

상향하는 왼손의 음계에 맞춰 오른손이 환상적인 화음을 자아낸다. 여기서부터 곡은 종결부를 향해 천천히 상승해 가는데, 음을 잘못 조정하면 음량이 곧장 한계까지 치달아 버린다. 종결부까지의 에너지 분배가 이 발라드의 핵심이라 해도 과언이 아니다.

얀은 마음의 준비를 하고 종결부를 기다렸다. 지금까지는 거의 완벽했지만 이 뒤에 나올 코다는 가장 어려운 난도를 자랑하고 곡을 어떻게 끝마치느냐에 따라 연주 전체의 인상이 뒤집힐 수도 있다.

리핑의 두 손이 별안간 허공에 튀었다.

포르테로 시작되는 빠른 단조.

양손이 만들어내는 폭풍의 아르페지오.

조성이 없는 미친 듯한 화음 연타.

공연장 전체가 리핑의 광기에 사로잡힌다.

그러더니 불현듯 소리가 지워지고 다시 정적이 찾아온다. 그러나 그것도 찰나였다.

예고도 없이 몰아치는 강렬한 마지막 연타.

얀은 무의식중에 숨을 멈추고 있었다.

제주로 하강하는 선율. 그러나 광기의 무도는 끝이 없다.

마지막은 네 개의 화음으로 듣는 이의 가슴에 쐐기를 박아 넣고 곡이 끝났다.

찰나의 정적.

그 뒤로 노도와 같은 박수가 터졌다.

한 명 또 한 명 몸을 일으키는 사람도 있다.

당연했다. 지금까지의 참가자들이 선보인 연주 중 최고다. 비싼 티켓값을 내고도 욕구 불만이었던 청중들을 단숨에 환희의 늪으로 끌고 갔다.

그러나 당사자는 태연한 얼굴로 청중들에게 화답했다. 얼굴에는 땀 한 방울 배어나지 않았다. 어지간한 체력과 그것을 뛰어넘는 자신감이 있을 것이다.

복병 수준이 아니다.

어쩌면 이 리펑이 우승 후보일 수도 있다.

여유로운 표정의 중국인 청중들을 보고 있으니 얀의 가슴속에서 투쟁심이 조금씩 고개를 들었다. 그래. 즐길 수 있을 때 마음껏 즐겨 둬라. 공연장 안을 가득 칠한 리펑의 색을 지금부터 이 몸이 깨끗이 지워 줄 테니.

얀은 심호흡을 한 번 하고 호명되는 순간을 기다렸다.

—열 번째 참가자. 참가 번호 75번 얀 스테판스. 곡명 〈에튀드 다장조 작품 10-1〉, 〈에튀드 가단조 작품 10-2〉, 〈녹턴

제3번 나장조 작품 9-3〉,〈스케르초 제2번 내림나단조 작품 31〉. 피아노는 스타인웨이.

얀은 무대 가운데를 향해 갔다. 눈부신 조명이 쏟아져 바닥이 부옇게 보인다. 무대 배경은 기조가 붉은색이고 조명은 하얗다.

―얀 스테판스. 폴란드!

말끝에서 사회자의 목소리가 약간 커졌지만 개최국 참가자의 어드밴티지 정도로 여기면 될 것이다.

얀의 이름이 불리자 일제히 박수가 쏟아졌다. 지금까지와 같은 건성 박수가 아닌 묘한 열기를 머금은 박수다.

공연장 안의 온도가 확실히 1도는 더 올라갔다. 이 열기는 그대로 얀을 향해 품은 기대의 에너지일 것이다.

얀은 주눅 들지 않고 피아노 앞에 앉았다. 지금까지도 많은 이들의 기대를 짊어져 왔다. 그리고 그때마다 얀은 그 압박을 실력으로 바꿨다.

괜찮아. 이번에도 잘할 수 있어.

얀은 건반 위에 손가락을 얹었다.

첫 번째 곡,〈에튀드 10-1〉.

기술 면에서 난도는 다들 비슷하게 느낄 것이다. 그러니 가가리로프를 비롯해 실력에 자신 있는 참가자는 대부분 이 곡을 선택했다.

심사위원들과 청중은 자주 들어서 슬슬 질릴 타이밍이다.

얀은 물론 그것도 다 계산해 이 〈10-1〉을 선택했다.

윈손의 강한 타건으로 시작하는 여덟 소절. 레가토*를 많이 쓴 선율을 부드럽게 연주하며 질주를 시작한다.

같은 형태의 악구를 여러 번 반복하고 그 위에 윈손으로 부드러움을 더한다. 오른손으로 멜로디를 자아내고 윈손 반주로 격조를 덧씌우는 것이 쉽지는 않지만 이 〈10-1〉에 손가락 속도 이상으로 요구되는 것이 바로 그 능력이다. 얀은 그것을 잘 알고 있다.

아르페지오의 최고음에는 악센트.

복잡하기 짝이 없는 운지를 이어 나가기 위해 어깨부터 아래에 힘을 집중한다.

상향과 하향의 반복으로 손가락 근육에 젖산이 조금씩 쌓여 간다.

집중하느라 예민해진 신경으로 공연장 안의 반응을 살핀다. 모두 희미하게 뭔가를 느끼기 시작했는지 얀의 일거수일투족에서 눈을 떼지 않는다. 귀를 닫지 않는다.

〈에튀드 10-1〉의 연주 시간은 약 2분. 이 곡의 연주 속도로 타당한 동시에 한계이기도 하다. 가가리로프도 2분을 정확히 3초 넘겼다.

얀의 전략은 연주 시간을 2분에서 큰 폭으로 줄이는 것이

*     legato, 음과 음을 부드럽게 이어서 연주하는 기법.

었다. 목표는 1분 40초대. 곡을 전체적으로 10퍼센트 정도 빠르게 연주하면 곡의 질주감도 거세진다.

그러나 비유하자면 잘 벼린 칼에 한 번 더 숫돌을 갖다 대는 행위나 마찬가지라 날카로우면서도 언제든 툭 부러질 것 같은 연약한 느낌을 동반한다. 연주 효과는 탁월하지만 실수를 저지를 위험성도 배가 된다. 거기에 더불어 피로도는 그 이상이다.

77번째 소절에서 음을 한 번 이탈했다. 마지막 연습 때 이탈한 곳이다. 그러나 이 정도는 이미 예상해서 신경 쓰지 않는다. 미스터치의 단점과 고속 연주의 장점을 비교, 검토해서 세운 전략인 것이다.

역시나 연주를 마친 순간 객석이 조금 술렁거렸다.

고작 이 정도로 놀라지 마.

얀은 숨 돌릴 틈도 없이 두 번째 곡에 들어갔다.

〈에튀드 10-2〉, 통칭 〈반음계〉.

우울한 멜로디가 뜀박질을 시작한다. 도입부만으로도 청중들이 숨을 집어삼키는 소리가 귀에 들리는 듯하다.

이 에튀드는 오른손을 한없이 혹사하는 곡이다. 단순한 반음계의 곡처럼 들리지만 오른손은 힘이 약한 중지, 약지, 새끼손가락만을 써서 반음계를 레가토로 연주해야 하고 엄지와 검지는 화음을 스타카토로 칠 때만 쓴다. 채 2분이 되지 않는 곡인데도 에튀드 곡 중에 최고난도로 평가하는 사람이 많은 것도 그런 이유다. 거기에 빠른 속도까지 요구된다.

에튀드 중에서도 특히 어려운 곡을 두 곡 연달아 연주하고 중간에 휴식도 거의 넣지 않는다. 그것이 바로 얀이 세운 전략이었다.

미스터치나 엇박자, 즉 악보의 지시를 따르지 않는 것이 치명적인 감점 요인이 되는 콩쿠르에서 이런 선곡은 자살 행위나 마찬가지다. 게다가 〈에튀드 10-1〉은 기존 방식보다 속도를 더 높이기도 했다.

그러나 반대로 말하면 그런 악조건 아래에서 연주를 훌륭히 끝마칠 경우, 단순하게 정확히 치기만 하는 연주를 했을 때보다 청중의 호감을 더 많이 살 수 있다. 그리고 얀에게는 그럴 수 있다는 자신감이 있었다.

엄지와 검지로 연주하는 화음은 이 에튀드의 주선율이다. 화음의 음량을 똑같이 유지하기 위해 검지에 온 신경을 집중하면서 힘이 약한 나머지 세 개 손가락을 끊임없이 혹사시킨다.

선율이 상향과 하향을 잘게 새기며 이어진다. 왼손은 주로 스타카토를 반주하는 데 쓰지만 쉴 틈은 없다. 〈10-1〉을 연주하며 손가락에 쌓인 젖산이 여기서 더더욱 늘어난다.

뭔가에 쫓기는 듯한 초조감과 불안이 선율의 속도를 조금씩 높인다.

그러자 역시나 오른 손가락 두 번째 관절들이 비명을 지르기 시작했다. 손가락 끝부분은 어쩔 수 없다고 해도 관절 부분부터 감각이 조금씩 마비돼 간다. 초조하게 돌진하는 멜로디는 그대로 얀의 심정과 겹친다. 앞으로 남은 몇 소절을 손가락이 과연 버텨 줄 수 있을까.

3부에 들어가자 음량이 포르테까지 올라간다. 오른손은 한계를 다투며 마지막 질주를 시도한다.

어두운 열정을 발산하며 피날레로 향하자 갑자기 건반 이음새가 부옇게 보이기 시작했다.

젠장, 또 이런다.

얀은 어금니를 꾹 깨물고 손가락을 계속 움직였다.

선율을 서서히 하강시키다가, 마지막 음을 내뿜는다.

연주를 마친 얀은 어깨를 늘어뜨리고 깊숙이 숨을 내쉬었다. 여기서는 잠시 쉬어야 한다. 혹사당하던 오른손이 아래로 늘어진 채 안도하고 있다.

객석에서는 여전히 뜨거운 시선이 쏟아지고 있다. 바늘처럼 뾰족한 긴장감이 무대 위까지 전해진다. 심사위원석을 힐끗 보니 그들 역시 숨죽인 채 나를 주시하고 있다. 〈에튀드 10-1〉과 〈10-2〉를 잇달아 연주한 전략이 효과를 발휘한 듯하다.

이로써 리핑이 만들어 낸 분위기를 지워 없앨 수 있었다. 이번에는 공연장 안을 얀 스테판스의 색으로 물들일 차례다.

세 번째 곡, 〈녹턴 제3번〉.

앞선 두 에튀드와 달리 부드러운 서주로 시작한다. 팽팽해진 긴장감이 시간이 갈수록 느슨해진다.

여러 번 걸어서 익숙해진 긴 거리를 산책하는 듯한 느긋함. 제시부의 선율은 평화롭지만 뒤로 이어지는 선율은 어둡고 격렬해 대비 효과를 이루는 구성이다. 이는 쇼팽이 3번 이후 녹턴에 자주 쓴 작곡 기법으로 이른바 녹턴의 원형으로 자리매김했다.

얀이 이 녹턴을 택한 이유는 무엇보다 서정성을 드러내기 위해서였다. 지난 두 에튀드를 통해 기술 면에서의 실력과 지속력을 보여 주고 녹턴에서는 쇼팽의 감정을 주로 표현한다. 선곡의 구성력도 심사 대상이라 알맞은 전략이라고 판단했다.

조금씩 선율의 음량을 높이고 온화함 속에 불온한 기운을 섞는다. 왼손 반주는 음역이 넓은데 특히 두 번째 음과 세 번째 음은 옥타브 넓이라 운지가 까다롭다. 또한 오른손은 불규칙하고 빠른 패시지가 자주 나온다. 감정 표현에 주안점을 두지만 이에 필요한 기술 역시 수준이 높다.

곡이 중간부에 접어들면서 슬슬 어두운 열정을 분출한다. 쇼팽의 고뇌, 갖은 고민으로 뒤덮인 마음을 소리에 실어 보낸다.

이 부분에서는 왼손 검지가 엄지를 넘었다가 다시 엄지가 검지 밑을 지난다. 이번 콩쿠르 참가자 중에는 이 부분을 포지션 이동으로 대처하는 사람도 있었지만 안은 쉬운 길을 택하지 않았다. 쇼팽이 지시하면 거기에 충실히 따르는 것이 그의 곡을 연주하는 자의 의무다.

부드럽고 밝은 제시부와 달리 곡에 드리운 그림자가 점차 짙어진다.

타건이 거세지자 쇼팽이 느낀 분노가 가슴에 차올랐다. 쇼팽의 곡은 신기하다. 치면 칠수록 곡이 어렵다는 것을 깨닫게 되지만 한편으로 그가 곡을 쓰면서 느꼈을 감정이 명확한 형태가 되어 연주자의 가슴에 깃든다.

3부에서 리듬이 부드러워지더니 제시부의 멜로디가 재현된다. 중간부에서 격렬한 고뇌를 거친 만큼 되살아난 제시부는 따스하면서도 우아하게 연주해야 한다.

부드럽게, 부드럽게, 마치 잠결에 빠지듯 음량을 점점 낮춰간다.

그리고 마지막 약음이 무대 위에서 객석을 향해 가다가 사라졌다.

실수는 없었다.

안은 호흡을 가다듬으며 청중의 반응을 살폈다.

아직 긴장의 끈을 놓을 수 없다.

마지막 네 번째 곡, 〈스케르초 제2번〉.

우선 쉼표가 많은 셋잇단음표를 친다. 슬며시 상대의 안색을 살피는 듯한 내림나단조의 속삭임. 그러나 다음 순간 거센 화음이 포르티시모로 울려 퍼진다. 이 두 화음이 나누는 대화가 곡의 주제다. 포르티시모로 건반을 두드렸을 때 얀의 가슴속에도 상쾌함이 퍼졌다.

〈스케르초 제2번〉은 쇼팽의 대표곡 중 하나다. 곡을 쓸 당시 쇼팽은 폐결핵을 앓았고, 같은 시기에 그의 영원한 연인 조르주 상드를 만났다. 이른바 절망과 희망을 동시에 맛보았을 시기라 스케르초에는 그 영향이 짙게 깔려 있다.

선율이 내림라장조로 조바꿈을 한다. 왼손으로 아르페지오를 반주하고 오른손으로는 하강하는 음형을 두 번 반복해 허공을 통통 튀는 듯한 경쾌한 리듬을 만든다. 연인과 손을 맞잡은 쇼팽의 모습이 눈에 보이는 듯하다.

얀은 두 화음에 명암을 강조해 더욱 드라마틱하게 연출했다. 처음 제시된 쉼표를 이번에는 저음 트릴로 잇는다. 멜로디가 높이 올라가 낭랑하게 울려 퍼진다. 더없이 아름다운 선율에 얀의 영혼도 생기를 머금었다.

중간부에서 멜로디가 일단 진정된다. 1부에서 발산한 거친 분위기를 중화하듯 부드럽게 이어지는 악절이 대단히 아름답다. 단조인데도 곡 전체에서 밝은 기운이 느껴지는 건 각 악절이 분산화음 등으로 장식됐기 때문이다.

뒤이어 올림다단조의 비애가 찾아온다.

그러나 쇼팽이 그리는 애조는 슬픔이 따스하게 선율을 감싸고 있다. 과거를 떠올리게 하는 감미로운 애수다.

다단조에서 내림가단조로 조바꿈을 하자 이따금 주제가 고개를 들이민다.

템포를 약간 올려 처연하게 호소하듯 손가락을 빠르게 움직인다.

그리고 아르페지오를 반복하고 나서 순식간에 오른손으로 건반을 세게 두드린다.

세 개의 화음으로 만들어지는 폭풍우 같은 연타. 이 격렬한 음량이 선명한 대비 효과를 낳는다.

왼손은 옥타브로 포효하고, 오른손은 건반을 때려 부술 것처럼 난폭하게 날뛴다.

쇼팽의 음울하고 어두운 분노가 폭발해 공연장의 벽을 진동시켰다.

자신의 힘으로는 어쩔 도리가 없는 운명에 대한 원망. 신을 향한 저주.

종결부에 이르러 얀은 곡의 주제를 재현했다.

절망과 희망.

격정과 평온.

두 가지 음을 번갈아 자아내고 다시 포르티시모로 빠르게 뛰어오르기 시작한다.

반음을 낮춰 평행조의 내림라장조로 춤춘다.

섬세하면서도 대담하게.

화려하면서도 격렬하게.

얀은 숨을 멈춘 채 양팔에 혼신의 힘을 집어넣었다.

마지막은 피아노를 부술 듯한 강렬한 타건으로 청중의 가슴에 두툼한 쐐기를 깊숙이 박아 넣는다.

그러고 나서 얀이 두 손을 하늘 높이 들어 올렸을 때였다.

파도와 같은 박수갈채가 무대 위를 덮쳤다.

"브라보!" 하는 환호성이 이곳저곳에서 터져 나온다. 이제는 더 이상 콩쿠르가 아니다. 공연장은 어느새 얀 스테판스의 콘서트장으로 바뀌어 있었다.

얀은 몸을 일으켜 성원에 화답했다. 마지막 곡으로 〈스케르초 2번〉처럼 유명곡을 집어넣은 것은 극적인 효과를 노린 전략이었는데 아무래도 전략이 먹힌 듯했다.

공연장의 분위기는 환희의 소용돌이에 빠져 좀처럼 가라앉지 않았다. 무대를 나간 뒤에도 몇 분간 이름이 계속 불릴 것은 예상하기 어렵지 않다.

얀은 무대 끝으로 향하는 길에 다시 한번 심사위원석을 올려다봤다. 자리 거의 정중앙에 앉은 카민스키는 만족한 것처럼 미소 짓고 있었다. 스승의 평가도 합격점인 듯하다.

가가리로프와 오닐도 두려워할 필요가 없다.

리펑이 아무리 실력을 자랑해 봐야 소용없다.

폴란드의 구세주, 얀 스테판스가 지금 이곳에 있으니까.

## 4

다음 날 저녁 얀은 와지엔키 공원으로 향했다.

1차 예선 셋째 날. 오전부터 여덟 명 남짓 되는 참가자의 연주를 듣다가 결국 지치고 말았다. 오늘은 주목할 참가자도 없고 예상대로 실력도 다들 저조해서 도중에 공연장을 뛰쳐나온 것이다.

곧장 집으로 돌아갈 마음은 없었다. 예선 둘째 날 공연장에서 아들의 연주를 본 비톨트는 청중의 열렬한 반응을 끌어낸 것은 칭찬했지만 미스터치를 빼먹지 않고 지적했다.

"그러니까 완벽히 연습하라고 입에서 단내가 나도록 지적했건만."

세상 모든 아버지들은 다들 이렇게 집요하고 귀찮게 구는 걸까. 자신의 꿈을 아들에게 강요하는 모습은 원래 이토록 볼썽사납고 눈꼴신 걸까.

그런 아버지를 보는 것보다는 공원에 가서 마리와 다람쥐를 만나는 게 훨씬 낫다.

저녁이 가까워져서 희뿌연 빛이 공원의 색채를 차분하게 가라앉히고 있다. 한낮의 떠들썩한 분위기도, 땅거미가 깔린 고요함도 싫어하는 얀은 이 시간대의 와지엔키 공원을 가장 좋아했다.

바람이 분다. 황금의 가을에만 느낄 수 있는 가볍고 부드러운 산들바람이다.

어느새 마리의 지정석이 된 큰 나무 쪽으로 가자 마리와 웬 청년 한 명이 함께 서 있었다. 청년은 마리의 눈높이까지 허리를 숙이고 뭔가를 열심히 설명하고 있다.

설마 이런 시간에 유괴범? 그렇다고 하기에는 청년의 몸 짓이 왠지 자상하고 부드러워 보였다.

"앗, 얀!"

마리는 얀을 알아보고 평소처럼 외쳤다. 아무래도 수상한 남자의 꾐에 넘어가고 있었던 것은 아닌 듯하다.

"마리, 뭐 해?"

"폴란드어를 가르쳐 달래."

마리가 의기양양하게 대답했다. 폴란드어를 가르쳐 달라니? 마리가 아는 말이라고는 어린이용 TV 프로그램 '텔레토비'에 나오는 네 외계인이 구사하는 어휘 정도인데.

"마리 씨와 알고 지내는 분이세요?"

청년이 얀 쪽을 돌아보며 물었다.

청년의 얼굴을 보고서야 얀은 마리가 한 말을 이해할 수 있었다. 청년은 동양인이었다. 입에 담은 폴란드어도 약간 더듬거린다.

"이 공원에서 가끔 만나는 사이야."

"그런가요. 곧 어머니가 데리러 올 거라고 하네요. 그전까지 말 상대를 해 주고 있었습니다."

"마리는 유괴범 따위 무섭지 않아!"

"하지만 이 넓은 공원에 너 혼자……."

"엄마가 알려 줬어. 이상한 사람이 다가오면 크게 소리치면 된다고. 마리는 목청에 자신이 있어."

"뭐라고 소리치라고 하셨는데?"

"'불이야!'라고 외치랬어. 유괴범이라고 외치면 아무도 오지 않지만 그렇게 외치면 다들 올 거라고 했어."

얀은 내심 감탄했다. 만나 본 적은 없지만 마리의 어머니는 현명한 여성일 것이다. 청년도 비슷한 생각을 했는지 이해한 얼굴로 고개를 끄덕였다.

얀은 새삼 청년을 다시 관찰했다. 나이는 20대 후반 정도. 키는 얀보다 10센티미터 남짓 크다. 온몸에 군살이라고는 없고 자세도 올곧아 보인다. 뛰어난 연주가가 되려면 바른 자세에 몸의 무게를 싣는 게 중요해서 얀은 처음 만나는 사람을 볼 때 저도 모르게 자세부터 확인하고 만다.

정면에서 얼굴을 봐도 정확한 국적은 가늠할 수 없었다. 얀은 동양에 대해 잘 몰라서 지도도 제대로 그리지 못한다. 인종과 민족 등은 그보다 더 막연해서 중국인과 한국인, 일본인을 전혀 구분하지 못했다.

그러나 청년의 용모는 얀이 아는 동양인과 조금 달랐다.

특히 눈동자 색이 달랐다. 푸른빛이 섞인 다갈색. 동양인은 대부분 눈동자가 진한 검은색이라고 들었는데 청년의 눈은 마치 러시아인 같다.

청년은 그런 갈색 눈으로 얀을 신기하다는 듯이 바라봤다.

"혹시 쇼팽 콩쿠르에 참가하는 얀 스테판스 씨인가요?"

"응" 하고 대답하고서 얀은 후회했다.

최근 며칠간 음악 관련 잡지뿐 아니라 신문과 TV 등지에 얀의 얼굴이 시도 때도 없이 나왔다. 비톨트는 유명인은 감수해야 하는 거라며 왠지 자랑스러운 듯했지만 정작 얀은 거리를 돌아다니면 주위에서 계속 쳐다보는 것 같아서 신경 쓰였다. 이 청년도 그런 열성 팬으로 보이는데 모처럼 쉬려고 온 곳에서 사인을 요청받기라도 하면 내키지 않을 것 같았다.

그러나 청년의 입에서 나온 말은 예상 밖이었다.

"처음 뵙겠습니다. 저도 이번에 콩쿠르에 참가한 미사키 요스케라고 합니다."

"미사키…… 요스케?"

이름을 중얼거리고 나서야 깨달았다. 카민스키가 얀의 대항마로 언급한 바 있는 일본인 참가자 중 한 명이다. 얀보다 아홉 살 많은 콩쿠르 최연장 참가자라고 들었는데 실물은 의외로 젊어 보인다. 그러고 보니 동양인은 대체로 동안이라고 들은 적이 있었다.

"어제 얀 씨의 연주는 대단히 훌륭했습니다. 특히 〈스케르초 2번〉은 지금껏 들어 본 스케르초 중에 가장 엘레강트하더군요."

속으로 흠칫했다. 스케르초에 대한 칭찬은 이미 수없이 들었고 평론으로도 접했다. 그러나 이 청년처럼 '엘레강트했다'라고 평가한 사람은 처음이었다.

얀은 청년이 앞으로 내민 오른손을 맞잡고 악수했다. 내 손보다 한층 크고 중심이 단단하게 느껴지는 부드러운 손.

틀림없는 피아니스트의 손이다.

이 손이 연주하는 곡은 어떤 음을 자아낼까. 혹시 이 일본인도 로봇처럼 악보를 정확히 따라 하는 연주를 보여 줄까.

얀의 생각을 아는지 모르는지 미사키는 희미하게 미소 지었다.

"당신은…… 연주를 마쳤어?"

"네. 저는 오늘 마지막 순서였습니다. 조금 전 마치고 온 길입니다."

자기보다 나이가 어린 상대에게도 말씨가 매우 정중한 것은 폴란드어가 능숙하지 않은 탓일까. 그러나 묘하게 이 청년에게 어울리는 말씨다.

"이런, 운이 나빴네. 난 그보다 먼저 공연장을 나와서 못 들었어."

"도중에 나오셨다고요? 뭔가 급한 일이라도 있었나요?"

"아무리 콩쿠르라고 해도 흉한 쇼팽을 계속 듣는 건 괴로워서……. 그보다 하나 물어도 돼?"

"뭐죠?"

"아까 내가 연주한 〈스케르초 2번〉을 엘레강트하다고 했지? 그게 정확히 무슨 뜻이야? 그 연주를 두고 역동적이라거나 극적이라는 평가는 많이 들었지만 엘레강트하다고 한 건 당신이 처음이어서."

그러자 미사키는 아아, 하고 겸연쩍은 듯이 말했다.

"표현이 충분하지 못했네요. 아니, 틀린 걸까요. 흐음, 노블하다고 해야 했으려나……. 역시 익숙하지 않은 말은 함부로 입 밖에 내면 안 되는 것 같습니다."

"노블?"

"기품이 느껴졌다고 할까요. 그날 들은 참가자의 연주 중에 가장 '폴란드의 쇼팽'처럼 들리더군요."

순간 소스라치게 놀랐다.

'폴란드의 쇼팽'. 카민스키는 자주 입에 담는 말이지만 그다지 공개적으로 언급되지는 않는 전통적인 쇼팽의 해석. 그리고 폴란드인만이 고집스럽게 품고 있는 쇼팽에 대한 확고한 이미지.

폴란드 이외의 다른 나라 사람에게는 타국인을 배제하는 은어처럼 느껴질 것이다. 반대로 말하면 다른 나라의 역대 콩쿠르 참가자들은 그 은어를 무시하거나 혹은 반박하는 것으로 자신의 존재 이유를 증명했다.

그러나 미사키는 지극히 당연하게 그 해석을 받아들이고, 그런 척도로 얀의 연주를 들었다.

음악이 세계 공용어라고 말하는 사람은 많다. 그러나 그것은 음악의 최대공약수로만 음악을 듣는 사람들의 얼빠진 소리에 불과하다. 실제로는 특정 장소, 특정 관계성에서만 성립하는 음악이 얼마든지 존재한다. 아름다운 가스펠 소리에 도취될 수는 있어도 그 음악이 만들어지기까지의 배경을 진정 이해하는 사람이 얼마나 될까.

쇼팽도 마찬가지다. 그가 남긴 에튀드, 녹턴, 스케르초, 발라드, 왈츠. 그 모든 것이 보석처럼 반짝반짝 빛나지만 쇼팽이 원석을 고르고 연마한 과정을 아는 것과 모르는 것으로 곡에 대한 이해도는 천양지차로 갈린다. 그리고 그런 그의 고뇌를 피부로 느끼는 것은 역시 탄압의 역사를 겪어 온 폴란드인밖에 없는 것이다.

굳이 많은 말을 주고받지 않아도 안다. 이 미사키라는 동양인은 쇼팽과 폴란드를 깊게 이해하고 있다. 폴란드인의 배타성을 순순히 받아들이고 있다.

얀은 갑자기 청년에게 마음이 끌렸다.

그리고 그에게 질문을 던지려고 했을 때 먼저 기선을 제압당했다.

"얀, 너무해. 미사키의 첫 번째 친구는 마리인데."

얀이 뭐라고 대답해야 할지 망설이자 미사키가 어른스럽게 대신 대답해 주었다.

"친구 이전에 마리 씨는 제 선생님이랍니다."

"그럼 수업료 줘."

"네?"

"미사키도 피아니스트잖아."

"네, 그거야 뭐……."

"마리를 위해서 피아노를 쳐 줘."

"아, 그게."

아이를 상대하는 거니 적당히 맞춰 주면 될 텐데 어째서인지 미사키는 고지식하게 일일이 마리의 말에 대답하려 한다.

"죄송합니다. 피아노를 들고 다닐 수 없는 노릇이라 지금이 자리에서 연주해 드리는 건 어렵네요."

그러자 마리는 샐쭉한 얼굴로 고개를 끄덕였다.

"알았어. 그럼 시간과 장소는 미사키가 정해. 하지만 곡은 마리가 좋아하는 곡으로 해야 해."

"신청곡이 뭐죠?"

"음, 마리는 이 곡이 좋아. 딴, 딴. 따라라라란, 딴, 딴……."

정확한 음정이다. 그걸 떠나 지나치게 유명한 멜로디라 언뜻 듣고도 곡명을 맞힐 수 있었다.

"아, 쇼팽의 〈녹턴 2번〉이군요."

"마리는 곡 이름은 몰라."

"이 멜로디죠? 딴, 딴. 따라라라란, 따단, 딴."

"응, 맞아! 딴, 딴. 따라라라라, 따단, 딴. 따, 따라라라라란……."

미사키와 마리가 입을 모아 노래를 부르기 시작했다. 얀은 타이밍을 잡아 그 사이에 끼어들었다.

"마리가 좋아하는 곡은 〈강아지 왈츠〉 아니었어?"

"얀은 짧은 곡밖에 안 쳐 주잖아."

"미사키, 하나만 더 물어도 될까?"

"네. 말씀하세요."

"쇼팽 콩쿠르에 참가하려면 음악 관계자 두 명의 추천이 필요해. 미사키를 추천한 사람은 누구였어?"

"한 분은 일본 쇼팽 협회의 도베 교수님입니다. 또 한 분은 마지막까지 현역 피아니스트였던 분이지요."

"마지막까지 현역이었던 피아니스트?"

"얀 씨도 아실 겁니다. 전 세계 음악 팬의 사랑과 존경을 한 몸에 받아 온 쓰게 아키라 씨를요."

"쓰게, 아키라……!"

알고 말고도 없다. 피아니스트를 목표하는 사람 중 그 이름을 모르는 사람은 없을 것이다. 안타깝게도 작년에 타계했지만 희대의 라흐마니노프 연주가로서 오랫동안 클래식 음악계에 군림해 온 마에스트로 중 한 명이었다. 얀이 자주 듣는 음악 목록에도 그가 연주한 CD가 많다. 라흐마니노프에게 관심이 있는 사람이라면 반드시 한 번은 거쳐야 하는 이정표 같은 존재다.

그런 쓰게 아키라가 실력을 인정한 남자라니. 얀은 잠시 미사키를 멍하니 바라봤다.

뒤늦게 카민스키의 조언을 조금 더 진지하게 들었어야 했다는 후회가 들었다.


10월 7일 1차 예선 마지막 날.

공연장 입구는 이미 북적이고 있었다.

얀은 인파를 헤치며 홀 쪽으로 향했다. 아침부터 공연장을 찾은 것은 전부터 어떤 이유로 청중의 관심을 끌어온 참가자의 연주를 듣기 위해서다.

홀 입구에서 키가 훌쩍한 남자와 어깨가 부딪혔다.

"죄, 죄송합니다!"

"아뇨, 저야말로."

돌아본 상대와 눈이 마주쳤고 두 사람은 잠시 서로의 얼굴을 마주 봤다.

"발레리 가가리로프?"

"넌…… 얀 스테판스?"

누가 먼저랄 것 없이 손을 앞으로 내밀었다. 가가리로프의 손은 백자처럼 부드러웠지만 관절은 보기 흉하게 부풀어 있다. 전형적인 피아니스트의 손가락이다.

"네 〈스케르초 2번〉 들었어. 훌륭한 연주더군."

"네 〈발라드 1번〉도. 폴란드식 연주는 이미 질리도록 들어서 아주 자극적이더라."

"그리고 〈에튀드 10-1〉에서 보여 준 속주와 연속으로 이어진 〈10-2〉는 정말 놀랍더군. 체력이 엄청나던데. 쇼팽 콩쿠르 다음에는 올림픽에라도 출전할 생각인가?"

"가가리로프, 폴란드어는 어디서?"

"아, 전에도 이 나라에 몇 번 와 본 적이 있거든. 일상 대화 정도는 가능해. 그런데 말은 통해도 생각은 별로 통하지 않는 것 같네."

가가리로프는 마치 누군가를 비하하는 것처럼 어깨를 으쓱했다.

"역사적으로 우리 조국과 사이가 어땠는지는 알지만……. 이 나라 사람들은 음악에 정치를 끌어들이는 건가? 나는 그저 피아노를 치러 왔을 뿐인데."

"그런 관객들은 그냥 무시하면 돼. 어차피 심사하는 사람은 열여덟 명뿐이야."

"관객에게 가닿지 않는 연주에 무슨 의미가 있겠나. 아무리 콩쿠르라고 해도."

아아, 이 남자는 콩쿠르에 목숨을 걸지는 않는군. 얀은 속으로 그렇게 생각했다. 콩쿠르는 콘서트장이 아니다. 어디까지나 심사위원들에게 기량을 선보이는 장소인 것이다.

"뭐 상관없겠지. 본선에 진출하면 또다시 내 연주로 관객 모두를 홀려 줄 수밖에. 그나저나 얀 스테판스. 혹시 너도 오늘 그 사람의 연주를 들으러?"

"그래. 정말 궁금한 참가자니까."

"나도 마찬가지야. 너는 그를 어떻게 생각하지?"

"어떻게라니?"

"이 나라도 마찬가지지만 전에는 스포츠와 문화를 모두 국가가 관리했지. 관리라고 하면 조금 어폐는 있겠지만 어쨌든 재능만 있으면 한 나라의 영웅이 될 수도 있는 시대였어. 그러나 국가의 형태가 달라진 뒤로는 재능이 있어도 기회를 얻지 못한 사람은 밑바닥에서 헤어날 수 없게 됐지. 너도 네 등 뒤에 가호의 손길이 존재한다는 건 부정 못 하지 않나?"

얀은 가볍게 고개를 끄덕였다.

"그런 의미에서 보면 이곳에 모인 녀석들은 다들 비슷하겠지만 그만은 달라."

"어떻게 다른데?"

"우리에게는 보이는 게 그에게는 보이지 않지. 하지만 우리가 듣지 못하는 걸 그는 들을 수 있어. 우리는 음악을 선택했지만, 그는 음악에게 선택받았어. 그렇게 생각하지 않나?"

"일단 연주를 듣고 나서 생각해 볼게. 그럼 이만."

얀은 가가리로프와 헤어져 객석으로 향했다.

카민스키가 얀의 대항마 중 한 명으로 언급한 사람. 일본인 사카키바 류헤이. 그의 연주가 신경 쓰이는 사람은 얀뿐만이 아닌 듯했다. 객석을 둘러보니 가가리로프 외에도 오닐과 리펑, 그리고 미사키의 모습도 보인다. 에드워드 올슨과 엘리안느 모로의 얼굴도 보였다. 다들 우승 후보자로 꼽히는 참가자인데 그들 모두가 사카키바의 연주를 기다리고 있는 것이다.

얀도 그에 대해 잘 아는 것은 아니다. 미사키를 만나고 난 뒤에 그동안 방심했다는 걸 깨닫고 서둘러 자료를 뒤져 본 정도다. 그러나 그는 자료 내용만으로도 충분히 관심을 불러 일으키는 사람이었다.

나이 18세. 날 때부터 시각 장애를 지닌 채로 태어나 빛과 색을 잃은 소년.

그러나 신은 그에게서 시력을 앗아 간 대신 훌륭한 재능을 선사했다. 사카키바는 악보를 보지 않고도 피아노를 연주할 수 있었던 것이다.

그가 아직 어렸을 때 그의 어머니는 아들이 적어도 소리만은 즐기고 놀았으면 하는 마음에 그에게 장난감 피아노를 선물했다. 그 뒤로 사카키바는 열심히 건반을 두드렸는데, 놀랍게도 그는 한 번 연주한 악구를 완벽하게 다시 칠 수 있었다고 한다. 더욱 놀라운 것은 TV나 라디오에서 흐르는 음악을 듣자마자 곧장 피아노로 재현하는 점이었다.

사카키바를 본 의사는 그를 절대음감의 소유자라고 확신했다. 여기까지는 항간에서 흔히 들을 수 있는 감동적인 일화라고 할 수 있다. 그러나 사카키바 류헤이에게 사람들이 주목한 것은 절대음감이라는 재능이 아닌 유례없이 풍부한 그의 음악 표현력 때문이었다. 본격적인 레슨을 받자마자 사카키바는 순식간에 재능을 활짝 꽃피웠고 눈 깜짝할 사이에 일본의 주요 피아노 콩쿠르에 나가 우승을 거머쥐었다.

그러나 지금껏 사카키바는 일본에서만 활약해, 세계를 무대로 하지는 않았다. 말하자면 이 쇼팽 콩쿠르가 사실상 세계 데뷔전인 셈이다. 여기 모인 다른 유력 우승 후보들은 그의 실력을 자신의 눈과 귀로 직접 확인하기 위해 오늘 공연장을 찾았다.

이날 사카키바의 차례는 오전부 세 번째였다. 두 번째 참가자가 연주를 마치고 무대 옆으로 사라지자 관객들의 기대감이 점차 부풀어 올랐다.

그러나 거기서 이변이 일어났다.

시간이 지나도 사회자가 무대에 나타나지 않았다. 장내 방송도 나오지 않는다.

5분.

10분.

그리고 15분.

객석이 슬슬 소란스러워지기 시작할 무렵 그제야 사회자가 모습을 드러냈지만 그의 첫마디는 뜻밖이었다.

—공연장에 모여 주신 관객 여러분. 대단히 죄송하지만 금일 일정이 급히 변경되었습니다. 사고가 발생한 탓에 금일 프로그램이 전부 중단됩니다.

뭐라고?

객석이 삽시간에 찬물을 끼얹은 것처럼 조용해졌다.

　―이 뒤로 예정돼 있던 연주는 연기가 결정되었습니다. 자세한 사항은 금일 중 공연장 입구 게시판과 쇼팽 협회 웹사이트에 공지하겠사오니…….

　마지막 말은 잘 들리지 않았다. 객석에서 질문과 항의의 목소리가 일제히 쏟아졌기 때문이다. 개중에는 일찍이 자리를 뜨는 사람도 있었다.

　더 있어 봐야 소용없다. 얀도 자리에서 일어나 출구로 발걸음을 서둘렀다. 티켓을 환불하려는 관객들과 갑작스러운 공연 중단에 화를 내는 관객들로 접수처가 붐비는 것은 시간문제다. 지금 당장 홀을 나가지 않으면 꼼짝없이 안에 갇힌 채 기다려야 할 것이다.

　그러나 이미 늦었다.

　홀로 향하는 문을 열자 그곳은 공연장에서 나온 관객들로 가득 차 있었다. 예상대로 접수처 앞에는 인파가 몰려 있을 것이고 보아하니 출구도 사람들로 들끓고 있어 발 디딜 틈조차 없어 보였다.

　이런, 기다릴 수밖에 없겠군. 얀은 그렇게 체념하고 2층 출구 쪽으로 시선을 향하자 그곳에서 카민스키가 보였다. 2층도 1층과 마찬가지로 번잡했고 그는 평소 보기 드물게 언짢은 표정을 짓고 있었다.

　카민스키 선생님이라면 뭔가 소식을 들었을지도 몰라. 얀은 인파를 헤치고 나아가 계단 위에서 있는 은사에게 다가 갔다.

"카민스키 선생님!"

"아, 얀이구나."

카민스키는 이맛살을 찌푸린 채로 얀을 봤다. 그의 오른손 손등에 희미한 붉은 색 선이 있었다. 표정은 긴장감으로 딱딱하게 굳었다.

"선생님, 오른손이…….."

"누군가 옆을 지나치다가 살짝 긁힌 모양이다. 그나저나 거의 패닉이구나."

카민스키는 찌푸린 얼굴로 고개를 절레절레 흔들었다.

"대체 무슨 일이 일어난 거예요?"

"있어서는 안 될 일이 일어났지."

카민스키는 얀의 어깨를 감싼 채 2층 구석으로 데려갔다.

"선생님."

"어차피 낮부터는 이 뉴스로 떠들썩해질 거야. 이제 곧 바르샤바 수도 경찰도 도착할 테니 지금 네게 설명해 줘도 괜찮을 것 같구나."

"수도 경찰요?"

"이곳 2층에 참가자용 대기실이 있는 건 알지?"

"네."

"조금 전 경비원이 그 안에서 발견했다. 대기실에서 사람이 한 명 죽어 있는 걸."

카민스키의 말이 의식 위를 미끄러져 갔다.

"네? 죽었다고요?"

"살해됐다고 해. 누군가에게."

"살해요? 누가요? 콩쿠르 참가자예요?"

"아니. 경비원 말로는 형사라는구나. 신분증을 갖고 있었
는데. 이름이 피오트르라고 하던데."

"살해됐다는 건 어떻게 알아요?"

"경비원이 말하기를 가슴에 총을 한 발 맞았다는구나. 하
지만 더 큰 문제는 시신의 상태야. 그런 상태라면 살해됐다
고 볼 수밖에 없어."

"……상태가 어땠던 거죠?"

"그게, 손가락이 말이다."

카민스키는 쓰디쓴 것을 집어삼키는 듯한 표정으로 입을
열었다.

"열 손가락이 전부 두 번째 관절까지 사라졌다고 한다."

◇◇◇

'피아니스트'는 집으로 돌아가 소파에 깊숙이 몸을 맡겼
다. 푹신한 소파의 감촉이 피로를 편안하게 흡수해 주었다.

그러나 뇌리에 남은 혐오감까지 흡수해 주지는 않는다.

'피아니스트'는 하는 수 없이 홈바에 가서 뮤트 피트니*를 꺼냈다. 호박색이 아름다운 벌꿀주. '피아니스트'의 취향은 물을 타지 않은 온더록스다.

손가락으로 얼음을 휘젓는다. 손가락 끝이 냉기로 저릿해질 때까지 기다렸다가 한 모금 마신다.

달콤한 향기와 함께 목구멍 안쪽이 싸늘해지자 머리가 조금 가벼워졌다.

혐오감의 원인은 알고 있다. 오랜만에 지근거리에서 사람을 죽였기 때문이다. '피아니스트'는 토카레프의 방아쇠를 당긴 감촉을 떠올리고 몸을 부르르 떨었다. 총알이 상대 가슴에 꽂히는 소리가 아직 귓가에 남아 있다.

역시 내게는 폭탄이 더 잘 맞는다. 목적지에 설치하고 멀리 떨어진 곳에서 폭발의 순간을 가만히 기다린다. 그것이 훨씬 문화적이지 않은가.

그건 그렇고 그 형사 자식. 내가 있는 곳을 어떻게 알아냈을까. 아니, 그전에 어떻게 내 정체를 알아챘을까.

처음 얼굴을 봤을 때부터 형사의 속내를 읽을 수 있었다. 태도는 부드러웠지만 나를 의심하고 있는 게 분명했다.

형사는 내가 즉시 대응할 가능성은 떠올리지도 못한 듯했다. 그래서 '피아니스트'는 결단했다. 재빨리 토카레프를 꺼

---

\*     꿀과 물을 섞어 발효해서 만든 폴란드의 전통주.

내 형사에게 달라붙었다. 형사는 격렬히 저항했지만 가슴에 닿은 총구에서 벗어날 수는 없었다.

발사 소리가 상대의 몸에 묻혀 밖에까지 새지 않은 듯해 '피아니스트'는 최소한의 뒤처리만 하고 대기실을 나갔다.

증거는 아무것도 남지 않았다. 시신 발견 현장에서 내가 수사 선상에 오를 가능성은 전혀 없다.

그러나 조심은 해야 한다. 앞으로는 더욱 신중하게 움직일 필요가 있다.

나에게는 거대한 사명이 있으니까.

II     *Senza tempo*
나만의 속도로 자유롭게

# I

피오트르의 시신은 밖에 실려 나갔지만 바닥에는 아직 혈흔이 남아 있다. 혈흔 대다수는 총상이 아닌 절단된 손가락에서 나온 것이라고 한다.

열 개의 절단부에서 나왔다고 보기에는 양이 적은 감이 있지만 검시관은 사망 이후 손가락이 잘렸기 때문이라고 했다. 다시 말해 생활 반응*이 없다는 의미다. 마취를 하고 사람을 죽일 만큼 온정 넘치는 테러리스트는 없다. 바인베르크는 삶의 마지막에 피오트르가 극심한 통증에 시달리지 않은 것만은 신에게 감사했다. 검시관의 견해에 따르면 총알은 심장에 한 발. 프로의 익숙한 솜씨로 즉사했다고 했다.

---

\*     살아 있을 때에만 나타나는 몸의 반응.

시신은 오전 9시 30분 대기실을 찾은 콩쿠르 참가자 중 한 명이 발견했다. 공연장은 어젯밤 11시에 모든 순찰을 마치고 문을 닫았다. 검시관은 사망 추정 시각이 오전 8시에서 9시라고 했으니 피오트르가 이 안에서 살해된 것은 거의 틀림없을 것이다.

흉기인 권총과 절단에 쓰인 도구도 현장에 그대로 방치돼 있었다. 라돔 P-64. 폴란드군이 쓰는 제식 권총인데 군에 물량이 넘쳐나서 시중에 불법으로 소지한 자도 있다. 제조 번호는 깨끗이 지워져 있었다.

그러나 권총보다 더욱 섬뜩한 것은 바로 끝부분이 피범벅이 된 니퍼였다. 공구로 쓰는 니퍼인데 날 길이가 사람의 손가락을 자르기에 충분했다.

"총과 니퍼에서는 모두 지문이 검출되지 않았습니다. 아마 사용한 다음 바로 지워 없앴겠죠."

형사의 보고 내용은 예상한 대로였다. 범인이 만약 피오트르가 추적한 세계적인 그 테러리스트라면 지문 따위를 남길 리 없다. 권총과 니퍼를 현장에 두고 간 것은 어차피 증거물로는 경찰이 자신을 추적하지 못할 것이고, 오히려 그것을 소지하는 것이 위험하다고 판단했기 때문이다. 폴란드 국가경찰을 어지간히 우습게 봤다는 말인데 어쨌든 두 가지 증거물로 범인을 특정하기는 어려워 보였다.

권총과 니퍼. 그 밖에 가장 중요한 것이 아무리 찾아도 보이지 않았다.

"손가락은 역시 없습니다."

바닥을 살피던 형사 몇 명이 마침내 백기를 들었다.

"한 개도 없네요."

"그럼 범인이 들고 사라졌다는 말인가?"

바인베르크가 심문조로 묻자 형사들이 서로 얼굴을 마주
봤다. 납득하기 어렵지만 어쩔 수 없이 그렇게 해석할 수밖
에 없다는 표정이다.

"살해하고 손가락을 절단한 다음 들고 사라진다. 만약 그
것이 범인의 살해 방식이라면 아주 엽기적인 습관을 지닌 테
러리스트로군. 거사를 마치고 절단한 손가락을 보며 술잔이
라도 기울이는 걸까."

"주임님. 아직 테러리스트의 소행으로 밝혀진 건 아니잖습
니까?"

물론 범인이 한 명인지 여러 명인지도 밝혀지지 않았으니
어림짐작은 금물이다. 그러나 피오트르는 예전에 '피아니스
트'의 이름을 언급했고 그의 행방을 쫓고 있다는 말을 남겼
다. 그 점을 고려하면 피오트르가 그를 뒤쫓다가 반격당했을
가능성이 가장 크다.

어쨌든 이대로 둘 수는 없다. 바인베르크는 마음을 최대한
가라앉히려 했지만 무리였다. 직업의식에 앞서 사적인 분노
가 부글부글 끓었다. 피오트르의 말마따나 범인을 체포하면

사형 제도가 있는 나라로 보내서 재판받게 해 주고 싶었다.

그는 젊지만 실력이 뛰어난 형사였다. 늘 입에 담는 볼멘소리도 익숙해지니 그리 거슬리지 않았다. 같은 팀에서 사건을 좇다 보면 이따금 아들처럼 느껴질 때도 있었다.

그런 인재를 이런 식으로 잃다니.

바인베르크는 조금만 방심하면 터져 나올 것 같은 분노를 필사적으로 억눌렀다. 현장에서 냉정함을 잃는 것은 용납되지 않는다. 분노는 집념으로, 원통함은 기력으로 바꿔 수사에 임해야 한다. 그렇게 하지 않으면 녀석에게 비웃음을 살 것이다.

사적인 원한을 해소하기 위해 수사를 해서는 안 된다. 그러나 사적인 원한을 집념으로 바꾸면 이야기는 달라진다.

공연장 지배인 아들러는 몸집이 크지만 소심해 보이는 남자였다.

"그럼 홀 안에 있던 경비원 중 아무도 피해자와 가해자가 대기실에 가는 모습을 목격하지 못한 겁니까?"

"대회 기간만큼은 관계자들은 오전 8시부터 입장할 수 있습니다. 관객은 콩쿠르 시작 전인 9시 30분부터 입장하고요. 따라서 경비원도 그 시간에만 맞춰 오면 된다는 지침을 따르고 있었습니다."

"그럼 경비원이 오기 전까지 누구든 이곳에 드나들 수 있었다는 말이 되는군요."

"아뇨. 그렇지는 않습니다. 2층 대기실은 심사위원과 참가자용으로 총 여덟 곳이 있는데, 각각의 문에 전자식 자물쇠가 달려 있어서 이 ID 카드가 없으면 들어갈 수 없습니다."

아들러는 가슴에 매단 카드를 바인베르크에게 보였다. 사진이 들어간 신분증처럼 보인다. 가운데가 둥글게 약간 튀어나온 것은 그 안에 칩이 있어서일 것이다.

"이 카드가 대회 관계자들에게 배부됐군요."

"운영위원과 심사위원, 그리고 참가자들에게 나눠 줬죠."

"흐음. 그렇다면 사건 당시 누가 이 방에 들어왔는지도 알 수 있지 않습니까?"

"아, 그게 실은……."

아들러는 대답을 머뭇거렸다.

"이 IC 칩은 식별되는 타입이 아니라 입실자를 특정할 수는 없습니다."

"……그렇군요. 이 안에 방범 카메라는 총 몇 대 설치돼 있습니까?"

"1층에 세 대. 2층에는 없습니다."

"왜죠?"

"왜냐고 물으셔도……. 카메라가 돌아가면 참가자들이 집중하는 데 방해가 되니까요."

바인베르크는 혀를 쯧 찼다. 기업의 기밀 정보를 보관하는 곳이면 모를까 콩쿠르 참가자들을 일시적으로 보호할 목적이라면 이 정도로 충분하다는 논리다. 언뜻 일리는 있지만 현재 바르샤바 시내에서 테러가 빈발하고 있고 외국에서 온 손님도 많은 이런 상황에서는 쇼팽 협회의 위기관리 의식이 희박하다고 지적할 수밖에 없다. 실제로 이곳 대기실에서 결국 끔찍한 범죄가 일어나고 말았다.

"ID 카드는 총 몇 명에게 배부됐습니까?"

"저를 포함해 286명입니다."

ID 카드가 있는 사람이라면 누구든 이 대기실에 들어올 수 있었다. 피오트르를 안에 불러들일 수도 있었을 것이다. 그러나 용의자는 무려 286명이나 된다. 알리바이 확인만으로 얼마나 많은 인원과 시간이 소모될까. 바인베르크는 쇼팽 협회에 정식으로 항의하고 싶은 심정이었다.

"ID 카드를 소지한 분들의 목록을 지금 당장 제출해 주십시오."

"저…… 그런데 오늘 콩쿠르는 어떻게 되는 거죠?"

바인베르크는 순간 귀를 의심했다.

"지배인님. 지배인님은 설마 이런 상황에서 콩쿠르를 계속 이어 갈 수 있다고 보시는 겁니까?"

"아, 그 말씀이 맞지만……. 일정을 바꾸려면 협회의 승인이 필요해서……."

바인베르크는 하마터면 화를 버럭 낼 뻔했다. 자신이 아끼던 유능한 젊은 형사가 끔찍이 살해됐는데도 지금 이 남자는 쇼팽 콩쿠르의 향방이 더 중요하다는 식으로 말하고 있다. 피아노 실력의 우열을 가리는 것과 범인 체포 중 어느 쪽을 우선해야 한다고 생각하는 걸까.

"그건 저희 같은 국가 경찰이 신경 쓸 일이 아닙니다. 적어도 오늘 하루 이곳 홀은 형사과가 점거하게 될 테니 그렇게 알아주십시오. 아, 그리고 관계자와 관객분들을 아직 밖에 내보내면 안 됩니다. 이름과 주소를 모두 확인한 다음에 돌려보내세요."

"……시간이 얼마나 걸릴까요?"

"일단 하루는 소요되겠죠."

"대상에는 국빈들도 포함되나요?"

"국빈도 포함됩니다."

바인베르크가 그렇게 잘라 말하자 아들러는 비탄에 잠긴 얼굴로 대기실을 나갔다. 어깨를 축 늘어뜨린 이유가 죽은 이를 향한 애도 때문은 아닐 것이다.

"가서 시신의 최초 발견자를 불러오게."

최초 발견자는 참가자 중 한 명인데 대기실에 들어왔을 때 시신을 맞닥뜨렸다고 했다.

잠시 기다리자 형사와 함께 그 사람이 모습을 드러냈다.

그를 보자마자 바인베르크는 절망의 구렁텅이에 빠졌다. 최초 발견자에게서 유익한 정보를 얻을 수도 있겠다는 기대감이 순식간에 산산조각 났다.

그는 앞을 보지 못하는 맹인이었다.

"사, 사카키바 류헤이라고 합니다."

일본인에다가 체구가 작아 키가 160센티미터도 안 돼 보인다. 나이는 열여덟 살이라고 하는데 겉보기에는 더욱 어려 보였다. 시각 장애인용 지팡이를 짚고 두 다리로 선 모습이 물리적으로는 안정됐는데도 지금 당장에라도 쓰러질 듯 아슬아슬해 보인다. 바인베르크는 망설임 없이 그에게 의자에 앉기를 권했다.

사카키바를 빤히 보고 있으니 실망감이 더욱 커졌다. 만약 그가 맹인이 아니었다면 방에서 뛰어나오는 범인의 뒷모습 정도는 목격했을지 모른다.

사카키바는 눈을 감은 채 바인베르크의 위치를 확인하듯 고개를 움직였다. 표정은 지배인 아들러보다 더 불안정해서 꼭 길을 잃은 어린아이 같다.

"사카키바 씨가 가장 먼저 시신을 발견…… 아니, 확인하셨다더군요."

"아, 네. 맞아요."

"당시 상황에 대해 최대한 자세히 알려 주십시오."

"전…… 오늘 경연이 있는 날이라 30분 전에 대기실에 왔습니다. 그런데 대기실에 들어오자마자 아주 이상한 냄새가 나서 혹시 '누구 있나요?'라고 물었더니 대답이 없었죠."

더듬거리는 폴란드어 속에는 신경 쓰이는 단어가 있었다.

냄새?

바인베르크는 고개를 갸웃했다.

사망 추정 시각은 일러도 오전 8시. 그 후 시신이 발견된 9시 30분까지 90분밖에 흐르지 않았다. 그런데 이 청년은 이상한 냄새가 났다고 한다.

"어떤 냄새였습니까?"

폴란드어를 알아듣기는 해도 자유롭게 의사소통을 할 만큼 숙달되지는 않았을 것이다. 사카키바는 필사적으로 단어를 떠올리는 것처럼 신음했다.

사카키바가 힘들어하는 모습을 보고 형사 중 한 명이 바인베르크에게 귓속말을 했다.

"저…… 같은 참가자 중에 이 청년보다 폴란드어를 조금 더 할 줄 아는 일본인이 있습니다. 그 사람에게 통역을 부탁해 보는 건 어떨까요?"

원래 사건 관계자들은 참고인 조사 자리에 함께 두지 않는다. 수사본부의 계획과 기밀 정보가 새어 나갈 수도 있기 때문이다. 그러나 형사과에 일본어를 할 줄 아는 사람이 없는 것을 참작하면 어쩔 수 없어 보인다. 만약 기밀이 샜다고 느끼면 그 시점에 참고인 조사를 중단하면 된다.

"그래. 그 사람을 불러오게."

잠시 후 대기실에 들어온 사람은 묘하게 호감 가는 청년이었다. 자상해 보이는 표정에서 그 눈빛이 이성의 빛을 머금고 있다. 일본인이라고 했지만 왠지 인상은 슬라브 계열처럼 보였다.

"안녕하세요. 미사키 요스케라고 합니다."

청년이 자신을 소개했다.

"이 사카키바 류헤이 씨와 같은 일본인이시죠?"

"네. 똑같이 쇼팽 콩쿠르에 참가한 참가자이기도 하지요."

과연. 느리고 정중한 폴란드어가 약간 서툰 감이 있지만 이 정도면 참고인 조사에 필요한 대화를 나누는 데는 지장이 없을 것이다.

"사카키바 씨를 조사하려고 하는데 통역을 부탁드려도 되겠습니까?"

"실은 조금 전 이야기를 대략 들었는데…… 저도 참고인 조사 대상자에 포함됐다고 하더군요. 조사 대상자가 같은 자리에 있어서 사카키바 씨의 심증에 영향을 미칠 가능성은 없을까요?"

"그 점은 안심하셔도 됩니다. 사카키바 씨가 범행을 저지를 수 없었다는 건 누가 봐도 명백하니까요."

"왜죠?"

"왜냐니요……. 보다시피 사카키바 씨는 시각 장애인 아닙니까."

바인베르크는 미사키에게 피해자가 총에 맞아 살해됐다는, 언론에 공표할 사실만을 전했다.

"표적이 보이지 않으니 총알을 맞힐 수도 없었겠죠."

두말할 것 없는 명백한 사실이다. 바인베르크가 어이없어 하자 미사키는 왠지 곤란해하는 얼굴로 사카키바에게 뭔가를 속삭였다.

"경부님. 사카키바 씨는 경부님이 말보로를 즐겨 피우시는 것 같다네요."

바인베르크는 저도 모르게 입에 손을 갖다 댔다. 아무리 골초여도 사건 현장에서 담배를 피우지는 않는다.

"아무래도 맞힌 것 같군요."

"······어떻게 아셨죠?"

"사카키바 씨는 시력을 제외한 다른 감각이 평범한 사람보다 훨씬 뛰어나기 때문입니다. 물론 그중 가장 뛰어난 건 청각이겠죠. 사카키바 씨는 경부님의 몸과 옷에 밴 담배 냄새로 담배의 상품명을 맞히셨습니다."

"자, 잠깐만요. 사카카비 씨와는 지금 거리가 1미터 이상 떨어져 있는데."

"네. 그 거리가 바로 사카키바 씨와 평범한 사람들의 차이입니다."

서둘러 재킷 안쪽에 코를 갖다 댔지만 담배 냄새는 전혀 풍기지 않았다.

바인베르크는 이번에는 또 다른 측면에서 어안이 벙벙해졌다.

"사카키바 씨가 이해해 주셔서 말씀드립니다만 표적이 보이지 않는다는 이유로 용의자 목록에서 제외할 수는 없습니다. 사카키바 씨의 청각과 후각 수준이면 표적의 위치를 알아차리는 게 그리 어렵지 않을 테니까요. 또한 사람은 보통 상대가 시각 장애인일 경우 경계심을 풀고 접근하는 경향이 있으니 위치를 가늠하기 더욱 수월했겠죠."

검시관의 보고에 따르면 피오트르의 권총에서도 초연 반응이 나와 범행이 극히 가까운 거리에서 이뤄졌다는 것을 암시했다. 미사키의 설명을 함께 고려하면 분명 사카키바도 범행을 저지를 수 있었다는 말이 된다.

"방금 시각 장애인이라는 이유로 사카키바 씨를 용의자에서 제외할 수는 없다고 하셨는데, 혹시 다른 이유도 있는 겁니까?"

"지근거리에서 이뤄진 범행이라면 사카키바 씨의 옷에 피가 튀었을 가능성이 있습니다. 피가 튀었는지 보지 못하는 사카키바 씨는 피가 묻든 묻지 않았든 옷을 갈아입었어야 하는데 사카키바 씨는 호텔에서 나온 뒤로 옷을 갈아입은 적이 없다고 말씀하셨습니다. 그건 호텔 직원과 홀 관계자분들의 증언을 들으면 알 수 있겠죠."

"피가 튀지 않았을 가능성도 있지요. 그렇게 생각하면 굳이 옷을 갈아입지 않아도 됩니다."

"권총과 손가락을 절단할 도구까지 준비한 범인이 그런 위험한 도박을 할 리는 없지 않을까요?"

바인베르크는 사카키바의 옷을 다시 한번 확인했다. 재킷은 짙은 남색이지만 셔츠가 흰색이라 피가 튄다면 틀림없이 눈에 띌 것이다. 미사키의 설명을 다시 검토해도 논리적인 오류는 없었다.

"그러나 그토록 후각이 예민하다면 옷에 피가 묻은 것도 알 수 있지 않을까요?"

"그 정도면 개의 후각이나 마찬가지이니 그건 어렵겠죠. 바닥에 이렇게 많은 혈흔이 남았다면 옷에 피 냄새도 묻었을 테고요."

아무래도 미사키의 설명에 수긍하고 넘어갈 수밖에 없을 듯하다.

그러나 바인베르크는 사카키바의 복장을 보고 또 다른 의문점을 떠올렸다.

"사카키바 씨는 항상 장갑을 끼고 다니십니까?"

사카키바는 두꺼워 보이는 가죽 장갑을 꼈는데 지금은 실내인 데다가 실외에서도 그렇게 중무장을 할 만큼 날씨가 춥지 않다. 흉기에서 지문이 검출되지 않은 사실도 장갑에 시선을 쏠리게 했다.

"사카키바 씨가 늘 장갑을 끼는 건 피아니스트이기 때문입니다."

"네?"

미사키는 바인베르크 앞에서 양손을 바지 주머니에 찔러 넣었다.

"피아니스트는 손이 생명이라서요. 피아노 칠 때를 제외하고는 대부분 이런 식으로 손을 보호합니다. 하지만 사카키바 씨는 걸어 다닐 때 지팡이가 반드시 있어야 하니 손이 밖에 노출되죠. 그러니 어쩔 수 없이 방호용 장갑을 끼는 겁니다."

미사키가 귓속말을 하자 사카키바는 고개를 끄덕이더니 오른손 장갑을 벗었다.

"다만 이렇게 신중히 관리해도 장갑을 벗고 있을 때 상처가 생길 때도 있다고 하네요."

겉에 드러난 오른손 손등에는 희미한 타박상이 있었다. 최근에 생긴 상처인지 멍이 거무스름하게 변색해 있다.

하지만 그렇다고 해도.

"미사키 요스케 씨. 혹시 당신은 경찰 관계자입니까?"

"당치도 않습니다. 저는 오로지 피아노만 연주하는 사람입니다. 공무원이 취미 삼아 참가할 만큼 쇼팽 콩쿠르가 만만하지도 않고요."

바인베르크의 말이 거슬렸는지 미사키는 약간 언짢은 듯이 대답했다.

"……네, 알겠습니다. 그럼 사카키바 씨에게 시신 발견 당시 상황에 대해 여쭤봐 주시겠습니까?"

미사키는 또다시 사카키바와 대화를 주고받았다. 바인베

르크는 귀를 쫑긋 세웠지만 그의 귀에 일본어는 마치 마녀의 주문처럼 들렸다.

"대기실에 들어온 순간 초연과 피 냄새가 풍겼다고 합니다. 그래서 '누구 있나요?'라고 물었지만 실내에 인기척은 없었다고 하네요. 조심스럽게 손을 앞으로 뻗자 사람의 몸 같은 것이 손끝에 닿았는데 밀치고 흔들어도 움직임이 없었고 피부가 싸늘히 식어 있어서 위급한 환자로 판단해 일단 밖에 나가 사람들을 불렀다고 합니다."

증언 자체에 미심쩍은 부분은 없다. 평범하고 이성적인 사람이라면 손가락이 절단된 사람을 목격하는 즉시 심장 박동과 맥박으로 생사를 확인하겠지만 시각 장애인은 그럴 수 없다. 상대가 반응이 없다고 해서 손가락을 확인하는 것도 부자연스럽다.

"들어오시기 직전이나 이 안에 있을 때 대기실 밖에 인기척은 없었습니까?"

"없었다고 합니다. 뭐 사카키바 씨가 손에 든 지팡이를 피하고 소리와 체취를 완전히 감춘 사람이 있었을 수도 있겠습니다만."

체취. 그렇다. 사카키바는 떨어진 곳에 있는 바인베르크의 담배 냄새를 맡았다. 체취로 다른 사람의 존재를 알아차릴 수 있을 것이다.

그러나 그렇게까지 그의 감각을 전폭적으로 신뢰해도 팬

찮을까. 물론 바인베르크는 사카키바의 탁월한 후각을 실제로 확인했지만 그의 증언을 곧이곧대로 믿기에는 왠지 마음이 편치 않았다. 이는 자신이 무의식중에 편견을 지녔다는 증거일까.

미사키는 다른 사람의 안색을 읽는 기술에 능한지 바인베르크의 얼굴을 살피며 말했다.

"경부님. 심정은 이해하지만 사카키바 씨의 지각 능력은 신뢰할 만합니다. 사카키바 씨의 연주를 직접 한번 들어 보시면 더욱 납득하실 테고요."

"연주를 듣는 것 정도로 그런 걸 알 수 있을까요?"

"네. 사카키바 씨의 연주를 들으면 음악의 신이 존재한다는 것을 실감하게 되실 겁니다. 똑같이 피아노를 치는 사람으로서는 질투가 느껴지지만요."

미사키는 생각에 잠긴 바인베르크를 향해 미소 지어 보였다. 이런 미소를 동양에 있는 어느 불상에서 본 기억이 있다. 아르카익 스마일*이라는 표정이다. 동양인은 모두 이렇게 의미심장한 미소를 지을 수 있는 걸까.

"경부님. 비밀 엄수 의무에 저촉되지 않는 선에서 제게 이번 사건에 대해 알려 주실 수 있을까요? 그럼 저와 사카키바 씨가 협력할 수 있는 부분도 많아질 것 같네요."

---

\* 그리스 아르카익 시대 조각상의 공통된 표정으로 입술 양 끝이 위로 향해 미소 짓는 표정.

## 2

10월 9일 2차 예선 첫째 날.

1차 예선 마지막 날이 7일이었으니 시간이 이틀밖에 흐르지 않았는데도 공연장이 왠지 반가운 건 어제의 참고인 조사가 짜증스러웠기 때문일 것이다.

얀은 어제 형사와 나눈 대화를 떠올리고는 또다시 불쾌해졌다.

당일 오전 8시에서 9시 사이에 어디서 뭘 하고 있었나.

살해된 피오트르라는 형사와 면식이 있었나.

그런 얼토당토않은 질문에 대답하느라 사카키바의 연주를 듣지 못했다. 느닷없이 발생한 사건 때문에 1차 예선 마지막 날이 하루 연기됐는데 운 나쁘게도 얀이 참고인 조사를 받는 시간과 겹치고 만 것이다. 세상을 뜬 피오트르라는 형사에게는 미안하지만 조사는 그야말로 시간 낭비였다.

그러나 오늘 연주로 이 울적한 기분도 풀릴 듯하다. 2차 예선 첫째 날의 마지막 주자가 바로 사카키바로 정해졌기 때문이다. 지금까지 소문으로만 접한 연주를 이제 두 귀로 직접 들을 수 있다.

1차 예선 통과자는 총 36명. 참고인 조사에 시간을 빼앗긴 얀 대신 아버지 비톨트가 결과를 확인했다. 얀은 어렵지 않게 통과했지만 당연한 결과에 비톨트와 얀 모두 별 감흥이 없었다. 그러나 2차 예선에서는 이 36명이 다시 12명으로 좁혀진다. 쇼팽 콩쿠르의 백미는 지금부터라고 해도 과언이 아니다.

1차 예선에서 대부분의 레퍼토리가 나왔으니 이제는 정말로 실력순으로 탈락이 결정된다. 그런 의미에서 시각 장애인 피아니스트가 어떤 기술을 보여 줄지 콩쿠르 참가자를 비롯한 모든 이의 관심이 쏠렸다.

카민스키는 그가 얀의 대항마가 될 거라고 했다. 그리고 얀이 라이벌로 생각하는 가가리로프는 그가 음악의 신에게 선택된 사람이라고 했다.

그러나 얀은 가가리로프의 이야기를 별로 진지하게 받아들이지 않았다. 음악의 신은 늘 냉정하면서도 변덕쟁이다. 신체 일부에 장애가 있다는 이유만으로 인간에게 은혜를 베풀 리는 없다.

아마도 패럴림픽과 비슷한 논리일 것이다. 장애를 안고 있는 사람이 열심히 싸우는 모습은 보는 이들에게 감동을 자아낸다. 이토록 관객을 끌어모을 수 있는 판다 같은 존재를 쇼팽 협회로서는 당연히 쌍수를 들고 환영하지 않을까. 사카키바 같은 참가자가 있으면 순위 외에 다른 화제를 불러 모을 수도 있다. 꼭 콩쿠르 1위나 특별상을 그에게 선사하지 않아도 그의 참가만으로 사람들이 콩쿠르에 관심을 집중하게 되니 그보다 더 좋을 것은 없다. 시각 장애인의 연주라고 하면 경탄스럽지만 일반인 참가자의 수준에서 보면 아슬아슬한 합격점. 현실은 아마도 그렇지 않을까. 그렇다면 그 현실을 두 눈으로 직접 확인해 주면 된다. 강 건너 불구경하듯 그것을 즐기면 된다.

그저께 대기실에서 시신이 나왔는데도 공연장은 신진기예의 솜씨를 직접 확인하려는 관객들로 붐볐다.

이날 첫 번째 참가자는 미국인이었다.

—첫 번째 참가자, 참가 번호 52번 에드워드 올슨. 곡명 〈발라드 제3번 내림가장조 작품 47〉……

곡명이 언급되는 동안 올슨이 무대 위에 등장했는데 그의 모습을 보자마자 얀을 포함한 관객들은 어안이 벙벙해졌다.

참가자들은 대부분 어두운색 양복을 갖춰 입는데 무대에 오른 올슨은 연한 파란색 셔츠 위에 분홍색 재킷을 입고 있었다. 또 참가자 대부분이 무대에 나올 때 긴장감 때문에 얼굴이 굳는데도 올슨은 지금 당장에라도 '헬로' 하고 입을 뗄 것처럼 싹싹한 얼굴로 객석 쪽을 봤다.

이 녀석은 투어리스트로군. 얀은 속으로 그렇게 단정했다.

붙임성이 좋고 긍정적이면서 자신감에 가득 찬 피아니스트. 꼭 자신의 공연을 보러 달려온 팬들에게 팬서비스를 해주는 듯한 행동. 그러나 연주를 시작하면 즉시 미스터치를 연발하고 박자가 흐트러지는 것으로 모자라 곡을 거의 엉망진창으로 연주한다. 관계자들은 마치 관광 코스 중 한 곳을 방문한 것처럼 콩쿠르 공연장을 찾는 그들을 '투어리스트'라고 부른다. 한마디로 콩쿠르에서 오래 살아남지 못하는 참가자들을 일컫는 명칭이다.

올슨의 개방적인 분위기로도 알 수 있듯 '투어리스트'의 대다수는 공교롭게도 미국인이다. 반대로 말하면 미국에서 온 참가자 중에는 콩쿠르에서 우승을 차지할 정도로 실력 있는 사람이 드물다.

주된 이유는 바로 교육자 부족이다. 오래전 1970년대부터 80년대에 걸쳐 미국 음악 교육의 중추를 담당한 이들은 주로 망명한 유대계 러시아인이었는데 세대교체에 실패한 그들이 세상을 뜨자 실력 있는 교육자들이 자취를 감추고 만 것이다.

모차르트 같은 천재가 그리 쉽게 태어날 리 없고, 우수한 스승이 없으면 우수한 피아니스트가 자라나지도 않는다. 그리하여 미국은 피아노 연주에 관해서 만큼은 지금껏 후진국 딱지가 붙어 있다.

이곳 공연장에 모인 관객들도 그런 사정은 꿰고 있다. 그래서 그런지 올슨이 피아노 의자 높이를 조절하기 시작하자 성급한 관객은 일찍이도 키득키득 웃음을 터뜨렸다. 보아하니 심사위원 중에도 필사적으로 웃음을 참는 사람이 있다.

—에드워드 올슨. 미국.

뭐 이런 구경거리가 하나쯤은 있어도 나쁘지 않지. 얀은 막간 휴식을 즐기는 기분으로 의자에 깊숙이 앉았다. 며칠 동안 쇼팽을 들으며 지친 관객들에게는 수준 낮은 연주가 오히려 귀를 쉬게 해 줄지 모른다.

비슷한 생각을 했는지 얀 옆에 앉은 젊은 커플도 조용히 대화를 나누며 휴식을 즐기고 있다.

그러다 갑작스럽게 기습을 받았다.

올슨의 손가락이 조용히 건반 위를 미끄러져 간다. 흘러나온 음은 얕은 여울을 흐르는 개울물처럼 부드럽다. 망설임 없는 운지. 피아니시모로 들릴 만큼 약음인데도 확실히 객석까지 전해지는 이유는 타건의 강약뿐 아니라 음의 뉘앙스를 일일이 살려 가며 연주하고 있기 때문이다.

얀은 의자에 깊숙이 파묻고 있던 허리를 저도 모르게 꼿꼿이 세웠다. 저 사람은 '투어리스트'가 아닐 뿐더러 그의 연주도 절대 가볍게 들어서는 안 된다.

얀은 자신의 어리석음을 질책했다. 이러니저러니 해도 1차 예선 통과자다. 경박하게 무대에 등장하는 모습을 보고 깜빡 속아 넘어갔지만 실력이 미숙한 참가자가 이 무대에 설 수 있을 리 없다.

다장조로 시작되는 〈발라드 3번〉은 음표점 리듬이 특징적인 론도 형식의 곡이다. 쇼팽이 쓴 발라드는 모든 음이 울타리에 둘러싸여 이탈하지 못하는 듯한 울적한 느낌을 주는데 이 3번만은 곡상이 다르다. 경쾌하면서도 화려해 굳이 따지면 스케르초 같은 느낌이다.

하향하는 반음계와 상향하는 온음계로 여울물이 점차 급류로 변해 간다. 올슨은 그 자신이 춤을 추는 듯한 얼굴로 건반을 두드리고 있다.

템포가 서서히 올라가는 것처럼 들리지만 악보의 지시를 어기는 것은 아니다. 유심히 들으면 알 수 있는데 타건의 강약 변화로 음에 음영을 줘서 업템포를 연출하는 것이다.

얀은 순간 당황했다. 아무리 〈발라드 3번〉이 경쾌한 곡이기는 해도 이것은 기존 노선에서 너무 벗어나는 게 아닐까. 음형이 흔들리는 곳에서도 올슨의 연주는 이상하리만치 즐겁다. 페달 밟기도 섬세해서 음이 전혀 탁하지 않다. 폴란드의 쇼팽이라면 이쯤에 기품을 더할 텐데 올슨은 기품보다 생동감을 주축으로 삼는 듯하다.

올슨의 연주는 밝으면서도 자유분방했다. 듣고 있으면 클래식 공연장이 아니라 어딘지 모를 술집에서 댄스 파트너를 찾는 듯한 느낌에 사로잡힌다.

론도 형식의 변주가 이어지다가 내림가장조로 조바꿈을 하자 연주가 더 활기차진다. 리듬이 춤을 추는 듯해서 얀 주위에 있는 청중들은 예기치 않은 희열감을 느끼며 웃음을 머금고 있다. 얀도 이렇게 즐거운 〈발라드 3번〉을 듣는 건 처음이었다.

중간부에서 곡이 올림다단조가 되자 주제가 경쾌한 기운

을 잃고 우울과 갈등하기 시작한다. 위로 솟구치려는 주제가 저음부에 사로잡혀 몸부림을 친다. 올슨의 오른손은 분산화음을 집요하게 두드리고 왼손은 넓은 음역의 패시지로 질주한다. 〈발라드 3번〉에서 가장 어려운 곳이 바로 이 부분이다. 언뜻 들으면 불협화음 같지만 사실은 주제의 초조함을 표현하는 것이고 올슨의 피아노는 능숙하게 이를 재현하고 있다.

침울함과 고양감. 상반된 두 가지 정서가 맞서 싸우며 폭풍우처럼 공연장 안을 지배한다. 얀은 무심코 몸을 앞으로 뻗었다. 올슨은 거침없이 연주하는 동안에도 미소를 머금고 있다. 피아노를 치는 것이 즐거워서 어쩔 줄 모르겠다는 듯이 웃고 있다.

곡이 다시 내림가장조로 돌아가자 올슨의 오른손이 네 번의 트릴을 마치고 풍부한 옥타브를 들려주기 시작했다. 선율이 짧은 갈등에서 빠져나와 다시 경쾌함을 되찾는 부분이다.

타건이 한층 격렬해졌다. 그러나 곡을 관통하는 분위기는 절박한 대립이 아닌 과도할 만큼의 쾌활함이다. 갈등마저 가벼운 놀잇감으로써 즐기는 것처럼 들린다.

1주제가 다시 모습을 드러내자 쾌활함에 박차가 더해진다. 올슨은 몸과 손가락으로 춤을 추며 곡의 종결부로 향한다. 우아함과 쾌활한 분위기를 유지한 채 코다에 돌입했다.

그리고 댄스의 종료를 알리는 것처럼 마지막 한 음까지 경쾌한 터치를 하며 연주가 끝났다.

무대 위에서 올슨은 후련한 얼굴로 객석을 휙 돌아봤다. 원래라면 조금 불손하게 비칠 수 있는 행위도 올슨이 하자 희한하게 불쾌하지 않다. 이것은 분명 타고난 재능이리라. 주위를 둘러봐도 불쾌해하거나 모멸감을 드러내는 관객은 한 명도 없고 오히려 예상 못 한 보물의 등장에 놀라고 반가 워하는 사람이 훨씬 많아 보였다.

폴란드인에게 쇼팽의 곡은 정체성의 일부다. 외국 피아니 스트들은 폴란드인의 그런 면을 배타적인 장벽으로 느낀다. 그러나 그러는 한편 폴란드인은 음악에 솔직하기도 하다. 가 슴에 깊숙이 와닿는 연주에는 아낌없는 박수갈채를 보낸다.

올슨의 연주가 정확히 그랬다. 〈발라드 3번〉 이후 〈왈츠 4 번〉, 〈마주르카 30번〉에서 〈32번〉, 〈폴로네즈 6번〉으로 이 어졌는데 곡에서 느껴지는 인상은 〈발라드 3번〉에서 받은 것과 큰 차이가 없었다. 올슨은 비통함과 우울을 연주해도 거기서 왠지 모를 밝은 기운이 느껴졌다. 그리고 관객들은 그 개성에 대부분 호의적이었다. 모든 연주를 마친 올슨에게 쏟아진 반응이 증거였다. 이 이질적인 쇼팽에 폴란드 관객들 은 따뜻한 박수로 화답했다.

피아노를 본격적으로 치기 시작할 무렵부터 오직 '폴란드 의 쇼팽'만을 기준으로 삼은 얀에게 그것은 신선한 체험이었 다. 카민스키는 절대 이런 방식의 연주를 가르쳐 주지 않았 을 것이다. 비톨트는 화를 버럭 냈을지 모른다. 정석과는 거리가 먼 올슨의 연주는 참신한 울림이 되어 귓가에 남았다.

끊임없이 밝고 경쾌한 쇼팽. 절묘한 선곡과 올슨의 개성적인 외모까지 합세해 그의 피아니즘은 큰 저항 없이 관객들에게 전해졌다. 기존의 쇼팽 곡다운 품격은 없지만 그것을 충분히 메울 만한 매력을 품고 있었다.

얀은 왠지 자신이 그간 품고 있던 규범이 흔들리는 것 같아 마음이 들썩였다. 다음 연주까지 15분의 휴식 시간이 있어 마음을 가라앉히기 위해 자리에서 일어섰다.

1층 화장실은 관객들로 가득 차 있었다. 얀은 콩쿠르 관계자의 장점을 살려 ID 카드를 사용해 2층 화장실로 향했다.

그러다 화장실 입구에서 흥미로운 장면을 목격했다. 미사키 요스케와 올슨이 서 있는데 미사키가 올슨의 양손을 감싸듯 악수한 상태에서 영어로 뭔가를 말하고 있었다.

얀은 영어가 서툴지만 두 사람의 표정을 보고 미사키가 올슨을 칭찬하고 있다는 것은 알 수 있었다. 잠시 후 올슨과 헤어진 미사키가 얀을 알아보고 다가왔다.

"아, 오늘은 역시 오셨군요."

"오늘은, 이라는 건 무슨 뜻이야?"

"미국의 에드워드 올슨 씨, 그리고 사카키바 류헤이 씨. 오늘 참가자들은 모두 얀 씨가 관심을 가질 만한 분이니까요."

"그걸 어떻게 알아?"

"'폴란드의 쇼팽'에 대한 두 분의 접근법이 그야말로 대조적인 동시에 독특하기 때문이죠. 우승의 향방에 영향을 주지는 못하더라도 두 분의 연주는 심사위원들을 고민에 빠뜨릴 겁니다."

올슨의 연주가 가슴에 깊이 와닿은 것은 사실이지만 그렇다고 얀은 순순히 인정하고 싶지는 않았다.

"그 컨트리 음악처럼 시종일관 밝기만 한 연주가? 그래. 분명 심사위원들을 고민에 빠뜨리기는 하겠네. 미국인 참가자를 쇼팽 콩쿠르에서 합법적으로 떨어뜨릴 구실을 만들어야 하니."

그러자 미사키는 어린아이를 타이르는 듯한 투로 말했다.

"무슨 말씀을 하고 싶으신지는 알겠습니다. 다만…… '폴란드의 쇼팽'이라는 건 쇼팽 콩쿠르에 도전하는 타국분들이 반드시 넘어야 할 장벽으로 알려져 있는데 실은 그 정의는 시대에 따라 바뀌어 왔습니다. 표현의 울림이 거대한 연주를 권장하는 시대가 있었는가 하면 단정한 연주를 선호하던 시대도 있었지요."

얀은 대답을 망설였다. 미사키의 말은 틀릴 게 없었다.

"왜 그렇게 시대에 따라 바뀌었는지를 물으신다면, 저는 쇼팽의 곡은 다양한 매력이 넘쳐서 수많은 해석이 가능하기 때문이라고 생각합니다. 또한 그런 깊은 매력이 없다면 전 세계 사람들에게 이토록 사랑받는 음악이 될 수도 없었겠죠. 지금은 쇼팽의 성격에 맞춰 기품 있고 우아한 연주가 일반적인 '쇼팽다움'으로 인식되지만, 일부에서는 그런 연주가 시대에 뒤처진다는 의견도 있습니다. 특히 폴란드분들은 쇼팽이 오로지 폴란드식으로만 해석되기를 바라시죠."

얀은 부인하지 않았다. 그것이 바로 폴란드인의 집념이라고 생각하기 때문이다.

"그러나 쇼팽은 감수성이 풍부했을 뿐만 아니라 실험 정신으로 충만한 혁신적인 음악가였다는 사실도 잊으면 안 된다고 봅니다. 만약 이 콩쿠르 이후 올슨 씨나 사카키바 씨, 그리고 기존의 쇼팽다움에서 벗어난 타국 참가자분들이 세계 팬들을 사로잡는다면 또다시 쇼팽다움의 개념은 변화를 맞이하겠지요."

"폴란드의 쇼팽이 그런 한때의 유행에 좌우될 리 없어."

"한때의 유행이라기보다는 하나의 조류라고 해야겠지요. 모든 예술가가 시대와 전혀 무관하게 살아갈 수 없는 것과 마찬가지로 음악 역시 시대와 무관할 수는 없습니다. 어제까지만 해도 사람들이 휴식을 위해서 차분히 들었던 음악이 오늘은 권력에 맞서 싸우는 사람들을 고무하는 함성이 될 수도 있고요. 또 그런 시대의 격변을 수없이 거쳐 온 음악이야말로 미래에도 영원히 남게 되는 법입니다. 쇼팽의 음악은 그만큼 강인하고 깊이가 있습니다."

"……뭔가 지긋지긋하네."

"네?"

"지금 당신이 하는 말이 내 스승이 했던 말과 똑같아서."

"얀 씨의 스승님 말인가요?"

"아담 카민스키 선생님. 이번 쇼팽 콩쿠르의 심사위원장이야."

"아…… 정말로 훌륭하신 선생님을 사사하셨군요."

"혹시 당신도 일본에서 피아노 선생님이었어?"

"네. 보잘것없는 임시 강사였지만요."

그렇구나. 그래서 카민스키와 하는 말이나 말투가 비슷했나. 아무래도 선생이라는 족속들은 어디든 비슷한 듯하다.

"그런데 아무리 에드워드 올슨의 연주가 세계적인 조류가 된다고 해도 폴란드인들은 그걸 인정하지 않을 거야. 폴란드인은 당신이 생각하는 것보다 훨씬 더 고집이 세거든."

"그 이상으로 음악에 관해서는 자유로운 사고를 지닌 분들도 많지 않을까요? 적어도 올슨 씨의 연주에 거부 반응을 보이는 관객은 얼마 없었던 것 같은데요."

"관객을 말하는 게 아니야. 그 위에 앉아 있는 열여덟 명의 심사위원들이 더 중요해. 러시아의 가가리로프에게도 한 말이지만 쇼팽 콩쿠르는 관객을 위한 콘서트가 아니야. 심사위원들의 안목에 드는 게 가장 중요한 대회라고."

얀의 말을 듣고 미사키가 희미하게 미소 지었다.

"얀 씨의 견해도 일리가 있습니다. 무엇보다 세계적으로 가장 유명한 쇼팽 콩쿠르니까요. 마땅히 그렇게 생각해야만 왕좌에 오를 자격이 생기는 대단한 경연 대회죠. 다만……."

"다만?"

"사카키바 씨의 연주는 그런 모든 규정과 약속을 초월할 겁니다."

"설마 그 사람은 독학으로 피아노를 배우기라도 했어?"

"아뇨. 사카키바 씨께도 물론 어엿한 피아노 선생님이 계십니다. 그러나 가가리로프 씨도 말씀하셨지만 저희는 음악을 선택한 사람들입니다. 하지만 사카키바 씨는 음악이 선택한 사람 같은 느낌이 듭니다."

얀 역시 똑같은 말을 들었다.

"혹시 당신, 가가리로프와도 인연이 있어?"

"아뇨. 그저께 우연히 마주쳤을 뿐입니다. 아무튼 저는 가가리로프 씨가 한 그 말씀이 상당히 잘 들어맞는다고 생각합니다."

"사카키바에게 장애가 있으니 신이 그를 도울 거라는 말이야? 일요일 미사 같은 때 들으면 감동적인 이야기겠지만 쇼팽 콩쿠르에서는 통하지 않아."

그리고 또 하나. 이건 미사키 앞에서 꺼낼 말은 아니지만 이번에도 일본과 중국 기업들이 콩쿠르의 스폰서로 참여해 거액의 자금을 후원했다고 한다. 사카키바 같은 장애인이 참가할 수 있게 된 것도 그런 사정이 작용했을 거라고 얀은 남몰래 추측하고 있다.

"그래도 사카키바 씨의 연주는 보셔서 손해는 없을 겁니다. 그의 연주는 우리의 연주와는 완전히 다르니까요. 다시 생각해 보면 어쩌면 그의 연주가 가장 쇼팽답다고 할 수 있을지도 모르겠네요."

"그게 무슨 뜻이야?"

"아, 얀 씨는 사카키바 씨의 연주를 아직 듣지 못하셨군요. 그럼 더 좋습니다. 마침 이제 그의 차례니까요. 꼭 직접 보고 들으시기를 바랍니다. 그럼 이만."

그 말을 마지막으로 남기고 미사키는 자리를 떠났다.

되짚어 보면 미사키의 말이 하나하나 거슬리는 것은 내가 숨기고 싶은 속내를 찌르기 때문이다.

가가리로프와 올슨의 연주를 들었을 때 얀은 속으로 '폴란드의 쇼팽'의 개념이 흔들리는 것을 느꼈다. 꼭 '올바른 쇼팽', '쇼팽다운 쇼팽'이 아니어도 청중의 심금을 울릴 수만 있다면 그것이 바로 진정한 쇼팽다움 아닐까.

지금까지 아버지와 카민스키에게 귀에 못이 박일 정도로 듣고 배운 것들이 어쩌면 틀렸던 게 아닐까.

그렇게 생각하자 얀은 더는 뭐가 뭔지 알 수 없어졌다.

어쨌든 지금은 사카키바의 연주를 들어야 한다. 카민스키, 가가리로프, 그리고 미사키 요스케까지. 세 명의 대회 관계자들이 그의 연주에 관심을 갖고 주목하고 있다. 물론 얀도 그렇다. 연주를 들으면 이 초조함을 없앨 어떤 해답을 얻을 수 있을 것 같았다.

홀에 돌아가자 마침 장내 방송이 사카키바를 부르고 있었다. 얀은 서둘러 자리에 가서 앉았다.

—세 번째 참가자. 참가 번호 73번 사카키바 류헤이. 곡명 〈스케르초 제1번 나단조 작품 20〉, 〈왈츠 제2번 내림가장조 작품 34-1〉, 〈왈츠 제7번 올림다단조 작품 64-2〉, 〈마주르카 제10번〉부터 〈13번〉까지, 〈폴로네즈 제6번 내림가장조 작품 53〉. 피아노는 야마하.

무대 끝에서 다른 사람의 소매를 붙잡은 채로 사카키바가 등장했다.

자료에 따르면 나이는 열여덟 살. 아직 소년이라고 해도 통할 외모다. 키는 얀보다 훨씬 작다. 160센티미터 남짓 될 것이다. 두 눈을 꼭 감은 채 빛의 방향을 더듬듯 고개를 돌리는 모습이 꼭 길을 잃은 어린아이 같다.

—사카키바 류헤이. 재팬.

객석에 감도는 정적을 깨는 것처럼 박수가 쏟아졌다. 이곳에 앉은 관객 중에는 1차 예선에서 사카키바의 연주를 접한 사람이 많을 것이다. 그러니 침묵 이후 쏟아지는 박수는 그대로 그들의 기대치가 높다는 것을 의미한다.

일본인 참가자는 어느 피아노 콩쿠르에서든 하나같이 진지하다. 아니, 진지하다기보다 개성이 없다. 기계 같은 노 미스, 악보에 적힌 지시를 꼼꼼히 따르지만 음악적인 개성이 별로 없다. 기술 면에서 실수가 적어도 다시 듣고 싶은 연주를 들려주지 않는다는 평가가 거의 정석이고, 얀이 품은 인상도 비슷했다.

그러나 사카키바에게는 의지할 수 있는 악보가 없다. 점자 악보라도 활용할 거라 예상했지만 피아노 보면대에는 종이 한 장 보이지 않았다.

악보의 노예가 많은 일본인 참가자가 지시서도 없이 과연 어떤 연주를 들려줄 것인가. 얀은 흥미진진하게 사카키바를 주시했다.

사카키바는 의자에 앉아 천천히 건반 위치와 의자 높이를 확인하고 안도한 표정으로 두 손을 건반 위에 올렸다.

첫 번째 곡, 〈스케르초 제1번〉.

날카로운 첫 음이 얀의 가슴을 꿰뚫었고 다음으로 이어진 낮은 한 음이 얀의 몸에 쏙 하고 밀려들어 왔다.

저 가냘픈 팔의 어디에서 이런 힘이 나오는 걸까. 단 두 개의 불협화음을 듣고 단단히 뭔가에 속박된 사람처럼 몸이 움직이지 않는다.

초조함과 비통함이 불규칙한 리듬에 실려서 나를 덮친다. 왼손이 만들어내는 날카로운 선율에 오른손의 패시지가 응답한다. 길을 헤매는 듯한 화음을 집어넣더니 이번에는 왼손과 오른손이 번갈아 가며 불협화음의 패시지로 달린다. 쇼팽의 불협화음은 평범한 불협화음이 아닌 어두운 울림 속에서도 은은한 아름다움이 느껴지는 것이 특징이다. 그래서 큰 저항 없이 듣는 이의 가슴에 파고들어 긴장감을 조성한다. 불협화음이 그대로 통증이 되어 마음 깊숙한 곳을 찌른다.

〈스케르초 1번〉은 폴란드를 떠난 쇼팽이 처음으로 만든 곡이고 〈혁명의 에튀드〉와 같은 시기의 작품이다. 1번을 지배하는 분노와 비애는 〈혁명의 에튀드〉에 감도는 조국을 향한 마음과 똑같다.

슈만은 '쇼팽의 스케르초는 스케르초라 할 수 없다. 농담이 이렇게 어두운 옷을 입고 있다면 음울함은 대체 어떤 모습이어야 한다는 말인가'라고 평했다고 하는데 이 선율을 들으면 그 말에도 고개가 끄덕여진다.

신에게 보내는 저주를 품은 정열적인 주제가 상향을 거듭한다. 누군가에게 쫓기는 듯한 질주가 이어진다. 그리고 갑자기 멈춰서더니 느닷없이 방황하는 선율.

얀은 이제는 의자에서 꼼짝도 할 수 없었다. 내가 연주하면 과연 이런 감정을 표현할 수 있을까. 사카키바의 연주는 그저 격렬하게 노래하는 것으로 그치지 않는다. 폭발하기 직전의 감정을 쇼팽 특유의 기품이 억제하고 있다.

결코 격정에 휩쓸리지 않고 그렇다고 악보의 노예가 되지도 않는다. 그야말로 절묘한 균형 감각이다.

곡은 중간부에서 나장조로 조바꿈을 했다. 곡조가 평화롭고 서정적인 분위기로 변한다. 선율이 넓게 분산된 음형은 들판을 걷는 듯한 고요한 안도감을 선사한다. 이 아름다운 선율은 폴란드의 옛 크리스마스 캐럴에서 유래했다. 제시부의 격렬함과 대비되는 평온하고 감미로운 멜로디다.

부조리한 현실마저 순순히 받아들이는 듯한 따스한 선율에 몸을 맡기고 있자 팽팽해졌던 신경이 조금씩 이완되어 간다. 지금껏 수없이 이 곡을 듣고 또 연주해 왔지만 이토록 크나큰 안식을 맛본 적은 없었다.

연주 중인 사카키바는 고개를 약간 들고 미소 짓고 있다. 마치 그 자신이 천상의 들판에서 뛰어노는 듯한 표정이다. 그곳에는 억압도 긴장도 없이 그저 피아노를 연주하는 행복감을 누리는 인간만이 있다. 건반 위를 벗어나지 않는 손가락이 사랑하는 사람의 살결을 부드럽게 쓰다듬듯 스치고 미끄러진다.

얀은 불현듯 질투를 느꼈다. 나는 저런 표정으로 피아노를 연주한 적이 있을까. 이렇게 행복하게 피아노와 대화를 나눈 적이 있을까.

그 순간 또다시 불협화음이 공연장에 방출됐다.

어둡고 압도적인 열정이 마지막 질주에 들어간다.

가슴이 터질 듯한 호소를 반복하며 선율이 상승해 간다. 지금 자신이 선 위치를 확인하며 서서히 기어오른다.

여기서 처음으로 포르티시모가 모습을 드러냈다. 비장하기까지 한 용맹함이 엿보이는 음이다. 양손으로 쉴 새 없이 두드리는 밀집화음. 불안정한 음정과 강한 타건으로 긴장감이 절정에 달한다.

이제는 숨조차 쉴 수 없다.

사카키바는 조금 전까지 보여 준 미소를 싹 지우고 마치 사냥감을 쫓는 듯한 절박한 얼굴로 건반을 끊임없이 두드리고 있다.

그리고 마지막 한 음이 듣는 이의 가슴에 쐐기를 박았다.

사카키바는 한숨을 휴 내쉬고는 고개를 두어 번 흔들었다. 관객들은 그의 몸짓을 보고 그제야 음악의 속박에서 해방된다.

얀은 그때 깨달았다. 무의식중에 주먹을 꾹 쥐고 있었던 탓에 양손 손바닥이 땀에 흠뻑 젖어 있었다. 서둘러 바짓단에 손을 닦으며 사카키바가 어떻게 이런 피아니즘을 얻었는지를 분석했다. 미사키의 말로는 사카키바에게도 피아노 선생님이 있다고 했는데 눈이 보이지 않는 그에게 선생님은 어떤 가르침을 선사한 걸까.

의혹을 풀지 못한 채 사카키바의 연주는 계속 이어졌다.

두 번째 곡, 〈왈츠 제2번 화려한 왈츠〉.

갑작스럽게 튀어 오르는 듯한 음에서 선율이 시작된다. 이 우아한 서주는 내림가장조의 제시부로 이어진다.

오른손이 6도의 음정을 유지한 채 주제를 연주한다. 가벼운 템포는 물 위를 통통 튀는 소금쟁이 같다. 사카키바의 손가락은 눈에 보이지 않을 만큼 빠르고, 그가 연주하는 선율은 홀 안을 빼곡히 채운 채 춤을 춘다.

쇼팽의 왈츠는 춤추기 위해 작곡된 빈 왈츠와는 뚜렷하게 구분된다. 어디까지나 왈츠의 리듬을 빌려서 감정을 표현한 서정시인데 그래도 멜로디를 들으면 자연히 몸이 들썩인다. 주위를 둘러보니 벌써 많은 관객이 희열이 깃든 얼굴로 몸을 앞으로 내밀고 있다. 무대 위에 있는 사카키바는 어느새 관객 모두를 손가락으로 조종하는 최면술사가 되어 있었다.

중간부에서 내림라장조로 조가 바뀌자 사카키바의 오른손은 6도의 느린 패시지를 연주하며 약지와 새끼손가락으로 넌지시 짧은 트릴을 친다. 손가락과 건반을 보면 운지가 어려운 부분인데도 사카키바는 태연하게 손가락을 움직이고 있다.

이건 말도 안 돼. 얀은 속으로 지금의 상황을 부정했다. 나는 눈을 감은 상태로는 이 모든 것을 절대 연주할 수 없을 것이다. 각 건반의 배치와 폭을 손가락이 외우고 있다고 해도 그것만으로 연주할 만한 곡이 아니다.

믿기 어려운 것은 운지만이 아니었다. 듣고 있는 도중에 깨달은 것인데 사카키바의 쇼팽은 내셔널 에디션에 기반한 듯했다.

쇼팽의 악보는 자필보와 필사보, 그 밖에 3개국에서 동시 출판된 초판보, 콩쿠르판처럼 연주자의 해석이 들어간 교정

판 등 다양한 버전이 있다. 그중 최대한 원본에 가깝게 만든 것이 바로 얀 에키어가 편집한 내셔널 에디션이다. 그러나 그 버전을 기초로 하려 해도 악보를 읽지 못하면 소용없다. 사카키바와 그의 피아노 스승은 어떻게 그것을 손가락에 심어 넣었을까.

선율이 일단 아래로 떨어지지만 경쾌함을 잃지 않는다. 주저하듯 하면서도 선율이 뱅글뱅글 돈다. 화음 6연타와 패시지. 사카키바는 그 난관을 한 치의 부담도 없이 소화해 냈다. 곡조가 약간 애조를 띠는데 다음 악절에서는 반대로 화려함을 머금은 채로 더욱 뜨겁고 성대하게 분출된다. 춤추지 않아도 듣는 이의 가슴에 음악이 선사하는 기쁨을 전한다.

그리고 다시 제시부가 나타났다. 내림가장조로 코다에 들어가자 음계가 한층 빨라진다.

이제는 분석하면서 연주를 듣는 게 무의미하게 느껴졌다. 얀의 영혼은 이미 현란한 템포에 이끌려 윤무를 추고 있다.

숨죽인 채로 사카키바를 바라본다.

그러자 사카키바의 몸이 별안간 거대해 보였다. 짧아 보이던 두 팔이 지금은 여든여덟 개의 건반을 거의 감싸고 있는 것처럼 보인다. 무대에 처음 등장했을 때는 길 잃은 어린아이 같던 사람이 왕좌에 앉은 황제처럼 행동하고 있다.

곡은 마침내 종결부로 향했다.

사카키바의 팔이 현란하게 움직인다.

건반이 튀어 오른다.

멜로디가 작열한다.

천상으로 뻗어가는 최고음.

그리고 마지막 저음.

순간 시간이 멈추더니 잠시 후 서서히 정적이 찾아왔다.

영혼의 춤이 끝났지만 주변에는 아직 흥분의 잔열이 맴돌고 있다. 헛기침 소리 대신 여기저기서 탄식이 새어 나온다. 속박에서 벗어난 안도감 때문만은 아니다. 최고로 값비싼 와인을 목에 흘려보낸 뒤에 나오는 것 같은 희열의 탄식이다.

사카키바는 관객의 반응은 일절 신경 쓰지 않고 3도 건반 위에 손가락을 얹었다. 관객 중 몇 명이 황급히 자세를 가다듬었다.

세 번째 곡, 〈왈츠 제7번〉.

2번과는 전혀 다른 사색적인 첫 음으로 곡이 시작했다. 왼손이 6도 화성으로 왈츠를 새기고 오른손이 마주르카를 연주한다. 들판을 홀로 걷는 듯한 고독과 애수가 순식간에 가슴에 차올랐다.

〈왈츠 제7번〉은 쇼팽이 살아 있을 때 출판된 마지막 작품군 중 하나로 이른바 만년의 작품에 해당한다. 실제로 그로부터 2년 뒤 쇼팽은 생애를 마쳤다. 사랑하던 조르주 상드와의 파국을 맞이한 시기와 가까워서 그런지 곡조가 슬픔을 머금고 있다. 그러나 사카키바가 연주하는 선율은 슬픔을 머금고도 우아함을 잃지 않았다.

잘게 저민 템포와 부드러운 템포가 교차하자 쇼팽이 느낀 우울감이 눈에 보이는 듯했다. 삶의 황혼기에 아버지와 사랑하는 사람을 잃고 말도 통하지 않는 타국에서 나날이 쇠약해져 가던 쇼팽. 절망과 비애, 그리고 체념이 죽음의 예감과 함께 곡의 통주저음*으로 구현돼 있다.

생각지도 못하게 얀도 가슴이 콱 메었다. 같은 참가자의 연주에 이렇게까지 반응하게 될 줄은 상상도 못 했지만 저릿하게 느껴지는 통증은 절대 착각이 아니었다.

지구 동쪽 끝 나라에서 온, 심지어 악보도 보지 못하는 참가자의 연주에 왜 이렇게까지 가슴이 옥죄는 걸까.

분하면서 한편으로는 신비로운 기분에 얀의 마음은 산산이 흩어졌다. 사카키바와 나를 구분 짓는 것은 과연 무엇일까. 재능일까. 아니면 테크닉일까.

중간부에서 내림라장조로 조가 바뀌자 그제야 평온한 반음계가 나타났다. 음계는 하향을 기조로 장식음을 동반하며 거듭된다. 한결같이 우아한 선율이 이미 사라져 버린 과거의 평화를 회상하듯 어렴풋이 빛난다. 그러나 이 열여섯 소절에서 들리는 화성에는 왠지 검은 그림자가 보이고 평온함 밑에 절망이 깔려 있다.

---

*     연주자가 저음 위에 즉흥적으로 화음을 보충하며 반주 성부를 완성하는 기법의 저음부를 일컫는 말.

안은 순간적인 감정에 휩쓸리면 안 된다고 의식하면서 이
〈왈츠 7번〉도 내셔널 에디션임을 확인했다. 다시 말해 쇼팽
이 원래 의도한 것에 가까운 연주라는 뜻이다.

그때 문득 미사키가 한 말이 떠올랐다.

사카키바의 연주야말로 가장 쇼팽다울지 모른다.

그리고 그가 절대음감의 소유자이고 TV나 라디오에서 들
은 노래를 곧장 피아노로 연주했다는 일화.

안은 순간 모든 것을 이해했다.

사카키바에게는 처음부터 악보 따위 필요하지 않았다. 머
릿속에 든 음을 그대로 분출하고 있을 뿐이다.

피아니스트는 우선 악보를 펼쳐 그곳에 적힌 작곡자의 의
도와 지시를 읽으며 곡을 연주하려 한다. 즉 시각으로 얻은
정보를 음성 신호로 변환해 뇌에 새기는데, 이 변환 과정에
서 정보가 일부 누락되거나 왜곡될 가능성이 있다. 인간의
오감은 기계만큼 정확하지 않으니 오히려 그것이 당연하다.

그러나 사카키바는 머릿속에 들어온 음을 원음 그대로 기
억한다. 절대음감의 능력 덕분에 음계와 음질, 템포까지 전
부 원음에 충실한 상태다. 만약 그 귀를 통해 내셔널 에디션
의 쇼팽을 기억했다면 그가 자아내는 음은 내셔널 에디션의
음과 완벽히 같아지는 셈이다. 쇼팽 특유의 우아함과 기품도
어렵지 않게 재현할 수 있다.

아니, 그뿐만이 아니다.

원전에 뭔가를 덧붙이거나 새로운 해석을 하고 싶을 때 일일이 악보를 가져올 필요도 없다. 그 음을 그저 들려주면 되는 것이다.

이것을 대체 뭐라고 표현해야 할까. 머릿속에 고성능 디지털 녹음기가 심어져 있는 거나 마찬가지 아닌가.

완벽한 쇼팽이 근간에 자리 잡고 있는 이상 사카키바 스스로 개성을 덧붙인다고 해서 본질이 흐려지는 것은 아니다. 가가리로프가 입에 담은, 사카키바에게만 보이는 것, 그리고 미사키도 지적한 그의 특성은 정확히 그것을 의미한다.

경악하는 얀을 아랑곳하지 않고 왈츠가 종결부를 맞이한다. 서두의 주제가 재현되자 선율은 죽음의 신에게 쫓기는 듯한 절박감을 품은 채 또다시 달리기 시작한다.

사카키바의 연주는 죽음으로 향해 가는 쇼팽의 마음을 대변하며 치열한 갈등 속에서도 우수의 기운을 가득 담고 코다로 나아간다. 슬픔을 등에 업고 죽음을 앞둔 고독과 마주하면서도 절대 기품을 잃지 않는다. 평소 화내는 일이 드물었다고 전해지는 쇼팽이라면 억눌렀을 게 분명한 비통한 감정을 가슴에 품고 마지막 선율을 연주한다.

그리고 마지막 음이 힘을 다한 것처럼 어슴푸레하게 사라져 갔다.

사카키바는 지친 기색을 일절 보이지 않고 꼿꼿이 정면을 바라보고 있다. 살며시 눈을 감은 표정이 꼭 철학자를 연상시킨다.

그러나 그 모습을 지켜보는 얀의 마음은 평온하기는커녕 공황 상태였다.

내 예상이 맞는다면—아마도 틀리지 않겠지만—사카키바는 자신만의 피아니즘을 추구할 필요가 없다. 실제 연주든 녹음이든 자신이 이거라고 생각한 것만 들려주면 그것이 즉시 그의 자산이 된다. 물론 운지를 위해 연습은 필요하겠지만 평범한 피아니스트들처럼 수백 번 연주하지 않아도 효율적으로 머릿속에 있는 피아니즘을 끌어낼 수 있다.

내가 열 시간을 소비해야 하는 과정을 사카키바라면 단 한 시간 안에 마칠 수 있다. 내가 한 곡을 이해할 동안 그는 열 곡을 자신의 데이터베이스 안에 담을 수 있다.

말 그대로 천재다.

사카키바의 연주는 마주르카로 옮겨 가도 조금도 흐트러진 모습을 보이지 않았다.

마주르카는 그 어원인 무도에 다양한 형식이 있듯 여러 감정을 내포하고 있다. 타국인에게는 이를 명확히 설명하기 어려운데, 굳이 말하자면 '폴란드다움'이라고 표현할 수밖에 없다. 민족성에서 나오는 것은 역시 그 민족이 아니면 이해하기 어렵다. 그리고 타국 참가자들이 가장 난색을 보이는 곡도 바로 이 마주르카다. 아무리 기술이 뛰어나도 다른 나라 사람이 폴란드인의 영혼까지 알 수는 없다. 더욱이 극동 아시아 출신의 참가자라면 더 어려울 것이라는 게 대다수 폴란드인의 솔직한 심정일 것이다.

그러나 사카키바는 그런 선입견을 깨끗이 부숴 주었다.

〈마주르카 13번〉은 처음부터 끝까지 슬픔으로 가득 차 있다. 규모가 크지는 않지만 수난의 역사를 겪은 폴란드 민족의 비애가 빼곡히 들어차 있다. 그리고 흐르는 곡조는 단순하면서도 표현하기가 까다롭다.

사카키바가 연주하는 마주르카는 마치 폴란드인 참가자가 연주하는 것 같은 감흥을 불러일으켰다. 폴란드인 관객들은 감탄하는 수준을 넘어 이미 동포에게 공감하는 듯한 얼굴로 무대 위에 있는 사카키바를 바라보고 있다.

압권은 마지막 곡인 〈폴로네즈 제6번〉이었다.

〈영웅〉이라는 부제로 알려진 폴로네즈의 걸작. 첫 부분의 바닥을 질척질척 기는 듯한 소리에서부터 일찍이 관객들의 흥분이 피부로 전해진다.

서주는 장엄한 7도 화성과 연속되는 4도 패시지.

그리고 옥타브가 눈 깜짝할 사이에 뛰어올라 모두 알 만한 유명한 악구가 높게 울려 퍼진다. 내림가장조의 1주제. 이 장엄한 빛으로 가득 찬 선율은 폴란드의 긍지를 칭송한 것이다.

호화찬란하면서도 생동감이 넘치는 멜로디가 공연장을 뒤흔들 것처럼 울려 퍼진다. 사카키바는 마지막 곡에서 모든 체력을 소비할 생각인지 혼신의 힘을 다해 건반과 사투를 벌이고 있다. 후반부에 지금보다 더 팔을 혹사해야 하는 악절이 기다리는데도 힘을 비축하려는 듯한 모습은 조금도 찾아볼 수 없다. 이건 마치 돌격 나팔이다. 이 악절을 듣고 가슴이 뜨거워지지 않는 폴란드인은 아마도 없을 것이다.

수없이 박해당했으면서도 그때마다 오뚝이처럼 다시 일어선 민족.

도시와 문화를 철저히 파괴당했으면서도 끈기 있게 모든 것을 다시 일으켜 세운 민족.

이 곡의 부제 〈영웅〉은 폴란드인 한 사람 한 사람을 가리킨다. 이 폴로네즈야말로 그들이 가슴에 품은 긍지의 상징인 것이다.

고상함과 우아함을 몸에 두른 채 주제는 더욱 상승하며 반복된다. 폴란드인의 피를 끓어오르게 하는 선율이 듣는 이에게 몸을 벌떡 일으키고 싶은 충동을 부른다. 가슴속에서 투지가 용솟음친다. 어느새 주위에 있는 관객들은 남녀노소를 불문하고 치밀어 오르는 열정에 얼굴이 붉게 달아올라 있다.

사카키바도 이때만큼은 양팔을 현란하게 움직이며 얼굴에 환희를 띄웠다.

연주와 관객의 일체감. 이 순간 틀림없이 사카키바는 폴란드 청중들의 축복을 한 몸에 받고 있다.

중간부에서 곡조는 마장조로 바뀌고 왼손의 옥타브 연타 위에 멜로디가 올라탄다. 왼손은 저음에서 하향만을 되풀이

하지만 그만큼 팔 근육의 부담이 크다. 말발굽 소리 같기도, 군대의 행진 소리 같기도 한 긴 옥타브인데 긴장감을 유지하지 않으면 곡 전체가 어그러지고 만다. 물론 사카키바의 연주에는 한 치의 어그러짐도 없었다.

잠시 후 음이 여러 개 겹치더니 휘몰아치는 선율을 만든다. 관객들은 숨 쉬는 것조차 잊고 무대 위를 주시하고 있다.

체력 승부에서 사카키바는 한 치의 물러섬이 없었다. 연주를 듣고 있으니 왼손을 역회전한 다음에도 건반 위를 끊임없이 움직이고 있음이 느껴진다. 분산화음에서도 팔을 쉬지 않는 것을 보면 이 뒤에 나오는 사장조 조바꿈까지 쉴 새 없이 내달릴 생각일 것이다.

저 자그마한 몸으로 어떻게 저런 연주를 할 수 있을까. 팔과 악력에 어지간한 자신이 없으면 불가능한 일이다. 얀은 이제 사카키바에게 경외심까지 느끼기 시작했다.

사장조로 조가 바뀌자 멜로디는 일단 차분하게 가라앉아 느릿하게 흐른다. 오른손은 단조로운 16분음표를 계속해서 칠 뿐이지만 녹턴을 연상시키는 아름다움을 뽐낸다.

그리고 장대한 폴로네즈는 마침내 코다를 맞이했다. 선율이 듣는 이의 영혼을 사로잡은 채 서서히 위로 올라가 다시 한번 1주제를 낭랑하게 노래한다.

사카키바의 강한 연타가 가슴에 꽂힌다.

심박 수가 멜로디와 보폭을 맞춘다.

손가락이 허공에 뜨고, 영혼이 함께 도약한다.

최후의 타건. 그것을 마치고 사카키바는 양팔을 하늘 높이 들어 올렸다.

순간 우레와도 같은 박수 소리가 무대를 덮쳤다. 관객 모두가 일어서서 경이로운 참가자를 축복했다.

운명의 장난으로 잃어버린 시력. 그러나 신은 대신 그에게 거대한 재능을 선사했다. 관객들은 그런 사실에 마음을 빼앗긴 듯했다. 눈이 보이지 않고 지구 동쪽 끝에서 왔다는 핸디캡 따위 이제 아무 영향도 끼치지 않는다. 관객들은 그를 쇼팽의 정통 계승자로 인정했다.

공연장 안은 흥분의 도가니였다. 박수 소리가 멈출 기색이 없다. 칭찬과 공감이 열광의 소용돌이가 되어 홀 안을 지배하고 있다.

그 안에서 얀은 혼자 절망의 나락 속에 있었다.

이 피아니즘은 대체 어떻게 해석해야 할까. 미사키의 말이 사실이었다. 사카키바의 연주는 내 안에 확고히 자리 잡은 '폴란드의 쇼팽'을 가볍게 뛰어넘은 것은 물론 압도적인 퍼포먼스를 보여 줬다.

자신의 존재가 초라하기 짝이 없게 느껴졌다.

1차 예선 때문에 콧대가 높아졌던 나는 실은 광대 아니었을까.

맹렬하게 쏟아지는 박수와 환호성이 살갗을 파고든다. 사카키바를 향하는 축복은 그대로 안을 향한 비웃음이 되었다.

이길 수 있을 거라 생각했어?

음악의 신은 너 따위 선택하지 않았다고.

어차피 너는 다른 사람보다 피아노를 조금 더 잘 치는 평범한 인간에 불과해.

고개를 연신 세차게 흔들어도 비웃음 소리는 사라지지 않았다.


# 3


10월 10일, 폴란드 국가 경찰 본부 청사는 뒤숭숭한 분위기에 휩싸여 있었다. 테러 특별 대책 본부에 소속한 직원은 모두 호출을 받고 언제든 투입될 수 있도록 대기 태세에 들어갔다.

어젯밤 바르샤바 시내 호텔에서 폭탄 테러가 일어났다. 호텔 현관 앞에 세워져 있던 소형 밴이 폭발해 호텔 직원과 숙박객을 포함한 부상자 네 명, 사망자 한 명이 나왔다. 경찰은 즉시 불심 검문을 통해 새벽 무렵 범인 일당 중 한 명으로 추정되는 남자를 체포했다.

바인베르크는 지금 그 남자, 아즈할 오마르와 대면하고 있다. 테러 특별 대책 본부의 조사 이후 형사과가 끼어들자 본부장급 선에서 넌지시 항의가 들어왔지만 바인베르크는 한 발짝도 양보할 마음이 없었다. '피아니스트'에 대한 것이라면 어떤 사소한 정보라도 필요했다.

날카로운 눈빛에 턱수염을 기른 아즈할은 약간 겁먹은 듯했다.

그가 겁먹은 이유는 들어서 알고 있다. 테러 대책 본부 담당자가 희생자 중에 미국인 관광객이 있다는 사실을 근거로 미국 사법당국에 그의 신병을 넘기겠다고 으름장을 놓았기 때문이다. 물론 정말로 그런 절차를 밟을 수 있는지는 아직 검토조차 이뤄지지 않았지만 이슬람인의 눈에 미국은 대단히 야만적인 나라로 비치는 듯했다. 그전까지 시종일관 거칠게 굴던 아즈할은 급격히 태도가 온순해졌다.

세계를 공포의 구렁텅이에 빠트린 테러 조직의 일원도 모두 물불을 가리지 않는 것은 아니다. 그중에는 가족이 있고 죽음을 두려워하는 사람도 있다. 아즈할은 그런 이들 중 한 명이었다.

통역관의 도움을 받아 조사가 시작됐다. 말로 위협할 수 없으니 표정으로 압박할 수밖에 없지만 그 점은 걱정할 필요가 없다. 피오트르의 죽음을 떠올리면 자연히 얼굴이 험상궂게 굳었다.

"형사과의 바인베르크다. 어제 테러 행위 외에 네가 지금껏 어디서 뭘 했는지는 궁금하지 않아. 네게 지시한 사람이 누구고 네 아지트가 어딘지도 묻지 않을 거다. 내가 궁금한 건 오직 하나, 바로 '피아니스트'라는 녀석의 정체다."

그 별명을 듣자마자 아즈할은 눈썹 끝을 올리며 반응했다.

"그에 대해서 아나?"

아즈할은 바인베르크의 속내를 가늠하듯 빤히 쳐다봤다.

"그걸 털어놓으면 나한테 무슨 이득이 있지?"

"그 말은 곧 알고 있다는 뜻이군."

"나를 대하는 태도가 바뀐다면 생각해 볼게."

"네가 지금 우리와 협상할 수 있는 처지라고 생각하나? 착
각하지 않았으면 하는데."

바인베르크는 최대한 감정을 억누른 채로 아즈할 쪽으로
얼굴을 들이밀었다. 감정을 죽인 눈빛. 다른 사람을 죽인 인
간에게 위협적인 표정은 통하지 않는다. 오히려 이렇게 죽은
자 같은 눈빛으로 쳐다보는 게 효과적이다.

"털어놓으면 적어도 지금보다 나빠질 리는 없을 거다. 하
지만 털어놓지 않으면 심증이 더 안 좋게 굳어지겠지. 미군
이 탈레반 병사들에게 어떤 짓을 저질렀는지 너도 들어서 알
고 있겠지? 미국인이 한 짓을 폴란드인이 할 수 없을 거라고
생각하면 오산이야."

통역사가 순간 놀라는 듯했지만 바인베르크는 개의치 않
았다.

"어때? 이 세상에는 코란을 불태우는 것보다 더 무시무시
한 행위도 있다는 걸 몸소 체험해 보겠나?"

통역사의 능력이 뛰어난 건지 아니면 바인베르크의 눈빛이 의미를 전했는지 아즈할은 눈에 띄게 당황하기 시작했다.

앞으로 한 발짝이다. 바인베르크는 주머니에서 라이터를 꺼냈다. 그러자 아니나 다를까 뭔가를 착각했는지 아즈할이 부랴부랴 입을 열기 시작했다.

"자세한 건 말 못 해. 내가 아는 것이라곤 '피아니스트'라는 별명과 그놈이 아랍인이 아니라는 사실 정도야."

"아랍인이 아니라고?"

"그래서 보스도 놈이 유럽이나 미국에 몰래 잠입해도 의심받지 않을 거라고 했어. 그뿐이야. 나이나 얼굴, 성별 같은 건 몰라. 그리고 나만 모르는 게 아니야. 알카에다 안에서도 녀석의 얼굴을 본 사람은 간부 중 극히 일부라고 들었어."

테러 조직의 비밀 공작원 같은 존재일까. 꼭 페이퍼백 스파이 소설에나 나올 법한 이야기 같아 조금 황당하지만 실제로 그가 설치한 폭탄 때문에 죄 없는 이들이 희생됐다. 가볍게 흘려들을 이야기가 아니다.

"어젯밤 폭탄 테러에도 녀석이 엮여 있나?"

"그런 이야기는 못 들었어. 그리고 '피아니스트'는 늘 혼자서 행동해. 팀을 꾸리지 않아. 계획을 세우고 실행할 때도 늘 혼자. 그러니 아무도 그놈의 얼굴을 모르는 거야."

그것이 피오트르가 살해된 이유 중 하나일 거라고 바인베르크는 추측했다. '피아니스트'는 혼자 행동하는 것으로 모자라 일반인의 가면을 쓰고 있다. 조직 안에서조차 정체를 아는 이가 드물다. 그러므로 자신의 민낯을 알아챈 피오트르를 죽인 것이다.

그렇다면 피오트르는 어떻게 '피아니스트'의 민낯을 보게 되었을까.

"녀석이 단독으로 행동한다고 했나? 그럼 너희 같은 별동대와도 연락을 전혀 안 하나?"

"그래. 그쪽은 우리 계획을 알고 있을지 몰라도 우리는 '피아니스트'가 언제 어디서 누구를 노릴지 알 방도가 없어."

바인베르크는 일이 성가시게 되었다고 생각했다. 아즈할의 증언이 사실이라면 테러의 실행 부대가 단독으로 행동한다는 뜻이다. 마치 거미가 새끼를 흩뿌리는 것처럼. 누군가의 지시에 의해 움직인다면 경찰도 방어나 반격 수단을 떠올리겠지만 게릴라전이라면 방도가 없다.

"'피아니스트'는 폭탄이 아닌 다른 걸로도 사람을 죽이나?"

"폭탄이 아닌 다른 것? 아니, 들어 본 적 없어."

"그런데 왜 하필이면 '피아니스트'라는 별명이 붙었지? 테러리스트라면 상대에게 겁을 줘야 하지 않나? '악마'나 '사신' 같은 이름이 더 낫지 않아?"

"그건 딱히 별명 같은 게 아니야."

"별명이 아니다……?"

"이건 뒤에서 전설처럼 도는 이야기인데, 조직 간부가 녀석을 처음 만났을 때 일화야. 그 간부는 '피아니스트'가 같은 아랍인이 아니니 당연히 협동 작전 전에 '피아니스트'를 한번 만나 봤다고 해. 장소는 특급 호텔 스위트룸이었고 방 안에 피아노가 있었대. 그리고 면담이 끝나자 녀석은 기분 전환이라도 하듯이 대뜸 피아노를 치기 시작했는데 그 실력이 대단했다지 뭐야. 그래서 간부가 '취미치고는 수준이 대단하군'이라고 하니 녀석은 이렇게 대답했대. '취미가 아니라 직업입니다'라고. 그래서 녀석에게 그런 별명이 붙은 거야."

조사를 마치고 바인베르크는 눈앞에 목록을 펼쳤다. 어제 공연장 지배인 아들러에게서 입수한 ID 카드 소지자 명단이다.

총 인원수 286명. 당일 공연장 안에 있었던 사람은 그중 122명이다.

FBI에 조회한 내용에 따르면 '피아니스트'는 폴란드뿐만 아니라 프랑스 파리 시내에서 일어난 폭탄 사건에도 관여했다. '피아니스트'는 평소에는 맨얼굴로 행동할 가능성이 크다. 따라서 122명 중 프랑스에 갔던 이력이 있는 사람을 추리니 후보가 18명까지 줄었다. 그러나 그중 11명은 아담 카민스키를 비롯한 심사위원들이고 그들은 각국에서 치러지는 다른 콩쿠르의 심사를 맡기도 하니 프랑스 입국 이력이 있는 게 당연하다.

따라서 바인베르크의 눈은 나머지 일곱 사람에게 향했다.

| | |
|---|---|
| 발레리 가가리로프(20) | 국적 러시아 |
| 빅토르 오닐(24) | 국적 러시아 |
| 에드워드 올슨(23) | 국적 미국 |
| 엘리안느 모로(22) | 국적 프랑스 |
| 첸 리핑(21) | 국적 중국 |
| 얀 스테판스(18) | 국적 폴란드 |
| 사카키바 류헤이(18) | 국적 일본 |

프랑스 국적인 엘리안느 모로는 별개로 하더라도 다른 여섯 명에게는 모두 프랑스에 입국한 이력이 있다. 이유는 전부 롱티보 국제 콩쿠르 참가 또는 관람 목적이다. 그리고 이 콩쿠르가 끝난 바로 다음 날 폭탄 테러가 일어났다.

콩쿠르에 참가하기 위해 프랑스에 간다고 하고 실제로는 테러 활동에 나선다. 언뜻 말이 안 되는 것처럼 느껴지지만 방패로 삼기에 아주 좋은 구실이다. 20대 초반이나 그 미만이라는 나이대는 테러리스트로 어울리지 않는 느낌도 들지만, 2004년 요르단강 서쪽 팔레스타인 자치구에서 자폭 테러를 일으킨 소년은 고작 열네 살이었다. 세상에는 나이가 어린 살인범도 셀 수 없을 만큼 많다.

그러나 바인베르크가 이 일곱 명에게 주목한 이유는 그 밖

에 더 있었다. 아즈할의 이야기가 사실이라면 '피아니스트'
는 단순히 붙은 별명이 아니다. 다시 말해 '피아니스트'에게
는 다음과 같은 조건이 따라붙는다.

1. 피오트르가 살해됐을 때 공연장 안에 있던 사람.
2. 프랑스에서 폭탄 테러 사건이 일어난 시기에 현지에 있었던 사람.
3. 직업이 피아니스트인 사람.

이 안에 '피아니스트'가 있다. 이 중 누군가가 피오트르의
목숨과 손가락을 앗아 갔다. 바인베르크는 그렇게 확신했다.
 이번에 형사과에 테러 특별 대책 본부와 긴밀히 협력하라
는 본부장의 지시가 내려왔지만 알 바 아니다.
 그 녀석들이 쫓는 사람은 테러리스트지만 내가 쫓는 건 그
저 살인범이다.

◇◇◇

 2차 예선 둘째 날 콩쿠르 공연장은 기이한 분위기에 휩싸
여 있었다.
 어젯밤 바르샤바 시내 호텔에서 일어난 폭탄 테러 사건.
사건 희생자 중에는 오늘 첫 번째 순서인 영국인 참가자가
포함돼 있었다.

공연장 입구 게시판에 큼지막하게 조의문이 걸렸는데 그
것만으로 그의 억울한 죽음이 보상될 리 없다. 공연장 앞에
모여든 관객들은 침통한 표정으로 서로 얼굴을 마주 보다가
마치 장례식에 참석하는 사람처럼 하나둘 홀 안에 들어갔다.

참가자의 사망 소식은 다른 참가자들에게도 크고 깊은 실
의를 안겼다. 콩쿠르 우승의 영광을 거머쥘 확률이 36분의 1
까지 높아진 지금 기권하는 사람은 나오지 않았지만 컨디션
불량을 호소하는 참가자가 속출했다. 그럴 만도 하다. 타건
하나에 세심한 주의를 기울여야 하는 예민한 감성의 소유자
들이 눈에 보이지 않는 테러리스트에게 겁먹지 않을 도리가
없다.

솔직히 말하면 얀도 주최 측이 오늘 예선을 연기해 주기를
바랐다. 또한 원래 일정에서는 얀의 차례가 두 번째였는데
앞선 이유 때문에 첫 번째가 돼 버렸다.

얀 역시 다른 사람들보다 훨씬 성격이 예민해서 이렇게 뒤
숭숭한 분위기에서는 실력을 충분히 발휘하지 못한다.

사전에 그런 변명을 준비했지만 실제로는 자신조차도 부
끄러워서 숨기고 싶은 이유가 그 밖에도 있었다.

바로 사카키바의 존재다.

그의 연주를 듣고 난 이후 얀은 아무것도 손에 잡히지 않
았다. 어떻게 집에 돌아갔는지도 기억이 어렴풋하다. 아버지
와 어떤 대화를 나눴는지 기억나지 않는다. 입에 들어간 음

식 맛을 느끼지 못했고 눈을 감으면 그의 모습이 떠올랐으며 귀를 닫아도 그가 선보인 피아노 연주가 머릿속에서 계속 재생됐다.

고집 센 폴란드인들을 굴복시킨 쇼팽의 색다른 해석. 건반이 보이지 않는데도 기계처럼 정확한 터치. 그리고 압도적인 감정 표현.

교육이나 반복적인 연습만으로 절대 습득할 수 있는 것이 아니다.

그야말로 하늘이 내려 준 재능인 것이다.

평범한 나 같은 사람이 그를 이길 리 없다.

그래도 무대에는 서야만 한다. 유서 깊은 명문 스테판스 집안의 일원, 그리고 조국 폴란드의 영광스러운 대표로서 결전을 앞두고 도망치는 것은 결코 용납되지 않는다.

대기실에서 이름이 호명됐을 때 얀은 몸을 크게 움찔했다. 무대로 이어지는 통로가 마치 형장으로 향하는 길목 같았다.

─첫 번째 참가자. 참가 번호 75번 얀 스테판스. 곡명 〈스케르초 제1번 나단조 작품 20〉, 〈왈츠 제5번 내림가장조 작품 42〉, 〈폴로네즈 제5번 올림바단조 작품 44〉, 〈마주르카 제30번〉에서 〈32번〉, 〈뱃노래 바장조 작품 60〉. 피아노는 스타인웨이.

피아노까지의 거리가 몹시 멀게만 느껴졌다. 억지로 질질 끌고 가는 다리가 납처럼 무거웠다.

—얀 스테판스, 폴란드!

허리 밑에서 들리는 박수 소리가 살갗에 푹푹 꽂혔다.

첫 곡은 〈스케르초 1번〉. 하필이면 사카키바의 첫 곡과 겹치고 말았다. 아아, 젠장. 왜 어제 곡 변경을 신청하지 않았을까. 그 연주와 비교당하면 더 비참하잖아. 그러나 급하게 다른 곡으로 바꾼다고 해도 만족스럽게 연주할 자신은 없다. 뭐? 자신? 그럼 다른 스케르초로는 맞설 수 있다고 생각하는 거야? 뭘 연주하든 이길 리 없잖아! 너와 사카키바 사이에는 현기증이 날 만큼 차이가 있다고!

그 순간 얀은 화들짝 놀랐다.

저도 모르게 의자에 앉은 채로 넋이 나가 있었다.

서둘러 마음을 가다듬는다.

강렬한 첫 타건. 사카키바에게 질 수 없다. 그보다 더 선명하게 첫 음을 쳐야 한다.

딴!

첫 번째 타건이 하늘에 꽂힌다.

이런. 너무 강했다.

기품이다. 기품을 지켜야 한다. 그래야만 폴란드의 쇼팽이라 할 수 있다.

왼손 선율에 오른손 패시지를 더해 불협화음을 새겨 나간다. 센박의 위치를 비켜 놓은 급속도의 템포. 전반부에는 이것을 두 번 반 되풀이한다.

그러나 아무래도 이상하다. 불협화음이 사카키바가 친 것보다 탁하게 들린다. 이 불협화음은 조금 더 울림이 수수해야 하는데. 이런 소리라면 귀에 거슬릴 것이다.

또 한 명의 나 자신이 등 뒤에 서서 내 연주를 일일이 분석하고 있다.

반복이 쓸데없이 길잖아.

거기서 박자를 좀 더 빠르게 하지 않으니 음이 탁해지는 거야.

시끄러워!

얀은 머릿속에서 들리는 소리를 떨쳐 내며 중간부에 돌입했다.

제시부의 선율과 대조적인 조용한 멜로디. 그러나 고요함 속에도 정열을 싣는다. 기품을 지키면서도 피의 용솟음을 잊어서는 안 된다.

320번째 소절에서 조바꿈. 좋아, 잘 됐다. 여기를 무사히 통과하면 이 뒤로는 다시 제시부로 들어가 도입부의 실수를 만회하면 된다.

잠깐. 너는 지금 이 16소절에서 청중들을 무릉도원으로 데려가는 듯한 희열을 제대로 선사하고 있는 게 맞아? 그저 얌전히 손가락을 움직이며 스스로 납득되는 연주만을 하고 있는 거 아니야?

시끄러워! 시끄럽다고!

마침내 곡이 코다에 접어든다. 어둡고 격렬한 불협화음을 보란 듯이 격렬히 두드린다.

양손 연타. 좋아. 아직 악력에는 여유가 있다.

끊임없이 이어지는 밀집화음. 양손의 엄지가 Eis와 G을 동시에 누른다. 나단조의 G, B, H 순으로 열심히 악절을 이어 나간다.

그리고 연속하는 포르티시모.

그러나 네 번째 타건에서 예상치 못한 일이 일어났다.

느닷없이 손가락 끝에서 힘이 빠지더니 타건이 포르티시모로 떨어진 것이다.

이럴 수가.

힘 조절을 틀리다니.

얀은 모든 신경을 손가락 끝에 집중해 악력을 되돌리려 했다. 마지막 한 음 전에 간신히 포르티시모로 돌아갈 수 있었다.

연주를 마친 순간 끈적한 땀이 관자놀이를 타고 흘렀다. 겨드랑이 아래에서도 땀이 배어나 옆구리를 스쳐 갔다.

아연실색했다.

처음 겪는 일이다.

이게 대체 무슨 상황인가.

얀은 두 손을 몇 번 쥐었다가 폈다. 피로감은 별로 없다. 열 개의 손가락이 지시대로 정확히 움직인다. 그런데 왜 이런 실수를 저질렀을까. 도무지 이해되지 않았다.

두 번째 곡, 〈왈츠 5번 대왈츠〉.

도입부는 트릴로 이뤄진 여덟 소절. 속도 지시는 비바체*
로 알레그로**보다 빠르다.

이 곡의 주제는 왼손으로 4분의 3박자의 리듬을 새기고
그 위에 오른손으로 8분의 6박자를 얹는다. 그것이 끝나면
오른손이 8분음표의 빠른 패시지를 연주한다. 옆에서 듣고
있으면 마치 CD를 빠르게 재생하는 것처럼 들리는데 그 정
도의 고속 연주가 아니면 쇼팽의 지시를 따를 수가 없다. 그
리고 이러한 특징을 살리면서도 왈츠 본래의 단정한 느낌을
놓치지 않는 것이 이 곡의 핵심이다.

두 개의 다른 리듬을 겹쳐 신비로운 개성을 연출한다. 이
러한 개성과 반음정이 자아내는 특유의 화음이 이 곡의 진정
한 주제라고 해도 과언이 아니다. 양손은 한 박자도 쉬지 않
고 건반 위를 계속 미끄러진다. 첫 번째로 친 스케르초의 연
타 때문인지 손가락 뿌리 부분에 젖산이 조금씩 쌓이는 게
느껴졌다.

젠장.

사카키바의 폴로네즈 연타는 더욱 길고 격렬했는데 그에
게서는 피로감 따위 눈곱만치도 느껴지지 않았다.

*  vivace, 아주 빠르게 연주.
** allegro, 빠르고 경쾌하게 연주.

그런데 나는 왜 이 모양일까.

중간부에서 일단 선율의 음량이 줄자 그제야 손가락 끝부분이 해방됐다. 그러나 찰나의 휴식일 뿐이고 41소절까지는 또다시 운지에 속도를 붙여야 한다.

그리고 2주제가 나타난다. 아르페지오를 연주하며 음을 겹쳐 간다. 이 두 번째 주제는 총 네 번 반복되는데 해석에 따라서는 코다의 도움닫기 구간이라고도 할 수 있다. 〈왈츠 5번〉의 또 하나의 특징인 거의 1분에 달하는 긴 코다를 마주하기 전에 단숨에 치고 올라가는 체력이 필요하다.

그러나 얀의 손가락은 이미 비명을 지르기 시작했다.

쓰러지듯 코다에 진입한다.

포르티시모에서 포르티시시모로.

피아노를 내려치는 듯한 타건이 이어진다.

머릿속에서 사카키바의 의기양양한 미소가 떠올랐다. 비웃음의 대상은 바로 나다. 고작 이 정도 연타로 무너지는 악력과 신에게 선택받지 못한 자의 슬픔을 비웃고 있다.

얀은 혼신의 힘을 다해 종결부로 향했다. 손가락 감각이 조금씩 무뎌지지만 아직 미스터치는 없었다.

변형된 제주를 연주하고서야 간신히 코다가 끝났다.

어깨를 늘어뜨리자마자 대번에 피로가 몰려왔다. 벌써 힘들어하다니. 말도 안 돼! 아직 고작 두 곡, 시간상으로는 12분을 연주했을 뿐이다. 앞으로 폴로네즈와 마주르카, 그리고 뱃노래까지 30분 정도 연주가 더 남았다. 앞의 두 곡에서 지나치게 체력을 소모하고 만 걸까.

이럴 수는 없어. 얀은 초조해지기 시작했다.

뭔가가 잘못되고 있다. 그리고 그 잘못을 고칠 수 있을지도 확신하지 못하고 있다.

관객의 반응이 느껴지지 않는 것도 불안감을 부채질했다. 원래라면 감탄하거나 칭찬하는 분위기가 피부로 느껴졌을 텐데 오늘은 전혀 느껴지지 않는다.

세 번째 곡, 〈폴로네즈 5번〉.

얀은 불안감에 사로잡힌 채 상반신을 앞으로 숙였다.

올림다장조의 셋잇단음표로 시작되는 서주. 으스스한 분위기의 제주는 넷잇단음표와 옥타브로 주법이 바뀐다. 이 길게 이어지는 서주는 비극의 전조라고 부를 만한 악절로 1주제의 예고편이다.

사카키바가 연주한 6번이 웅장한 폴로네즈라면 이쪽은 대조적으로 비통한 느낌의 폴로네즈다. 조국 폴란드를 덮친 비극을 보며 쇼팽이 느낀 고뇌와 분노를 그린 듯한 곡으로 6번에 맞서려면 역시 이 폴로네즈밖에 없다.

제1주제. 왼손으로 폴로네즈의 리듬을 새기고 오른손으로 3도 화성을 노래한다. 선율이 넘실거리며 가혹한 운명 속으로 조금씩 청중을 이끈다.

〈폴로네즈 5번〉은 강약 지시가 이상하리만큼 적고 제시부에서는 포르테가 끝없이 이어진다. 얀은 평소에 강한 타건에 자신이 있어 이 곡을 골랐지만 지금은 연타가 이어지는 곡조가 스스로 목을 조이는 결과를 낳아 버렸다.

제시부는 일단 조바꿈을 해서 일말의 희망을 보여 주지만 곧 다시 사라지고 회의심과 분노가 뒤섞인 선율이 고개를 치켜든다.

주제가 반복될 때마다 타건이 더 강해지고 그 안에 담긴 공포도 점점 커져 간다. 잠시 후 왼손 리듬이 음계가 되어 양손으로 연주할 수 있는 최대의 음향이 공연장 안을 뒤흔든다.

화음 연타.

급격한 옥타브 상승.

손가락 안쪽이 욱신거리지만 그보다 더 신경 쓰이는 것은 역시 악력의 한계였다. 코다까지는 아직 7분이 넘게 남았다. 그전까지 악력을 유지할 수 있을지가 관건이다.

중간부에 접어들자 곡조가 사뭇 달라져 마주르카의 우아한 선율로 바뀐다. 가장조에 3도 화성을 넣어 고향을 그리는 멜로디가 마장조로 조바꿈을 하며 반복된다. 폴로네즈에 마주르카를 삽입해 폴란드 윤무곡을 합체한 것이 이 곡의 특징이다.

탄식과도 닮은 몇 가지 곡상이 보일 듯 말 듯하면서도 평온하고 따스한 기운이 감돈다. 고향을 그리면서 느끼는 안도감으로 가득 차 있다. 이 뒤에 펼쳐질 비운이 확실한 만큼 마주르카에서 더 큰 위안을 느낀다.

얀은 이 평온한 부분을 포르티시모로 연주할 계획이었다. 원래라면 주어진 강약 지시를 바꾸지는 않는다. 그러나 남은 시간과 악력의 균형을 고려하면 포르테로 떨어뜨릴 수밖에 없었다.

잠시 후 마주르카의 선율을 좁히고 내리며 조금씩 지워 나간다. 서주의 음형을 통해 곡조를 나락으로 떨어뜨린다.

그리고 또다시 비탄을 재현한다. 화음을 포르티시시모로 연주한다. 여기서부터는 체력과 집중력 싸움이다.

얀은 손가락에 분노를 실었다. 쇼팽과 동시대에 태어나지 않은 얀은 그의 애국심이 얼마나 크고 깊었는지 그의 피아노를 통해서만 느낄 수 있다. 부디 내 몸에 쇼팽의 영혼이 깃들기를 바랐다. 쇼팽의 분노가 서리기를 바랐다. 그러지 않으면 이 5번으로 심사위원들을 설득할 수 없다.

모든 힘을 담은 연타. 전란 속에서 수많은 이들이 스러져가도 비극은 끝나지 않았다. 산 자는 그저 망연히 죽은 자들을 애도해야만 했다. 얀은 그들이 느꼈을 비애와 분노를 강한 타건에 실어 보냈다.

코다의 마지막 부분. 팔이 부서질 기세로 건반을 두드린다. 그러나 갑자기 오른손에서 위화감을 느꼈다.

손가락에 힘이 잘 전해지지 않는다. 팔에 쌓인 피로가 팔꿈치 위를 파고들었다.

생각지도 못한 함정이다.

포코 아 포코 리테누토 에 디미누엔도*. 음량을 낮춰야 하는 부분인데도 소절에 들어가기도 전에 팔에 힘이 쭉 빠져 버렸다.

건반을 끝까지 누를 수가 없다.

맙소사!

조금 전 터치가 심사위원들에게는 어떻게 들렸을까.

해석의 차이라고 판단할까. 아니면 미스터치로 평가할까.

곤혹스럽고 초조한 마음에 머릿속이 새하얘진다.

앞으로 어디서 만회할 수 있을까.

어려워 보인다. 이제는 돌이킬 수 없다. 이 뒤로 저음이 끊이지 않도록 팽팽히 잡아당기고 최후의 포르티시시모로 실력을 보여야 한다.

힘이 풀려 버린 오른팔의 상태를 가늠하며 피아니시모로 비탄을 새겨 나간다.

마지막 한 음, 얀은 상반신의 무게를 양팔에 실은 채 포효했다.

소리가 허공에 날아간다. 평소라면 그 사라져 가는 여운을 즐길 테지만 지금은 공기가 탁해져 음이 어디로 향하는지 알 수 없었다.

---

\*　poco a poco ritenuto e diminuendo, 조금씩 속도를 낮추며 점점 여리게.

분위기가 가라앉았다. 관객들의 실망이 피부로 전해진다. 여기서 심사위원들의 표정은 보이지 않지만 그들도 폴란드인 참가자의 덜떨어진 실력에 한탄하고 있을 것이 분명했다.

피아노만 있으면 얀은 무적이었다. 헤라클레스보다 강하고 아킬레스보다 빠르게 달릴 수 있었다. 그러나 지금은 땅에 추락한 꼴사나운 이카로스다.

그 뒤로 이어진 마주르카와 뱃노래에서 큰 실수는 없었지만 스스로 만족할 연주 수준은 아니었다. 건반에서 손가락을 떼고 천천히 몸을 일으키자 박수갈채가 쏟아졌지만 머쓱하기만 했다.

날아오는 돌멩이를 피하듯 무대 끝으로 숨어들었다. 다리가 무대에 처음 오를 때보다 훨씬 무겁게 느껴졌다.

로비에 나가자마자 휴대용 녹음기와 마이크를 든 사람들이 나를 타박하러 올 것이다. 얀은 그대로 대기실로 돌아가기로 했다.

그때 통로에 설치된 모니터에서 귀에 익은 멜로디가 흘러나왔다. 〈눈이 내리는 마을을〉*에도 삽입되어 잘 알려진 소절. 한 번 들으면 누구나 알 만한 〈환상곡〉의 서주다.

음이 귀에 꽂힌 것은 그 곡을 많이 들어 익숙해서가 아니다. 장송 행진곡처럼 우울한 선율 속에 왠지 상냥한 울림이

---

\*　1951년 일본 NHK 라디오 드라마 〈에리코와 함께〉의 삽입곡.

느껴졌기 때문이다.

무의식중에 발걸음이 멈췄다.

연주하는 사람은 프랑스에서 온 참가자 엘리안느 모로다. 긴 금발에 마른 몸. 연주하는 건 이번에 처음 보는데 얀의 눈은 엘리안느의 뚜렷한 이목구비와 피아니스트로서는 보기 드물 만큼 가늘고 나긋나긋한 손가락에 꽂혔다.

환상곡은 쇼팽이 연인 조르주 상드와 함께 살던 무렵에 쓴, 생애 가장 충실했던 시기에 떠올린 곡이다. 웅대한 구성을 자랑하면서도 한편으로 이별과 죽음이라는 불길한 곡상이 언뜻언뜻 보인다. 서두의 장송 행진곡이 그 사례다.

그러나 엘리안느가 연주하는 육중한 서주가 귀에 들어오자 얀은 마음속 깊숙한 곳에 쌓여 있던 응어리가 사르르 풀렸다.

신기한 느낌이었다.

서주가 끝나자 셋잇단음표로 구성된 소나타가 시작됐다. 조바꿈을 한 감미로운 멜로디가 얀의 가슴에 자연스럽게 미끄러지듯 들어온다. 얀은 엘리안느의 손가락이 조심스레 건반에 닿는 모습을 뚫어지게 쳐다봤다.

순간 손가락이 다시 대담한 급강하를 시작한다. 당김음이 절박한 멜로디를 만들어 낸다. 원래는 격한 감정에 사로잡힌 주제지만 엘리안느의 연주는 그 밑바탕에 듣는 이를 따스하게 감싸 안는 부드러움이 있다.

환상곡에서는 다양한 주제가 나타났다가 사라지기를 반복한다. 3도 중음의 짧은 주제 이후 또다시 새로운 주제가 모습을 드러낸다. 잠시 후 선율이 폭풍우처럼 불어 닥치며 포르티시모로 건반을 두드리게 지시한다. 그러나 이때도 엘리안느의 손가락은 우아하게 움직이며 마치 피아노와 함께 노는 것처럼 보인다. 거센 포르티시모도 기분 좋게 가슴에 울려 퍼졌다.

이렇게 상냥한 환상곡을 듣는 건 처음이었다.

저 여자는 어떻게 이런 아름다운 소리를 낼 수 있는 걸까.

대기실로 향하던 발걸음이 다시 무대 옆으로 향했다. 모니터로만 보고 있기에는 성이 차지 않았다. 저 소리를, 그리고 그녀의 모습을 가까운 곳에서 보며 즐기고 싶었다.

사막을 떠도는 사람이 오아시스에 이끌린다.

무대 옆에 도착하자 객석 분위기가 뒤바뀐 것을 느낄 수 있었다.

곡이 중간부에 접어들었다. 몽환적인 나장조가 달콤한 회상을 불러일으킨다. 조용한 멜로디에 귀 기울이고 있자 조국을 향한 쇼팽의 기도 소리가 들렸다.

관객들은 모두 엘리안느가 건 마법에 빠져 안도감의 물결 사이를 맴돌고 있다. 표정이 완전히 풀렸고 몸을 의자에 깊숙이 파묻고 있다.

낯선 느낌은 분명 있었다. 환상곡에는 쇼팽의 불안과 의심이 통주저음이 되어 흐른다. 그러나 곡 전체를 뒤덮은 이 자애로운 기운은 잘못된 해석이라고까지 할 수는 없어도 절대 폴란드의 쇼팽은 아니다.

그러나 쾌감을 부인하고 싶지는 않았다. 나를 포함해 그녀의 연주에 도취된 사람이 이렇게나 많다. 그녀의 연주를 부정하는 것은 우리의 감성을 부정하는 거나 마찬가지 아닐까.

선율이 잠시 후 가파르고 험한 언덕을 오르기 시작한다. 갑작스럽게 부활한 아르페지오가 넘실거리며 공연장 안을 장악한다.

이 곡에서는 원래 좌우의 옥타브 비약과 오른손의 변칙적 포지션 이동 등의 수준 높은 연주 기술이 요구된다. 그러나 엘리안느는 난관을 헤쳐 나가는 느낌 없이 차분하게 쇼팽이 그리던 환상의 명확한 형태를 그려 갔다.

사라진 몇 가지 주제를 재현하면서 질주하던 연주가 슬슬 코다로 향한다. 장대한 환상곡을 이끄는 가장 거센 파트인데 여기서도 엘리안느의 연주에는 자애가 감돈다. 강요하지 않고 모든 비극을 순순히 받아들이는 사랑의 기운이 듣는 이들의 영혼을 따스하게 감싼다.

얀은 무대 끝에 우두커니 서 있었다. 사카키바를 향한 경쟁심 때문에 스스로 일을 그르친 것에 대한 자기혐오가 엘리안느의 악구를 좇으면서 조금씩 옅어진다. 술렁이던 마음에 따뜻한 기운이 흘러와 갈라진 틈에 조금씩 스며든다.

아르페지오의 외침이 점차 작아지더니 곧 박자가 완만해진다.

마지막 포르티시모의 화음이 두 번.

그리고 곡은 조용히 끝났다.

얀의 가슴에는 아직 여운이 그대로 남았다. 타다 만 잉걸불도, 뜨거운 불길도 아닌 어머니의 몸속에 있는 듯한 따사로운 기운이 넓게 퍼지고 있었다.

엘리안느가 모든 연주를 마쳤을 때 정신을 차려 보니 얀은 어느새 그녀의 대기실 앞에 있었다. 2층에는 ID 카드가 있는 관계자밖에 올라오지 못해서 남몰래 기다리기에 좋았다.

남몰래 기다린다?

아니, 그건 아니다. 뒤가 켕기는 마음 같은 건 조금도 없다. 어쨌든 그런 규격을 벗어난 쇼팽을 연주한 참가자가 어떤 사람인지 같은 피아니스트로서 관심이 조금 생겼을 뿐이다.

그리고 깨달았다.

관심이 생겼다고 하지만 무엇을 어떻게 물어야 좋을지 떠올리지 못했다.

아직 얼굴을 마주한 적이 없고 그걸 떠나 말이 통할지도 의문스럽다.

그런데 나는 왜 지금 이런 곳에 우두커니 서 있는 걸까.

뭐 하는 거니, 바보야.

지금 당장 등을 돌리고 이곳을 떠나!

그러나 황급히 몸을 돌렸을 때 눈앞에 기다리던 사람의 모습이 비쳤다.

무심코 숨이 멎었다.

제자리에 멍하니 서 있는 얀에게 엘리안느는 수상쩍어하는 눈빛을 보냈다.

그럴 만도 하다. 그러나 그녀의 작은 입술에서 가장 먼저 나온 말은 뜻밖이었다.

"얀 스테판스?"

날 알고 있다? 얀은 깜짝 놀랐지만 곰곰이 생각하니 엘리안느도 사진이 인쇄된 참가자 리스트를 갖고 있을 터였다. 내 얼굴과 이름을 알아도 이상할 게 없다.

"나한테 무슨 볼일이라도 있어?"

얀은 또 한 번 놀랐다. 엘리안느는 막힘없는 폴란드어를 구사했다.

"어떻게 폴란드어를?"

"어웨이에서 싸울 거면 적어도 그 나라 언어 정도는 마스터해 둬야지. 10년 전 콩쿠르 때부터 여러 번 오기도 했고."

엘리안느의 목소리는 연주에서 받은 인상과는 조금 다른, 딱딱하고 살짝 높은 톤이었다. 그러나 귀에 거슬리지는 않고 오히려 마음이 편안해졌다.

"아무튼 그래서?"

"저기…… 네 연주, 아주 훌륭했어."

얀이 그렇게 말하자 엘리안느의 눈썹이 위아래로 꿈틀거렸다.

"아, 아니. 빈말이 아니라 정말로 좋았어. 그렇게 상냥한 환상곡은 처음 들었거든."

"지금 비꼬는 거야?"

"응?"

"폴란드의 비극을 객관적으로 본 달콤함이 두드러지는 환상곡. 듣기에 썩 나쁘지는 않지만 폴란드인들이 납득할 만한 쇼팽은 아니다. 지금 그런 뜻으로 말하는 거지?"

"아니야! 난 정말로 푹 빠져서 네 연주를 들었어. 느닷없이 뺨을 세게 한 대 얻어맞은 기분이었지만 아프다기보다는 오히려 기분이 좋은……. 아, 뭐라고 표현해야 할지 잘 모르겠네. 그런데 나와 비슷하게 네 연주에 홀린 관객이 아주 많았어. 이건 네 환심을 사려고 하는 말이 아니야. 그냥 정말로 훌륭해서 그래."

"……그런 말을 하려고 굳이 여기까지?"

그러자 갑자기 얼굴이 불붙은 것처럼 뜨거워졌다.

난 정말 바보다.

연주의 감상을 전하려고 숨어서 당사자를 기다리다니. 이건 스토커나 마찬가지 아닌가. 나는 왜 이런 짓을 하고 있는 걸까.

"미안."

그렇게 말하고 자리를 뜨려고 하자 굳어 있던 엘리안느의 표정이 환해졌다.

"예상 밖이네."

"응?"

"폴란드의 기대주 얀 스테판스가 이렇게 솔직한 성격일 줄은 상상도 못 했거든. 4대에 걸친 음악가 집안이라고 해서 뭔가 부잣집 도련님처럼 아니꼬운 이미지일 것 같았어."

"날 그렇게 생각했다니……."

"나도 너처럼 솔직하게 감상을 말해 주는 폴란드인 피아니스트를 만나는 건 처음이야. 역시 본고장 피아노 관계자들의 반응이 궁금해서 폴란드 출신 선생님 몇 분께 연주를 들려드리기는 했지만 다들 쓴웃음만 짓고 명확한 대답을 해 주지 않았거든."

듣고 보니 짚이는 바가 있었다. 내 스승 카민스키는 늘 솔직하게 대답해 줬지만 다른 선생님은 제자들에게 가끔 그런 반응을 보일 때가 있다고 들었다. 내 조국의 전통인 쇼팽의 피아니즘을 타국인이 이해할 리 없다. 엘리안느가 만난 선생님은 그렇게 생각하지 않았을까.

"게다가 그토록 폴란드식 쇼팽을 훌륭히 연주하는 신성에게 이런 평가를 들으니 더 영광이야."

"저기, 기대주니 신성이니 하는 말은 별로 듣고 싶지 않아."

"응? 거슬렸어? 미안. 그런데 비꼬려고 한 말은 아니야."

대화를 주고받는 동안 엘리안느의 말투가 조금씩 친근해졌다. 원체 솔직한 성격일 것이다. 그런 점도 얀에게는 달가운 오해였다.

"내 연주를 들어준 거야?"

"들어주다니. 그거 진심으로 하는 말이니? 겸손도 유분수지. 그 공연장에서 살인 사건이 일어나기 전까지는 네가 유력한 우승 후보였잖아. 같은 참가자로서 분하기는 하지만, 솔직히 말하면 나도 네 에튀드 두 곡과 〈녹턴 3번〉에는 소름이 돋았어. 속으로 저런 사람을 상대해야 한다니 하고 조금 절망했을 정도야."

얀은 '살인 사건이 일어나기 전까지는'이라는 말이 마음에 걸렸다.

엘리안느는 눈치가 빠른지 얀의 짧은 침묵을 놓치지 않았다.

"가제타, 읽었어?"

가제타는 1차 예선 기간부터 거의 매일 공연장을 찾은 관객에게 무료로 배포되는 소식지다. 분량은 양면 네 페이지, 많은 날은 여덟 페이지까지 되는 일간지인데 주로 참가자와 심사위원들의 인터뷰와 평론가의 비평이 실린다.

"가져가려는 사람이 하도 많아서 아직 못 읽었어."

"그냥 세평 수준이니 꼭 신경 쓰지 않아도 되겠지만……."

"아마 사카키바에게 이목이 쏠렸겠지? 신체적인 핸디캡도 사람들의 관심을 모았을 테고."

"사카키바 씨의 연주도 들었어?"

"응. 듣고 나니까 핸디캡이 있는 건 오히려 내가 아닌가 싶더라."

"나도 그렇게 생각했어. 악보를 외우는 게 멍청하게 느껴졌을 정도야."

얀이 사카키바에 대한 생각을 말하자 엘리안느도 동감하는지 고개를 연신 끄덕였다.

"사카키바 씨의 머릿속에는 음표나 기호의 개념이 없잖아. 각각의 소리와 음계를 신호로 인식하니 틀리거나 엇나갈 일도 없지. 정말 엄청난 경쟁자가 나타난 셈이야. 그리고 그 기반에 쇼팽의 내셔널 에디션을 깔고 있다면 곡의 버전도 얼마든지 바꿀 수 있을 테고."

"견해에 따라서는 사카키바의 연주가 가장 쇼팽답다는 말인가. 미사키가 당연히 칭찬할 만하네."

"미사키? 너 미사키 요스케 씨를 아니?"

"아니. 아는 건 아니고 몇 번 말을 섞어 본 정도인데…….
미사키가 왜?"

"미사키 씨도 다크호스라는 평가를 듣고 있어. 1차 예선 차례가 마지막 날이었던 탓에 평론가들도 주목하지 못한 것 같은데, 연주를 듣고서 놀란 기자들이 조사하니 그를 추천한 사람 중 한 명이 무려 쓰게 아키라 씨라고 해서 또다시 놀랐대. 마에스트로를 계승한 천재가 나타난 셈이야."

"아쉽지만 아직 미사키의 연주는 못 들어서."

"미사키 씨의 연주, 사카키바 씨랑 비슷해. 일본인 참가자라고 해서 방심했는데 허를 찔렸어."

"구체적으로 어땠는데?"

"너도 알다시피 쇼팽의 곡은 과장된 표현이나 남에게 과시하는 듯한 기교는 자제하는 느낌이지만, 한편으로 쇼팽 자체는 다른 사람들보다 훨씬 애국심이 강한 데다가 격정적인 사람이었잖아. 미사키 씨의 연주는 정확히 그의 그런 격정에 스포트라이트를 맞췄어. 평소의 자상한 태도에서는 상상할 수 없을 만큼 격렬해서 아직 연주가 끝나지 않았는데도 엉겁결에 몸을 일으킨 관객이 나왔을 정도야."

일본인은 최대한 개성을 숨기고 악보대로 정확히 연주한다. 그것이 얀을 비롯한 각국 참가자들의 공통된 인식이지만 아무래도 이제는 그런 선입견을 버려야 할 듯하다.

"미사키 씨 본인에게도 일본인답지 않은 면모가 있어. 혹시 너도 아니? 미사키 씨는 심사위원과 참가자들을 만나면 꼭 먼저 악수를 청해. 말이 통하든 통하지 않든 상관없이. 그렇게 사교성을 훤히 드러내는 일본인은 보기 드물잖아. 뭔가 영업 사원 같아."

엘리안느의 그 말은 약간 낯설게 느껴졌다. 얀은 미사키를 처음 만났을 때 그런 회사원 같은 인상은 받지 못했기 때문이다.

"사카키바 씨와 미사키 씨. 두 사람 다 분명 3차까지 올라가겠지."

"나는 아마 떨어질 거야."

평소에는 입에 담지 않을 말이 저절로 튀어나와서 얀은 말하고 나서 몸을 움찔했다.

"내가 생각해도 연주 수준이 너무했으니까. 음의 강약과 박자가 틀렸고 마주르카와 뱃노래에 이르러서는 꼭 다른 사람 손가락으로 연주하는 느낌이었어."

"저기, 얀 스테판스."

"얀이라고 불러도 돼."

"그렇게 자기 자신을 비하할 필요는 없어."

"아니, 이건 비하가 아니고 겸손도 아니야. 정말로 한심한 연주였어."

사카키바의 연주를 듣고 나서 느낀 압박감 때문이라고까지는 말할 수 없었다. 그러나 꼭 말하지 않아도 엘리안느라면 왠지 눈치챌 것 같았다.

"얀, 난 평소에 빈말을 못하는 성격이니 너도 그렇게 들어줘. 나도 네 연주를 들었는데 그렇게 비관할 필요는 없을 것 같아."

"근거는?"

"잘 생각해 봐. 너보다 더 흐트러진 모습을 보이는 연주자가 앞으로도 계속 나올 거야. 공연장 밖에서는 테러, 안에서는 살인 사건. 그런 상황에서 평소와 똑같을 수 있는 사람이 얼마나 있을까?"

나는 정말 둔감하다고 생각했다. 사카키바의 연주를 듣고 충격이 너무 컸던 탓인지 그런 건 전혀 떠올리지 못했다.

"그리고 이건 내 개인적인 바람인데…… 나는 네 소나타를 듣고 싶어. 그러니 우리 둘 다 힘내자."

얀은 엘리안느가 내민 손을 조심스럽게 맞잡았다. 상처 하나 없는 도자기 같은 손이지만 그 속은 단단해 보였다.

그럼 이만, 하고 엘리안느와 헤어진 직후 얀의 심장이 빠르게 뛰기 시작했다. 정신을 차리니 가슴 깊숙한 곳에 단단히 맺혀 있던 응어리가 약간 사라져 있었다.

이유는 알 수 없다.

내가 이토록 영문을 알 수 없는 사람이었나.

놀라움과 수치심, 그리고 그것을 뛰어넘는 기쁨으로 얀은 하마터면 휘파람을 불 뻔했다.


얀은 결국 마지막 참가자가 연주를 끝마칠 때까지 공연장에 남았다.

엘리안느의 말의 진위를 확인하고 싶은 것이 가장 큰 이유였는데 그녀의 예언은 멋지게 적중했다. 엘리안느 뒤로 총여섯 명의 참가자가 무대에 등장했지만 그중 세 명은 보는 이가 버거울 정도로 미스터치를 연발했다. 하나의 실수가 다음 실수를 초래하면서 스스로 자멸해 갔다. 심지어 어떤 연주자는 연주 도중에 울먹이기까지 했다.

치사하게 들릴 수도 있는 이야기지만, 심사위원에게 선택받아야 하는 입장에서 경쟁 상대의 실수만큼 기분 좋은 것도 없다. 경연 대회라는 것은 원래 그렇다.

공연장을 나온 얀은 레스토랑에 가서 식사를 마쳤다. 어머니가 입원한 지 벌써 2년. 아버지가 직접 만든 음식에 입이 길들여졌지만 이런 날만큼은 외식으로 기분을 전환하고 싶었다.

집에 돌아갔을 때는 11시가 지나 있었다. "다녀왔습니다" 하고 집 안에 들어가자 비톨트의 대답이 들리지 않았다.

벌써 잠들었나. 그렇게 생각하며 거실을 지나자 탁자 위에 놓인 신문이 눈에 들어왔다.

가제타 10월 10일호. 공연장에서 배부된 것인데 얀은 가져온 기억이 없었다.

이 집에는 지금 나 말고 비톨트밖에 없다. 그렇다면 이 신문은 오늘 비톨트가 공연장에 있었다는 증거다.

1면에는 사카키바의 사진이 실려 있었다.


**노빅 하라셰비치의 단평.**
일본인 참가자에 대한 인상은 최근 십여 년 동안 이렇다 할 변화가 없었다. 성실하지만 재미없는 연주. 마치 어떤 나라의 특산품인 공업용 로봇에게 연주를 시킨 듯한 정확하기만 한 연주. 그러나 그런 고정관념이 사카키바 류헤이의 연주로 단숨에 깨졌다. <스케르초 1번>의 아름다운 불협화음, <왈츠 2번>의 호화로운 연주도 압권이었지만 역시 가장 주목할 것은 <폴로네즈 6번>이다. 사카키바는 놀랍게도 제2의 폴란드 국가라고 해도 좋을 이 곡에 우리 폴란드인만이 느낄 수 있는 투지와 용맹함을 싣는 것에 성공했다. 아니, 더 무시무시한 것은 거기에 어떤 교묘한 기교도 느껴지지 않았다는 점이다. 세상에 알려진 대로 사카키바는 태어났을 때부터 시력을 잃고……

　그 뒤로 이어지는 내용은 읽고 싶지 않았다.

　안도감을 되찾은 가슴에 또다시 무거운 침전물이 내려왔다. 어차피 내일 신문에는 얀 스테판스의 추락을 알리는 기사가 대대적으로 실릴 것이다.

　문득 화가 치밀어서 신문을 접어 쓰레기통에 던지자 침실에서 비톨트가 불쑥 나왔다.

　"뭐야. 일어나 있었어?"

　"아직 일이 남아서."

　"그럼 편히 쉬어."

　곧장 방으로 도망칠 생각이었지만 한 박자 늦게 어깨를 붙들렸다.

　"오늘 그 한심한 연주는 대체 뭐냐?"

"……역시 왔었네."

"오늘만이 아니야. 매일 가고 있지."

"음악원 일은?"

"어차피 학생들 대부분 쇼팽 콩쿠르를 보러 가는 바람에 교실이 텅텅 비었다. 콩쿠르 기간에는 휴강해도 되고. 그건 그렇고 왜 그런 실수를 저질렀지?"

실수를 저지른 건 내가 아니라 손가락이야. 이유를 알고 싶으면 손가락에게 물어. 그런 말이 목구멍까지 차올랐다.

"왜냐……. 나도 몰라. 피곤했을 수도 있고 나도 모르는 사이에 초조감에 사로잡혔을지도."

"아니, 이유는 뻔하다. 선곡 실수지."

평소의 단언하는 듯한 말을 듣고 안은 순간 욱했다. 반박하지 못하는 자신에게도 화가 치밀었다.

"〈스케르초 1번〉, 〈왈츠 5번〉, 〈폴로네즈 5번〉. 전부 건반을 끊임없이 두드려야 해서 피로도가 높은 곡이지. 그런 곡을 세 곡이나 연속해서 완주할 수 있다고 믿는 건 과신이야. 그러니 폴로네즈 중간부터는 힘을 유지하지 못하고 악보의 지시에 따르지도 못하게 된 거고."

"그렇게 잘 알면 더 물을 것도 없지 않아?"

"얀, 내가 말했을 텐데. 아주 약간의 과신도 금물이라고. 불완전한 실력으로 쇼팽 콩쿠르에 도전하는 건 말도 안 되는 짓이다. 선곡의 효과보다는 네 체력에 맞는 곡을 골랐어야지. 그리고 그걸 떠나 애초에 연습량도 부족했어. 체력이 불안하면 근력 트레이닝도 빼먹지 말았어야 했고."

"그만해. 오늘은 이만 쉴래."

"내일부터는 다시 연습이다. 집에서 한 발짝도 나가지 마라. 다른 참가자들 연주는 들을 의미도 없다."

"집에 틀어박혀 있느라 미사키 요스케의 연주도 못 들었다고."

"미사키? 아, 그 일본인 참가자 말인가. 딱히 네가 신경 쓸 상대는 아니다."

"매일 공연장에 왔다면서 미사키의 연주도 듣지 않았어? 그런데 신경 쓰지 말라고? 가제타에서도 다크호스라고 했는데?"

"고작 일간지 따위에 심사위원들이 얼마나 진지한 의견을 실을까? 일본 기업한테 거액의 후원이라도 받았다면 콩쿠르 기간에 립서비스 정도야 하겠지."

그 고작 일간지 따위를 굳이 집까지 들고 온 사람은 아빠잖아.

"카민스키 선생님은 미사키와 사카키바가 내 라이벌이 될 거라고 했어."

"라이벌은 되겠지만 어차피 그들의 연주는 '폴란드의 쇼팽'이 아니다. 우승은 할 수 없지. 카민스키는 네가 태만하게 구니 경고하려 한 말일 테고."

"'폴란드의 쇼팽' 운운하는 건 시대에 뒤처졌다고 하는 사람도 있어."

"시대에 뒤처졌다? 그게 뭐 문제라도 되나? 쇼팽의 곡에는 영원한 생명이 깃들어 있다. 시대에 좌우될 필요가 없다는 말이야. 카민스키도 그건 잘 알고 있을 거다. 그러니 폴란드의 전통을 무시하는 연주 따위에 그가 좋은 평가를 내릴 리 없어. 알겠냐? 다시 한번 말하지만 '폴란드의 쇼팽'을 계승하고 폴란드의 음악계를 앞장서서 끌고 가는 사람. 그건 우리 스테판스 가문의 일원 외에는 아무도 없다."

"그렇게 사람들 위에 군림하고 싶은 거라면 아빠가 직접⋯⋯."

그 순간 왼쪽 뺨에 손바닥이 날아왔다.

"두 번 다시 말대꾸하지 마라."

비톨트는 흥분해서 떨리는 목소리로 말했다.

볼에서 느껴지는 통증이 얀의 분노를 부채질했다. 평소라면 풀 죽은 얼굴로 아버지를 봤을 것이다.

"폴란드의 음악계를 앞장서서 끌고 간다고? 고작 4대째 음악가 집안이? 그런 거야말로 과대망상이야! 아니면 나라에서 우리한테 그렇게 해 달라고 부탁이라도 했어?"

"⋯⋯그런 요청은 없었다. 하지만 반대라면 있지."

"반대?"

"나도 젊었을 때 쇼팽 콩쿠르에 참가해 2차 예선에서 떨어진 적이 있다. 이 얘기는 너도 들어서 알고 있겠지. 하지만 내가 낙선한 건 기술 때문이 아니었다. 다른 이유가 있었어."

"뭔데, 그게?"

"내가 병역을 회피했기 때문이다."

한때 이 나라에는 징병 제도가 있었다. 2009년에 폐지됐지만 그전에는 고등학교를 졸업하면 무조건 1년 반 동안 군대에 가야 했다.

처음 듣는 이야기였다.

"군사 훈련이 두려웠던 건 아니다. 단지 쇼팽 콩쿠르를 1년 앞두고 있어서 시간이 아까웠을 뿐. 그래서 프랑스로 유학가 콩쿠르에 참가했지. 연주는 거의 완벽했고 실수도 없었다. 세평에서는 틀림없이 내가 압승할 거라고 했어. 그런데도 2차에서 떨어진 건 내 병역 기피를 비난한 폴란드인 심사위원들이 모조리 반대표를 던졌기 때문이야. 오랜 세월 조국의 음악계에 기여해 온 스테판스 가문의 공적을 그놈들은 깡그리 부정하고 말살해 버렸지."

비톨트의 목소리는 저주의 기운으로 가득 차 있었다.

"그러니 스테판스 집안에서 태어난 너는 쇼팽의 피아노를 계승해 다시 폴란드 음악계의 콧대를 제대로 꺾어 놓아야 하는 거다."

"나더러 아빠 대신 전쟁을 치르라는 거야?"

"넌 스테판스 집안의 당사자이니 대신한다고 할 수 없지."

"난 그런 걸 위해 피아노를 연주하지 않아."

"아니. 넌 처음부터 그럴 목적으로 피아노를 쳐 왔다."

비톨트가 태연히 대답했다.

"그게 무슨 뜻이야?"

"말을 배우기 전부터 건반을 만지게 했지. 피아노 말고는 다른 곳에 관심을 두지도 못하게 했다. 네가 열 살이 됐을 때 카민스키에게 교육을 부탁한 것도 이유가 확실했어. 카민스키라면 앞으로 출세 가도를 착실히 밟아서 언젠가는 쇼팽 콩쿠르의 심사위원이 될 거라고 예상했거든. 외아들을 잃은 그가 너를 아들처럼 생각할 거라는 것도."

"콩쿠르 규칙상 심사위원은 자기가 가르친 제자에게는 점수를 주지 못하잖아."

"하지만 다른 참가자의 점수를 매길 수는 있지. 카민스키의 기준에서도 넌 우승 트로피를 주기에 부족함이 없는 인재일 거다. 카민스키가 네게 우승을 선사하지 않을 이유가 하나라도 있냐? 타고난 재능과 연습량. 그리고 환경까지. 이 모든 건 다 네가 쇼팽 콩쿠르의 우승자가 되기 위한 포석이었던 거야."

아버지의 이야기를 듣는 동안 얀은 마음이 싸늘히 식었다.

스테판스 가문의 명예를 위해서라고?

거짓말 마!

결국 아빠 자신이 콩쿠르에서 탈락한 걸 보상받고 싶은 심리잖아.

고작 그런 걸 위해 나한테 피아노를 사 줬다고?

고작 그런 걸 위해 내 친구와 장난감을 전부 없앴다고?

결국 난 꼭두각시 인형이었나. 시기와 질투에 사로잡힌 망상증 환자의 도구에 불과했나.

마음은 싸늘히 식었는데도 머릿속 한구석에서 뭔가가 부글부글 끓기 시작한다.

"전부 아빠 계산대로 됐다는 말이네. 하지만 이번에는 아빠가 예상 못한 것도 있어."

"예상 못한 것?"

"테러. 요즘 바르샤바 시내에서 일어나는 테러 사건. 그건 아빠도 계산 못했잖아. 실제로 콩쿠르 참가자 중 한 명이 사건에 휩쓸려서 목숨을 잃었어. 만약 일이 이대로 더 커지면 콩쿠르가 중단될 가능성도 생길 거야. 아니, 그전에 내가 휩쓸려서 죽을지도."

"뭐야. 그 얘기였나."

비볼트는 조소하듯이 웃었다.

"그거야말로 쓸데없는 걱정이로군. 쇼팽 콩쿠르가 중단될 리 없다. 네가 그런 폭탄 소동 따위에 휩쓸릴 리도 없고."

"어떻게 그렇게 단언해?"

"극단적으로 작은 가능성은 무시해도 상관없으니."

"말도 안 돼. 사람의 목숨이 걸린 마당에 문화 행사 같은 건 중단하는 게 당연하잖아. 외국에서 온 국빈급 게스트들도 있어. 만약 그 게스트 중 한 명이 휘말리기라도 하면 국제 문제로 발전한다고."

"네가 걱정할 일은 아니다, 얀. 넌 그저 쇼팽의 피아니즘을 네 연주에 어떻게 집어넣을지만 떠올려라."

비톨트는 얀의 양어깨를 붙잡더니 근처에 있는 의자에 억지로 앉혔다.

"너는 보호받고 있다. 음악의 신에게서, 그리고 네 수호자에게서."

그러더니 그는 얀을 끌어안았다.

"걱정은 필요 없다. 그러니 안심하고 피아노를 쳐라."

◇ ◇ ◇

방 탁자 위에 기폭 장치를 비롯한 부품들이 나란히 놓여 있다. 그 끝에는 BOSE사의 오디오에서 쇼팽의 〈녹턴 1번〉이 흐르고 있다. '피아니스트'는 뮤트 피트니를 가득 채운 잔을 옆에 두고 시한장치 제작에 몰두하고 있었다.

어젯밤 별동대가 일으킨 폭탄 테러는 한심하기 짝이 없었다. 부상자 네 명에 사망자 한 명. 폭발 규모를 고려하면 피해가 최소 수준에 그쳤다고 해도 무방하다.

한마디로 효율이 떨어지는 것이다. '피아니스트'는 조용히 탄식했다. TV 뉴스를 보니 소형 밴 밑부분에 폭탄을 심었다고 한다. 아마 가솔린 인화를 노렸을 텐데 그럴 경우 가장 효과적인 건 호텔 로비에 사람들을 모이게 한 다음 자폭하는 것이다. 비용과 기술이 필요하지 않고 사상자가 많아지는 동시에 시각 효과도 기대할 수 있다. 테러의 목적이 상대국에 위협을 가하는 것이라면 마땅히 그렇게 해야 할 텐데 실행자로 겁쟁이를 고르고 만 것이 실책이었다. 알라의 이름 아래에 목숨을 던질 사람은 그 밖에도 얼마든지 있을 테지만 이번에는 심지어 체포된 사람까지 나와 버렸다.

그래도 뭐, 상관없다. '피아니스트'는 마음을 다잡았다. 별동대의 표적이 불특정 다수였던 것은 좋은 본보기가 될 것이다. 그리고 다른 곳으로 눈을 돌려 줬으니 나로서도 좋은 일이다.

'피아니스트'는 카운터에 새겨진 제조 번호를 줄을 이용해 꼼꼼히 지웠다. 지금껏 실패한 적은 없지만 만에 하나 폭탄이 불발에 그쳤을 경우 부품으로 입수 경로를 추적하는 상황을 막기 위한 조치다.

시한폭탄이지만 지정 시각 전에 발견될 수 있으니 리모트 방식도 병용한다. 기폭 장치에서 사이리스터*를 경유해 핸드폰의 착신 알람에 접속시킨다. 이로써 유사시에는 버튼 하

* 전류나 전압의 제어 기능을 가진 반도체 소자.

나만 누르면 단숨에 폭탄을 폭발시킬 수 있다. 단 하나 마음에 걸리는 것은 송신 시의 전파 상태인데 그건 내일 당장에라도 현지에 가서 확인하면 된다.

착신 알람 외에는 재활용품점에서 산 컴퓨터 부품과 의미 없는 IC 기판, 그리고 리드선을 꽂아 둔다. 용기로는 납 상자를 써서 방사선 투시에 대비하지만 출력을 높이면 투시될 가능성도 있으니 교란 작전은 필수다. 그 밖에 핸드폰을 몇 대 더 심어서 전부 전원을 켜 두면 그 역시 폭탄 처리반을 혼란시킬 재료가 된다.

트랩, 페이크, 그리고 블러핑까지. 이는 시시각각 변하는 상황에 대응하기 위한 최소한의 준비이고 프로와 아마추어의 차이도 바로 여기에 있다. 아마추어는 폭탄 제조를 규정대로만 해서 예측 불허의 사태에 대처하지 못하지만 프로는 임기응변에 능하다. 어떤 상황이 벌어져도 현장에서 즉시 판단해 행동할 수 있다. 이는 음악 용어로 말하면 senza tempo, 즉 '나만의 속도로 자유롭게'라고나 할까.

녹턴이 2번으로 옮겨 간다. '피아니스트'가 좋아하는 곡이다.

쇼팽이라.

돌이켜 보면 그와 그의 악곡에는 애증이 교차한다. 나는 쇼팽 때문에 모든 것을 얻었고, 또 쇼팽 때문에 모든 것을 잃었다. 미워하려 해도 미워할 수 없고 사랑하려 해도 사랑할 수 없는 상대. 그가 바로 쇼팽이다.

됐다. 그것도 이제 곧 끝이다.

벽시계가 자정을 알렸다. 날짜가 11일로 바뀌었다.

앞으로 열흘 남았다.

가슴이 두근거린다.

이제 곧 이 나라는 나라 전체가 단말마의 비명을 지르게
될 것이다.

그때 내 귀에 닿는 것은 〈혁명의 에튀드〉일까. 아니면 〈장
송 행진곡〉일까.

그 순간을 긴장하며 기다려라, 폴란드여.

# Con fuoco animoso
불같이 용맹하게

*I*

10월 14일 자 가제타에서 발췌.

10월 13일, 2차 예선 종료 당일 합격자가 발표됐다. 합격자는 다음 12명.

| 10 | 레오놀라 아르젠토 | 이탈리아 |
| 12 | 스콧 브라운 | 호주 |
| 42 | 발레리 가가리로프 | 러시아 |
| 49 | 미사키 요스케 | 일본 |
| 50 | 엘리안느 모로 | 프랑스 |
| 52 | 에드워드 올슨 | 미국 |
| 53 | 빅토르 오닐 | 러시아 |
| 71 | 첸 리핑 | 중국 |

| 73 | 사카키바 류헤이 | 일본 |
| 75 | 얀 스테판스 | 폴란드 |
| 80 | 안드레이 비신스키 | 폴란드 |
| 92 | 사이먼 요 | 홍콩 |

3차 예선은 14일에서 16일까지 사흘 동안 치러진다. 이번 2차 예선의 심사에 대해 아담 카민스키 심사위원장에게 물었다.

─이번 참가자들의 전체적인 수준은 어땠습니까?

예년보다 수준이 높았습니다. 그러나 외부 요인 때문에 집중력이 흐트러진 참가자가 많았고 그런 이들에게는 불운한 예선이 되었죠. 다만 진정한 피아니스트라면 언제 어디에 있든 청중에게 감동을 주어야 합니다. 그런 의미에서 외부 요인 때문에 충분한 퍼포먼스를 보여 주지 못하는 참가자는 역시 마지막까지 남기는 어려웠을 겁니다.

─이번 대회부터 심사위원 구성이 바뀌었습니다. 심사위원들이 선호하는 피아니스트의 경향도 달라졌을까요?

교육인들이 심사위원의 대다수를 차지했던 예전 경향에서 탈피해 올해부터는 콩쿠르에서 입상한 피아니스트들이 대거 참여하게 되었습니다. 예상되는 영향으로는 청중보다는 연주자의 입장에서 심사하는 분들이 많아질 것을 꼽을 수 있겠죠. 다시 말해 연주의 기술적인 부분을 전보다 더 높이 평가할 가능성이 있습니다.

─심사위원장님께서는 어떤 피아니스트를 원하십니까?

비르투오소*인 동시에 쇼팽의 마음을 이해하는 연주자입니다. 비단 작품을 이해하는 것에 그치지 않고 그 이상 쇼팽이라는 인물을 음악가가 아닌 한 인간으로서 이해하고, 그의 기쁨과 슬픔을 공유할 수 있는 상상력이 있어야만 합니다.

—쇼팽의 마음을 이해하는 쇼팽다운 연주라는 게 과연 무엇일까요?

유럽, 미국, 아시아 등 각지에는 다양한 연주 스타일이 있고 모든 참가자에게도 저마다 다른 루바토**와 음질이 있습니다. 아마 쇼팽이 지금 살아 있다면 해석의 자유를 인정하겠죠. 그러나 실제로 쇼팽을 연구해 보면 그의 곡에는 과도한 과장이 없고 비르투오소를 강조하지 않는 우아함을 중시한다는 것을 알 수 있습니다. 듣는 사람을 불안하게 하는 연주는 안 됩니다. 쇼팽의 음악은 얕은 여울물처럼 언제나 부드럽고 듣는 이에게 평온함을 선사해야 합니다. 이는 전통이 아니라 확고한 쇼팽의 스타일입니다.


얀은 자신이 2차 예선을 통과한 사실보다 가제타에 실린 카민스키의 인터뷰가 더 뜻밖이었다. 그가 심사 기준으로 언급한 것은 기존의 '폴란드의 쇼팽'과 다를 바 없는데 러시아인 두 명과 에드워드 올슨, 그리고 엘리안느처럼 기존의 쇼팽 해석에서 벗어난 연주를 선보인 참가자가 2차 예선을 통과한 사실과는 상반되기 때문이다. 카민스키보다는 다른 심

---

\*      virtuoso, '음악의 명수'나 '예술적 기술이 뛰어난 사람'을 의미하는 이탈리아어.
\*\*     rubato, 연주자가 자기 나름대로 곡을 해석해 템포 등을 변형해 연주하는 것.

사위원들의 의견이 더 반영된 결과일까. 아니면 카민스키의 지론이 3차 예선 심사부터 반영될 거라는 뜻일까.

간신히 탈락은 면했지만 피아노 앞에 앉아 있을 기분이 아니어서 얀은 집을 나섰다. 자신의 연주에 고민이 생겼을 때는 다른 좋은 연주를 들어라. 오래전 카민스키에게 배운 가르침이다. 쇼팽 콩쿠르 기간에는 바르샤바 시내 다양한 곳에서 콘서트가 열린다. 얀이 향할 곳은 라크친스키의 궁전에서 열리는 지난 우승자 라파우 블레하츠의 갈라 콘서트였다. 같은 폴란드인 우승자. 그의 연주를 듣는 것이 지금 내게 가장 효과 좋은 안정제가 될 것 같은 기분이었다. 콘서트의 성격상 콩쿠르 심사위원들도 올 텐데 웬일인지 비톨트는 얀이 그곳에 가는 것을 반대했다. 그는 다른 사람의 연주를 들을 시간이 있으면 집에서 연습이나 하라고 했다. 얀은 대꾸하기도 성가셔서 아무 말도 하지 않고 그대로 집을 뛰쳐나왔다.

중간에 와지엔키 공원에 들르자 항상 있는 곳에 미사키와 마리가 보였다.

"아, 스테판스 씨. 좋은 아침입니다."

"좋은 아침, 얀."

마리는 이제는 미사키와 꽤 친해졌는지 얀을 봐도 미사키 옆을 떠나려 하지 않았다.

"어디 가십니까?"

"갈라 콘서트를 보러 가는데……. 그나저나 미사키, 당신도 3차 예선에 진출했더라."

"네. 덕분에."

"순서는?"

"15일 첫 번째입니다."

"그럼 내일이잖아! 연습 안 해도 돼?"

"보시다시피 마리 씨께 붙잡혀서요. 적어도 낮이 되기 전까지는 풀어 주셨으면 합니다만."

"괜찮아. 엄마가 올 때까지만 같이 있어 주면 돼."

점심에 마리의 어머니가 데리러 온다고 했다. 가엾은 미사키는 그 시간까지 마리와 함께 시간을 보내 주어야 한다. 그래도 미사키는 싫은 내색 한 번 하지 않고 마리에게 맞춰 주고 있다. 3차 예선에 자신이 있다는 증거일까. 아니면 미사키의 온화한 성격 때문일까. 어쨌든 미사키의 미소를 보고 있으니 얀은 희한하게도 조금씩 화가 치밀었다.

"여유 있네. 평소에 로비 활동을 벌인 덕분이야? 다 들었어. 심사위원들한테 전부 악수를 청하고 다닌다지?"

빈정거림을 듬뿍 섞어 말했지만 미사키는 전혀 기분 나빠 보이지 않았다.

"네. 모든 심사위원분들께 악수를 청했죠. 참가자분들께도요."

"일본인이 원래 다들 그렇게 사교적인지 고개를 갸웃거리는 사람도 있대."

"아, 그건 아니고요. 그냥 제가 피아니스트분들의 손에 관심이 있기 때문입니다."

"피아니스트의 손?"

"10년, 20년, 아니 그 이상 건반을 두드리다 보면 손의 형태가 조금씩 피아니스트의 손으로 바뀌어 갑니다. 그리고 그 형태는 그 사람의 피아니즘과도 큰 관련이 있죠. 손의 모양을 보고 피아니즘의 핵심을 파악할 수도 있는 겁니다. 쇼팽의 손이 평범한 다른 사람들보다 훨씬 유연하고 부드러웠다는 건 손가락이 다른 손가락을 자유롭게 넘나드는 주법을 구사한 그의 피아니즘과도 큰 관련이 있으니까요."

"그럼 내 손도 봤겠네?"

"네. 이곳에서 처음 만나뵈었을 때 봤습니다. 손이 쇼팽처럼 비교적 작으면서도 아주 부드러우시더군요. 손톱이 꼼꼼하게 손질된 것을 보면 평소에도 손을 신경 쓴다는 게 느껴졌습니다."

언제 그런 세세한 부분까지 관찰한 걸까. 얀이 무심코 자신의 손가락 끝을 내려다보자 미사키가 다시 입을 열었다.

"사카키바 씨의 손과는 대조적이었습니다."

"사카키바의 손……."

"피아니스트들은 모두들 자신의 손을 최대한 보호합니다. 무거운 물건을 들지 않는다. 급격한 온도 변화에 노출하지 않는다. 평소에도 되도록 맨손을 드러내지 않는다. 그 자신은 물론이거니와 주변 사람들도 신경 써서 그들의 손을 보호해 주려 합니다. 그러나 사카키바 씨는 그럴 수 없었습니다."

"그게 무슨 뜻이야?"

"그의 손은 늘 시각을 대신하고 있으니 밖에 노출될 수밖에 없습니다. 평소에는 장갑을 껴서 보호해도 맨살이 닿아야 할 때가 많죠. 참가자 중 오직 사카키바 씨의 손만은 타박상과 찰과상투성이였습니다. 아무리 음악의 신에 선택받았더라도 그의 일상은 끊임없는 위험과 공포에 노출된 고난의 연속인 것입니다."

"하지만 그런 연주를 할 수 있는 마당에 눈이 안 보이는 게 뭔 상관이야. 사카키바는 이미 평범한 피아니스트 열 명 몫의 행운을 가진 거나 마찬가지야."

"……정말로 그렇게 생각하시나요?"

갑자기 미사키의 표정이 어두워졌다.

그때 마리가 "앗" 하고 등을 돌리더니 어디론가 달려갔다. 아무래도 평소에 함께 노는 다람쥐를 발견한 듯하다.

"저 나이대 아이들은 참 부럽네."

얀은 저도 모르게 솔직한 심정이 입 밖에 튀어나왔다.

"자기 재능이나 책임, 경쟁 상대 같은 건 생각하지 않아도 되잖아. 저렇게 다람쥐와 놀다 보면 하루가 다 지나가지. 집에 돌아가면 화목한 가족이 기다리고 있고, 잠들 때도 라이벌을 떠올리며 두려워하거나 악몽에 시달릴 일도 없어. 정말 부러워 죽겠어."

"아이들도 경쟁 상대를 떠올리며 두려워하고 악몽을 꿉니다. 마리 씨도 예외가 아닐 테고요."

"악몽을 꾼다 해도 곧장 부모님이 와서 위로하고 보듬어 주잖아."

"마리 씨에게는 아버지가 없습니다."

부드러운 목소리지만 단숨에 얀의 가슴을 꿰뚫었다.

"뭐……?"

"마리 씨의 아버지는 이 나라를 덮친 첫 번째 폭탄 테러 때 목숨을 잃었습니다. 어머니는 홀로 집안 살림을 꾸려 가야 하는데 딸을 시설에 맡길 여유가 없어 근무 중에는 마리 씨를 공원에서 혼자 놀게 하는 거고요."

"나한테는 그런 말을 한 번도……."

"저와 스테판스 씨가 처음 만난 날 마리 씨는 쇼팽의 〈녹턴 2번〉을 흥얼거렸죠. 제법 긴 악구를 아주 정확한 음계로요. 저 나이에 그렇게 쇼팽 곡을 잘 알고 있는 게 궁금해서 물어 봤습니다. 마리 씨는 제게 알려 주더군요. 〈녹턴 2번〉은 하늘나라로 간 아빠가 아주 좋아하는 곡이었고 아빠는 마리 씨가 자기 전에 늘 그 곡을 자장가로 불러 줬다는 것을요."

가슴속에 생겨난 죄책감이 좀처럼 사라지지 않았다. 몰랐다는 건 유치한 변명에 불과하다. 아니, 마리의 지금 처지를 떠올리면 내 이런 고민 자체가 유치할지 모른다.

테러로 아버지를 잃고 어머니가 일할 때는 혼자 공원에서 시간을 보내야 하는 아이.

슬픔과 공포, 고독에 시달리면서도 얀 앞에서는 한 번도 그런 내색을 하지 않았다. 마리의 심정을 떠올리면 사카키바의 연주를 들은 것만으로 절망에 잠긴 나는 마리보다 훨씬 미성숙한 인간이다.

얀은 잿빛으로 싸늘히 식어 버린 기분을 안고 힘없이 길을 걷다가 딱히 갈 곳이 없어서 구 시가지인 바르바칸을 지났다. 콘서트가 열리는 라크친스키 궁전은 18세기 신고전주의 양식을 그대로 따른 고색창연한 건물이다. 그 밖에 이곳에서 공연을 여는 데는 다른 의미도 있다. 지금과 같은 거대한 콘서트홀이 출현하기 전에 피아노곡은 주로 궁전 대강당에서 연주되는 것을 전제로 만들어졌다. 따라서 그 무렵에 쓰인 곡을 궁전에서 연주하는 것은 쇼팽이 곡을 썼을 당시 배경을 그대로 재현하는 셈이 된다.

입구에는 경찰관 몇 명이 서 있었다. 평소와는 다른 낯선 광경이 지금 바르샤바시가 처한 상황을 상기시켰다.

궁전 안에 발을 들였다. 천장은 상상했던 것보다 더 높다. 선곡에 따라서는 잔향 효과를 살릴 수도 있어 보인다.

콘서트용으로 마련된 의자에 앉고 나서 얀은 실감했다. 평소 자신감이 없고 자기 비하에 시달리지만 지금도 얀은 음악을 마주하고 있다. 아버지의 주입식 교육 효과 덕일 수도 있다. 그러나 어쨌든 앞으로도 음악과 함께 숨 쉬고 살아가게될 것을 새삼 깨달았다.

잠시 후 박수 소리와 함께 라파우 블레하츠가 등장했다. 지난 우승자인 그에게 콩쿠르 기간에 진행되는 연주회는 개선 공연의 의미가 있다. 우승자가 폴란드인이니 더욱 그렇고 관객 대부분도 폴란드인으로 보였다.

라파우가 피아노 의자에 앉을 때였다.

객석 가운데에서 어떤 남자가 갑자기 몸을 벌떡 일으켜 크게 소리쳤다.

"알라후 아크바르!(알라는 위대하다!)"

순간 관객 모두가 허를 찔린 것처럼 몸이 굳었다.

그것이 어느 나라 말이고 무엇을 의미하는지 떠올릴 새도없었다.

다음 순간 남자의 몸이 폭발했다.

어스름한 공연장 안에서 그곳만이 새빨갛게 보였다.

마치 인간 불꽃 같았다.

굉음이 귀에 꽂혔다.

지잉 하고 귓속이 울렸다.

폭풍 때문에 얀을 포함한 몇 명의 몸이 뒤로 날아갔다.

마치 영화처럼 모든 풍경이 슬로모션으로 보였다.

폭발한 남자뿐만 아니라 주변 몇 미터 안에 있던 사람과 모든 물건이 순식간에 사방에 흩뿌려졌다. 부서진 의자 파편과 함께 조각난 살점과 핏줄기가 허공을 갈랐다.

한 박자 늦게 폭심지에서 불길이 치솟았다. 평범한 불길색이 아니다. 화학 약품이 연소하는 것처럼 불길 속에 파란빛과 녹색 빛이 섞여 있다.

넓게 퍼진 불길이 거대한 입을 쩍 벌리고 공간과 사람을 집어삼켰다. 육식동물처럼 엄니로 인간과 물건을 찢어발기며 와그작와그작 씹어 먹는다.

뒤늦게 정신을 차린 관객들이 여기저기서 비명을 지르기 시작했다. 그 소리를 듣고 마비돼 있던 공포가 되살아났는지 비명은 연이어 터져 나왔다.

검은 연기가 솟구쳤다. 종이나 나무 따위가 타면서 나는 연기가 아니다. 나일론이나 살덩이가 탈 때 나는 연기다. 연기 속에는 화약 냄새도 섞였다.

연기가 깃든 공기를 아주 조금 마셨는데도 얀은 거세게 기침했다. 자극적인 냄새뿐만 아니라 인간이 맛봐서는 안 될것이 입안을 파고들어 온 느낌이었다.

뒤늦게 비상벨이 요란하게 울리기 시작했다. 그러나 너무늦었다. 위험을 알리는 타이밍이 어긋나면 경보는 사람들을 공황에 빠뜨릴 뿐이다. 얀 바로 옆에 있던 초로의 신사는 소변을 지려서 얼룩진 하반신을 질질 끌며 포복 자세로 바닥을 기어가고 있다. 뒤에 있는 부인은 긴 머리카락이 흐트러진 채 눈앞의 여성을 밀어젖히고 있다.

비명과 노성, 비상벨과 파열음이 뒤섞여 모두가 이성을 잃었다.

볼 주변이 묘하게 따스했다. 손으로 쓸어 보니 끈적한 점액이 묻어났다.

얀은 손바닥을 펼치고 깜짝 놀라 숨을 집어삼켰다.

피다.

재킷과 바지에 시뻘건 핏물과 어디서 떨어진 것인지 모를 살점이 덕지덕지 붙어 얼룩무늬를 이루고 있다.

그뿐만이 아니다. 불길을 피한 바닥 모든 곳에도 피와 머리카락, 살점이 흩어져 있다. 개중에는 팔에서 분리된 누군가의 오른 손목도 있었다.

그제야 얀의 온몸에도 감각이 되살아났다. 너무 큰 충격 때문에 정지해 있던 신체 기능이 지금 당장 이곳에서 탈출하라고 지시했다. 공연장 출구로 시선을 향하자 두 개밖에 없는 좁은 문에 수십 명의 사람들이 일제히 몰려들고 있다.

남녀노소를 가리지 않고 모두가 짐승처럼 탈출구를 쟁탈하려는 모습이 그야말로 지옥도였다. 폭발 때문에 다치지 않은 사람도 출구로 나가려는 이들에게 얻어맞아 상처투성이가 되어 간다.

길게 뻗치는 검은 연기 때문에 시야가 가려졌는데도 불길이 더 거세졌다는 것을 알 수 있었다. 인간과 의자를 태우며 기세를 더한 불길이 바닥을 흐르는 물처럼 범위를 넓혀 간다. 불길을 감지한 천장의 스프링클러가 작동해 물줄기가 뿜어져 나왔지만 별 효과는 없어 보였다.

뜨겁다.

피부가 익어 가고 있다.

그때 누군가가 얀의 바짓자락을 잡아당기는 듯한 느낌이 들었다.

얀은 아래를 내려다보고 소리 없는 비명을 질렀다.

다리 옆에 머리카락이 긴 여성이 웅크린 채 피투성이가 된 손으로 얀의 바지를 붙잡고 있었다.

반사적으로 뒷걸음질을 치자 여자의 손이 힘없이 바지에서 떨어졌다.

서둘러 주변을 둘러봤다.

무대 위에 라파우의 모습은 이미 보이지 않고 다리 한쪽이 부러져 기울어진 피아노만이 덩그러니 놓여 있다.

무대 옆쪽으로 시선을 향한다. 라파우는 저곳을 지나 탈출한 게 분명하다. 얀은 부들거리는 다리를 다그치며 불길을 피해 무대 위에 올라갔고 무대 옆을 지나 밖으로 나갔다.

통로에서 소화기를 든 궁전 경비원과 스쳐 갔다. 소화기로 불길을 얼마나 잡을 수 있을지 의심스럽다.

궁전을 빠져나가 간신히 밖으로 나갔다.

심호흡을 한 번 하자 가슴에 머물러 있던 공기가 새어 나와 얀은 요란하게 기침을 했다.

문득 올려다본 하늘은 끝없이 맑고 푸르러서 궁전 안에서 일어난 일이 악몽처럼 느껴졌다.

그러나 그것이 꿈이 아니라는 증거로 재킷과 바지에 피와 살점이 그대로 들러붙어 있다. 얀은 서둘러 재킷을 벗어 던졌다.

살았어.

조금씩 기분이 진정되자 얀은 곧장 두 손을 꼼꼼히 관찰하기 시작했다.

괜찮아 보인다. 뼈는 부러지지 않았고 찰과상도 없다. 심장이 여전히 요란하게 요동치지만 손만 무사하면 된다.

그러나 그렇게 안도한 순간 구역질이 치밀어 올랐다. 폭발하는 몸과 살이 타는 냄새가 머릿속에서 극명하게 되살아났다.

순식간에 날아가 버린 팔과 다리.

뇌수가 흘러나오는 머리.

불붙은 머리카락.

그리고 나에게 도움을 청해 온 여자의 팔.

얀은 자리에 주저앉아 위 속에 든 것을 모조리 게워 냈다.

토하고 또 토해도 계속해서 토사물이 치밀어 올랐다. 중간부터는 노란 위액, 마지막에는 헛구역질만이 나왔다. 콧구멍 점막이 얼얼했다. 눈물 때문에 돌계단이 부옇게 보였다.

잠시 후 멀리서 사이렌 소리가 들리기 시작했다. 수도 경찰 아니면 구급차일까. 소방차일 수도 있다. 어쨌든 다양한 의미에서 이미 늦었다.

바르샤바의 10월은 음악의 달이라고 생각했건만 착각이었다.

어느새 바르샤바의 10월은 피와 연기의 달이 돼 있었다.


도망치듯 집에 돌아가자 비톨트는 집 안에 없었다. 얀은 입고 있던 옷을 모두 벗어 던지고 욕실에 뛰어 들어갔다.

피가 묻어 끈적해진 볼은 비누로 아무리 씻어도 깔끔히 씻기지 않았다. 그러기는커녕 몸에 붙은 살점과 화약 냄새가 피부 속까지 스며든 듯한 착각에 빠졌다. 스펀지로 수없이 깎아내듯 피부를 문지르는 동안 살이 시뻘게졌다.

평소 애용하는 감귤계 향수를 쏟아붓듯 온몸에 뿌리고서야 마음이 조금 가라앉았다.

스웨터로 갈아입고 거실 소파에 쓰러졌다. 이제는 서 있기조차 버거웠다. 비톨트가 없어서 다행이다. 당분간 그 누구와도 말을 섞고 싶지 않았다.

누워 있자 급격히 졸음이 쏟아졌다. 수면 부족 때문이 아니라 정신적 피로가 잠을 부르고 있다. 얀은 저항하지 않고 깊은 잠에 빠져들었다. 그 뒤로는 꿈도 꾸지 않았다.

눈을 뜨니 어느덧 저녁 시간이었다. 비톨트는 음악원에 출근했는지 집에 아직 돌아오지 않았다.

갑자기 낮에 겪은 사건이 떠올랐다. 이제는 현장을 떠올려도 구역질이 나지 않았다. 얀은 TV를 켜고 폴란드 국영 방송으로 채널을 돌렸다.

가장 먼저 나온 화면을 보고 화들짝 놀랐다. 카민스키의 얼굴이 크게 비치고 있었다. 배경도 왠지 어디선가 본 느낌이다. 콩쿠르 공연장인 바르샤바 필하모니 홀이었다.

카메라가 뒤로 물러서자 카민스키뿐만 아니라 콩쿠르 심사위원들 모두의 얼굴이 보였다. 플래시 세례가 쏟아지는 것을 보니 아무래도 기자 회견 중인 듯했다.

─우선 테러 피해를 겪으신 사망자 열여덟 분과 유족분들께 깊은 애도의 말씀을 전합니다.

18명 사망. 부상자도 다수 있을 테니 피해자는 더욱 늘 것이다. 그때 내게 도움을 청한 여자는 죽었을까. 아니면 병원에 실려 가 목숨을 구했을까.

나는 내 한 몸 지키기에만 급급했다. 여자가 살았는지 죽었는지도 알 수 없다. 물론 누구도 나를 질책할 자격은 없다. 그러나 만약 내가 그때 그녀를 등에 업고 무대 옆으로 함께 탈출했다면.

얀은 거기까지 떠올리고서 억지로 생각의 타래를 끊었다. 이제 와서 소용없는 일이다. 내가 여자를 버리고 도망친 건 변함없는 사실이다.

─그때 저도 우연히 공연장 안에 있었습니다. 뒤쪽 줄에 앉아 있어서 크게 다치지는 않았지만…… 대신 이 세상의 지옥을 목격하고 말았죠. 폭력이 대체 어떤 것인지를 또렷이 인식하게 되는 계기가 되었습니다.

　카메라가 카민스키의 볼을 확대해서 보여 줬다. 볼에 큰 반창고가 붙어 있는 것을 보니 그도 조금 다쳤다는 것을 알 수 있다.

　─심사위원장님. 이번 라크친스키 궁전 테러 사건에서는 바르샤바 시내에서 일어난 테러 사건 중 가장 많은 사상자가 나왔습니다. 폴란드 국가 경찰 당국은 향후 또 다른 테러 사건이 발생하지 않을까 염려하고 있는 상황입니다.

　─알카에다의 새로운 성명이 발표되지 않는 한 당연히 그럴 가능성도 있겠죠.

　─국가 경찰에서 정식으로 쇼팽 협회에 콩쿠르 중단을 요청했다고 합니다만.

　─네, 저도 협회를 통해 들었습니다. 사실입니다. 시내에서 테러 사건이 빈발하는 지금과 같은 상황에서 아무리 전 세계 내빈분들이 오셨다고 해도 콩쿠르 공연장에만 신경을 기울일 수 없다는 이유였습니다.

　─요청을 받아들이시는 건가요? 쇼팽 콩쿠르는 중단되는 겁니까?

　중단이라니!

얀은 소스라치게 놀라 화면 앞으로 다가갔다.

잠깐. 그럼 내가 5년 동안 준비해 온 것들은 어떻게 되는 건데?

—당국의 요청은 지극히 상식적이고 국가 요인 경호라는 관점에서 봐도 수긍할 만합니다. 또 저 자신이 이번에 자폭 테러의 잔악무도함을 직접 목격하기도 했습니다. 그래서 저는 쇼팽 협회와 직접 협의해 회장님과 합의를 끌어낼 수 있었습니다.

—그렇다면 역시 중단으로?

—쇼팽 협회의 대답은 '노'입니다.

순간 아, 하는 탄성이 터지면서 플래시 세례가 한층 격해졌다.

카민스키는 진지한 표정으로 고개를 들어 카메라를 똑바로 쳐다봤다. 성실하고 강한 의지가 느껴지는 눈빛은 당장이라도 눈앞에 있는 사람의 악덕을 꿰뚫어 버릴 기세였다.

—콩쿠르는 중단되지 않습니다. 아니, 중단할 수 없습니다. 경찰 당국분들께 어쩔 수 없이 조금 더 엄중한 경비를 부탁드려야겠습니다만 콩쿠르는 예정대로 진행됩니다.

—중단될 수 없다? 그건 혹시 쇼팽 협회와 심사위원분들의 자존심 때문인가요?

—그렇게 말씀하시면 따로 드릴 말씀은 없습니다. 저희는 모든 결정을 내릴 때 쇼팽 콩쿠르와 참가자들을 최우선으로

고려합니다. 그리고 자존심을 말씀하시는 거면 지금 가장 자아도취에 빠진 최고의 나르시시스트들은 바로 테러를 계획하는 자들입니다. 어떤 거대한 대의명분이 있다고 해도 자신의 요구를 관철하기 위해 무고한 이들을 끌어들이는 건 이기주의에 불과합니다. 모든 전쟁과 책략이 그렇듯 타인의 생명을 업신여기면서까지 지켜야 하는 정의는 허구일 뿐이고요. 그리고 이를 말과 문장이 아닌 음악으로 표현한 사람이 바로 쇼팽이었습니다.

카민스키의 목소리에서는 열의가 느껴졌다. 눈빛에서는 진지함이 묻어난다. 정치가나 관료들의 판에 박힌 대답에 익숙해 보이는 인터뷰어도 카민스키의 대답에서는 진정성을 느꼈는지 입을 다물었다.

─〈에튀드 10-12 혁명〉을 굳이 언급할 것도 없이 그것은 폴란드 국민이라면 누구나 아는 주지의 사실입니다. 쇼팽은 그저 아름다운 멜로디만 쓴 게 아니라 애국의 긍지도 노래했습니다. 그런 쇼팽이 고작 테러리스트의 폭거 따위에 자신의 이름을 내건 콩쿠르를 중단했다는 소식을 들으면 과연 어떻게 생각할까요?

이 사람은 정말 하나도 안 변했구나. 얀은 속으로 그렇게 생각했다. 아직 어린 얀 앞에서 쇼팽의 정신을 열렬히 설명할 때도 카민스키는 지금과 같은 표정이었다. 어렸는데도 눈앞에 있는 어른이 하는 말이 진심에서 우러난 것임을 알 수 있었다.

얀은 대번에 모든 것을 이해했다. 카민스키는 이 인터뷰로 나를 비롯한 모든 콩쿠르 참가자, 그리고 폴란드 국민들에게 호소하고 있는 것이다.

—테러 행위에 겁을 먹어 국가 행사를 취소하고 덜덜 떨며 일상을 보낸다. 테러리스트들의 목적이 정확히 그러한 국민의 평온한 일상을 파괴하는 위기 상황을 조성하는 것입니다. 다시 말해 지금 이 순간 쇼팽 콩쿠르를 중단하는 것은 그들 앞에 백기 투항을 하는 것을 의미합니다. 이번 콩쿠르의 향방과 관계자의 일거수일투족을 전 세계가 주시하고 있습니다. 따라서 이럴 때야말로 세계를 향해 우리의 용기를 보여 줘야 합니다. 음악의 선율이 군화 소리에, 마주르카 리듬이 프로파간다 선동문에 굴하지 않는다는 것을 증명해야만 합니다. 그것이 바로 자신에게 들이닥친 폭거 때문에 어쩔 수 없이 조국을 떠난 쇼팽의 정신이기 때문입니다.

기세에 눌렸는지 카메라는 초점을 카민스키에게 맞춘 채 미동도 하지 않았다. 인터뷰어도 침묵을 지키며 입을 열 기색이 없다.

—물론 이것은 단순한 쇼팽 협회, 그리고 심사위원 일동의 소신 표명에 지나지 않습니다. 앞으로 기권하는 참가자가 나온다고 해도 우리는 그가 우리 앞에서 선보인 연주를 절대 잊지 않을 것입니다. 또한 초대권과 입장권을 취소하는 분들

도 마찬가지로 쇼팽의 음악을 사랑하는 마음에는 변함이 없을 거라고 믿습니다.

카민스키도 사람이 참 짓궂다. 이런 연설을 들은 뒤에 맥없이 귀국한다면 그야말로 주변 사람들에게 겁쟁이라는 소리를 들을 게 뻔하지 않은가.

TV 화면에서는 마침내 정신을 차린 인터뷰어들이 연이어 질문 공세를 퍼부었지만 하나같이 지엽적인 사안이라 카민스키의 결의를 1밀리미터도 흔들지 못했다.

문득 정신을 차려 보니 가슴속에 똬리를 틀고 있던 공포와 죄책감이 다소 사그라들었다. 그로써 얀은 다시 떠올렸다. 어렸을 때 피아노와 집안 문제로 불안을 호소했을 때도 카민스키의 조언을 들으면 금세 마음이 가벼워졌다는 것을.

음악원을 정년퇴임하면 정치가로 직업을 바꿔도 좋지 않을까. 얀은 속으로 생각했다. 나라를 다스리는 사람만큼 신중한 언행을 필요로 하는 사람도 없다. 또한 카민스키의 말에는 많은 사람을 움직이게 하는 힘이 있다. 그러나 얀이 보기에 카민스키는 자신의 출세 가도에는 눈곱만큼도 관심이 없고 말보다 소리를 중시하는 사람이다. 반면 승진에 급급한 아버지 비톨트는 오랫동안 높은 자리에 오르지 못하고 교수직에 붙어 있는데, 그런 것을 보면 역시나 세상은 마음먹은 대로 쉽게 되지 않는다는 것을 알 수 있다.

테러에 대한 공포와 자기혐오를 완전히 떨쳐낼 수는 없었지만 그래도 마음이 한결 가벼워졌다.

얀은 고개를 두어 번 흔들고 레슨실로 발길을 향했다. 나를 제외한 열한 명의 다른 참가자들도 아마 조금 전 방송을 봤을 것이다. 즉, 카민스키의 말에 격려받은 사람은 나 혼자만이 아니다. 모두 어제까지와 다른 투지를 가슴에 새긴 채 무대에 오를 것이다.

바라던 바다.

그 뒤에 들은 이야기에 따르면 카민스키가 발표한 위원회 성명은 수많은 폴란드 국민의 지지를 얻었다. 타고난 폴란드의 국민성인 불굴 정신에 불이 붙은 걸까. 폴란드 국가 경찰뿐만 아니라 정부에서도 찬성 의견이 나왔고 여론의 지지를 힘입어 결국 쇼팽 콩쿠르는 속행이 결정되었다.


*2*


10월 15일 3차 예선 둘째 날, 얀은 공연장으로 발걸음을 서두르고 있었다.

아침에 일어나자마자 비톨트는 어제 어디서 뭘 했는지를 캐물었다. 세탁기 앞에 벗어 던진 피투성이 재킷을 발견한 것이다.

라크친스키 궁전에서 테러에 휘말렸었다고 하자 비톨트는 얀의 몸 상태를 확인하더니 그럴 줄 알았다며 얀의 경솔한 행동을 지적했고, 콩쿠르 무대에 서는 날 말고는 집 안에 틀어박혀 있으라고 지시했다.

예전 같았으면 그 말에 순순히 따랐겠지만 오늘 얀은 그럴 기분이 아니었다. 더는 아버지가 존경스럽거나 무섭지도 않아서 거의 가출하듯 집을 뛰쳐나갔다. 비톨트의 조언에서 얻을 수 있는 것은 이제 아무것도 없다. 음악원에 가면 늦은 밤까지 레슨실을 빌려주니 당분간 그곳에서 연습하기로 했다.

조금은 거리를 두고 싶었다. 스테판스 가문에서 거리를 두고 그 구속에서 벗어날 필요가 있다. 눈앞에서 일어난 끔찍한 자폭 테러의 참상과 그 뒤에 본 카민스키의 연설이 지금도 머릿속을 맴돈다. 폭력과 저항. 그 틈새에서 스테판스 집안의 명예 따위가 도대체 무슨 의미가 있을까. 어제 일을 겪은 뒤로 얀은 아버지의 이야기가 덧없게만 들렸다. 아버지의 조언은 어제 죽어 간 자들의 원통함과 그들을 두고 도망친 자신에 대한 혐오감을 지워 주지 못했다.

바르샤바 필하모니 홀에 가 보니 테러 사건이 벌어진 직후인데도 관객이 전혀 줄지 않아서 얀은 흠칫 놀랐다. 역시 어제 카민스키의 격정적인 연설에 폴란드 국민들이 반응한 것이리라. 그러나 한편으로 경비를 맡은 경찰관도 늘어서 뒤숭숭한 분위기는 더해졌다.

홀에 들어가자마자 뒤에서 누가 부르는 소리가 들렸다.

"얀! 얀 스테판스!"

굳이 돌아보지 않아도 높은 톤의 목소리만 들으면 알 수 있다. 엘리안느가 얀을 쫓아와 등을 쿡 찔렀다.

"왔네."

"왔네라니······. 이래 봬도 나도 엄연한 콩쿠르 참가자야. 당연히 경쟁자들의 연주를 들으러 와야지."

"그게 아니라 어제 라크친스키 궁전에서 테러에 휘말렸다며. 그런데 얼마 되지도 않아 또 이렇게 밖에 나오다니, 너 보기보다 되게 배짱이 두둑하구나."

"응? 어떻게 그걸······."

"아, 몰랐어? 뉴스에 궁전을 탈출하는 관객들의 모습이 나왔는데 그 안에 너도 있었어."

그 모습을 본 걸까. 그것도 TV 중계로. 얀은 순식간에 얼굴이 달아올랐다. 궁전에서 탈출하고 나서 얀은 가장 먼저 구토를 했다. 위 내용물을 수차례 돌계단에 흩뿌렸고 얼굴은 눈물범벅이었다. 그 비참한 모습, 궁전 안에 있는 부상자를 내버려 두고 도망치는 모습을 많은 이들과 하필 엘리안느까지 보고 만 걸까.

이보다 더 부끄러운 일이 있을까. 얀은 얼굴이 새빨개져서 엘리안느를 똑바로 쳐다볼 수 없었다.

고개를 숙이고 있자 엘리안느가 눈앞에 신문을 불쑥 내밀었다. 보아하니 오늘 자 가제타였다.

1면에 카민스키의 얼굴이 크게 실려 있었다. 얀은 기사를 훑어봤다.


## 음악의 힘

14일 저녁 아담 카민스키 심사위원장의 쇼팽 콩쿠르 속행 성명문 발표에는 대통령의 연설을 능가하는 무게와 힘이 실려 있었다. 왜냐하면 그의 말은 폴란드 국민 전체의 뜻을 대변한 것이었기 때문이다. 바르샤바 시내에서 일어난 테러 사건은 어제 라크친스키 궁전 테러가 네 번째였고 사망자는 40명을 넘어섰다. 전후 전례 없는 혼란한 상황이고 성 안 성당을 비롯한 역사적 건축물의 파괴에 비통해하는 국민도 많을 것이다. 그러나 우리의 영혼은 아직 굴복하지 않았다. 쇼팽 콩쿠르 속행은 그 의지를 테러리스트들 앞에 강력히 표명하는 것이기도 하다.

현 코모로프스키 정권은 이전 정권의 의지를 이어받아 아프가니스탄 파병 기간 연장을 결정했다. 현 정권 입장에서도 쇼팽 협회의 결단은 그들의 정책을 따르는 것이고, 이는 쇼팽 콩쿠르 속행을 결정한 이유 중 하나이기도 하다. 그러나 문제의 본질은 아니다.

나치의 손에 폴란드 국토가 유린당한 후 파괴된 도시를 다시 일으켜 세울 때도 우리의 가슴속에는 끊임없이 쇼팽의 선율이 흘렀다. 그의 선율은 우리를 희망으로 이끄는 망치 소리가 되었다.

음악에는 힘이 있다.

그것은 총알로 막을 수 없을뿐더러 다른 사람을 해치는 힘이 아니다. 그러면서도 테러리스트가 휘두르는 폭력과는 대치점에 있는 동등한 힘이다.

쇼팽 콩쿠르는 음악에 충성을 맹세한 이들의 축제다. 앞으로도 콩쿠르는 계속 이어질 것이고 20일에는 우승자가 가려진다. 그러나 이번 콩쿠르는 우승자를 비롯해 일반 참가자들에게까지 동등한 영예를 안겨야 한다는 것을 잊지 않았으면 한다.

편집부 하베이 야르젤스키

"카민스키 심사위원장도 참 대단하네. 원래라면 연쇄 테러 사건 때문에 콩쿠르가 중단됐을 판인데 오히려 그런 상황을 역이용한 거나 마찬가지잖아. 아니면 이게 정말로 폴란드의 국민성인가?"

"이런 뜨거운 국민성이 네 성미에는 맞지 않아?"

"아니, 똑같이 나치의 군홧발에 짓밟힌 적 있는 프랑스인으로서는 동조하지 않을 수 없지."

엘리안느가 장난스럽게 웃었다. 얀은 이곳에 독일인 참가자가 없어서 다행이라고 생각했다.

"그래서, 너는 오늘 뭘 보려고 왔어?"

"두 번째로 미사키 요스케가 연주하는 〈소나타 제2번〉."

"나랑 같네."

미사키가 연주할 〈소나타 제2번〉에 얀이 주목한 데는 이유가 있다. 3차 예선의 과제곡은 다음과 같다.

**공통 과제곡**

1. 폴로네즈 제7번 내림가장조 <환상> Polonaise-Fantaisie As-dur
   Op.61

2. 다음 피아노 소나타 중 한 곡
   피아노 소나타 제1번 다단조 Sonate c-moll Op.4
   피아노 소나타 제2번 내림나단조 <장송> Sonate b-moll Op.35
   피아노 소나타 제3번 나단조 Sonate h-moll Op.58

3. 그 밖에 1차, 2차 예선에서 연주하지 않은 곡.

올해부터 공통 과제곡이 생긴 것도 관심 가는 대목이지만
그보다 피아노 소나타 곡 선택에서 약간의 혼란이 있었다.

피아노 소나타는 고전파 초기에 양식으로서 확립됐다. 그
중 하나가 바로 1악장에 제시부, 반복, 전개부, 재현부로 구
성된 소나타 형식이다. 자유분방한 작풍이 특징이었던 쇼팽
에게 소나타 구성에서 오는 제약은 고통이었는지 그는 생전
에 피아노 소나타를 단 세 곡밖에 남기지 않았다.

쇼팽이 소년 시절에 쓴 1번은 소나타의 제약 때문에 쇼팽
다움을 전혀 느낄 수 없어 수많은 그의 작품군 속에서 거의
묻혀 있다. 그 증거로 3차 예선에서 <소나타 1번>을 선택한
참가자는 한 명도 없었다.

다시 말해 소나타는 2번 또는 3번의 양자택일이고 실제로
둘째 날 무대에 서는 참가자 네 명 중 두 명이 2번, 다른 두
명이 3번을 골랐는데 2번을 택한 호주의 스콧 브라운이 오

늘 갑작스레 곡 변경을 신청했다.

본인은 이유를 명확히 밝히지 않았지만 모두 그 이유를 알고 있다. 〈소나타 2번〉의 3악장은 그 유명한 〈장송 행진곡〉이다. 그런 곡을 라크친스키 궁전에서 일어난 비극 직후 연주해야 한다는 사실에 부담감을 느꼈을 것이다. 물론 우연의 일치라며 대수롭지 않게 넘어갈 수도 있겠지만 타이밍이 너무 안 좋다. 감수성이 풍부한 연주자일수록 테러 희생자에게 깊이 감정 이입을 할 것이고, 듣는 이에게도 일종의 선입견이 생길 수 있다. 냉정하게 연주하는 것도 듣는 것도 어려울 가능성이 있는 것이다. 그래서 사람들 사이에서 스콧의 곡 변경은 어쩔 수 없다는 공감대가 형성되었다.

그러나 미사키는 스콧과 달리 곡을 바꾸지 않았다. 자칫 잘못하면 연주에 악영향을 미칠 수도 있는 이런 상황에서 그는 과연 〈소나타 2번〉을 어떻게 연주할까. 결과에 따라서는 내일 연주를 앞둔 참가자들의 선곡에도 영향을 미칠 수도 있다.

"난 원래 3번을 연주할 예정이었는데…… 엘리안느, 넌?"

"2번. 그래서 더 미사키가 어떻게 연주할지 기대돼. 그럼 나중에 봐."

첫 번째 참가자는 스콧 브라운이었는데, 결과적으로 폴로네즈와 소나타 모두 시종일관 평범한 느낌이었다. 스콧은 1차 예선부터 사소한 실수는 있어도 과감한 주법으로 주목받은 참가자였지만 3차 예선에서는 급격히 처지는 모습을 보였다. 평소의 대담한 연주는 자취를 감추었고 악보의 지시대로만 손가락을 움직이는 모습이 어제까지와 사뭇 달랐다.

같은 참가자로서 안은 이유가 대략 짐작이 됐다. 우선 첫째로 어제까지와 달리 공연장 안 분위기가 이상하리만큼 싹 바뀌었다. 카민스키의 의도가 무엇이었든지 간에 그의 성명문이 발표된 후 쇼팽 콩쿠르는 음악 축제라는 기존의 성격에 정치적인 색이 덧씌워졌다. 즉 쇼팽 콩쿠르에 참가하는 것 자체가 테러에 대한 저항 운동이 된 것이다. 이 지역에 사는 폴란드인이면 모를까 타국에서 온 참가자에게는 너무도 급작스러운 변화처럼 느껴질 것이다.

둘째로는 공포를 들 수 있다. 지난 테러로 영국인 참가자가 희생됐다. 이다음 테러에 휘말릴 사람이 나 자신이 아니라고 누가 단언할 수 있을까. 게다가 폴란드 국내에서 테러와의 항전 태세를 명확히 했으니 그 가능성은 더욱 커졌다.

셋째로는 역시 3차 예선 직전에 곡을 변경해 이에 대한 대비가 충분하지 못했던 점을 들 수 있을 것이다. 쇼팽 콩쿠르에 참가하는 사람이라면 무릇 쇼팽의 악곡 대다수를 외우고 있지만 그래도 갑작스럽게 기존 계획과 다른 곡을 치려면 부담이 될 수밖에 없다. 스콧이 〈소나타 3번〉을 평소와 다르게 개성 없이 악보대로만 치게 된 것은 틀림없이 그 영향으로 보였다.

연주가 만족스럽지 못했다는 것은 곡을 친 사람이 가장 잘 안다. 연주를 마친 스콧은 어깨를 축 늘어뜨린 채 무대를 떠났다.

자, 다음이다.

─두 번째 참가자. 참가 번호 49번 미사키 요스케. 곡명 〈피아노 소나타 제2번 내림나단조 작품 35〉, 〈폴로네즈 제7번 내림가장조 작품 61〉, 〈녹턴 제8번 내림라장조 작품 27-2〉. 피아노는 스타인웨이.

무대 옆에서 미사키가 모습을 드러내자 아직 연주를 마치기 전인데도 객석에서 우레 같은 박수가 쏟아졌다. 사카키바 때와 비슷하다. 2차 예선까지 미사키의 연주를 들은 관객들의 높은 기대치가 박수 소리에 고스란히 실려 있다.

─미사키 요스케. 재팬.

얀은 순간 눈을 휘둥그레 떴다. 무대 위에 선 미사키는 평소와 전혀 다른 딴사람이었다.

그 나긋나긋하고 온화한 분위기는 눈을 씻고 찾아봐도 없다. 손을 대면 그대로 잘려 버릴 것만 같은 날카로운 기운을 발산하고 있다. 그러나 딱히 긴장한 것은 아니다. 제 영역에 들어가는 사자처럼 걸음걸이가 침착하고 여유 있다.

얀은 자신이 착각했음을 깨달았다. 와지엔키 공원에서 마리와 이야기하던 미사키는 일시적으로 다른 사람인 척했을 뿐이다. 지금 피아노로 향하는 사람이 바로 진짜 미사키인 것이다.

참으로 기이한 존재감이다. 천장에 달린 쇼팽의 릴리프 조각상조차 그의 존재감에 묻혀 희미해 보인다. 그리고 미사키가 피아노 앞에 앉자 박수 소리는 뚝 끊겼고 곧장 긴장감이 공연장 안을 지배했다. 얀은 알 수 있다. 이것은 미사키의 연주를 기다리는 데서 오는 긴장감이다.

제1악장, 그라베 도피오 모비멘토, 내림나단조, 2분의 2박자. 소나타 형식.

가장 먼저 육중한 음이 울려 퍼진다. 음의 무게가 범상치 않다. 고작 첫 음 만에 듣는 이의 마음이 절망의 늪으로 빨려 들어간다. 음울한 네 소절의 서주가 이 소나타가 비극의 곡이라는 것을 암시한다.

곧장 박자가 빨라지더니 왼손 반주에 더해 오른손이 짧은 1주제를 아지타토*로 연주한다. 단삼도가 반복되는 선율이 절망의 늪에 빠진 마음을 팽팽하게 옥죈다. 멜로디가 어둠의 춤을 추기 시작한다. 죽음을 예감한 듯한 초조한 기운으로 가득 찬 선율이 조금씩 격렬함을 더한다.

얀은 놀란 나머지 온몸에 소름이 돋았다. 사카키바의 연주를 들었을 때, 아니 다른 어떤 연주를 들었을 때도 이런 느낌을 받은 적은 없었다.

*     agitato, 격하게 급속히 연주할 것.

이유는 바로 소리다. 얀은 순간적으로 분석했다. 미사키가 연주하는 소리 하나하나에는 단단한 심이 있다. 따라서 극명한 음과 몽롱한 음이 모두 가슴에 푹푹 꽂힌다. 단순히 타건이 강해서가 아니라 기술로써 확립된 것이다. 그러나 그 기술의 정확한 정체까지는 알 수 없었다.

멜로디가 아래로 가라앉자 곡이 내림라장조로 조바꿈을 하고 2주제가 모습을 드러낸다. 추억을 회상하는 듯한 선율이다. 지나가 버린 행복한 날들을 달콤한 선율에 실어 이야기한다.

소나타 형식의 2주제는 보통 평행적이기 마련인데 쇼팽은 경과음을 구사해서 조바꿈을 매끄럽게 했다. 미사키의 연주는 타건의 강약과 리듬을 조성하며 조바꿈을 더욱 자연스럽게 만들었다.

이 부드럽고 애처로운 멜로디는, 그러나 순식간에 끝났다. 억지로 잘려 나간 것 같은 마무리 뒤에는 통증이 남는다. 그리고 전개부에 들어가자 또다시 음울한 1주제가 되살아나 듣는 이를 불안에 빠뜨린다. 저음부에서 옥타브가 패시지가 되어 조바꿈을 거듭한다. 이 조바꿈은 듣고 있어도 명확하지 않은데 악보에는 임시 기호로 채워져 있다. 쇼팽의 즉흥성이 잘 드러나지만 미사키의 연주는 가볍고 산뜻해서 전혀 어려워하는 것처럼 들리지 않는다.

강한 타건에 이끌려 부정적인 감정이 서서히 고개를 치켜든다. 2주제의 달콤한 멜로디를 들으니 더욱 그 감정은 비통함을 머금고 있다. 이것은 틀림없이 쇼팽이 느낀 격정이다.

재현부에 들어가자마자 2주제가 또다시 일어선다. 몽환적인 선율로 영혼이 잠시 안녕을 얻는다.

재현부인데도 1주제를 생략하는 것이 쇼팽 곡의 특징이다. 감정 기복을 최대한 줄여 늘어지는 것을 막는다. 그러나 미사키는 곡의 구성을 지키면서도 듣는 이의 감정을 고양시켰다. 엘리안느는 미사키의 연주가 쇼팽의 격정에 스포트라이트를 맞췄다고 평가했는데 실제로 이렇게 들어 보니 그녀의 평가가 틀리지 않았음을 알 수 있다. 심지어 이는 가가리로프와 같은 과격한 표현이 아니라 기존의 것들을 독자적인 피아니즘으로 또렷이 새기고 있을 뿐이다.

얀은 멜로디를 분석하고 눈으로 손가락 이동을 좇으며 자신의 감정이 흔들리는 것을 부인할 수 없었다. 똑같은 참가자인데도 음의 설득력에 기술 이상의 것이 들어가 있다. 분석하며 연주를 듣는 한편으로 감정이 흔들리는 것은 그 요인을 해석할 수 없기 때문이다.

개성. 진부한 표현이지만 그렇게 정의할 수밖에 없었다. 피아노는 그저 건반을 두드리면 소리가 난다. 바꿔 말해 인간이 아닌 기계도 칠 수 있다. 악보의 지시대로 프로그래밍을 하면 멜로디와 리듬을 재생할 수 있다. 타건의 강약 역시 의도대로 조절 가능하다. 그러나 자동 연주를 통해서 나온 음과 피아니스트가 연주하는 음의 성질은 하늘과 땅 차이다. 또한 같은 곡을 같은 속도, 같은 타건으로 연주해도 연주자는 저마다 느낌과 완성도가 다른 연주를 들려준다. 개개인의 피아니즘 근간에 연주자의 개성이 크게 자리하기 때문이다. 개성은 연주자의 경험과 지성, 그리고 무엇보다 자질이 만들어 내는 것이고 그것은 남이 훔칠 수도 베낄 수도 없다.

코다에 접어들자 여전히 강한 타건으로 만들어 내는 불안감과 평온이 서로 맞서 싸운다. 곡이 종반에 다다르자 왼손이 저음으로 1주제를 연주하며 불길함을 자아내더니 마지막으로 나장조의 주화음을 잇달아 치고 끝났다. 팽팽했던 관객석의 분위기가 자연스럽게 풀렸지만 미사키는 관객을 일분 일초도 그냥 내버려 둘 생각이 없어 보였다.

제2악장, 스케르초, 내림마단조, 4분의 3박자. 3부 형식.

돌연 불협화음의 연타가 시작된다. 여기서부터 제시부인데 미사키의 연주는 파괴적이라고 할 만큼 무시무시한 기세로 돌진한다. 강한 타건을 유지한 채 듣는 이의 심박 수를 점차 높이는 연주다. 왼손의 반음계, 그 뒤 이어지는 양손 파트의 반음계. 옥타브 연타와 4도 화음의 반음계 진행. 그리고 격렬한 강약 변화.

기술적으로 어려운 부분이 전혀 어렵게 들리지 않는 미사키의 연주에 얀은 혀를 내둘렀다. 원래라면 경쟁자의 뛰어난 재능을 보며 속이 타야겠지만 이상하게도 미사키에게는 질투가 생기지 않았다. 그런 종류의 시기심이 느껴지지 않는다는 것이 더 분했다.

스산한 분위기가 감도는 중에 초조함이 꿈틀거린다. 이 초조함은 제시부에서 느낀 파괴적인 기세가 여전히 생생하기 때문이다. 즉 미사키가 내뿜는 소리가 그만큼 가슴에 강렬히 남아 있다는 증거다.

그리고 선율이 순식간에 조용히 가라앉더니 내림사장조의 중간부에 접어든다. 폭풍우가 지나간 이후 같은 평화로운 기운이 위축된 마음을 따스하게 감싸 준다.

애수를 간직한 채로 곡이 조용히 흐르고, 얀도 그 흐름에 몸을 내맡길 수밖에 없었다. 곡을 분석하는 능력은 이미 감퇴했다. 머릿속 깊숙한 곳에서 지금은 냉정함을 던지고 그저 멜로디에 맞춰 가라고 명령하고 있다.

다른 사람의 연주에 이토록 휘둘릴 줄은 상상도 못 했다. 사카키바 때는 그래도 그만의 독특한 개성을 헤아릴 여유가 있었는데 지금은 그조차 불가능하다. 음을 그대로 머릿속에 집어넣어 처리하는 사카키바와 달리 미사키는 나와 똑같이 악보를 읽고 음을 기호로 변환해 곡을 이해하고 있을 터다. 그런데도 나와는 크나큰 역량 차이가 있다.

관객들이 이 차이를 얼마나 느낄지는 미지수다. 물론 피아니즘 차이와 기량의 격차 정도는 지적할 수 있겠지만 실상은 훨씬 다르다. 이는 오직 연주자만이 이해할 수 있는 것인데,

관객의 귀에 가닿는 음 이상으로 연주 실력의 차이가 더 현저히 두드러진다. 가가리로프나 엘리안느가 사카키바와 미사키의 피아니즘에 흥분하는 이유도 바로 거기에 있다.

그때 갑자기 으스스한 제시부가 또다시 머리를 치켜들었다. 평온하게 가라앉았던 감정이 잔뜩 흔들리기 시작한다. 처음보다는 단축된 형태지만 그래도 고요했던 시간이 길었던 탓에 충격이 크다.

마음이 술렁술렁 요동친다.

불안감이 단숨에 밀려온다.

잠시 후 중간부의 주제가 딱 한 번 나오고 연주는 조금씩 소리를 낮춰 간다.

그리고 힘을 소진한 사람이 허리부터 주저앉듯 악장은 종언을 고했다.

얀은 저도 모르게 휴우 하고 탄식했다. 약음으로 끝난 마지막이 그야말로 절박했다.

휴식은 오래 이어지지 않았다.

제3악장, 렌트, 장송 행진곡, 내림나단조, 4분의 4박자. 3부 형식.

자, 이제부터 시작이다. 얀은 자세를 가다듬었다. 미사키는 과연 이 〈장송 행진곡〉을 그만의 개성을 듬뿍 담아서 칠 것인가, 아니면 '폴란드의 쇼팽'을 충실히 계승할 것인가. 선택에 따라 심사위원과 관객들의 평가가 갈릴 것이다.

둥, 하는 울적한 소리가 몸속 깊숙한 곳에 울려 퍼졌다.

반복되는 단삼도의 저음을 듣고 얀은 제 의지와 상관없이 장례식 행렬에 휩쓸렸다. 구름이 잔뜩 낀 하늘이 낮게 깔렸고 맨 앞에 십자가를 든 검은 양복의 무리가 다가온다. 미사키가 왼손으로 연주하는 저음은 그대로 세상을 뜬 영혼을 위로하는 종소리가 된다.

엄청난 중력이다. 미사키는 이 저음을 포르티시시모로 연주하고 있는데 음량만으로는 다 설명할 수 없는 무게감과 흡입력이 느껴진다.

그리고 또다시 두 손으로 심장을 쥐어짜는 듯한 갑갑함을 느낀 순간, 얀의 머릿속에 어제 자폭 테러 현장의 풍경이 되살아났다.

서둘러 지워 없애려고 했지만 그러지 못했다. 아무리 고개를 흔들어도 잔해 속에 파묻힌 이들의 모습과 참혹하게 파괴된 궁전, 그리고 내가 내버려 두고 도망친 여성의 얼굴이 연이어 떠올랐다. 머리 위로 쏟아지는 장송의 선율이 저항을 허락하지 않는다. 그저 가만히 세상을 뜬 이들을 향해 고개를 숙인 채 명복을 빌 수밖에 없다.

이 곡을 두고 개인을 향한 장송곡이라고 해석하는 사람도 있지만 오직 이 〈장송 행진곡〉만이 1837년에 완성된 점을 고려하면 장송의 대상이 그로부터 6년 전 러시아군에 의해 함락된 바르샤바라고 해석하는 편이 더 자연스럽다.

미사키의 연주는 어제의 사건 때문에 듣는 이들에게 장송의 의미를 한층 더 깊게 새겼다. 말하자면 폴란드의 쇼팽을 계승하는 동시에 통탄스러운 현실을 눈앞에 들이민 것이다.

가련한 선율이 시간을 뛰어넘어 바르샤바에서 일어난 비극을 노래하며 듣는 이들의 가슴에 무겁게 내리깔린다.

춥다. 몸이 잔뜩 움츠러들 만큼 춥다.

가슴 안쪽에 싸늘한 찬 바람이 몰아친다.

바르샤바가 함락되며 총탄에 맞아 쓰러진 시민들.

자폭 테러에 휘말려 비명횡사한 시민들.

그들의 원통함과 단말마의 비명이 귓가 안쪽에서 메아리친다.

날아가 버린 팔과 다리.

새카맣게 그을린 피부.

산산이 부서진 건물.

피와 연기 냄새.

환상이 냄새를 싣고 머릿속에 파고든다.

얀은 결국 참지 못하고 양팔로 가슴을 감쌌다.

미사키의 피아노 연주는 어떻게 이렇게나 가슴속을 파고드는 걸까.

어떻게 타국에서 온 연주자가 쇼팽의 나라 출신인 나를 이토록 공감하게 하는 걸까. 미사키 요스케라는 사람이 쇼팽과 똑같은 고뇌를 맛보기라도 했다는 말인가.

중간부에서 내림라장조의 자상한 멜로디로 바뀐다. 지금까지의 갑갑함이 아주 조금 사라졌다.

암울했던 세계에 하늘에서 한 줄기 빛이 내려온다. 그러나 그것은 희망의 빛이라고 부르기에는 너무도 미약하다. 미사키가 피아니시모로 조심스럽게 묘사하는 것은 어디까지나 죽은 자들을 위한 진혼의 노래다.

조용한 반주가 같은 아르페지오로 계속 이어진다. 이것은 죽은 자를 위한 기도다. 몇 번인가 지워져 사라질 것 같지만 지워지지 않고 흐르고, 한 번은 높이 솟구치지만 잠시 후 애달픔만을 남기고 다시 떨어진다. 그래도 그 선율은 죽은 자를 하늘로 이끄는 신성한 기운으로 가득 차 있으면서도 반짝거리는 빛을 발산하고 있다. 이런 조용한 연주가 관객석에까지 도달하는 것은 단순히 타건을 약하게 해서가 아니라 소리에 나직한 음감을 일일이 부여했기 때문이다.

문득 옆에서 코를 훌쩍이는 소리가 들려서 고개를 돌리니 얀의 어머니뻘 되는 여성이 눈물을 흘리고 있었다. 그 옆에는 양손을 가슴께에 갖다 댄 여성도 있다.

공연장을 지배하는 고요함은 이미 긴장과 비탄이 아닌 간절한 염원에서 우러난 것이었다.

다른 관객들만이 아니다. 얀도 두 손을 맞대고 싶은 심정이었다. 처음 만났던 그 여성, 살았는지 죽었는지 모를 그 여성. 그녀가 마지막으로 의지한 사람은 바로 얀이었다. 잔뜩 부풀어서 터질 것만 같은 죄책감을 애써 누른 채 지금은 그저 그녀의 영혼이 평온하기를 빌지 않고서는 배길 수 없다.

그리고 마침내 재현부가 찾아왔다.

육중한 주제를 듣자 얀은 또다시 장례 행렬 속으로 들어갔다.

조금 전에 본 희미한 빛줄기가 또다시 두꺼운 구름에 가로막히고 지상에서는 폐허가 끝없이 이어진다.

미사키는 이 재현부도 포르티시모로 그려 냈다. 영혼까지 전달될 만큼 강인한 타건은 그대로 쇼팽의 통곡이 되어 울려 퍼진다.

공연장은 이미 죽은 자를 애도하는 곳으로 변했고 관객은 상주가 된 미사키의 일거수일투족을 말없이 지켜보고 있다.

긴장감의 끈이 눈에 보이는 듯했다. 지금 여기 모인 모든 관객에게서 엄청난 집중력을 끌어내고 있는 것은 고작 열 개의 손가락이다.

정작 당사자인 미사키는 관객의 반응을 아랑곳 않고 오직 건반만을 바라보고 있다. 〈소나타 2번〉 1악장부터 끊임없이 이어지는 연타의 폭풍우 때문에 팔꿈치 아랫부분이 몹시 피곤할 텐데도 그런 기색은 티끌만큼도 없다. 불빛 아래 얼굴에서 땀 한 방울 보이지 않는다. 팔의 움직임이 크지만 표정은 냉정 그 자체다.

두려울 만큼 대단한 정신력이었다. 나 자신도 테러의 표적이 될 수 있다는 공포, 그리고 이 곡을 연주함으로써 관객의 비난을 살 가능성도 있지만 미사키는 그 모든 것을 튕겨 내며 자신의 〈소나타 2번〉에 보편성이라는 이름의 설득력을 부여했다.

전쟁의 참상을 목격한 쇼팽의 분노, 억울하게 목숨을 잃은 무고한 이들을 바라보던 쇼팽의 슬픔이 미사키의 연주 속에 깃들어 있다.

얀은 절망했다. 나와 미사키 사이에는 테크닉 같은 단어로는 설명할 수 없고 지식 같은 것으로도 좁힐 수 없는 격차가 있다.

언제였을까. 카민스키는 피아니스트의 자질도 결국 그 사람의 인간성에 귀결된다고 가르쳐 준 적이 있었다. 만약 그 말이 사실이라면 얀은 그 '인간성'이라는 두루뭉술한 이름의 영역 안에서 미사키, 사카키바와 경쟁해야 한다는 말이 된다. 그렇다면 승산 같은 건 전혀 없지 않을까.

미사키의 연주 속 장례식 행렬은 잠시 후 먼 곳에 있는 묘지에 도착해 관을 땅속 깊숙이 묻었다.

그 뒤에는 허무함만이 남았다.

그러나 미사키의 손가락은 도무지 쉴 새를 모른다. 잠시 뜸을 들이다가 이번에는 곧장 내달리기 시작했다.

제4악장, 피날레, 프레스토*, 내림나단조, 2분의 2박자.

처음부터 제주로 치는 셋잇단음표가 잇달아 나오면서 듣는 이의 마음을 술렁이게 한다.

이 악장은 75소절에 불과한데 대부분이 이 제주로 이뤄져 있다. 조성이 명확하지 않고 주제가 없는가 하면 형식도 없다. 쇼팽 스스로 '행진곡 이후 오른손과 왼손이 제주로 대화한다'라고만 적었다. 그러나 이 악장에는 단삼도의 모티프**가 분해된 형태로 숨어 있고, 주제에 나온 절망의 단편이 얼굴을 내민다.

기이한 제주는 상향과 하향을 거듭하며 잠시 후 미친 듯한 선율로 형태를 바꿔 관객을 혼돈의 세계로 초대한다.

묘지에 쓸쓸한 바람이 불고, 새 비석 위에 마른 잎이 흩날린다.

마지막에는 교회 종을 연상하게 하는 3도.

그리고 미사키가 건반에서 손가락을 뗀 직후였다.

관객석에서 몇 명인가가 자리에서 일어나 손뼉을 치기 시작했다.

그러나 연주가 아직 두 곡 더 남았다는 것을 깨닫고 그들은 부랴부랴 다시 자리에 앉았다. 엘리안느에게 들은 2차 예

---

* 　presto, 가장 빠르게.
** 　음악 형식을 구성하는 가장 작은 단위. 둘 이상의 음이 모여 선율의 기본이 되며 소절을 이룬다.

선에서의 모습이 이번에도 재현된 것이다.

그러나 어디에서도 실소를 터뜨리는 소리는 들리지 않았다. 모두 그럴 만하다고 납득하기 때문이다. 그만큼 완성도가 높고 청중의 영혼을 흔드는 연주였다.

〈소나타 2번〉은 악장 단위로 완결됐다는 점에서 오히려 고전 소나타로서 구성이 빈약하다는 평가가 있다. 쇼팽의 광팬이었던 슈만도 각 악장의 성격 차이를 지적한 바 있다. 이는 네 악장 중 3악장만이 먼저 쓰였다는 점과도 관련이 있다.

그러나 그 빈약한 구성을 미사키는 그야말로 손쉽게 해결했다. 모든 악장 사이에 긴장을 유지하는 것으로 통일감을 연출한 것이다. 평범한 체력과 상식적인 정신력으로는 불가능한 일이다.

문득 무대 위에 있는 미사키가 한층 거대해 보였다.

온몸에는 소름이 돋았고 떨림이 멎지 않았다. 양 손바닥에 땀이 진득이 배어났고 심장이 요동치며 머릿속은 몽롱했다.

이런 피아니즘, 이런 피아니스트는 태어나서 지금껏 본 적이 없다.

내가 과연 사카키바와 미사키를 상대할 수 있을까. 얀은 그렇게 떠올리는 것만으로 마음이 쪼그라드는 느낌이었다.

그러나 미사키는 기죽을 여유마저 주지 않았다. 곧장 두번째 곡인 〈폴로네즈 7번〉이 시작됐다.

# 3

10월 17일 콩쿠르 공연장을 나가 음악원으로 향하는 길목에서 누군가 얀을 불렀다.

"얀!"

이렇게 쾌활하게 이름을 불러 줄 사람은 엘리안느밖에 없다. 돌아보니 엘리안느 옆으로 어떤 남자의 모습이 보였다.

"에드워드 올슨······. 뭐야, 엘리안느, 둘이 친구였어?"

"친구라기보다는 라이벌이지. 올슨과는 엘리자베스와 롱티보에서도 경쟁했으니까."

"두 콩쿠르 모두 네 순위가 더 높았지. 여, 얀 스테판스, 잘 부탁해. 그러지 않아도 너를 꼭 만나고 싶었어."

올슨의 폴란드어는 어색했지만 그 속에는 자연스럽게 상대의 경계심을 누그러뜨리는 쾌활함이 있었다. 무대 위에서뿐만 아니라 평소에도 느긋하고 사교적인 성격인 듯하다.

"나를 왜?"

"'폴란드의 쇼팽'을 계승하는 젊은 신예. 유명 음악 잡지에서 널 그렇게 소개하더라. 전통적인 쇼팽과 거리가 멀다는 평가를 줄곧 들어 온 나 같은 사람한테는 천적 같은 존재지."

올슨의 입을 통해서 듣자 역시나 폴란드의 전통이 외국인 참가자에게는 일종의 장벽이라는 것을 실감했다. 그러나 얀은 이제 그런 전통에 회의적이었다.

"당신을 비롯한 다른 참가자들의 연주를 듣다 보니 그런 건 아무것도 아니라는 걸 느끼게 됐어. 특히 그 일본인 콤비의 연주를 듣고 나서는."

얀이 그렇게 대답하자 올슨은 말하지 않아도 안다는 듯이 고개를 끄덕였다.

"그 두 사람은 돌연변이라고 해야 하지 않을까. 18세인 사카키바와 27세인 미사키 요스케 모두 국제 콩쿠르 참가가 이번이 처음이라고 하니 다른 나라 참가자들도 지금껏 신경 쓰지 못했고."

"그런데 정말 평론가들의 예상대로 됐더라. 그런 사건이 일어난 이후 치러진 예선이라 조금은 바뀔 수도 있겠다고 추측했는데."

엘리안느가 결선 진출자 목록을 꺼내 들었다.

42  발레리 가가리로프

49  미사키 요스케

50  엘리안느 모로

52  에드워드 올슨

53  빅토르 오닐

71  첸 리핑

73  사카키바 류헤이

75  얀 스테판스

결선에서는 이 여덟 명이 협주곡 1번, 2번 중 한 곡을 연주하고 그중 여섯 명에게 입상 자격이 주어진다.

"오, 평론가들도 처음부터 이 여덟 명을 예상했구나."

"폴란드 사람들이 다 그런 건지 몰라도 얀은 이런 데 정말 무관심하네. 그런데 뭐, 나는 아슬아슬하지 않았을까? 내 순서는 미사키가 그 〈소나타 2번〉을 선보인 바로 다음 날이었잖아. 컨디션도 최악이었어."

"그래도 하루의 간격이 있었던 만큼 그나마 미사키 쇼크가 조금은 가라앉았으니 다행이지. 그 사람 다음에 연주한 안드레이 비신스키는 결국 탈락했어."

그 모습은 얀도 공연장 안에서 똑똑히 목격했다. 폴란드인 참가자라는 점에서 사람들의 기대를 모았지만 미사키 다음으로 연주한 그의 〈소나타 2번〉이 사람들 귀에 들어올 리 없었고 관객의 불평은커녕 동정심을 불러일으켰다.

미사키의 연주는 그 뒤로 이어진 〈폴로네즈 7번〉과 〈녹턴 8번〉까지 완벽했다. 연주 이후 관객들의 기립박수는 무려 10분간 이어졌다. 콩쿠르 참가자의 연주라기보다 어느 유명 피아니스트의 공연 같았다.

"안드레이는 정말 안됐어. 나도 공연 직전까지 곡을 바꿀까 고민했을 정도니까."

엘리안느는 입술을 비쭉 내밀었다.

"그런 〈장송 행진곡〉은 반칙이잖아. 결국 미사키 이후 〈소나타 2번〉을 연주한 참가자들은 날 제외하고 다 떨어졌어."

"3번을 연주한 사람들도 엇비슷하지. 이번에 떨어진 네 명 모두 순서가 미사키 다음이었으니."

그렇게 말하면서 얀은 자신도 연주 당시 페이스를 잃었던 것을 떠올렸다. 〈소나타 3번〉은 쇼팽 원숙기의 작품으로 2번보다 구성감이 있어 같은 소나타이기는 해도 느낌이 전혀 다르다. 2번과 비교하기 어렵기는 해도 연주 직전까지 귓가를 떠나지 않는 미사키의 2번을 떨쳐 내느라 상당히 고생했다.

"그런데 결선은 협주곡이지. 사카키바와 미사키 모두 지금까지처럼 잘 풀릴 거라 장담할 수는 없어. 아니, 오히려 불리할 수도 있고."

"왜?"

"미사키는 너무 개성적인 피아니즘이 오히려 동조를 못 받을 가능성도 있어. 그리고 이런 말은 하기 좀 그렇지만, 사카키바는…… 그 신체상의 이유로 역시 심사 기준에 맞출 수 있을지 의문스럽다고 모 평론가가 그러더라고."

올슨은 어깨를 으쓱했다.

"그런데 그건 평론가의 의견일 뿐이고 결과는 뚜껑을 열어 보기 전까지 모르지. 쇼팽 콩쿠르만큼 이변이 많은 경연 대회는 없다고 해도 과언이 아니니."

그 말에는 얀도 동의했다. 과거 쇼팽 콩쿠르에서 가장 유력한 우승 후보로 꼽히던 사람이 1차 예선에서 탈락하는 일이 벌어지는가 하면, 반대로 이름 없는 참가자가 눈 깜짝할 사이에 우승을 거머쥔 사례도 있다. 실력 외에도 당시 심사위원들의 성향과 연주 순서 등이 콩쿠르 결과에 영향을 미치는 것이다.

"난 왠지 그 두 사람에게 순위 같은 건 별문제가 되지 않는다고 봐."

"이런. 같은 콩쿠르 참가자로서 해서는 안 될 발언이네."

"그건 그렇지만……. 물론 쇼팽 콩쿠르에서 우승하는 건 엄청난 영광이지만, 피아니스트에게 그게 꼭 필요한 것인지는 사람마다 다르지 않을까? 사카키바와 미사키가 결선에 남은 것만으로도 엄청난 의미가 있어. 그 두 사람이 비록 우승을 놓친다고 해도 그들의 연주를 접한 사람들은 이미 중독됐으니까. 그 연주를 다시 한번 듣고 싶을 거야. 피아니스트에게 그보다 더 필요한 게 있을까?"

콩쿠르가 시작되기 전이라면 아마도 웃어넘겼을 이야기다. 그러나 얀은 지금은 저도 모르게 고개를 끄덕일 뻔했다.

"난 그러지 못해. 폴란드 출신을 운운하기 전에 아버지가 1위 외에는 용납해 주지 않거든. 1위가 아니면 꼴찌나 다를 바 없다고 생각하셔."

"뭐야, 그게."

올슨은 진심으로 놀란 듯했다.

"천하의 쇼팽 콩쿠르야. 참가하는 것만으로도 명예로운 일인데……. 역시 4대를 이어 온 음악가 집안이라 그런지 요구하는 수준이 높네."

아무래도 얀의 프로필이 예상보다 더 많은 이들에게 알려진 듯하다. 그러나 정작 얀은 그런 현실이 불쾌하고 답답하기 짝이 없었다.

"너희 집은 어떤데? 아무리 그래도 참가하는 것만으로 명예이니 순위 같은 것에 연연하지 말라고 하지는 않았을 것 같은데."

"우리 집안은 애초에 음악과 연이 없어. 그래서 그런지 우승 못하면 집에 들어올 생각은 하지 말라는 말씀은 안 하셔."

"혹시 부모님이 무슨 일을 하시는지 물어도 돼……?"

"우리 집안은 건국 이래 대대로 군인 집안이야. 남자로 태어나면 전쟁터에서 죽으라는 게 가훈이지. 아버지와 큰아버지, 내 형제도 모두 군복을 입었고 연미복을 입은 사람은 나밖에 없어."

"그럼 집에서는 네가 피아노를 치는 걸 반대해?"

"그 정도는 아니지만, 뭐 변종 취급을 받기는 해. 그래서 콩쿠르에서 몇 위를 하든 아주 좋아하지도 않고 반대로 뭐라고 하지도 않아. 너와 비교하면 부담이 덜한 편이지. 다만……."

"다만?"

"여기서 테러 사건이 일어났다는 소식이 거기에도 전해진 것 같아. 아버지와 형한테서 오랜만에 메일이 왔더라."

"지금 당장 돌아오라고 하셨어?"

"아니. 테러 공격에 대한 대처법이 잔뜩 적혀 있더라고. 아무래도 콩쿠르 공연장 주변을 전쟁터쯤으로 생각하시는 것 같아."

엘리안느가 참지 못하고 웃음을 터뜨렸다. 지금 같은 상황에서는 그야말로 위험한 농담이지만 그래도 올슨의 입으로 들으니 순수하게 웃을 수 있었다.

"그런데 심사위원장의 성명을 들으면 다들 정말 이곳을 전쟁터로 생각하는 것 같다는 느낌도 들었어. 그건 완전 선전 포고잖아. 덕분에 우리의 적도 다른 참가자들만이 아니게 됐고."

"어쩔 수 없지. 어차피 성명문이 발표되기 전부터 위험 속에서 치러지는 콩쿠르였으니까. 그리고 그건 새로운 심사 기준이 되기도 했어."

"새로운 심사 기준?"

"테러 위험이 있는 곳에서 평상시처럼 연주할 수 있는가 없는가."

"그렇군. 그렇다면 군인 집안 출신인 내가 유리한 셈이네. 아무튼 그런 이유로 얀 스테판스, 미안하지만 우승은 내 차지야."

올슨은 "그럼 이만, 식사 약속이 있어서"라고 하고 얀과 엘리안느를 두고 떠났다. 남겨진 두 사람은 그대로 음악원으로 향했다. 콩쿠르 기간 중 음악원은 콩쿠르 참가자들에게 우선적으로 레슨실을 개방한다. 엘리안느는 폴란드에 있는 동안에는 이곳에서 연습한다고 했다.

"응? 집에 안 가?"

"응. 소음을 최대한 차단하고 싶어서."

콩쿠르가 끝날 때까지는 집에 돌아가고 싶지 않았다. 가면 또 비톨트가 스테판스 집안의 명예와 폴란드를 향한 애국심을 줄줄이 늘어놓을 게 뻔하다.

아니, 그것은 자신을 속이는 표면적인 이유에 지나지 않았다. 실은 안은 불안에 떠는 내 모습을 다른 사람에게 보여 주고 싶지 않았다. 엘리안느와 올슨 앞에서는 줄곧 속내를 감추고 있었지만 결선 진출 소식을 들었을 때는 정말 구사일생으로 살아난 기분이었다. 사카키바와 미사키의 연주를 들은 이후부터는 내 연주가 너무도 평범하고 유치하게 들렸다. 지금까지 쌓아 온 연습의 성과가 모조리 공허하게만 느껴졌다.

내가 살아온 18년이라는 세월은 대체 뭐였을까. 아버지의 지시대로 건반을 두드리고 카민스키의 가르침대로 쇼팽을 바라본 18년은 단순히 꼭두각시 인형으로서의 삶이었을까. 악보의 지시대로 정확히 건반을 두드리는 로봇 같다며 일본인 참가자를 조롱했지만, 나야말로 다른 사람의 지시에 따라서만 움직이는 로봇 아니었을까.

아아, 이러면 안 돼. 안 돼.

생각하면 할수록 나락에 떨어진다. 얀은 결국 도망치기로 했다. 그리고 도망칠 곳은 피아노 앞뿐이었다. 지금 당장 피아노를 치지 않으면 불안감 때문에 미쳐 버릴 것 같았다.

뭔가가 고민스러울 때는 평소처럼만 하면 된다. 진부한 해결법일지 몰라도 지금 얀에게는 그 선택지밖에 없었다.

음악원 접수창구에서 레슨실 열쇠를 받았다.

"난 429호, 얀은 311호네. 자, 그럼 우리 둘 다 최선을 다하자."

엘리안느는 손을 흔들며 맞은편 계단 쪽으로 사라졌다.

여직원이 노트에 레슨실 대여 현황을 작성하고 있을 때 옆방 312호실을 빌린 사람의 이름이 눈에 들어왔다.

312호, 미사키 요스케.

벽에 달린 열쇠 걸이를 보니 실제로 312호 열쇠가 없었다.

순식간에 얀은 기가 팍 죽었다.

"죄송합니다. 혹시 다른 방을 빌릴 수는 없을까요?"

"지금은 빈 레슨실이 없네요."

엘리안느와 방을 바꿀까도 생각했지만 그러면 나 자신이 너무 초라해질 것 같아서 그만두었다. 엘리안느는 이미 열심히 연습 중일 것이다.

됐어. 옆방이어도 레슨실은 방음이 잘 되니까. 음이 다소 밖으로 샐지언정 신경 쓸 정도는 아닐 것이다. 얀은 담담히

311호실 열쇠를 받아 들고 레슨실로 향했다.

레슨실에 들어가자 창문으로 저녁놀이 비쳤다. 아직 어둡지는 않지만 바깥에는 인적이 드물다. 테러가 두려운 시민과 학생들이 외출을 삼가고 있다는 것이 실감됐다.

옆방 312호에서 희미하게 피아노 소리가 들렸다. 몇 소절 들은 것만으로 〈피아노 협주곡 2번〉임을 알 수 있다.

미사키가 나와 다른 곡을 골랐다는 것을 깨닫고 얀은 조금이나마 안심했다. 미사키와 같은 날 무대에 서게 될 텐데 이로써 적어도 비교당할 일은 사라졌다.

그토록 실력 차이가 나는데도 비교될 걱정을 한다는 게 내가 생각해도 우스꽝스러웠다. 그러나 지금은 나의 한심한 모습에는 잠시 눈을 감고 건반에 집중할 때다.

머리를 비우고 가만히 미사키의 〈피아노 협주곡 2번〉을 듣고 있자 시간이 갈수록 귀가 예민해져서 좀처럼 건반 위에 손가락을 올릴 수 없었다.

희미하게 들리는 수준인데도 그야말로 흡입력이 대단하다. 얀은 연습을 잠시 미루고 미사키가 발산하는 소리에 집중할 수밖에 없었다. 그토록 마약 같은 힘을 지닌 연주였다.

쇼팽의 피아노 협주곡은 두 곡 다 쇼팽이 젊은 시절에 썼다. 당시 화려한 오케스트라를 동반한 협주곡을 쓰는 것은 음악계에 데뷔하기에 아주 좋은 수단이었다. 쇼팽은 원래 2번을 먼저 썼는데 1번이 먼저 출판되는 바람에 지금과 같은 번호가 매겨졌다고 한다.

이 두 협주곡의 가장 큰 차이는 규모다. 1번이 고국 폴란드를 떠나는 석별의 정을 담은 큰 규모의 곡인 것에 반해 2번은 낭만적인 정서를 곡 사이사이에 속속들이 심은 느낌의 곡이다.

지금 미사키가 연주하는 부분은 제1악장 서주를 지나 두 번째 주제의 내림가장조로 조바꿈을 하는 부분이다. 섬세한 선율에서 꼭 미사키의 손가락 움직임이 눈에 보이는 듯했다.

두 협주곡에 공통으로 지적되는 것은 오케스트라의 빈약한 서주 부분이다. 당시 아직 젊었던 쇼팽이 오케스트레이션에 정통하지 못했던 탓도 있겠지만 이후 밀리 발라키레프 등이 오케스트라 부분을 편곡하기도 했다(지금은 내셔널 에디션에도 쇼팽이 의도한 구성을 복원한 콘서트 버전과 기존 악보를 교정한 히스토리컬 버전이 있다).

그러나 그 빈약함을 채우기에 안성맞춤인 것이 바로 이 피아노 독주 부분으로 이렇게 오케스트라가 없는 상황에서 들으면 더 풍부한 서정성을 느낄 수 있다.

〈협주곡 2번〉에는 쇼팽의 첫사랑 상대였던 콘스탄치아 그와트코프스카를 향한 연모의 마음이 농밀히 담겨 있는데 미사키의 연주는 이번에도 쇼팽의 그런 심정에 바짝 달라붙어 있다. 은은한 애수와 공허한 화려함. 수없이 인간을 사랑하고 그만큼 또 배신당해 온 사람의 통절한 감정이 듣는 이의 가슴을 사정없이 찌른다. 이 통증을 연주로 표현하기에 얀은 아직 경험과 이해가 부족하다.

머나먼 동쪽 나라에서 온 참가자가 어떻게 이렇게 쇼팽을 깊이 이해하는 걸까.

아니면 미사키는 쇼팽이 느낀 것과 비슷한 고뇌를 짊어지고 있기라도 한 걸까.

또다시 고개를 드는 의문도 가슴에 멜로디가 꽂힐 때마다 사르르 사라진다. 얀은 질투도 잊은 채 미사키의 연주에 몰입했다.

곡이 바장조로 바뀌고 어렵다고 일컬어지는 16분음표에 접어든 바로 그때였다.

별안간 피아노 소리가 뚝 끊기는가 싶더니 요란한 불협화음이 울려 퍼졌다.

틀림없이 뭔가를 건반에 내려쳤을 때 나는 소리다.

설마. 그 온화해 보이는 미사키가 화가 나서 피아노를 쳤을 리는 없을 텐데.

잠시 옆방에 귀를 기울이고 있어도 그 뒤로는 아무 소리도 들리지 않았다.

불길한 예감이 들었다. 얀은 방을 나가 312호 앞에 섰다.

문을 두드린다.

"미사키?"

불러도 대답이 없다. 문손잡이를 돌려 보니 문은 잠겨 있지 않았다.

그리고 레슨실 안에 들어간 얀은 문 쪽을 향해 등을 보인 채 피아노 위에 쓰러져 있는 미사키를 발견했다.

"미사키!"

소스라치게 놀라 피아노 앞으로 달려갔다. 얼굴에 핏기가 없는데 어디에도 핏방울은 보이지 않고 숨을 거칠게 내쉬고 있으니 다행히 죽은 것도 아니다.

"미사키! 미사키! 대체 무슨 일이야!"

이름을 연신 외치자 다섯 번째에 미약한 반응이 있었다. 미사키의 두 눈꺼풀이 스르르 열렸다.

"아…… 얀 씨…… 이런 곳에는 무슨 일로……."

"무슨 일이냐니. 그건 오히려 내가 물을 말이야. 대체 뭐가 어떻게 된 거야?"

"죄송하지만…… 재킷 오른쪽 주머니에 있는 필름 케이스 좀 꺼내 주시겠습니까?"

서둘러 책상 위에 있는 재킷 주머니에 손을 집어넣어 그가 말한 필름 케이스를 꺼냈다. 케이스를 건네자 미사키는 안에서 알약 몇 알을 꺼내 입에 넣었다.

"……감사합니다. 얀 씨도 여기서 연습 중이었군요."

얀은 조금 전 미사키의 이름을 불렀을 때 반응이 없었던 것이 신경 쓰였다.

전에 아버지에게 들은 이야기가 있다. 어떤 증상 때문에 음악가의 길을 포기한 지인의 이야기다. 이야기에 나왔던 증상이 미사키의 증상과 너무도 닮아 있었다.

"설마 당신…… 돌발성 난청이야?"

그렇게 묻자 미사키는 흠칫 놀라더니 "잘 아시네요"라고 대답했다.

"아는 사람 중에도 그런 사람이 있어. 언제부터 그랬어?"

"벌써 10년 이상 함께하고 있는 것 같네요."

10년. 얀은 뭐라고 대답해야 좋을지 알 수 없었다. 정확히 지금 내 나이대부터 병을 앓았다는 뜻이다.

돌발성 난청은 지금껏 뚜렷한 발병 원인이 밝혀지지 않았다. 발병 후 즉시 치료하지 않으면 치료 확률이 매우 떨어지고 갑작스러운 현기증과 그와 동반하는 청각 이상 증상은 음악가에게 치명적이다.

미사키가 방금 복용한 알약은 한 종류가 아닌 데다가 필름 케이스에 담겨 있었으니 늘 갖고 다니는 상비약일 것이다. 다시 말해 상비약을 갖고 다녀야 할 만큼 증상이 일상적으로 나타난다는 뜻이다.

아직 그리 친한 사이는 아니다. 그러나 얀은 같은 콩쿠르 참가자로서 묻지 않을 수 없다.

"연주하다가 중간에 갑자기 소리가 들리지 않기도 해?"

"원래 이런 증상에는 강도가 있어서요. 가벼울 때는 참을 수 있습니다. 하지만 아까는 조금 힘들더군요."

미사키는 미소 지으며 머리를 긁적였다.

웃으면서 할 이야기는 아닌 것 같은데.

"콩쿠르 기간에는 어땠어?"

"괜찮았습니다. 운이 좋았겠죠."

"운 같은 걸 말하면서 얼렁뚱땅 넘길 문제가 아니잖아. 매일 폭탄을 품에 안은 채로 연주하는 거나 마찬가지인데."

"하지만 그 폭탄이 불발탄일 수도 있죠."

당사자도 아닌 얀이 초조해하는데도 정작 본인은 불발탄은 안전하다는 것처럼 말하고 있다. 상식을 벗어난 그 태연한 태도를 얀은 도무지 이해할 수 없었다.

"당신은 지금 하는 일들이 위험하다고 생각 안 해? 일상생활이나 연습 중이면 모를까 무대 위에서, 그것도 쇼팽 콩쿠르 무대에서 추태를 보인다고 생각해 봐. 피아니스트로서는 물론이고 교직에서 쫓겨나고 세계 음악계에서 아예 축출당할 수도 있다고."

그러자 미사키는 곤란해하는 표정을 지었다.

"얀 씨처럼 아직 젊은 분께서 제게 위험하다고 뭐라고 하실 줄은 상상도 못했네요."

"뭘 상상도 못해! 위험한 게 당연하잖아! 쇼팽 콩쿠르에 참가하는 사람들은 앞으로도 다들 피아노로 먹고살려는 사람들이야. 평범한 콩쿠르가 아니야. 무려 쇼팽 콩쿠르라고, 쇼팽. 전 세계 클래식 음악 팬들이 주목하는 큰 무대에서 그런 실수는 용납되지 않아!"

얀은 저도 모르게 흥분했다. 이토록 재능이 넘치는데도 스스로 나서서 파멸의 길을 택하는 남자에게 화가 치밀었다. 그 훌륭한 재능을 쓸데없이 낭비하는 것 같아 이해하기 어려웠다.

그리고 문득 깨달았다. 나도 모르게 어느새 내가 이 남자, 그리고 이 남자의 연주를 좋아하게 됐다는 것을.

얀의 그런 마음을 아는지 모르는지 미사키는 겸연쩍은 듯이 미소 지었다.

"얀 씨는 참 다양한 것들을 등에 짊어지고 계신 것 같네요."

"……뭐?"

"주변의 기대와 일종의 명예 같은 것. 즉 나 자신이 아닌 다른 무언가를 잔뜩 짊어지고 있습니다. 그 연약한 몸으로는 끝까지 버티실 수 없을 텐데."

자상한 목소리가 가슴을 깊숙이 파고들었다. 내면의 가장 연약한 부분에 꽂히는 말이었다.

"저는 음악가 집안에서 태어나지 않아서 솔직히 얀 씨가 지금 처한 상황을 오롯이 이해하지는 못합니다. 음악의 발상지에서 태어난 분이 지켜야 할 규칙이나 사명감 같은 것이 물론 있겠죠."

"지금 날 동정하는 거야?"

"서로 처한 입장이 다르면 동정은 의미가 없어요. 그걸 떠나 애초에 동정 같은 걸 하거나 받는 것도 썩 유쾌한 일이 아니죠. 다만……."

"다만?"

"저는 그런 울타리가 없는 만큼 오히려 고맙게 생각하고 있습니다. 내 음악이 어떤 것인지, 그리고 내가 과연 어떤 사람인지를 마음껏 파악할 수 있으니까요."

이 남자는 지금 무슨 말을 하는 걸까.

내가 어떤 사람인지를 파악한다고? 나는 당연히 나 아닌가.

그러나 무턱대고 귀를 틀어막을 수는 없었다.

"당신이 지금 무슨 말을 하는지 전혀 모르겠어. 난 언제나 나일 뿐인데."

"아뇨. 어제의 얀 씨와 오늘의 얀 씨는 다릅니다. 오늘 소나타를 연주한 얀 씨는 어제의 얀 씨가 아니에요. 연주, 아니 연주를 떠나 인간은 매일 변합니다. 학문이든 예술이든 스포츠든 이상을 좇는 사람은 계속해서 변화하기 마련이에요. 그건 분명 미래에 내가 원하는 모습을 지금 꿈꾸고 있어서겠죠."

"미래에 내가 원하는 모습……."

미사키는 조금 쑥스러운 듯이 머리를 긁적였다.

"실은 이렇게 말하는 저도 그게 뭔지 잘은 모릅니다. 다만 확실히 말씀드릴 수 있는 건, 피아니스트는 건반을 두드리며 나 자신을 이해하고 내가 앞으로 나아갈 길을 찾는다는 것입니다. 아무튼 여러모로 민폐를 끼쳤네요. 얀 씨의 소중한 시간을 빼앗고 말았어요. 이제는 괜찮아졌으니 돌아가셔도 됩니다."

미사키는 그렇게 말하고 다시 피아노를 마주 봤다.

고개를 두어 번 흔들고 심호흡을 한 번.

나란히 늘어선 건반을 내려다본다.

천천히 그 위에 맞닿는 두 손.

그러나 아직 현기증의 여운이 남았는지 미사키는 또다시 괴로운 듯이 숨을 내쉬었다.

"이제 그만해!"

얀은 참지 못하고 건반을 세게 꽉 내려쳤다.

"10년이나 난청에 시달렸으면 알 거 아니야! 지금 당신이 콩쿠르 같은 데 참가할 때야? 치료에 전념하지 않으면 이대로 청력을 잃을 수도 있다고! 애초에 이런 상태로 오랜 시간 연주해야 하는 결선은 소화 못해!"

"불가능하다는 건 겁쟁이들의 변명입니다."

"분하기는 하지만 당신 연주가 훌륭한 건 인정할게. 그렇게까지 해서 우승을 노리는 집념에는 경의를 표할 정도야. 하지만 몸 상태도 온전하지 않은 지금 같은 상황에서 그 천재 사카키바를 이길 수 있을 리 없어."

"재능 운운하는 것 역시 게으른 자의 변명이죠."

"억지 부리지 마! 아까 울타리가 있느니 없느니 했지? 당신한테는 울타리도 없으니 얼마든지 도망칠 수 있잖아!"

"울타리는 없지만 의무는 있습니다."

"무슨 의무? 누구에게 진 의무인데?"

"이런 저에게도 제자가 있습니다."

미사키의 눈빛이 자상하게 누그러졌다.

"전에도 말씀드렸다시피 일본에서는 임시 강사로 일했습니다. 그때 어떤 여자아이에게 나만의 무기를 가지고 있다면 온실 속 화초가 되기보다는 끝까지 싸우라고 가르쳤죠. 또 어떤 남학생에게는 자신이 선택한 것이 있다면 끝까지 책임을 다하라고도 가르쳤습니다. 하지만 나중에 다시 생각해 보니 그건 사실이 아니었어요. 제가 그 아이들을 가르친 것이 아닙니다. 오히려 그 아이들이 제게 가르쳐 준 거죠. 지금 제가 무대를 내려가 버리면 그때 아이들과 나눈 말이 전부 거짓말이 돼 버립니다."

미사키는 거기까지만 말하고 숨을 고르며 건반을 지그시 봤다.

잠시 후 울려 퍼진 첫 번째 주제.

강렬하게 건반을 두드리는 소리에 얀은 무심코 몸을 움찔했다.

이제는 말을 걸 새도 없다. 같은 연주자로서 미사키의 모든 신경이 건반과 페달에 집중됐다는 것이 훤히 보였다.

눈앞에 있는 사람은 무대 위의 미사키와는 또 다른 사람이었다. 이마에 땀이 송골송골 맺혔고 이를 꽉 깨문 채 여든여덟 개의 건반을 자신의 지배 아래에 놓기 위해 발버둥을 치고 있다. 자신의 결정에 끝까지 책임을 지겠다고 맹세한 거친 남자의 모습이었다.

그 안에는 보이지 않는 불꽃이 존재했다. 자칫 잘못 다가가면 화상을 입을 만한 열기다.

결국 얀은 견디지 못하고 레슨실을 나갔다.

얀의 결선 참가 순서는 이튿날인 19일로 미사키와 같다. 미사키가 옆방에서 연습하는 마당에 멍하니 있을 여유는 없었다.

그러나 그 뒤로도 얀은 그저 잠자코 건반을 바라보기만 했다.

꼭 모닥불 옆에 있었던 것처럼 두 볼이 뜨거웠다. 그러나 손가락은 반대로 싸늘히 식었다. 어깨 아랫부분도 차디차서 잘 움직이지 않았다.

예전에 카민스키는 연주자의 삶은 그대로 그의 피아니즘과 직결된다고 가르쳐 주었다. 그때는 실감 나지 않는 말이었지만 미사키를 보고 있으니 어렴풋이 이해가 됐다. 미사키의 연주에 엄청난 흡입력이 있는 것은 많은 이들이 바라 마지않는 것을 미사키가 지녔기 때문이다.

완고할 정도의 투지.

쓰러지고 또 쓰러져도 끝까지 다시 일어서는 불굴의 영혼.

그것은 폴란드의 국민성과 정확히 겹친다. 그러므로 미사키의 연주에 폴란드 청중들이 동조하는 것이리라.

얀은 미사키의 말을 곱씹었다.

이상을 계속해서 좇는 한 인간은 변화한다.

피아니스트는 건반을 두드리며 내가 나아갈 길을 찾을 수 있다.

유치한 말이라고 생각했다. 아버지 앞에서 입에 담으면 코웃음을 칠 것이 뻔하다.

그래도 그 말은 머릿속에 꼭 들러붙어 떨어지지 않았다.

나도 그럴까, 하고 자문해 봤다.

스테판스 집안 출신이라는 긍지, 폴란드의 기대주라는 명예. 지금까지 얀은 줄곧 그것들을 믿어 왔다. '폴란드의 쇼팽'을 계승하는 것이 내게 주어진 사명이라고 끊임없이 듣고 또 믿었다. 그러나 실은 그 긍지가 나를 옭아매는 족쇄였고, 명예가 사슬이었다면? 내가 모르는 사이에 나는 남이 만든 틀 안에서만 살아 숨 쉬고 있었던 게 아닐까.

그렇다면 그 족쇄를 벗어 던지고 사슬을 끊어 내면 내 연주도 변하지 않을까. 내가 정말로 바라는 연주를 내 것으로 만들 수 있지 않을까.

어디선가 '멍청아!' 하는 목소리가 들렸다.

네가 대체 뭘 할 수 있다는 거야. 명문가라는 온실에서 태어나 지금껏 갖은 보호를 받으며 편하게 피아노를 쳐 왔고 누군가가 깔아 준 레일 위를 번둥번둥 걸어온 네가 이제 와서 반역 따위 할 수 있을 것 같아?

요란하게 뛰기 시작한 심장이 또다시 힘없이 잦아든다.

양극단의 감정 사이에서 얀은 스스로를 비웃을 수밖에 없었다. 피아노 앞에서는 무적이라는 믿음은 미사키와 사카키바에 의해 처참히 깨져 버렸다. 믿음이 깨지고 난 뒤에 겉으로 드러난 것은 경험도 혜안도 없는 연약한 어린아이의 모습이다.

옆방에서 미사키의 피아노 연주 소리가 계속 들렸다.

그러나 얀의 싸늘한 손가락은 여전히 움직이지 않았다.

## 4

아프가니스탄 남부 파키스탄 국경 근처 칸다하르주 아디칼 산지.

멀리서 들리는 폭발 소리가 멎을 기색이 없다.

해럴드 올슨 소령은 먼 곳에서 피어오르는 연기를 뚫어지게 바라봤다.

바람이 불지 않아서 연기 형태에 변화는 없다. 조금 전 치솟은 연기는 탈레반이 설치한 대전차 지뢰가 터져서 발생한 듯하다. 이곳까지 냄새가 닿지는 않지만 해럴드는 왠지 가까운 곳에서 초연과 피 냄새를 맡은 기분이 들었다.

—보고. 사제 폭탄에 의해 지프 한 대가 폭파.

"피해 상황은?"

—한 명 사망, 두 명 부상.

"구급반의 도착을 기다려라."

—알겠다.

"구급반, 지금 당장 출동하라!"

통신이 끊기자 해럴드는 조용히 이를 갈았다. 사상 최강의 소총으로 불리는 XM25와 돌격 소총 M16, 다연장 로켓 시스템인 MLRS, 그리고 육군 주력 전차인 M1A1 에이브럼스까지. 최신식으로 평가받는 무기를 이토록 투입해도 지뢰를 주축으로 한 게릴라 작전 앞에서 충분한 위력을 발휘하지 못하고 있다. 예전에 아버지에게 들은 베트남전의 악몽을 대리 체험하는 것 같아 해럴드는 말로 표현할 수 없는 불안감에 등골이 오싹해졌다.

잡초도 거의 없는 삭막한 모래밭에 나무 대신 연기가 하늘을 향해 뻗어 있다. 해럴드는 이런 광경이 이미 완전히 눈에 익어 버린 자신에게 혐오감이 들었다. 이곳에 파견된 지도 벌써 3년. 순식간에 소탕할 수 있을 거라 예상한 탈레반 세력은 날이 갈수록 기세를 회복해 지금은 오히려 이쪽이 고전을 면치 못하고 있다.

전략 때문이 아닌 단순한 병력 문제였다. 최신 무기를 갖추고 있어도 병력이 적으면 어쩔 도리가 없다. 그러나 무턱대고 병력을 증강할 수도 없는데 이라크에서 벌어지는 전투와 이후 치안 유지 활동에 인원이 투입되는 바람에 여유가 없기 때문이다. 치안 지원 부대를 합치면 총 5만 명 수준인데 지금 탈레반 세력을 소탕하려면 그 열 배의 병력이 필요하다. 또한 지원 부대 중에는 치안 유지로 활동을 한정한 부대도 있어서 실질 병력이라고 하기 어려웠다.

반대로 오랫동안 이어진 전쟁으로 아프가니스탄 국내는 경제 사정이 좋지 않아 직업을 잃은 청년들을 탈레반이 전력으로 끌어오고 있다. 그렇게 적의 병력만이 일방적으로 늘고 있는 상황에서 해럴드의 부대는 열세일 수밖에 없었다.

"아무래도 차만으로 향하는 경로에 지뢰가 광범위하게 깔려 있는 것 같습니다. 우회로를 택한다고 해도 피하기 어려울 겁니다."

옆에 있는 대위가 곤란한 듯이 중얼거렸다.

"원래는 소련 침공 당시 게릴라로 이름을 떨친 무자헤딘이 다닌 뒷길이니까. 차만에는 수천 명의 탈레반이 거주 중이라는 소문도 있으니 상대가 지리적 조건에서 우세인 건 당연해. 작전 명령이 떨어졌을 때부터 이미 알고 있었어."

"이제 어쩌죠?"

"지금 공병 여단은 어디에 체류하고 있나?"

"칸다하르 남동쪽 20킬로미터 지점입니다."

"곧장 폭발물 처리 소대를 부르게."

"알겠습니다."

소대의 도착을 기다렸다가 폭발물을 발견 및 처리하며 조금씩 부대를 이동시킨다. 떠올리는 것만으로도 가슴이 답답해지는 이야기지만 지뢰밭을 돌파하려면 이 방법밖에 없다. 물론 그때는 최단 경로인 스핀볼닥에서 차만으로 향하는 길을 택하는 것이 좋겠지만 어차피 그 길목에도 지뢰가 무수히 깔렸을 것이다.

"그런데 작전 내용을 보면 우리 부대보다는 치안 유지를 맡은 지원 부대를 보내는 게 더 좋았을 텐데요."

"그럴 수는 없겠지. 지뢰밭을 통과하고 적의 총탄이 쏟아지는 곳을 지나가는 건 누구보다 엉덩이가 무거운 그 녀석들이 할 수 있는 일이 아니야."

해럴드는 코웃음을 쳤다. 같은 편을 험담하는 게 기분 좋지는 않지만 매사 소극적으로 구는 지원 부대의 태도는 역시나 눈에 거슬렸다.

대위의 불만도 이해가 됐다. 이번 작전 명령은 물론 본국을 거쳐 들어오긴 했지만 처음 요청한 곳은 파키스탄 정부였다. 사정에 꼭 정통하지 않아도 요청이 일단 지원 부대에 떨어졌지만 작전의 위험성 때문에 결정을 망설인 그들이 결국 미 육군에 임무를 떠넘긴 것이 분명했다.

"대위는 그들에게 이 작전을 넘겨도 괜찮을 거라 보나?"

"당치도 않습니다."

대위는 딱 잘라 부정했다.

"답답한 이야기지만 어차피 그들에게 맡기면 희생자만 더 늘겠죠. 그들 자신 때문에요."

어느 곳이든 현지 부대가 지원 부대를 믿지 못하는 경향은 있다. 특히 폴란드에서 파견된 부대라면 더더욱 그렇다.

3년 전 8월, 파키스탄 국경 근처 마을에서 임신부와 어린 아이를 포함한 주민 여덟 명을 살해한 혐의로 일곱 명의 폴란드 병사가 기소됐다. 그들은 잠복한 탈레반 세력에 반격했을 뿐이라고 주장했지만 학살을 말리려 한 젊은 병사도 마을 주민과 함께 살해된 사실이 밝혀지자 사건은 전쟁 범죄로서 세상에 알려졌다. 군 윗선이 책임을 회피하기 위해 병사들과 뒤에서 입을 맞춘 점도 악영향을 끼쳐 폴란드군은 세계 각국의 비난을 샀고 지금에 이르고 있다. 미군도 오폭과 원주민 폭력 문제가 불거진 적이 몇 번 있지만 이렇게까지 잔악무도한 사건은 없었다.

"페이브로*에서 무전이 왔습니다. 파키스탄 국경 북서쪽 5.6킬로미터 지점에 버스 두 대 확인. 주위에 탈레반 병력이 다수 배치된 것으로 확인됐습니다."

"차만을 지나는 경로가 봉쇄된 건가?"

"아뇨. 현재 봉쇄는 확인되지 않았습니다."

---

\* 장거리 탐색 및 구조 임무용으로 만든 헬리콥터.

해럴드는 국경 근처 지도를 펼쳤다.

파키스탄령 차만은 자원이 풍부한 도시다. 주변에 있는 작은 마을들은 식료품과 연료를 비롯한 각종 밀수품을 공급하는 거점으로 활용된다. 버스 가득 식료품을 채워서 먼 도시로 팔러 가는 보따리 상인도 많다.

이번에 재난에 휘말린 것도 그런 보따리 상인 무리였다.

파키스탄 국경 일대 약도

파슈툰인은 국경을 자유롭게 오갈 수 있다. 파슈툰인인 업자는 대형 버스 두 대에 식료품과 생활필수품을 채워 아프가니스탄령 스핀볼닥에 팔러 가는 길이었다.

그러나 그 길목에서 국경 근처에 잠복 중이던 탈레반 세력에 포위되었다. 처음부터 탈레반이 의도해서 모인 것은 아니고 각지에 퍼져 있던 게릴라 부대가 미군의 공세에 밀려 그곳에 집결된 형태다. 바꿔 말해 업자가 몰고 간 버스는 저도 모르는 사이에 늑대 무리에 뛰어든 양이나 마찬가지였다.

문제는 그 버스 안에 다수의 여자아이들이 포함돼 있다는 점이다. 업자 당사자를 비롯한 24명 중 15명이 여성이고 그 중 4명이 어린아이라고 했다.

버스가 차만에서 약 6킬로미터 떨어진 아프가니스탄령 지점에 포위된 채 오도 가도 못하고 있다. 소식을 전해 들은 파키스탄 정부는 곧장 탈레반에 그들을 풀어 줄 것을 요구했지만 탈레반은 국경 근처에서 잠시라도 무장을 해제하는 것은 게릴라 작전에 해가 된다며 거부했다. 탈레반 입장에서 그들은 스스로 불 속에 뛰어든 나방이다. 제 발로 찾아온 인질을 순순히 풀어줄 리 없었다.

"실제로는 인질이라기보다 미끼지. 녀석들은 파키스탄 정부의 요구를 역이용해서 그들에게 접근하려는 우리를 뒤에서 덮칠 계획이야."

심지어 그들의 주요 무기는 직접 만든 지뢰다. 지뢰는 밟은 사람뿐 아니라 그들을 구조하러 가는 병력에도 피해를 줄 수 있으니 두 배의 효과가 있다. 가난한 자들의 대표 무기라고 불릴 만하다. 그런 가난한 자의 무기에 시종일관 휘둘리는 쪽이 최신식 무기를 갖춘 대국의 병력이니 그야말로 아이러니한 상황이다.

"전형적인 게릴라전이 되겠군요."

"하지만 지뢰밭만 돌파한다면 접근전을 펼칠 수도 있어.

그럼 XM25가 활약해 주겠지. 녀석들도 얼마 전 전투를 통해 XM25의 위력을 뼈저리게 느꼈을 거야. 하늘을 감시하는 페이브로의 보고로는 현재 버스 안에 24명이 갇혀 있고 따로 붙잡히거나 포박된 사람은 없다고 하니 우리가 방어 라인을 뚫은 단계에 퇴각할 가능성도 커."

해럴드가 XM25에 깊은 신뢰를 보내는 이유는 국지전용 무기인데도 살상 능력이 대단히 뛰어나기 때문이다.

XM25는 사정거리가 16미터에서 17미터인 데다가 범위가 넓고 레이저 계측 기능은 물론 발사 제어 장치까지 탑재돼 있다. XM25를 활용하면 벽과 참호 뒤에 숨은 적도 포착할 수 있다. 25mm 작렬탄이 단숨에 주위 360도에 파편을 날려서 정확하면서도 최대의 효과로 적을 섬멸한다. 효력 면에서 5.56mm 카빈이나 수류탄 발사대의 여섯 배는 될 것으로 추정한다.

―여기는 페이브로! 게릴라가 고사포를 발사!

대위가 "제기랄" 하고 욕설을 내뱉었다.

"인질이 있으니 우리가 손쓰지 못할 거라 생각하는군."

"페이브로, 고도를 높여 회피하라."

―알겠다.

"소령님!"

"페이브로와 파일럿의 실력을 못 믿는 건 아니지만 만에 하나 버스를 오폭하기라도 하면 큰일이니."

해럴드는 고개를 돌려 등 뒤에 있는 낭떠러지를 바라봤다. 지층이 겹겹이 쌓인 낭떠러지에는 동굴 몇 개가 입을 벌리고 있다. 해럴드 부대가 이곳을 장악하기 전까지는 탈레반 무장 세력의 거점이었다.

"대위. 폭발물 제거 소대가 도착하는 즉시 이동하지."

"상대가 깐 덫인 걸 알면서도 가는 겁니까?"

"아니. 게릴라 녀석들이 굳이 정확도가 떨어지는데도 고사포를 꺼내 든 건 양동 작전이야."

"그렇다면 이곳을?"

"뒤에 있는 저 낭떠러지를 좀 보라고. 여기는 원래 녀석들의 거점이었어. 동굴 안은 미로처럼 이어져 있지만 게릴라들에게는 내 집 앞마당이나 마찬가지겠지. 언제 몇 시에 저 동굴에서 튀어나와 급습할지 알 수 있겠나? 입구를 철저히 파괴하고 나서 국경으로 향한다. 게릴라에게 맞서려면 이쪽도 기동력을 최대한 살려야지, 그러지 않으면 선수를 빼앗겨."

"알겠습니다."

부하에게 지시한 후 대위가 피곤해하는 얼굴로 해럴드를 봤다. 평소 엄격한 행동거지가 몸에 밴 대위가 부하 앞에서는 절대 보이지 않는 얼굴이다.

"대위, 뭐 문제라도 있나?"

"물론 본부의 지시를 거스를 마음은 털끝만큼도 없습니다만, 방어로 일관하면 아무래도 장기전이 되니까요. 병사들

처지를 고려하면 솔직히 적극적으로 임하기가 어렵습니다."

"그래도 지시는 인질 구출이었어. 이슬람 신자들을 학살하고 오라는 것보다는 훨씬 낫지. 전투의 가장 정당한 목적은 인간의 생명을 보호하는 것 아니겠나?"

해럴드가 내린 지시는 곧장 실행에 옮겨졌다. 단단한 암반의 강도를 고려해 총 다섯 기의 추격포가 일제 포격을 개시했다.

착탄 직후 온몸이 울리는 굉음과 함께 암반이 무너졌다.

뭉게뭉게 피어오르는 모래 폭풍이 잦아들자 백팔십도 달라진 암반이 모습을 드러냈다. 구멍이라는 구멍은 전부 막혔다. 이로써 부대가 남쪽으로 내려가도 등 뒤에서 습격당할 가능성은 줄어들었다.

잠시 후 모래밭에 다시 정적이 찾아왔다.

폭발물 제거 소대가 도착하기까지는 아직 시간이 남았다.

해럴드는 옆에 있는 개인용 노트북으로 그 사이트에 접속했다. 그러자 화면 가득 무대의 모습이 비쳤고 빈약한 내장 스피커로 피아노 연주 소리가 들리기 시작했다.

이제는 짧게나마 쉴 수 있다. 부하 중에는 이어폰에서 새어 나올 만큼 큰 소리로 하드록을 듣는 사람도 있다. 이 정도 음량이면 다른 이들에게 방해되지 않을 것이다.

"클래식입니까?"

옆을 지나던 대위가 그야말로 신기한 것을 본 것처럼 모니터를 들여다봤다.

"뜻밖인가? 이런 내 취향이."

"아뇨, 그런 건⋯⋯."

"늘 들을 정도로 광적인 팬은 아니야. 이것도 프로의 연주는 아니니."

"프로가 아니라고요?"

"바르샤바에서 열리고 있는 쇼팽 콩쿠르 중계지."

대위는 뭔가 수상쩍어하는 표정으로 자리를 떴다. 그럴 만도 하다. 광적인 팬은 아니라고 하면서 아마추어 콩쿠르에 귀를 기울이는 것은 모순된 행동이기 때문이다.

만약 내 동생이 이 콩쿠르에 참가해 결선에 올랐다고 하면 대위는 어떤 표정을 지을까. 짓궂은 충동이 슬금슬금 고개를 들었지만 지금껏 사적인 이야기에는 무관심한 태도로 일관해 왔으니 그냥 잠자코 있는 게 나을 것이다.

나이 차이가 제법 나는 동생 에드워드가 음악가의 길을 걷겠다는 말을 처음 꺼냈을 때 동생을 두둔한 사람은 해럴드뿐이었다. 이미 에드워드의 사관학교 입학 절차를 마친 아버지와 큰아버지는 불같이 화를 내며 에드워드를 비난했다. 올슨집안 남자의 손가락은 방아쇠를 당기는 데만 쓰이지 건반을 두드리는 데는 쓰이지 않는다고 했다.

해럴드가 에드워드를 감싼 이유는 오직 하나, 동생이 아버지와 큰아버지의 결정을 거부한 것은 그때가 처음이었기 때문이다. 항상 아버지의 지시를 군말 없이 따르던 동생의 첫 번째 반항. 해럴드는 든든한 형으로서 동생에게 힘이 되어 주고 싶었다.

해럴드는 피아노나 클래식에 문외한이지만 그래도 집 안에 피아노 소리가 흐르면 왠지 마음이 편안해졌다. 쇼팽의 음악을 자주 듣기 시작한 것도 그 무렵부터다.

해럴드가 이곳에 파견된 뒤에는 서로 메일 정도만 주고받지만 그래도 폴란드에 도착한 직후 에드워드에게서 도착한 메일을 읽을 때는 자연스럽게 얼굴에 미소가 번졌다.

―이쪽도 전쟁터인 건 마찬가지야.

설마 동생의 그 말이 농담이 아닐 줄은 상상도 못했다.

그때 절박한 무전이 해럴드의 추억을 차단했다.

―여기는 페이브로. 목표 버스에서 남쪽 2백 미터 지점에 적의 MLRS 발견.

"뭐라고!"

―형식은 불명. 12연장인 것은 확인.

"제기랄!"

입에서 욕설이 튀어나왔다. 아마도 이라크에서 입수한 물건일 것이다. 그렇다면 그 MLRS는 러시아제일 확률이 높다.

조심스럽게 남하해 XM25로 단숨에 적을 섬멸하려던 전략은 이로써 변경할 수밖에 없게 됐다. 상대도 로켓탄을 쥐고 있는 이상 쉽사리 접근전을 결정해서는 안 된다. 상식적인 전략이라면 사정거리 밖에서 광역전을 펼쳐야 할 것이다.

광역전이 펼쳐지는 것 자체는 환영할 만한 일이다. 범위가 넓어질수록 대형 병기를 쓸 수 있게 되고 게릴라전의 효과도 줄기 때문이다. 그러나 다른 한편으로 인질이 위험해질 가능성이 크고 구조도 까다로워진다.

어떡해야 하나.

해럴드는 새로운 전략을 짜기 시작했다.

◇◇◇

문을 열자 앞에 낯익은 형사가 서 있었다.

사전에 아무 연락도 못 받은 탓에 '피아니스트'는 깜짝 놀랐다.

"바인베르크 형사님, 이셨나요?"

"이거 밤늦게 미안합니다. 잠깐 괜찮겠습니까?"

순간 거절할까 싶었지만 그의 집요함은 지난 탐문 수사 때 이미 진저리가 날 만큼 느꼈다. 거절해 봐야 뭔가 트집을 잡아 가며 억지로 들어오려 할 것이다. '피아니스트'는 떨떠름하게 그를 집 안에 들였다.

바인베르크는 손을 뒤로 돌려 문을 닫았다.

"뭐라도 좀 드시겠습니까?"

"아뇨. 괜찮습니다. 오래 있을 건 아니라서요."

바인베르크는 스스럼없이 눈앞에 있는 소파에 앉았다.

"대체 무슨 일입니까?"

"필하모니 홀에서 일어난 사건 수사에 진전이 있어서 보고 드리러 왔습니다."

"보고 말인가요. 형사님께서 제게 그럴 의무는……."

"의무는 없지만 관심이 있으실 것 같아서요."

순간 '피아니스트'의 머릿속에서 요란한 경보음이 울렸다.

"관심이 없지는 않지만……. 솔직히 지금은 콩쿠르에 대한 생각으로 머릿속이 가득합니다. 그리고 애초에 그런 건 경찰 본부 안에서 처리할 일 아닙니까?"

"본부에는 아직 아무것도 알리지 않았습니다."

"네?"

"아직 그렇게까지 명확한 이야기가 아니고, 이건 저 자신의 사건이기도 하니까요."

"형사님 자신의 사건이요?"

"얼마 전 살해된 스타니슬라프 피오트르는 제 부하였습니다. 상사 앞에서도 절대 주눅 들지 않고 건방진 데다가 콧대 높은 젊은 형사였죠. 그래서 제 앞가림을 할 줄 아는 형사로 키워 내느라 고생을 많이 했습니다. 그러다가 이제는 슬슬 형사 한 명 몫을 하게 되었구나 싶었을 때 덧없이 죽고 말았죠. 그 원통함과 아쉬움은 말로 표현할 수 없을 정도입니다."

말투가 그야말로 담담하지만 바인베르크의 분노는 '피아

니스트'의 살갗을 꿰뚫을 기세로 전해졌다.

그런가. 이곳을 찾은 건 독자적인 결정이었나. '피아니스트'는 바인베르크의 분노를 담담히 한 귀로 흘리며 남몰래 가슴을 쓸어내렸다. 공무보다 사적 원한을 우선하는 인간은 내게 달갑다.

"저와 마지막으로 대화를 나눴을 때 피오트르는 '피아니스트'라는 테러리스트의 이름을 입에 담았습니다. 4월에 발생한 대통령 전용기 추락사고, 그 범인이 바로 '피아니스트'라고 피오트르는 확신하고 있었습니다."

"테러리스트에게 '피아니스트'라는 별명이 붙은 건 뭔가 좀 으스스하군요."

"아무튼 그때 나눈 대화를 떠올리자 녀석이 그 후 어떤 행동을 했을지도 대략 예상이 되더군요. '피아니스트'를 직접 만나러 갔다가 살해됐겠죠. 폭탄 테러로 이름을 떨친 범인을 얄본 탓에 말입니다."

"그건 너무 넘겨짚으시는 것 아닐까요?"

"피오트르를 아는 이들은 전부 저처럼 생각할 겁니다. 저는 '피아니스트'에 대해 관계자들에게 수집한 정보를 바탕으로 소거법을 적용해 봤습니다."

"소거법?"

"당시 피오트르가 살해된 현장에는 콩쿠르 관계자뿐만 아니라 일반 관객도 많았습니다. 범위를 좁혀야만 했죠."

'피아니스트'는 그날을 떠올렸다. 용의자가 다수 생긴 상황은 내가 의도한 것이 아니다. 그 젊은 형사가 불쑥 찾아와서 임기응변으로 대처했을 뿐이다.

"첫째, 프랑스에서 폭탄 테러가 일어났을 때 그곳에 있었을 사람. '피아니스트'는 프랑스에서도 사건을 일으켰으니 그렇게 생각해야 합니다. 둘째, 피오트르가 살해될 당시 공연장 안에 있었던 사람. 셋째, 당시 대기실을 자유롭게 드나들 수 있는 공용 ID 카드를 가지고 있었던 사람. 넷째, 직업이 피아니스트인 사람."

이야기가 이 뒤로도 계속 이어질 듯하다. '피아니스트'는 홈바에서 뮤트 피트니를 꺼내 자기 잔에 따랐다. 혹시나 싶어 바인베르크에게도 잔을 내밀었지만 이 촌스러운 남자는 퉁명스럽게 고개를 가로저었다.

"결국 마지막에 남은 사람은 결선에 진출한 일곱 명의 콩쿠르 참가자들인데…… 거기서부터 더 좁히기가 어렵더군요. 왜냐하면 범행 현장에 범인과 연결되는 물증이랄 게 거의 없었기 때문이죠. 그런데 어느 순간 갑자기 머릿속이 번뜩였습니다. 대통령 전용기 사고도 '피아니스트'의 소행이었다면 혹시 그쪽에 증거가 남아 있지 않을까. 그리고 그것을 활용해 조금 더 후보를 좁힐 수 있지 않을까."

'피아니스트'는 마음이 술렁이기 시작했다.

"당국은 추락 현장에서 나온 잔해를 조사했지만 당시 폭탄이 어디에 실렸는지는 밝히지 못했습니다. 그러나 비행기 탑승 전 화물 검사에서 수상한 물건이 있었다면 찾았겠죠. 그러지 못했던 이유는 오직 하나. 검사 대상에서 제외되는 대통령 부부의 짐 안에 폭탄이 심어져 있었기 때문입니다."

바인베르크는 눈앞에 있는 '피아니스트'를 노려봤다.

"저는 당시 관저와 공항에서 탑승 직전 대통령 부부와 접촉한 이들을 조사해 봤습니다. 대다수는 정부 관계자와 가족들이었는데, 오직 한 사람만이 둘 중 어느 쪽에도 포함되지 않더군요. 그는 전부터 영부인의 총애를 받아 온 사람이었습니다. 프랑스 폭탄 테러 사건 때 그곳에 있기도 했고요. 피오트르가 살해될 때는 공연장 안에 있었습니다. 그렇습니다. 그가 바로 당신입니다."

'피아니스트'는 곤란한 것처럼 어깨를 으쓱해 보였다.

"꽤나 흥미로운 이야기지만 상황 증거만으로 억지로 끌어낸 가설에 불과하군요. 물증은 아무것도 없지요."

"그런 건 필요 없습니다. '피아니스트'의 신병을 확보하기만 하면 특별 대책 본부의 엄중한 수사를 거쳐……."

거기까지 말했을 때였다.

바인베르크는 말을 채 끝마치지 못하고 몸을 뒤로 휘청거렸다.

지금이다.

'피아니스트'는 그 틈을 놓치지 않고 바인베르크를 덮쳤다. 제압당한 바인베르크는 저항할 새도 없이 테이프에 입이 가려지고 팔다리가 묶였다. 온몸이 마비된 사람처럼 움직이지 못하니 격투술에 능하지 않은 '피아니스트'에게도 손쉬운 작업이었다.

바인베르크의 재킷 주머니를 뒤지자 권총이 나왔다. 역시 마지막에는 총을 쏠 생각이었나.

"상황이 왜 이렇게 됐는지 궁금하시겠죠."

바인베르크의 눈이 분노와 초조함으로 이글거리고 있다.

"제가 외부인의 침입에 아무 대비도 안 하고 있었을까요? 당신이 이 집에 들어올 때 만진 문손잡이가 약간 젖어 있지 않았습니까? 그건 러시아군이 테트라에틸납을 써서 개발한 신경독입니다. 피부에 흡수되면 곧장 말단 신경부터 마비가 시작되죠. 심장이 멎기까지 10분도 걸리지 않습니다. 자."

'피아니스트'는 총구를 바인베르크의 목덜미에 갖다 댔다.

"어떻습니까? 아무것도 안 느껴지죠? 그렇게 몸의 끝부분부터 돌처럼 굳어 버린다고 생각하시면 됩니다."

누가 언제 이곳에 쳐들어와도 대응할 수 있게끔 외부인이 손을 댈 만한 곳에 미리 독을 발라 놓았다. 내가 만져야 할 때는 항상 고무장갑을 꼈다. 만약 상대가 실내에서 장갑을 끼고 있는 모습을 수상하게 여겨도 피아니스트는 항상 손을 보호해야 한다고 설명하면 대부분 이해했다.

"형사님이 덫에 걸린 걸 깨달았을 때는 맥이 탁 풀렸습니다. 그 젊은 형사처럼 저를 폭탄밖에 만질 줄 모르는 사람이라며 우습게 보셨겠죠."

'피아니스트'는 권총을 빙글빙글 돌리며 설명했다. 바닥에 쓰러진 바인베르크는 천천히, 그러나 확실히 의식을 잃어 가고 있다.

"여기서 제가 머리에 한 발 쏴 드리면 당신은 곧장 편안해질 겁니다. 하지만 그러지는 않겠습니다. 저는 당신에게 그런 자비를 베풀 의무가 없고, 애초에 그런 짓을 하면 소파가 피투성이가 될 테니까요. 마지막 순간까지 감각이 하나씩 하나씩 차단돼 가는 과정을 듬뿍 맛보시기를 바랍니다."

바인베르크가 눈을 부릅떴다. 그러나 그것이 마지막 저항다운 저항이었다. 잠시 후 그는 눈꺼풀을 절반만 뜬 채로 몸이 굳었고 눈동자에서는 서서히 빛이 사라졌다.

10분 후, 바인베르크의 숨소리가 끊겼다.

'피아니스트'는 따뜻하게 데운 벌꿀주를 단숨에 비우고 바인베르크를 그대로 둔 채 책상으로 향했다. 자물쇠를 풀어 맨 밑에 있는 서랍을 열자 완성 바로 직전의 시한폭탄 두 개가 나왔다. 그중 하나를 꺼낸다.

이제 기폭 장치만 붙이면 완성되는 폭탄은 꼭 주인이 돌아오기를 기다린 강아지 같았다.

보기에 따라서는 공예품 같은 은근한 멋도 감돈다. 파괴하고 살육하는 것만을 목적으로 만든 공예품이지만 잔인한 얼굴로 학살에 몰두하는 인간보다는 훨씬 아름다운 외형이다.

두 잔째 뮤트 피트니에 얼음을 집어넣는다. 역시 이 술은 차갑게 마셔야 한다. 이 쨍한 날카로움이 머릿속을 깔끔하게 해 준다.

기폭 장치를 본체에 붙이고 각 접점에 전기가 통하는지를 확인한다. 핸드폰 착신에도 즉시 반응했다.

완벽하다. 오늘 정해 둔 시각에 미리 와지엔키 공원을 찾았는데 수신 상태도 몹시 만족스러웠다. 일기예보에 따르면 내일 날씨도 맑음. 공원을 찾는 사람도 많을 것이다.

바인베르크의 시신을 내려다봤다. 배와 볼살이 두툼한 중년 남자. 먼저 세상을 뜬 젊은 형사를 꼭 자기 아들이라도 되는 양 말했는데, 이 남자에게도 가족은 있을까.

불현듯 떠올랐다. 일석이조의 효과로 이 남자의 시신을 처리하는 방법이 있다.

이 남자에게 개인적인 원한은 없다. 굳이 꼽아야 한다면 폴란드인이라는 점을 꼽을 수 있겠지만 사적으로는 이렇게 집요한 프로페셔널들을 싫어하지 않는다. 그러나 돌발 사고를 최대한 효율적으로 활용하는 방법 역시 싫어하지 않는 건 마찬가지다.

안심하십시오, 바인베르크 주임 경부님.

당신의 죽음을 결코 쓸모없게 만들지 않겠습니다.

IV    *Appassionato dramatic*
힘을 실어 열정적으로

# I

쇼팽 콩쿠르 결선 바로 전날 벌어진 일이다.

오전 10시 20분쯤 알버트 순경은 와지엔키 공원을 순찰
중이었다. 요즘 바르샤바 시내에서 빈발하는 테러 사건은 수
도 경찰의 근무 체계에도 영향을 미쳐서 경찰관의 순찰 범
위와 시간이 사건 전보다 압도적으로 늘었고, 그날 알버트도
원래는 담당 구역이 아닌 와지엔키 공원을 순찰하게 되었다.

공원을 순찰하는 일 자체에는 딱히 불만이 없었다. 바르샤
바가 자랑하는 황금빛 가을, 공원 내 가로수가 노랗게 물드
는 계절을 알버트도 아주 좋아했다. 또한 시가지와 달리 인
적이 드문 공원이 자폭 테러의 대상이 될 것 같지도 않았다.

쇼팽상 근처까지 갔을 때였다. 뒤로 뻗은 공원 길을 따라
벤치가 있는데 그중 하나에 남자 한 명이 앉아 있는 모습이

보였다. 단지 그뿐이라면 아무 문제가 없겠지만 그의 자세가 신경 쓰였다. 앉아 있다기보다 상반신을 등받이에 갖다 붙인 채로 팔과 머리를 아래로 축 늘어뜨리고 있다.

뭐야. 취객인가. 알버트는 혀를 쯧 찼다. 다른 공원을 순찰할 때 술에 취해 뻗은 사람을 상대하다가 크게 고생한 적이 있었다. 취객의 입에서 토사물이 흘러나와 주변이 악취로 진동했다. 다시는 떠올리고 싶지 않은 기억이다.

그러나 알버트는 직업정신을 발휘해 남자에게 다가갔다. 이런 시간대부터 술을 드실 수 있다니 부럽습니다. 그런데 이런 데서 주무시다가는 감기에 걸릴 수 있으니 집에 돌아가서 쉬시는 게 어떨까요?

마음속으로 대사를 읊으며 남자 앞에 섰다. 보통 체격에 보통 키로 옷차림도 평범하다. 적어도 노숙인 같지는 않았다.

"저기요."

어깨를 흔들자 남자의 머리가 흔들리더니 그대로 남자의 상반신이 벤치 위로 쓰러졌다.

그제야 알버트는 뭔가 심상치 않다는 것을 눈치챘다. 남자의 얼굴은 술에 취해 벌겋기는커녕 생기를 잃어 창백했다. 또 유심히 보니 남자를 어디선가 본 기억이 있었다.

"바, 바인베르크 주임 경부보님?"

당황해서 그의 몸을 세차게 흔들었지만 바인베르크는 꿈쩍도 하지 않았다. 맥박과 심장 박동, 체온이 느껴지지 않는다. 눈동자도 빛을 잃었다.

그러나 그 광경 속에서 단 하나 움직이는 것이 있었다.

바인베르크의 다리 옆에 놓인 검은 가방. 그 안에서 디지털 타이머만이 조용히 째깍째깍 소리를 울리고 있었다.

◇◇◇

10시 10분. 얀이 늘 다니는 산책 코스를 걷고 있자 역시나 미사키와 마리가 보였다.

"아, 좋은 아침입니다."

미사키는 얀을 돌아보며 환하게 웃었다. 공원 안의 이 길을 걸어가다 보면 음악원이 나오니 미사키가 지금 어디에 가려는지 대략 짐작할 수 있었다.

"⋯⋯연습?"

"네. 그런데 오늘도 마리 씨에게 붙잡혀서요."

미사키는 곤란해하는 얼굴로 말했지만 마리에게 붙잡힌 팔을 억지로 풀려고 하지는 않았다.

"마리. 이러면 안 돼."

얀은 마리의 어깨 위에 손을 얹었다. 평소에는 거의 참견하지 않지만 레슨실 안에서 본 미사키의 모습이 떠올라 말리지 않을 수 없었다.

"미사키 씨는 내일 콩쿠르 결선을 앞두고 있어. 지금 마리랑 놀 때가 아니야."

"싫어!"

마리가 혀를 날름 내밀었다.

"내일이면 어차피 오늘 하루 연습하지 않아도 똑같아. 그
보다 마리랑 노는 게 더 기분도 풀리고 좋아."

"흐음. 뭔가 일리 있게 들리기는 하네요."

"미사키도 무슨 소리야. 당신은 우리와 조건이 달라. 정 그
러면 연습은 안 해도 되니까 일단 좀 쉬어!"

엉겁결에 목소리가 커졌다. 마리가 깜짝 놀라 미사키 뒤에
숨었다.

"그런 몸 상태로 콩쿠르에 참가하려 하다니. 일본인 특유
의 고집 같은 거야?"

"글쎄요."

"어물쩍 넘기지 마! 건강을 생각하지 않는 것도 유분수지.
이제 와서 콩쿠르에 나가지 말라고는 안 할 테니 적어도 다
른 시간에는 좀 쉬어."

"이런, 이런. 꼭 제가 위독한 환자라도 되는 것 같네요."

"비슷하잖아."

"미사키, 어디 아파?"

"마리는 가만있어!"

"흐음……. 이거 곤란하네요."

미사키는 겸연쩍은 듯이 머리를 긁적였다.

그때 멀리서 떠들썩한 소리가 들렸다. 세 사람이 그쪽으로 고개를 돌리자 쇼팽상 뒤쪽 벤치가 있는 곳에 인파가 모여 있다. 유심히 보니 경찰차와 경찰도 몇 명 보였다.

"앗, 경찰차다!"

호기심이 왕성한 마리가 곧장 그곳을 향해 뛰어갔다. 얀은 내심 마리가 미사키를 풀어 주기를 바라던 차에 마리가 달려 가자 가슴을 쓸어내렸다.

"뭔가 또 사건이 일어난 것 같은데요."

미사키가 마리의 뒷모습을 보며 걱정하듯 말해 얀은 또 화가 치밀었다. 이 사람이 지금 남 걱정을 할 처지일까. 지금 가장 걱정해야 할 건 자기 몸일 텐데.

"바르샤바는 이제 언제 어디서 사건이 터져도 이상하지 않은 곳이 돼 버렸어. 나도 라크친스키 궁전에서 일어난 자폭 테러 현장에 있었고."

"네? 현장에 계셨다고요? 다치지는 않았습니까? 손가락은요?"

"범인과 멀리 떨어져 있었던 덕에 다행히 다치지 않고 끝났어."

"아…… 다행이네요."

그러니까 다른 사람 걱정하지 말라고 했지.

"군인이든 정치가든 피아니스트든 바르샤바 안에 있는 이상 언제든 위험에 노출될 수 있어. 그런 판국에 아무렇지 않게 피아노를 치는 게 오히려 이상한 일이고, 그걸 들으러 오는 사람들도 이상하기는 마찬가지야."

"카민스키 위원장님의 말을 빌리자면 바로 그게 테러를 향한 가장 큰 저항 활동이 되니까요. 아무리 눈앞에 포탄이 떨어져도 피아니스트는 당연히 피아노를 치고 청중들도 당연히 공연장을 찾는 거죠. 실제로도 빈 필은 포격 소리가 끊이지 않는 곳에서도 정기 연주회를 이어 갔습니다. 그리고 관객들 또한 그에 발맞춰 포탄이 날아다니는 와중에도 홀을 찾았고요. 이런 비상시국이야말로 일상의 즐거움을 변함없이 영위해 나가는 것이 중요하다고 생각합니다."

"조용한 저항인가."

"누구든 할 수 있는 일이 있습니다."

미사키는 얀을 지그시 바라봤다. 눈동자가 빨려들어 갈 것처럼 깊다.

"군인에게는 군인의, 정치가에게는 정치가의, 그리고 피아니스트에게는 피아니스트의 역할이 있습니다. 바꿔 말하면 오직 피아니스트만이 할 수 있는 싸움이 있다는 뜻입니다."

"그런 게 무슨 의미가 있겠어. 전차에 피아노를 집어 던지기라도 할 생각이야?"

"아, 그거 괜찮은 비유네요."

비유로 한 말은 아니다.

미사키와 대화하다 보면 저도 모르게 페이스를 잃는다. 언

어가 아니라 가치관이 달라서일 것이다. 똑같은 피아니스트
라고 해도 미사키가 목표로 하는 것은 나와 전혀 다른 느낌
이었다.

"미사키. 당신은 대체 뭘 원해?"

그렇게 묻자 미사키는 깜짝 놀란 듯했다.

"뭘…… 원하다니요?"

"피아니스트로서 얻고 싶은 게 있을 거 아니야. 명예라든
지, 명성이라든지, 돈이라든지. 단지 그냥 음악이 좋고 피아
노가 좋은 거면 앞으로도 이런 일을 계속해 나갈 수 있을 리
없어."

"흠. 답변드리기 곤란하네요. 그런 걸 생각해 본 적이 없어
서요."

미사키는 진심으로 곤혹스러운 것처럼 팔짱을 꼈다.

"폴란드의 사정에 대해서는 잘 모르지만 제 고국에서는 음
악으로 먹고살기가 하늘의 별 따기입니다. 거기서 살아남은
한 줌도 안 되는 음악가들 중에서도 눈이 휘둥그레질 정도의
부자는 드물다고 하니 적어도 돈이 목적이 될 수는 없겠지
요."

"그럼 대체 뭐야?"

"얀 씨는 뭘 원하시나요?"

"나야 물론……."

말이 끊겼다.

원하는 것은 많다. 명예와 칭찬, 그리고 성취감. 그러나 그것은 콩쿠르 전의 이야기다.

명예는 허영일지 모른다.

칭찬은 무의미할지 모른다.

성취감은 착각일지 모른다.

그렇다면 지금 내가 정말로 원하는 게 대체 뭘까.

"저와 마찬가지로 얀 씨도 뚜렷한 목적이라는 게 없을지도 모릅니다. 지금은 물론 쇼팽 콩쿠르에서 우승하는 게 목표겠지만 그것도 삶의 수많은 이정표 중 하나겠죠. 콩쿠르가 끝난 이후에도 우리의 삶은 계속 이어지니까요."

미사키는 나뭇가지 사이로 들어오는 햇빛을 받으며 환하게 미소 지었다.

"어느 날 불쑥 음악이 좋아지고 피아노가 좋아져 곁을 떠나지 못하게 된다. 어제 치지 못한 곡을 오늘은 칠 수 있게 된다. 오늘 내가 내지 못한 음을 내일은 낼 수 있을지 모른다. 손가락과 귀를 끊임없이 단련시키며 음 하나하나에 정성을 기울여 연습하고, 다른 사람 앞에서 연주하고, 또다시 연습하고, 또 다른 사람 앞에서 연주하고……. 그렇게 어느새 피아노가 나만의 무기가 되어 간다……."

"무기?"

"누군가가 살아가는 수단이라는 것은 그 사람만의 무기입니다."

그렇다면 그 무기로 대체 어떻게 싸울 건데. 얀이 그렇게 물으려던 때였다.

시야 끝에서 섬광이 언뜻 비쳤다.

다음으로 돌풍과 함께 요란한 폭발음이 울렸고, 세계의 일부가 순식간에 찢기고 불탔다.

찢기고 튕겨져 나가는 수많은 것들. 그리고 불길. 모든 폭력의 소리가 하나로 뭉쳐 얀의 고막을 덮치고 청각을 앗아갔다. 그쪽을 향해 억지로 돌린 두 눈은 더 큰 폭력을 목격했다. 경찰차가 장난감처럼, 인간이 인형처럼 허공을 날고 있었다. 물론 피해가 없이 끝날 리 없다. 내팽개쳐진 차량은 완파되어 불길을 내뿜고, 바닥에 나동그라진 사람들 밑에서는 붉은 액체가 흐르고 있다. 그 안에는 사람인지 물건인지 구분되지 않는 것도 다수 섞였다.

시간이 잠시 흐르고서야 제정신이 들었다. 청각이 조금씩 기능을 되찾았지만 귀에 닿은 소리 때문에 또다시 귀를 틀어막고 싶어졌다. 비명, 신음, 노성, 광란. 폭발음을 듣고 공원 안팎에서 사람들이 모여들었다. 간신히 사고를 면한 경찰들이 사태를 수습하기 위해 여기저기서 뛰어다니고 있지만 언 발에 오줌 누기다. 혼란은 더 커지고 불길은 더 퍼지며 사람들은 점차 정신을 잃었다.

문득 옆을 보니 미사키가 왼쪽 귀를 틀어막은 채 잔디밭에 쓰러져 있었다.

"미사키!"

순간 떠올랐다. 돌발성 난청을 앓는 사람은 대부분 일정 수준 이상의 고음을 들으면 귀에 고통을 느낀다는 것을.

섣불리 행동해서는 안 된다. 얀은 미사키의 볼을 툭툭 두드려 봤다.

"미사키, 괜찮아?"

오른쪽 귀에 대고 속삭이자 잠시 후 미사키의 눈꺼풀이 스르르 열렸다.

"아아…… 얀 씨. 조금 전 건 대체…….."

"또 테러가 일어난 것 같아. 조금 전 저기 인파가 몰린 곳에서 폭발이 일어났어. 사람과 자동차들이 모두 날아가 버렸어."

"뭐……라고요?"

미사키는 비틀거리며 몸을 일으켰다.

"마리 씨!"

얀이 질겁했을 때 미사키는 이미 검은 연기가 피어오르는 곳을 향해 뛰고 있었다. 얀은 곧장 그를 뒤쫓았다.

그러나 속도가 너무 빨랐다. 조금 전까지 쓰러져 있었는데도 미사키의 다리는 마치 아킬레스의 다리 같다. 얀이 필사적으로 쫓아가도 거리는 계속 벌어지기만 했다.

폭발이 일어난 곳에 다가갈수록 화약과 피 냄새가 코를 찔렀다. 자연스럽게 머릿속에 라크친스키 궁전에서의 비극이 떠올랐다. 사방을 나뒹굴던 팔다리, 액체가 흘러나오는 머리. 그때 광경이 생생히 되살아나서 또다시 구역질이 치밀어 올랐다.

구역질을 참으며 현장에 도착하자 그곳에는 궁전보다 더 참담한 풍경이 펼쳐져 있었다. 당시 사망자는 18명이었는데 이번에는 피해자가 그때를 훨씬 뛰어넘을 듯했다.

처음 폭발이 일어난 곳은 한눈에 봐도 알 수 있었다. 연기가 피어오르는 곳의 지면이 개미지옥처럼 움푹 파여 있다. 나뭇가지나 잡초 하나 없이 깊숙이 뚫린 구멍이 폭발 당시의 위력을 암시했다.

그 주변에는 지옥도가 펼쳐져 있었다.

쓰러진 사람은 스무 명, 아니 서른 명일까.

전에는 인간의 몸을 구성했을 것들이 이제는 바닥에 난잡하게 널려 있다. 그 사이를 잇는 것처럼 찢긴 옷가지와 검게 탄 살덩이들이 나뒹굴고 있다. 개중에는 장기처럼 보이는 것들도 섞여 있다. 떨어진 신발을 유심히 보니 발목의 절단부가 보였다. 녹음 가득했던 잔디밭은 불탄 잔해와 까맣게 그을린 피로 섬뜩한 색채를 띠고 있다.

비교적 부상을 덜 입은 이들은 폭발이 일어난 현장을 망연자실하게 바라보고 있었다. 오른쪽 팔꿈치 아랫부분을 잃은 남자가 지금 열심히 찾는 것은 자기 팔일까. 움직이지 않는 남편의 몸을 끌어안고 미친 듯이 울부짖는 여자도 있다.

불길이 멈추지 않는 경찰차 밑으로 사람의 다리가 보이지만 도무지 구출할 상황이 아니다. 공원 길에 놓인 벤치 몇 개는 산산이 부서져 사방팔방으로 잔해가 흩어져 있다.

뭔가가 투툭거리는 소리에 고개를 들어 보니 나무의 끝부분이 불타고 있었다. 자세히 보니 가지 끝에는 역시 신체 일부와 찢어진 옷가지가 함께 걸려 있다.

이 세상의 것으로는 도무지 믿을 수 없는 광경에 얀은 현기증을 느꼈다. 이곳이 그 조용하고 운치 있던 와지엔키 공원이라는 것을 믿을 수 없었다.

경찰과 시민들이 구조 활동을 시작했지만 상상을 뛰어넘는 참상에 그들도 어디서부터 손을 대야 할지 모르는 듯했다. 멀리서 사이렌 소리가 들렸지만 구급대원이 와서 할 수 있는 일이 얼마나 될지 의문스러웠다.

맹렬한 냄새가 코를 엄습하기 전에 얀은 서둘러 손수건을 코와 입에 갖다 댔다. 지금 냄새를 맡으면 또 구토가 치밀 것이다.

비명과 노성이 오가는 곳에서 미사키를 찾다가 키 높은 버드나무 아래에 앉아 있는 그를 발견했다. 품 안에는 마리도 있다. 마리는 눈을 감은 채 마치 잠들어 있는 것처럼 보였다.

"다행이야. 마리도 무사했……."

그러나 말은 끝까지 이어지지 않았다.

마리의 오른쪽 다리 허벅지 아랫부분이 사라진 채 없었다.

"마리!"

고개를 숙이니 흐트러진 앞머리 사이로 자그마한 얼굴이 보인다. 얼굴은 핏기가 완전히 가셔 있었다.

"미사키. 마리는……?"

얀의 물음에 미사키는 말없이 고개를 가로저었다.

얀은 허리부터 무너져 내리듯 바닥에 털썩 주저앉았다.

말도 안 돼.

조금 전까지 그렇게 끊임없이 재잘거리던 입이 이제는 두 번 다시 열리지 않는다고?

그토록 생명력으로 넘치던 눈동자가 이제는 두 번 다시 빛나지 않는다고?

"……달려갈 때 말렸어야 했습니다."

소스라치게 놀랐다.

미사키의 입에서 나온 말은 회한으로 가득 차서 마치 피가 뿜어져 나오는 듯했다.

"말도 안 돼. 이런 일이 일어날 줄 누가 예상했다고. 우리가 어떻게 할 수 있는 일이 아니었어!"

"이렇게 작고 어린 생명이 죽는 건 잘못된 일입니다."

미사키는 흙과 피로 더럽혀진 마리의 몸을 꼭 끌어안고 힘없이 고개를 떨궜다.

얀은 그의 어깨에 손을 얹으려다가 멈칫했다.

미사키의 어깨가 덜덜 떨리고 있었다.

나직한 울음소리가 들렸다.

사이렌 소리가 점점 다가오고 있다.

경찰과 구급차가 도착하자 현장은 더욱 떠들썩해졌다. 안심해서 긴장이 풀린 부상자들이 일제히 착란에 빠졌기 때문이다.

소식을 듣고 현장에 달려온 유족들의 참담함은 그 이상이었다. 현장은 비행기 사고 현장과도 같아 시신 수습에만 며칠이 걸릴 것이다. 유족 중에는 경찰과 함께 가족의 신체 일부를 찾는 사람도 있었다.

마리의 어머니는 사건이 일어난 지 얼마 되지 않아 달려왔다. 미사키에게 마리의 시신을 받아든 어머니는 그 자리에 쓰러져 미친 듯이 울부짖었다. 미사키는 줄곧 고개를 숙인 채 그녀에게 사과했다.

잠시 후 눈물이 다 마를 때까지 울고 난 어머니는 마리가 공원 친구에 대해 늘 이야기했다는 것을 알려 주었다.

"……와지엔키 공원에 가면 사이좋은 친구가 두 명이나 있다고 자랑스럽게 말했답니다. 남편이 죽고 저 혼자 집안 살림을 도맡는 바람에 아이 혼자 외로울 거라는 건 알았지만…… 친한 친구가 생겨서 같이 논다는 이야기를 듣고 조금은 안심했는데……."

이번에는 얀이 고개를 숙일 차례였다. 친구를 만난다는 이유로 마리가 와지엔키 공원을 찾았다면 미사키 전에 자신이 원인이라는 뜻이다.

그래도 마리의 어머니는 원망 섞인 말 한마디 없이 얀과 미사키에게 감사를 전했다. 여러분 덕에 마리도 외롭지 않았을 거라며 오히려 위로해 주었다. 그리고 마리의 시신을 보물처럼 끌어안고 또다시 울음을 터뜨렸다.

얀의 가슴속에서 자책감이 조금씩 퍼졌다.

더러워진 옷을 갈아입으러 일단 집에 돌아갔지만 집으로 가는 길목에서도 가슴이 찢어질 듯이 아팠다. 마리를 죽인 사람은 물론 미사키가 아닐뿐더러 얀도 아니다. 그래도 자신과 상관없는 일이라고 잘라 말할 수 있을 만큼 얀은 무심하지 않았다.

지금까지 이토록 다른 누군가를 미워한 적이 없었다. 콩쿠르 경쟁자나 스테판스 집안을 시기 질투하는 사람, 더 나아가서는 아버지에 이르기까지 상대하기 귀찮거나 짜증 나는 사람은 수없이 많았어도 증오를 품은 상대는 없었다. 뉴스 등에서 보고 들은 흉악 범죄자나 조국을 유린한 독재자도 왠지 나와는 상관없는 이야기 속에 등장하는 악당에 불과했다. 그러나 지금 얀의 가슴에 똬리를 튼 분노는 틀림없는 현실이었다.

마음은 차갑게 식었지만 가슴이 뜨겁다. 깊숙한 곳에서 뭔가가 마그마처럼 부글부글 끓고 있다. 왜 아무 죄도 없는 마리가 죽어야 했을까. 사상과 종교의 대립은 무고한 생명을 꼭 희생해야 하는가. 전쟁의 대의나 성전 같은 가치관에 대해 얀은 잘 알지 못한다. 그러나 미사키의 말대로 그렇게 작고 어린 여자아이가 목숨을 잃는 것은 깊이 생각할 것도 없이 잘못됐다.

도무지 풀 길 없는 분노가 내부에서 얀을 조금씩 좀먹었다. 테러리스트가 증오스러웠다. 전쟁하는 자, 전쟁을 부추기는 자가 증오스러웠다. 그리고 나를 포함해 다른 사람에게 증오를 품는 자가 증오스러웠다.

집에 돌아가자 집 안에는 비톨트가 있었다.

"무슨 일이냐? 그 몰골은."

"와지엔키 공원에서 폭발 사건이 있었어."

"폭발? 또 자폭 테러인가?"

"몰라."

길게 이야기하고 싶지 않았다. 그러나 이럴 때 꼭 아버지는 꼬치꼬치 캐묻는다.

"다친 데는 없어 보이는군. 손가락은 괜찮냐?"

"아는 사람이 사건에 휘말렸어. 난 괜찮아."

"아는 사람? 혹시 결선에 진출한 참가자 중 한 명인가?"

얀은 비톨트의 목소리에서 희미한 기대감을 읽었다.

"다른 참가자가 휘말리면 괜찮다는 거야?"

거의 시비조로 대답했지만 돌아온 말은 더 도발적이었다.

"미사키나 사카키바가 휘말렸으면 더 좋을 텐데."

"뭐!"

그 말은 역시 그냥 듣고 넘길 수 없었다.

"그 두 사람만 사라져 준다면 네 우승이 더 확실해지니."

"진심으로 하는 소리야?"

"절반은 농담이지만 절반은 진심이다."

비볼트는 화를 내는 얀을 아랑곳하지 않고 손사래를 쳤다.

"절반이 농담이라고 해도 해도 될 말과 해서는 안 될 말이 있잖아."

"그럼 부모가 그렇게 생각하지 않아도 될 만큼 실력부터 길러라."

"아, 그래. 적어도 그 두 사람의 실력은 인정하나 보네."

"그래, 실력은 인정하지. 그런데 쇼팽 콩쿠르는 실력만으로 우승할 수 없다. '폴란드의 쇼팽'을 계승하는 피아니스트가 아니면 심사위원들이 인정하지 않으니."

"또 그 소리야? 아빠도 그 두 사람의 연주를 들었으니 알 거 아니야. 미사키는 폴란드인보다 더 쇼팽을 더 잘 이해하고 있어. 게다가 사카키바는 애초에 '폴란드의 쇼팽' 따위 초월했고."

"초월? 그런 건 아무 상관 없다. 카민스키와 다른 심사위원들도 잠깐은 마음이 움직였을지 몰라도 그런 사람에게는 절대 영예를 선사하지 않을 테니."

"이미 훨씬 높은 차원에 있는 음악과 콩쿠르 우승 중에 뭐가 더 중요한데?"

"다 알면서 묻지 마라. 당연히 우승이지."

비톨트는 태연하게 대답했다.

"얏, 잘 들어라. 넌 아직 어리니까 모르는 거야. 쇼팽 콩쿠르에서 감동적이고 개성적인 연주를 선보인 참가자는 지금까지도 수없이 많았다. 그런 스타일이 그때마다 잠깐씩 유행한 것도 사실이고. 그런데 그게 오래 지속되지는 않아. 계승할 가치가 없는 곡 해석이기 때문이지. 기발하게 느끼는 건늘 한순간뿐이다. 너무 튀는 해석은 쉽게 질리기도 한다는소리야. 하지만 '폴란드의 쇼팽'은 계속 이어지지. 앞으로도영원히. 쇼팽 콩쿠르에서 우승한다는 건 그 영원의 일부가된다는 뜻이기도 하다."

귀신에 씌었다고 생각했다.

내 아버지는 쇼팽 콩쿠르라는 귀신에 홀렸다. 콩쿠르는 젊은 음악가가 세계로 도약하기 위한 발판에 불과한데도 이 사람에게는 어느새 목적이 돼 버렸다.

"자, 얏. 모레가 네 차례지? 지금부터 집중해서 연습해라."

"아빠는 그 말밖에 못해? 내가 아까 말했지. 난 지금 막 폭탄 테러 현장을 두 눈으로 보고 왔어. 알고 지내던 아이가 죽었다고!"

"그게 뭐 어쨌다는 거냐? 너는 무사한데."

"가슴이 아파 죽을 지경이야!"

"그건 네 마음이 무르기 때문이다. 잘 단련된 피아니스트는 부모가 죽어도 연주할 때는 한 치의 흔들리는 모습을 보이지 않지."

얀은 저도 모르게 아버지에게 따지고 들었다. 자연스럽게 두 주먹을 꾹 쥐었다.

"그냥 죽은 것도 아니야. 폭탄 때문에 몸이 날아가 버렸어. 한쪽 다리가 아예 사라지고 없었다고. 아직 어린 여자아이였는데."

"네가 아는 아이였냐?"

"공원에 갈 때마다 함께 놀았어. 물론 보잘것없는 잡담만 나눴지만 그래도 같이 대화하다 보면 마음이 풀릴 때가 많았어. 마리가 무슨 잘못을 저지른 것도 아니야. 그런 애가 대체 왜 죽어야 하는 건데!"

"얀, 야무지지 못하구나. 원래 전쟁에서는 당연한 일이다. 민간인을 목적으로 한 테러라면 더욱 그렇고. 전쟁의 궁극적 목적은 상대 진영을 송두리째 없애 버리는 거야. 특히 비전투원인 여자아이를 죽이면 그 목적이 더 쉽게 달성되는 거다. 후대를 이을 사람과 그 후대를 낳을 사람을 동시에 없애는 거니까."

"……참 잘도 남의 일처럼 말하네."

"실제로도 남의 일이지. 너도 그 마리라는 아이와 공원에서나 잠깐 만나서 노는 사이일 뿐이었잖냐."

비톨트는 얀이 쥔 주먹을 힐끗 보더니 홍 하고 코웃음을 쳤다.

"전쟁이든 테러든 내가 휘말리지 않는 이상 다 남의 일이다. 애초에 너 혼자 길길이 날뛰어 봐야 이 세상에서 전쟁이나 테러 같은 게 사라지는 것도 아니고. 네가 피아노를 쳐서 전쟁이 끝나냐? 이슬람 신자가 모두 기독교로 개종하기라도 하냐? 잘 들어라, 얀. 음악가의 삶에서 전쟁만큼 무관한 것도 없다. 무관하다면 무시하는 게 상책이고. 전쟁터나 테러 현장에서 죽어 가는 이들에게 네가 할 수 있는 일은 아무것도 없다는 말이다."

"죽은 마리와 난 무관하지 않았어."

"그럼 잊어라. 기도 한 번 하고 그다음은 연습에 집중하는 거다. 죽은 사람을 떠올릴 시간이 있으면 한 소절이라도 더 네 것으로 만들어라. 다른 참가자들은 지금 이 시간에도 절대 멈춰 있지 않을 테니."

"……나한텐 죽은 사람을 애도할 시간도 없다는 거야?"

"그런 말은 한 적 없다. 다만 그게 지금은 아니라는 뜻이지. 지금 넌 슬퍼하거나 기도하는 것보다 먼저 해야 할 일이 있다. 여태껏 수없이 지적했지만 계속 잊어버리는 듯하니 다시 한번 말해 주마."

비톨트는 갑자기 얀의 주먹을 잡더니 가슴 높이까지 들어 올렸다.

"5년에 한 번씩 치르는 쇼팽 콩쿠르. 참가하기조차 쉽지 않은 대회지. 그런 콩쿠르의 결선에 진출할 수 있는 사람은 딱 한 줌뿐이다. 전 세계에서 피아니스트를 목표로 하는 사람이 그 안에 들기를 얼마나 갈망할까? 지금 넌 바로 그 정점 앞에 와 있다. 하지만 정작 당사자는 그 앞에 서서 콩쿠르와는 상관없는 다른 사람 일에 정신이 팔려 오도 가도 못하는 중이지. 이보다 더 한심한 일이 있겠냐?"

얀은 아버지의 손에서 벗어나려고 했지만 꼼짝도 할 수 없었다. 비톨트가 힘을 세게 집어넣은 것도 아닌데 손가락 하나 움직일 수 없다. 오랜만에 잊고 있던 아버지의 강인함에 얀은 놀라고 더욱 초조해졌다.

"이 손은 다른 사람과 악수하기 위해 있는 것이 아니다. 총의 방아쇠를 당기기 위해 있는 것도 아니다. 슈프레히콜*을 하기 위한 것도 아니다. 맞대고 기도하려고 있는 것도 아니다. 오로지 건반을 두드리기 위해서만 존재하는 손. 피아니스트의 손이란 원래 그런 거야."

"이거 봐!"

"피아노값, 레슨비, 음악원 학비. 너를 키우는 데 지금껏 얼마나 많은 시간과 돈을 투자했는지 아냐? 평범한 집안의 아이에게 이렇게까지 투자할 수 있을까? 모든 건 네가 스테판

---

*    시 낭독과 합창, 연극을 통합한 예술 형식으로 주로 시위, 집회 현장에서 투쟁 의지를 높이기 위해 구연된다.

스 집안의 일원이었기에 가능한 일이었다. 전쟁? 테러? 희생자? 그런 건 스테판스 집안과는 아무 관련도 없다. 물론 너와도 관련이 없고."

"라크친스키 궁전 때도, 그리고 오늘도 테러가 바로 내 눈앞에서 일어났어. 내가 그 폭발 때문에 목숨을 잃었을 수도 있다는 말이야."

"아니, 넌 괜찮다."

굳어 있던 비톨트의 표정이 풀렸다.

"넌 절대 그런 일에 휩쓸릴 리 없으니까."

"어떻게 그렇게 단언해?"

"넌 보호받고 있기 때문이다. 죽음의 신도 테러리스트도 다 너는 지나쳐 갈 거야."

"말도 안 돼! 이거 놓으라니까!"

주먹에 힘을 실어서 떨쳐 내려고 하자 비톨트는 역시 손이 다치는 상황만은 피하고 싶은지 순순히 손을 놓아 주었다.

"어떤 구실을 갖다 붙이든 간에 결국 날 가문의 명예를 위한 도구로 삼고 싶은 거잖아."

"말은 그렇게 하지만 지금껏 넌 오히려 우리 가문의 명예를 이용해 왔지. 가문의 명예를 부정하기 전에 너 자신의 무력함부터 깨달아라."

"무력하다는 건 굳이 말하지 않아도 알아. 난 그런 작고 어린 아이조차 지켜 주지 못했으니까."

"그게 바로 교만이라는 거다. 부모의 속박에서도 벗어나지 못한 네가 다른 누군가의 목숨을 구해 주느니 마느니를 운운하다니, 자만하는 데도 정도가 있지. 자, 레슨실은 그대로 뒀다. 전날은 오케스트라와 조율 때문에 바쁠 테니 오늘내일은 스스로 납득이 될 때까지 연습해라."

"연습은 할 거야. 그래도 여기서는 안 해."

"뭐?"

"피아니스트의 감수성이 얼마나 예민한지는 아빠도 알지? 날 이렇게 취급하는 사람과 한 지붕 아래에 있으면서 제대로 연습에 집중할 수 있을 것 같아? 음악원에 가서 할 거야. 거기는 시끄럽게 구는 사람도 없고. 갈아입을 옷만 챙겨갈게."

"일리는 있는 말이군."

비톨트는 고개를 끄덕이더니 얀에게 길을 터 줬다.

"그래. 그럼 곧장 옷 갈아입고 음악원에 가라. 미리 말해 두지만 음악원은 내 앞마당 같은 곳이야. 네가 레슨실에 있는지 없는지는 쉽게 확인할 수 있어."

"마음대로 해."

얀으로서는 최대한의 반항을 담아서 말했지만 비톨트는 아랑곳하지 않고 유유히 소파에 앉았다.

방에 들어가 그을음이 묻은 재킷과 바지를 벗어 던지고 적당한 옷을 걸치고 집을 나갔다. 집에 더 있다가는 가구나 피아노를 부숴 버리고 싶을 것 같았다. 소파에 앉은 아버지에게는 눈길 한 번 주지 않고 집을 나섰다. 꼭 도망치는 것 같아 조금 수치스러웠지만 말로도 힘으로도 아버지를 이길 수 없다는 건 알고 있다.

음악원까지 마구 달렸다. 꼭 싸움에서 진 꼬맹이 같다고 느꼈다.

음악원에 도착하자마자 접수창구에서 레슨실 열쇠를 받았다. 311호실. 미사키는 공원에서 돌아왔을까. 아니, 그런 건 아무래도 상관없다. 일단 레슨실에 틀어박히자. 나만의 공간에. 나만의 고치에.

레슨실에 들어가 문을 잠갔다.

방 가운데에 오로지 피아노만 덩그러니 있는 방. 피아노를 치기 위해서만 존재하는 방.

이곳 말고 내가 갈 곳은 없다. 얀은 피아노 앞에 앉았다. 그러자 손이 제멋대로 건반 뚜껑을 열었다.

여든여덟 개의 건반을 물끄러미 내려다보고 있자 마음이 조금씩 진정됐다. 왠지 내가 계산적이라는 생각이 들었다. 아버지의 말에 반발하기는 했지만 건반을 두드리면 늘 나 자신을 되찾을 수 있다. 이 손가락은 피아노를 치기 위해서만 존재한다는 비톨트의 말이 사실일 수도 있다. 이 손가락이 총이나 칼 같은 걸 쥔 장면은 상상도 할 수 없다.

그러나 이 손가락은 분노를 건반에 실을 수 있다. 슬픔을 선율로 바꿀 수 있다.

얀은 허리를 쭉 폈다.

손가락 끝에 모든 것을 싣고 건반 위에 얹는다.

얀이 선택한 곡은 〈피아노 협주곡 제1번 마단조〉. 쇼팽이 폴란드를 떠나기 직전 완성한 이 곡은 조국 폴란드를 떠나는 석별의 정과 앞으로 비약할 자신의 바람을 담았다고 한다.

석별과 비약. 우연일지는 몰라도 지금 나에게 딱 맞는 주제다.

내가 가진 것이라고는 피아노를 치는 능력밖에 없다. 그래도 괜찮다. 이제 와서 과거의 나를 다그쳐 봐야 소용없다. 그러나 끊어 버릴 수는 있다. 지금까지 연습할 때는 이 〈협주곡 1번〉에서도 '폴란드의 쇼팽'을 답습하고자 했다. 정숙하면서도 기품 있고 낭만적인 피아니즘. 그러나 그것도 이제는 끝이다. 정숙과 기품 따위 내 알 바 아니다. 이것이 정말로 석별의 곡이라면 내가 슬퍼한 만큼 슬픔을 선율에 실어 보내자. 아픔이 있다면 그 아픔을 건반에 실어 보내자. 가슴 속을 파고든 분노와 한탄을 전부 이 한 곡에 담아 쏟아 버리자. 눈앞에서 사람이 죽었다는 분노와 아무도 구하지 못했다는 원통함을 소리에 실어 피아노를 통해 외쳐 버리자. 그러지 못하면 피아니스트라 할 수도 없다.

심호흡을 한 번.

얀은 떠오른 모든 감정을 손가락에 실어 첫 번째 건반을 눌렀다.

## 2

10월 18일 쇼팽 콩쿠르 결선 첫째 날. 이날 참가자는 사전 협의를 거쳐 다음 세 사람으로 정해졌다.

1. 발레리 가가리로프〈협주곡 제1번〉

2. 빅토르 오닐〈협주곡 제2번〉

3. 첸 리핑〈협주곡 제2번〉

러시아 2인조의 연주는 1차 예선에서 받은 인상을 크게 뒤집지는 못했다. 다소 과격한 낭만주의와 감정 표현은 심사 위원들의 평가를 차치하더라도 안에게는 즐거움을 선사했다. 예선 초기에 감돌던 반反러시아 분위기도 연이은 도심지 테러에 묻혔는지 관객들도 색안경을 끼지 않고 연주에 몰두하는 듯했다.

동양인인데도 어렵지 않게 '폴란드의 쇼팽'을 연주했던 리핑의 〈협주곡 2번〉도 훌륭했다. 중국인 참가자를 향한 폴란드인 청중들의 편견은 그 덕분에 완전히 사라졌다고 해도 과언이 아니다. 게다가 리핑의 잘생긴 얼굴도 한몫해서 지금은 공식 팬 사이트까지 만들어졌다고 한다. 어쨌든 이로써 그의 팬이 늘어난다면 괜찮은 일이라고 안은 생각했다.

이제는 다른 사람의 연주에 자잘한 트집은 잡지 않기로 했다. 다른 연주자를 비난하거나 조롱하고 싶지도 않았다.

비톨트의 말은 비록 들을 때마다 화가 치밀기는 해도 그 안에는 일부 진실도 숨어 있다. 쇼팽 콩쿠르 본선에 진출하는 사람은 전 세계에서 그야말로 한 줌뿐이라는 사실이다. 우승의 향방은 둘째 치더라도 여기까지 올라온 여덟 명은 저마다 훌륭한 피아니즘을 관객들에게 보여 주었다. 모처럼 그들의 연주를 직접 들을 수 있는 기회인 만큼 일단 즐기는 것이 우선이라고 생각했다.

쇼팽의 곡을 연주하게 되고서부터 수없이 들은 '폴란드의 쇼팽'이라는 말은 어젯밤을 기점으로 얀의 머릿속에서 개념이 모호해졌다. 그리고 형태가 바뀐 순간, 쇼팽의 곡은 지금까지와 전혀 다른 풍경을 보여 주었다. 얀은 이제 다른 사람이 연주하는 타국의 쇼팽을 아무 불순물 없이 들을 수 있게 되었다.

아니, 불순물은 있다.

어제 광경이 망막에 새겨진 채 도무지 흐려지지 않았다. 공원에 널려 있던 시신, 바닥을 나뒹굴며 불타던 경찰차, 그리고 미사키의 품 안에서 싸늘히 식어 가던 마리. 악몽 같지만 그것은 엄연한 현실에서 일어난 일이었다.

이번 테러리스트의 수법은 지금까지 수법 중 가장 악랄했다. 폭발에 쓴 미끼는 얀도 참고인 조사 때 만난 적이 있는 바인베르크라는 형사의 시신이었다. 그의 시신을 공원 벤치에 방치해 뒀다가 경찰 관계자와 사람들이 모이는 타이밍을 계산해 폭발시켰다고 한다.

경찰 발표에 따르면 사망자는 총 32명, 부상자 5명. 부상자가 적은 사실이 사건의 참상을 더 여실히 보여 줬다. 또한 잔류물을 통해 이번에는 범행에 시한폭탄이 쓰인 사실이 밝혀졌다고 한다. 경찰은 이로써 이번 사건의 범인을 통칭 '피아니스트'라고 불리는 테러리스트로 단정했다.

와지엔키 공원은 일시 폐쇄되었고 주변에 삼엄한 경비망이 깔렸다. 지방 경찰서에서도 급거 지원 인력이 파견돼 이번에는 지방 치안에 문제가 생길 수 있다는 웃지 못할 이야기까지 나왔다.

그러나 참사를 직접 목격한 얀은 물론 뉴스 보도를 접한 관객들은 오늘도 공연장으로 발길을 향했다. 물론 불안을 감추지 못하는 사람이 많지만 그래도 모두 좌석에 앉아 있다. 역시 폴란드인은 이럴 때도 고집이 세고 굳센 걸까 하는 생각이 들었다.

어쨌든 어제의 참사를 잊을 수는 없다. 마리가 죽음을 맞이한 얼굴이 뇌리에서 지워질 일은 앞으로도 없을 것이다. 그렇다면 그런 상태로 피아노를 연주할 수밖에 없다.

세 사람의 연주가 끝나고 모든 관객이 홀을 나가자 얀은 대기실로 향했다. 이제 내일 연주에 대비해 오케스트라와 미리 호흡을 맞춰 놓아야 한다. 얀의 차례는 엘리안느, 사카키바에 이어 세 번째다.

조금 전 무대 위에서 오케스트라 지휘자 안토니 위트와 대화를 주고받는 엘리안느를 곁눈질했다. 어제 그런 일을 겪은 탓인지 왠지 아주 오랜만에 만나는 것 같았지만 예쁜 얼굴과 길고 큰 눈이 여전해 안심했다. 끔찍한 사건이 바로 어제 일어났다. 엘리안느도 속으로는 공포와 싸우고 있겠지만 표정에 드러내지 않는 만큼 강인하다.

그렇다면 나도 겁먹은 채로 있을 수는 없다. 안은 입술을 꾹 다물고 머릿속에서 이미지 트레이닝을 시작했다.

다음 날 19일 결선 둘째 날.

첫 번째 참가자인 엘리안느가 고른 곡은 〈협주곡 제2번〉이었다. 이 곡에 담긴 우아함과 특유의 감성은 엘리안느의 피아니즘과 정확히 맞아떨어져서 엘리안느는 모든 악절을 자유롭게 연주했다. 오케스트라와도 호흡이 잘 맞아서 관객 반응이 좋았다. 엘리안느도 자신의 연주가 만족스러웠는지 그녀는 연주를 마치면서 회심의 미소를 지어 보였다.

그러나 아쉽게도 관객들의 관심은 다음 참가자인 사카키바 류헤이에게 쏠려 있었다.

1차 예선 때부터 신체상의 핸디캡을 초월하는 차원이 다른 연주로 화제를 불러 모았으니 이제는 거의 이번 쇼팽 콩쿠르의 주인공이라고 할 수 있다. 안팎의 음악 전문 기자들이 모두 그를 주목하고 있고 일본에서는 그의 특집 방송을 만들기 위해 방송국 스태프들까지 날아왔다. 이렇게까지 주변이 떠들썩해지면 당사자는 보통 예민해지기 마련인데 사카키바는 눈이 보이지 않아서 그런지 다른 사람들만큼 신경 쓰지는 않는 듯했다.

얀은 다음 차례인데도 무대 옆에 서서 기다렸다. 대기실 모니터로도 볼 수 있지만 어차피 연주가 시작되면 지근거리에서 그의 연주를 듣고 싶을 게 뻔했다. 그렇다면 처음부터 이곳에 서서 듣는 게 낫다.

―두 번째 참가자. 사카키바 류헤이. 곡명 〈피아노 협주곡 제1번 바단조 작품 21〉. 피아노는 야마하.

드디어 나왔다.

사카키바는 보조원의 소맷자락을 붙잡고 무대 위에 섰다.

―사카키바 류헤이. 재팬.

장내 방송이 흐르자 노도와 같은 박수와 환호성 소리가 터졌다. 마치 사카키바 류헤이의 콘서트장 같은 분위기다.

사카키바는 직원의 소매를 붙잡은 채로 피아노 앞으로 향했다. 미사키의 설명으로는 시각 장애인은 자신의 팔이나 소매를 붙잡히는 순간 불안을 느껴서 이런 식으로 안내받는다고 한다.

얀은 숨죽인 채 사카키바의 몸짓을 지그시 바라봤다. 에드워드는 시력을 잃은 사카키바가 오케스트라와 호흡을 잘 맞출 수 있을지를 걱정했지만 얀은 사카키바가 쇼팽의 심정에 동조할 수 있을지가 더 궁금했다. 첫사랑, 동경, 연모라는 감정을 느끼려면 역시 시각이 필요하지 않을까. 형태가 눈에 보이지 않으면 구체적인 감정을 품기 어렵지 않을까. 눈이 보이지 않는 사카키바가 그런 감정을 어디까지 표현할 수 있을지가 연주의 관건이라고 생각했다.

제1악장, 마에스토소, 바단조 4분의 4박자. 소나타 형식.

가장 먼저 오케스트라의 장대한 서주가 시작된다. 슬픈 사랑을 예고하는 듯한 1주제와 오보에 소리로 제시되는 내림 가장조의 2주제. 연주는 플롯, 그리고 제2 바이올린으로 이어진다. 원래부터 빈약하다는 평가를 받는 오케스트레이션이지만 안토니 위트가 이끄는 바르샤바 필의 실력이 그것을 훌륭하게 채워 주고 있다. 얀은 아슬아슬한 균형 위에 세워진 관현악에 잠시 몸을 맡겼다.

쇼팽은 이 2번에 앞서 〈라 치 다렘 라 마노 주제에 의한 변주곡〉과 〈크라코비아크〉 같은 관현악을 배경으로 한 피아노곡을 써서 좋은 평가를 받았지만 당시 홈멜이나 필드가 고전적인 피아노 협주곡을 써서 성공을 거둔 탓에 자신도 3악장 구성의 협주곡을 작곡하려고 마음먹었다고 한다.

2분이 넘는 서주의 마무리가 마침내 가까워 오자 피아노 독주가 1주제를 이어받았다. 사카키바의 첫 타건이 얀의 가슴 깊숙이 쑥 밀려 들어왔다. 애수와 절망을 담은 주제 속에서 쇼팽의 비통한 외침이 들린다. 비련을 경험한 자라면 누구든 가슴이 아릴 만한 선율을 사카키바는 절절하게 연주한다. 오직 피아노 혼자서 추는 고독한 춤에 오케스트라가 조심스럽게 다가간다.

화려한 패시지가 이어지더니 선율이 서서히 상향하며 2주제로 옮겨 간다. 고독을 탐미하는 듯한 연주가 애달프지만 오케스트라는 달콤한 멜로디를 그린다. 슬픔을 느끼는 것도 다른 누군가를 사랑할 수 있는 자의 특권이라고 하는 듯한 멜로디. 꿈틀거리기 시작하는 선율에 오케스트라가 파도처럼 밀려갔다가 다시 몰려온다. 어떻게든 자신의 마음을 상대에게 전하려고 망설이고 고뇌하는 사람처럼 절실하다.

얀은 연주 전에 품었던 생각을 모조리 지워 없앴다. 사랑하는 상대를 본 적이 없으니 애정이라는 감정을 표현하기도 어려우리라는 것은 터무니없는 편견이었다. 나와 비슷한 또래인데도 이 절절한 표현력은 대체 어디서 샘솟는 걸까.

전개부는 녹턴조로 시작해서 그 뒤로 두 개의 주제가 제시된다.

이 부분의 섬세한 표현도 사카키바는 절묘하게 소화했다. 즉흥적인 패시지지만 부담을 느끼거나 주저 없이 자연스럽게 연주하고 있다. 바장조로 시작하는 16분음표는 좌우 손을 불규칙적으로 움직여야 해서 까다롭다는 평가가 많지만 사카키바의 연주는 기술적인 면에서 조금도 어려움이 느껴지지 않아 경탄스러울 지경이었다.

그러다가 문득 깨달았다. 사카키바는 연애 경험은 적을지

언정 절망이라면 지금껏 수없이 맛보았을 것이다. 만지지 못하면 형태를 알 수도 없다. 움직이고 있는지 멈췄는지, 움직이고 있다면 속도가 얼마나 되는지도 알 수 없다. 더 치명적인 것은 색채다. 날 때부터 눈이 보이지 않는 사카키바에게는 '색'이라는 개념이 아예 없을 것이다. 그런 상황을 점차 성장하면서 하나씩 알게 되는 것은 얼마나 잔혹한 일일까. 원래라면 인간은 새로운 발견을 할 때마다 기쁨을 느끼기 마련인데 그는 오히려 성장할 때마다 새로운 절망을 느껴 온 것이다.

나는 무서워서 그런 삶은 상상도 하지 못한다. 지금껏 가늠할 수 없는 지옥과 절망을 맛봤으니 이런 표현을 할 수도 있겠지만 그렇다고 내가 절대 사카키바처럼 되고 싶지는 않았다.

불현듯 오케스트라가 날카로운 소리를 냈다. 짧은 간주를 지나 곧장 피아노가 연주를 이어받는다. 불안하게 달리는 선율이 가슴을 날카롭게 옥죈다. 얼른 이 고통에서 해방되고 싶다. 그러나 그렇게 바라면서도 듣는 이들은 더욱 거센 중독에 빠진다. 이 절실함을 온몸으로 느끼고 싶어 무의식중에 곡에 몰입하고 만다. 이것이 바로 엘리안느가 지적한 사카키바 연주의 중독성이다.

재현부에 들어가자 오케스트라가 또다시 크게 꿈틀거리더니 1주제의 초반부를 합주한다. 뒤이어 피아노가 후반부를 기다렸다가 그대로 2주제로 옮겨 간다. 사카키바의 연주는 날개를 단 것처럼 가벼워지더니 통통 튀며 상향과 하향을 거듭한다. 뒤이어 상황을 지켜보던 오케스트라가 슬그머니 다시 고개를 들고 거의 처음이나 마찬가지인 피아노와의 밀고 당기기를 보여 준다. 오케스트라와 잘 맞춰 나갈 수 있을까 하는 걱정은 역시나 쓸데없었다. 음악을 들으면 줄곧 오케스트라가 사카키바에게 다가가고 있지만, 실제로는 둘 사이의 합이 맞지 않으면 이런 통일감을 만들어 낼 수 없다. 사카키바와 오케스트라 연주자들 모두 신경을 예리한 바늘처럼 꼿꼿하게 세운 채로 상대의 음과 호흡을 느끼는 것이다.

잠시 후 사카키바는 화려한 패시지와 화음 트릴로 멜로디를 오케스트라에 다시 넘겼고, 오케스트라는 비장함을 발산하며 전합주로 쐐기를 박았다.

휴우, 하는 탄식이 객석 이곳저곳에서 새어 나왔다. 값비싼 고급 요리를 맛보고 절로 나오는 탄식과 비슷하다. 무심코 온몸의 힘이 풀린 것은 얀도 마찬가지여서 문득 정신을 차려 보니 등받이에서 등이 떨어져 상반신이 앞으로 쏠려 있었다. 그만큼 사카키바의 연주에는 듣는 이를 몰두하게 하는 힘이 있었다.

제2악장, 라르게토, 내림가장조 4분의 4박자. 3부 형식.

엷게 낀 안개 속에서 조용히 모습을 드러낸 피아노가 주제를 노래하기 시작한다. 하늘을 떠도는 듯한 꿈결 같은 기분

을 느끼며 얀은 엘리안느의 얼굴을 떠올렸다. 그리고 행복감
에 휩싸인다.

이 악장은 다른 악장보다 먼저 쓰였는데 곡을 쓴 동기는
지나치리만큼 확실하다. 쇼팽이 친구 티투스에게 보낸 편지
속에 콘스탄치아 그와트코프스카에 대한 연모의 감정이 담
겼다고 알려졌듯이 이 악장에는 그녀를 그리는 쇼팽의 마음
이 절절히 흐른다.

'서글프게도 나는 꿈에 그리던 이상형을 만난 듯하다. 그
리고 최근 반년이라는 세월 동안 매일 그녀의 꿈을 꿨지만
지금껏 그녀와 말 한마디 나누지 못했다. 그녀를 떠올리며
나는 내 협주곡의 아다지오를 썼다.' 쇼팽의 이 마음은 생전
처음으로 다른 사람에게 연심을 품은 이들에게는 공통된 것
이리라. 그러니 이 곡을 듣고 있으면 공감하고 탐닉하게 되
는 것이다.

달콤한 주제는 총 세 번 반복되는데 그때마다 장식이 트릴
과 패시지로 복잡해진다. 음량이 조금씩 높아지자 악절이 정
열을 머금는다. 피아노 연주의 배경에는 현악기가 조용히 선
율을 떠받치고 있다.

얀은 전략적인 이유로 〈협주곡 1번〉을 택했지만 지금은
이 2번도 괜찮겠다는 생각이 들었다. 누군가를 남몰래 좋아
하는 데서 오는 달콤하면서도 애처로운 감정. 지금이라면 피
아노를 통해서 보여 줄 수 있을 것 같았다.

연주는 갑자기 비극으로 바뀌고 오케스트라도 불안감을 발산한다. 홀로 밤길을 떠도는 듯한 고독감과 혼란이 가슴을 파고든다. 누군가를 사랑하는 마음과 그 뒤에 있는 불안감이 마음에 꽂힌다.

사랑이라는 감정이 오롯이 달콤하지만은 않고 사랑에는 불안이 뒤따른다는 것을 곡으로 표현한 것이 역시 쇼팽답다. 청년 시절의 쇼팽이니 이토록 순수한 마음을 표현할 수 있었다. 그리고 얀의 영혼도 청년 쇼팽의 마음에 조금씩 동화되어 갔다.

잠시 후 불안을 조용히 씻어 내듯이 연주가 평화로운 선율로 바뀐다. 오케스트라가 잦아들고 피아노 독주의 가락이 공연장 안에 안정감을 선사한다.

사카키바의 연주를 듣고 있으면 흡사 쇼팽이 그대로 살아 돌아와서 연주하는 것 같은 착각을 느끼게 된다. 바꿔 말하면 연주자의 개성이나 습관 같은 것이 하나도 느껴지지 않는다. 이는 분명 사카키바가 악보를 거치지 않고 곡을 이해해서일 것이다. 음표나 기호가 아닌 소리 자체와 선율, 리듬을 머릿속에서 즉시 처리하니 작곡자가 의도한 대로 연주할 수 있는 것이다. 아이러니하게도 신체상의 단점이 훌륭하게 장점으로 뒤바뀐 것은 음악의 신이 선사한 선물이라고 생각할 수밖에 없다.

그나저나 이 정서는 대체 뭘까. 피아노 독주만으로 이렇게까지 영혼을 움켜잡힌 듯한 느낌이 들다니. 과거 리스트를 비롯한 수많은 작곡가와 연주가들이 이 악장을 호평한 이유를 몸소 체감할 수 있다. 사카키바의 연주 앞에서는 그 명성 높은 바르샤바 필도 존재감이 줄어든다. 아무리 이 협주곡의 성격상 오케스트라의 규모가 작다고 해도 시종일관 사카키바를 돋보이게 하는 역할에 그치고 있다. 연주가 몇 번 맞물릴 때도 있지만 주도권은 항상 사카키바에게 있다. 음량을 넘어서는 압도적인 존재감이 오케스트라의 소리를 밀어내는 것이다.

종결부의 코다에 다다라도 이런 관계는 계속 이어졌다. 힘약한 오케스트라가 조용히 호흡하는 동안 피아노가 상향 아르페지오를 남기고 자상하게 모습을 감춘다.

팽팽했던 공연장 안의 분위기가 또다시 풀렸다. 얀은 지금 막 달콤한 꿈에서 깬 사람처럼 나직이 한숨을 내쉬었다.

긴장이 완전히 풀려서는 안 된다. 이제 곧 무섭게 몰아칠 마지막 악장이 시작된다. 얀은 깊숙이 파묻고 있던 허리를 다시 세우고 자세를 가다듬었다.

제3악장, 알레그로 비바체, 바단조 4분의 3박자. 론도 형식.

피아노가 우선 크라코비아크풍의 주제를 선보인다. 크라코비아크는 폴란드의 민족 무용 중 하나로 이 악장의 성격을 나타내는 주제다. 악보에는 semplice ma graziosamente,

즉 '명료하게, 그러나 우아하게'라는 지시가 붙어 있다. 단순하지만 빠르고 경쾌한 리듬이 듣는 이의 심금을 울린다. 다만 이 왈츠도 춤추기를 목적으로 한 왈츠가 아니고 어디까지나 연주자의 기교를 보여 주기 위한 곡이다. 그 증거로 이번에도 오케스트라의 소리는 피아노 연주 위에 살짝 얹혀 가는 정도고 악장 대부분은 피아노의 독무대가 펼쳐진다.

질주하고 튀어 오르는 피아노. 반복되는 패시지가 마주르카 리듬에 실려 현란하게 이어진다.

65번째 소절부터 모습을 드러내는 내림가장조의 2주제. 8분음표, 셋잇단음표의 패시지가 이번에도 이어지지만 더 화려하게, 그리고 더 긴장감을 자아낸다. 이곳이 3악장의 핵심 중 하나인데 사카키바는 듣는 이들의 기대를 배반하지 않고 예상을 뛰어넘는 연주를 들려주고 있다.

피아노는 오케스트라를 무시하며 서서히 상향한다. 춤추기 위한 왈츠가 아닌 것은 알지만 그래도 자연히 몸이 조금씩 들썩인다. 아마 폴란드 민족성에 기인한 리듬이어서일 것이다. 여기서도 역시 사카키바의 특징을 잘 엿볼 수 있다. 폴란드인만이 지녔을 거라고 생각되는 마주르카 리듬을 손쉽게 터득해서 들려주고 있다. 아니, 터득 수준이 아니라 그 리듬을 들은 순간 완벽히 자기 것으로 만들었을 것이다.

사카키바가 이렇게까지 폴란드의 쇼팽을 고스란히 재현할 수 있다는 것은 반대로 폴란드의 쇼팽을 무력화했다는 것과 같은 뜻이다.

얀은 이미 사카키바와 경쟁할 마음이 없었다. 나와 사카키바 사이에는 너무도 크고 깊은 피아니즘의 차이가 있다. 그것을 같은 줄에 세우는 것 자체가 말이 안 된다고 생각했다. 쇼팽 콩쿠르에 참가해서 다행이라고 생각하는 것은 비톨트나 카민스키의 예상을 뛰어넘는 이런 이질적인 참가자들과 만날 수 있었다는 점이다. 그들의 연주가 나를 계몽해 주었다. 그들의 음악을 듣지 않았다면 나는 폴란드라는 좁은 우물에 갇혀 만족하며 사는 삶을 살았을 것이다.

1주제가 재현되자 사카키바의 연주는 더 뜨거운 열기를 머금는다.

질주하는 피아노.

조금씩 상향해 가는 선율.

앞으로 다가올 코다에 기대가 부푼다.

공연장 안의 온도도 확실히 올랐다.

406번째 소절에서 호른이 두 번 울린 것이 신호였다.

팡파르 직후 피아노가 마지막 스트레토*로 접어들었다.

기교를 실은 패시지가 리듬을 아로새긴다.

얀은 숨 쉬는 것조차 잊고 연주를 들었다.

그리고 짧은 공백 이후 피아노가 단숨에 달려가 악장의 문

* stretto, 어떤 주제 가락이 끝나기 전에 다른 성부를 집어넣어 긴박감을 자아내는 기법.

을 쾅 닫았다.

순간 공연장 안의 공기가 크게 부풀어 올랐다.

박수와 브라보를 외치는 환호성이 파도가 되어 무대 위에 있는 사카키바를 집어삼켰다. 콩쿠르 기간에 들은 가장 거대한 환호성이었다.

지금 이 순간 지구 동쪽 끝에서 날아온 눈이 보이지 않는 청년은 오랫동안 군림해 온 폴란드의 쇼팽을 보기 좋게 꺾어 버렸다. 쇼팽 콩쿠르가 암묵적으로 규정해 온 모든 장벽을 산산 조각냈다. 카민스키 심사위원장을 비롯해 잔소리하기를 좋아하는 심사위원들도 이 연주 앞에서는 백기를 들 수밖에 없을 것이다. 그리고 폴란드의 관객들은 그런 현실에 기쁨을 느끼며 쾌재를 부르고 있다.

앞으로 클래식 음악계는 틀림없이 사카키바를 중심으로 돌 것이다.

그래도 얀은 아쉽지 않았다. 오히려 경외감을 느꼈다. 이대로 사카키바가 경험을 쌓아 가다 보면 대체 어떤 피아니스트로 성장할까.

박수 소리가 아직 멎지 않았다. 사카키바가 두어 번 무대에 다시 불려 와도 계속 이어졌다.

얀은 손뼉을 치면서 사카키바와 아직 대화를 나눠 보지 못한 것을 후회했다. 만약 친분을 쌓았다면 이 박수의 의미도 달라졌을 것이다.

10분간의 커튼콜이 끝나자 그제야 공연장은 정적을 되찾았다.

통로에 사카키바가 모습을 드러냈을 때 얀은 저도 모르게 그의 이름을 불렀다.

"사카키바 류헤이!"

사카키바가 흠칫 놀란 얼굴로 얀 쪽을 돌아봤다.

"콩쿠르 참가자 중 한 명인 얀 스테판스라고 해. 정말 훌륭한 연주였어."

"응? 고, 고마워."

사카키바가 손을 내밀어서 얀은 그의 손바닥 위에 손을 살짝 얹었다. 그러자 사카키바는 미소 지으며 얀의 손을 잡아주었다. 거칠지만 따뜻한 손이다.

"악수해 줘서 고마워."

"나야말로."

사카키바는 조금 당황한 듯이 직원에게 이끌려 대기실로 사라졌다.

신기하게도 악수를 하자마자 얀의 마음속 한구석에 남아 있던 먹구름이 싹 사라졌다.

자, 이제는 내가 나설 차례다.

얀은 무대 중앙에 놓인 피아노를 지그시 봤다.

—세 번째 참가자. 얀 스테판스. 곡명 〈피아노 협주곡 제1번 마단조 작품 11〉. 피아노는 스타인웨이.

심호흡을 한 번 하고 무대 위에 섰다.

이제는 케케묵은 전통 따위 사라져야 마땅하다.

최근 며칠 동안 느껴 온 감정을 이 한 곡에 모두 싣겠다. 아끼지 않고 지나치게 점잔 떨지도 않겠다.

―얀 스테판스. 폴란드!

또다시 큰 환호성이 터졌다. 사카키바가 그런 연주를 보여 준 뒤에도 관객들은 조국의 참가자에게 기대와 성원을 보내주고 있다.

그러나 이제는 사카키바와 경쟁할 마음이 없었다. 내가 경쟁해야 할 상대는 다른 곳에 있다.

스타인웨이 피아노 앞에 앉는다. 낯익은 검은색 덩어리가 오늘만은 왠지 다르게 비쳤다. 분명 지금껏 연주해 온 쇼팽과는 다른 연주를 함께 선보일 훌륭한 파트너가 되어 줄 것이다.

얀은 사랑을 듬뿍 담아 건반 위를 한 번 훑고 지휘자인 안토니에게 눈짓했다.

언제든 상관없어요.

안토니는 고개를 한 번 끄덕이고서 오케스트라를 봤다.

제1악장, 알레그로 마에스토소. 마단조 4분의 3박자. 협주곡풍 소나타 형식.

갑작스레 마단조의 장대한 서주가 시작된다. 중후하면서도 비장한 음색. 자세히 들으면 이별을 슬퍼하는 노래처럼 들린다. 포르테로 켜는 바이올린 선율에 맞춰 레가토 에스프레시보로 부드럽게 연주하는 두 악절의 1주제가 높이 높이 울려 퍼진다. 모차르트나 베토벤을 떠올리게 하는 선율이다.

뒤이어 나오는 마장조의 2주제는 현악기가 연주하는 달콤한 칸타빌레다. 이 주제는 쇼팽이 조국 폴란드에서의 추억을 떠올리며 쓴 거라고 얀은 해석했다. 회상과 이별, 그 뒤에 찾아오는 것은 새로운 희망이다.

〈협주곡 1번〉의 오케스트라 서주는 무려 4분에 달한다. 그동안 얀은 오케스트라 연주에 귀를 기울이며 최근 며칠간 자신에게 일어난 일들을 반추했다.

테러 사건, 출신이 다른 재능 넘치는 경쟁자들과의 만남, 아버지와의 결별, 그리고 마리의 죽음.

간과할 수 없고, 해서도 안 된다. 정치인이라면 딛고 일어서야 할 자신의 목표로 삼을 것이다. 화가라면 그림으로, 소설가라면 문장으로 분노를 나타낼 것이다. 얀에게는 피아노가 있다. 나보다 더 능수능란하게 감정을 노래할 수 있는 도구가 있다. 그렇다면 이 칠흑의 덩어리에 느낀 그대로의 감정을 실어 보내면 된다.

오케스트라가 또다시 1주제를 연주하기 시작했다. 피아노를 부르는 신호다. 얀은 그 선율을 그대로 이어받는 듯이 독주에 들어갔다.

화음을 더한 포르티시모의 양손 옥타브. 이 멜로디는 16소절밖에 안 되지만 그러므로 더 위풍당당하게 연주해야 한다.

곡이 품은 석별의 정을 현악기가 뒤에서 상냥한 음색으로 감싼다.

그래도 얀의 영혼은 진정되지 않았다. 손가락이 갈 곳을 찾아 미친 듯이 춤춘다. 천 갈래 만 갈래로 흐트러진 마음이 건반 위를 마구 내달린다.

오케스트라가 뒤를 받치자 얀은 상향과 하향을 거듭하며 장식음을 더했다.

호른이 연주를 시작함과 동시에 마장조의 2주제로 옮겨 간다. 행복했던 과거를 돌이키게 하는 따뜻하면서도 절절한 멜로디. 얀은 가볍고 빠르게 패시지를 이어 나간다.

평소보다 손가락이 매끄럽게 움직인다는 것을 느꼈다. 어제 리허설에서도 얀의 연주 속도에 지휘자와 오케스트라가 당황했을 정도다. 그러나 안토니는 그것을 젊은 연주가의 치기로 받아들이지 않고 얀에게 오케스트라의 속도를 맞춰 주었다.

선율을 가끔은 조심스럽게, 가끔은 편안하게 새겨 나간다. 이러한 차이가 파도가 되어 악곡에 생명을 불어넣는다. 잠시 후 얀의 연주는 열기를 머금더니 화음 트릴로 속도가 붙는다. 그러자 오케스트라도 그에 호응하듯 높이 울려 퍼진다. 여기서부터는 잠시 오케스트라의 중간주가 이어진다.

바르샤바 필은 실력이 뛰어난 악단이다. 고작 몇 악구를 듣는 것만으로 솔리스트의 기량을 헤아릴 수 있다. 아무리 쇼팽 콩쿠르의 결선이어도 좋지 못한 연주에는 딱 그 수준으로만 호응해 준다. 그러나 얀은 그들의 연주를 한 몸에 느끼고서야 깨달았다. 이들은 지금 진심이다. 진심으로 내가 하는 막무가내 연주에 최선을 다해 동조해 주고 있다. 지금까지 내가 선보인 연주 스타일을 버리려는 마음을 헤아려 주고 있다.

그렇다면 나는 내가 믿는 대로 열심히 내달릴 뿐이다.

오케스트라의 소리가 완만히 잦아들자 얀이 다시 선율을 물려받는다. 이제부터 전개부다. 1주제의 후반부를 처리하면서 중음과 스케일, 아르페지오를 구사하며 조바꿈을 거듭한다.

청중에게 질문을 던지는 듯한 선율, 점차 커져 가는 긴장감. 얀의 손가락은 한순간도 쉬지 않고 음의 나선을 그린다. 가파른 내리막길을 내려가는 패시지. 확장된 딸림화음을 동반한 왼손 반음계 하강에 오른손의 아르페지오가 올라탄다. 이 악장의 가장 어려운 부분인데 얀은 전에 없는 빠른 기세로 이 산을 끝까지 다 오른다.

재현부에서 또다시 오케스트라와 교대했다. 오케스트라는 1주제의 전반부를 담당하고 얀의 독주가 후반부를 맡는다. 모든 주제를 오케스트라가 선도하고 독주 피아노가 그것을 받아 반복하고 변주하는 형태인데 이러한 구성이 악장의 균형을 잡는다.

얀은 조용한 선율에서도 긴장감을 놓치지 않고 멜로디를 잇는다. 쓰다듬는 것처럼 살며시 훑으며 건반 위를 달린다.

불현듯 머릿속에 마리의 얼굴이 떠올랐다.

마리는 왜 죽어야만 했을까. 그 죽음이 부조리하다는 것을 알지만 나는 막지 못했다. 어른스러운 척하며 거들먹거릴 자격이 없다. 그렇게 작은 어린아이 한 명도 지켜 주지 못한 것이다. 아니, 비단 마리뿐만이 아니다. 흐르는 피, 목숨을 잃어가는 사람들. 그 모든 것을 눈앞에 두고도 나는 구토하고 몸을 부들부들 떨기만 했다.

어처구니없이 빼앗긴 생명들이 안쓰럽다.

나 자신의 무력함이 원통하다.

얀의 손가락은 강한 자극을 받은 듯이 바쁘게 움직인다. 아지타토의 패시지. 귀가 아닌 몸으로 오케스트라의 음을 느끼고 있다.

그리고 마지막을 화음 트릴로 장식하자 장엄한 합주로 악장이 마무리됐다.

소리가 끊겨도 아직 연주의 잔향이 온몸에 달라붙어 있다.

예상치 못한 얀의 폭주에 놀랐는지 아니면 어처구니가 없는지 객석에서는 헛기침 소리 한 번 들리지 않는다.

신경 쓸 바 아니다. 이것이 바로 새롭게 다시 태어난 얀 스테판스의 연주다.

제2악장, 로맨스, 라르게토, 마장조 4분의 4박자. 야상곡풍의 로맨스.

약음기를 단 바이올린의 조용한 열두 소절. 그 부름에 호응해 얀은 칸타빌레로 연주를 시작한다. 이는 쇼팽 자신이 '……낭만적이면서도 평온한 동시에 약간 울적한 심정으로 수많은 즐거운 추억을 떠올릴 수 있는 곳을 지그시 바라보는 듯한 느낌을 주려고 했다. 이를테면 아름다운 봄날의 달빛처럼'이라고 편지에 썼듯이 달콤한 추억을 노래하는 악장이다.

망설이는 듯한 선율을 중음으로 장식하자 바이올린과 바순이 대위 선율을 집어넣는다.

얀의 손가락은 부드럽게 쓰다듬듯 건반 위를 미끄러졌다.

달빛 아래에서 마음이 끌리는 사람을 떠올린다.

화려하면서도 왠지 쓸쓸한 분위기의 선율.

예전 같았으면 윤곽만 있었을 그림자가 지금은 엘리안느의 얼굴이 되어 있다. 당찬 목소리와 대범한 태도, 그리고 항상 우아한 연주. 그 모든 것이 엘리안느다. 무엇 하나 빠져서는 안 된다. 하나같이 사랑스럽다.

피아노를 치는 사람은 남자든 여자든 모두 내 경쟁자였다. 공감하기도 전에 반발부터 했고, 다가가기보다 멀어지기만 했다.

그러나 엘리안느에게는 왠지 마음이 끌렸다. 그것은 내가 엘리안느의 연주를 계속 원하기 때문일 것이다. 서로에게 끌리고, 이해하고, 한데 겹친다. 그리고 두 사람의 연주가 더욱 풍부한 감정을 노래한다. 그렇게 된다면 얼마나 행복할까.

바이올린이 두 소절의 간주를 연주한다. 얀이 주제에 장식을 넣자 중간부로 돌입했다.

어둡고 슬픈 주제를 아지타토로 연주한다. 음량은 포르티시모로 해 절절히 노래한다. 이 소리는 엘리안느에게만 전해지면 된다. 엘리안느의 연주를 듣고 나의 감정은 이렇게나 풍요로워졌다. 이에 대한 감사의 마음을 부디 그녀가 받아 줬으면 했다.

이제 바순이 대위 선율과 함께 돌아왔다. 얀은 하향하는 카덴차*를 집어넣고 가끔은 어쩔 바를 모르듯이, 가끔은 그런 상황을 즐기듯이 멜로디를 새겨 나간다.

그에 맞춰 관현악이 주제를 다시 선보인다.

얀은 음계와 아르페지오로 이뤄진 셋잇단음을 장식하며 피아노 소리를 조용히 낮춰 갔다.

마지막 약음이 실을 잡아당기듯 사라졌다.

바늘 하나 떨어뜨려도 알아차릴 수 있을 만큼 고요한 정적이 펼쳐진다.

관객은 역시 아무 반응도 보이지 않았다.

오케스트라 구성원들도 숨죽인 채 지휘봉 끝을 바라볼 뿐

---

*   cadenza, 악곡이 끝나기 직전에 독주자가 연주하는 기교적이며 화려한 부분.

이다.

이런 반응은 처음이었다. 생각한 대로 감정을 토해 낸 결과가 바로 이것일까. 기품을 내팽개친 연주에 대한 관객의 응답이 바로 이것일까. 분명 사카키바의 압도적인 연주 이후에 나온 볼썽사나운 실패로 비쳐도 이상하지 않을 것이다.

결선에 오른 참가자가 지나치게 긴장한 나머지 정신을 잃고 폭주할 때가 있다. 나도 그런 사례 중 하나라고 생각할 것이 뻔하다.

얀은 조금 풀이 죽었다. 그러나 후회는 없다.

제3악장, 론도, 비바체, 마장조 4분의 2박자. 론도 형식.

오케스트라가 열여섯 소절의 서주를 연주하고 얀은 경쾌하게 주제에 들어갔다. 이 주제는 폴란드 크라쿠프 지역의 크라코비아크다.

발랄하면서도 우아하게.

반응 없는 관객들을 보고 오히려 가슴속이 후련해졌다.

아직 손가락 힘은 충분하다.

선술집 가운데에 놓인 피아노. 연주를 시작하면 흥에 겨운 손님들이 하나둘 일어서서 춤을 추기 시작한다. 총 몇 명이 몸을 일으키느냐로 피아니스트의 실력이 정해진다.

얀은 이곳이 운명의 갈림길이라 생각하며 악절 사이를 지났다. 여덟 소절의 주제는 세 번 이어질 때마다 장식이 있는 패시지로 변해 간다.

폴란드인의 완고함 뒤에 감춰진 쾌활함. 과거의 비극을 딛고 일어서서 정면을 바라보는 강인함. 이 론도는 그런 폴란드인의 두 가지 기질을 상징한다.

달려갔다가 점프한다.

허리를 숙였다가 다시 쭉 펼친다.

통통 튀었다가 뱅글뱅글 돈다.

손가락이 리듬을 새기고 리듬이 다시 시간을 아로새긴다. 시간은 빠른 기세로 뛰쳐나갔다가 제자리를 선회한다.

오케스트라의 간주 이후 피아노의 춤은 더더욱 속도가 붙었다. 얀은 한계 바로 직전까지 손가락을 빠르게 움직인다. 모든 손가락의 두 번째 관절이 피로를 호소했지만 머릿속에 울리는 리듬이 멈추는 것을 용납하지 않는다. 음량은 포르티시모 상태에서 한 치도 낮아지지 않는다.

일단 박자를 늦춰서 가장조의 제주를 연주했지만, 짧은 휴식에 지나지 않았다. 그 직후 제주는 또다시 속도가 붙는다.

한 번도 주제를 연주하지 않은 오케스트라는 그저 피아노의 독주를 옆에서 가만히 지켜볼 뿐이다.

끝없이 달리는 피아노에 뒤따라오는 오케스트라. 그러나 얀은 따라오는 소리들조차 떨쳐 버릴 듯한 기세로 맹렬히 돌진한다.

몸과 마음이 어느덧 끓는점에 가까워졌다. 얀은 코다를 향해 전력 질주 태세에 들어갔다.

음계와 분산화음이 현란히 뛰어다닌다. 얀은 호흡을 멈췄다. 여기서부터 호흡은 방해만 된다.

온 신경을 손끝에 집중한다.

질주하는 리듬.

솟구치는 선율.

오케스트라가 파도처럼 밀려온다.

그리고 피아노와 오케스트라가 사이좋게 정점에 도달하는 것을 끝으로 곡이 끝났다. 얀이 팔을 치켜든 것과 거의 동시에 안토니의 지휘봉이 내려갔다.

숨을 내뱉기도 전에 산사태와 같은 굉음이 울렸다.

환호성이었다.

온몸의 힘을 소진한 얀의 귀에 박수 소리가 덮쳤다.

얀은 어안이 벙벙해졌다. 지금 막 꿈에서 깬 듯한 기분으로 오케스트라 쪽을 보자 안토니는 살짝 지친 표정으로 가볍게 손뼉을 치고 있다. 오케스트라 단원들도 환한 얼굴로 얀을 보고 있다.

관객석을 돌아보니 시야가 닿는 모든 범위에 있는 사람들이 일어서 있었다. 큰 소리로 브라보를 외치는 사람도 많다.

허리를 일으키려 했지만 순간 몸에 힘이 들어가지 않았다. 허리부터 아랫부분이 마비된 것처럼 말을 듣지 않는다. 그래도 피아노 끝에 손을 얹고 휘청거리며 허리를 일으키자 박수 소리가 더욱 커졌다.

곧게 일어서자 조명이 몹시 눈부셨다. 가벼운 현기증이 일었다.

그러고서야 깨달았다. 지금껏 한 곡에 이만큼 내 모든 것을 담아낸 적은 없었다. 박수와 환호성이 연신 살갗을 두드렸다.

조금 전 내 연주를 심사위원들이 어떻게 평가할지는 알 수 없다. 하늘 위에 있는 프레드릭 쇼팽이 어떻게 채점할지는 더욱 알 수 없다.

그럼에도 얀은 만족했다.


### 3

**노빅 하라셰비치의 단평.**

결선 이튿날 예상치도 못한 일이 벌어졌다. 우선 첫 번째 참가자 엘리안느 모로는 선곡의 목적을 달성했다. 그녀의 장점인 유리 세공처럼 섬세하고 백자처럼 우아한 연주는 <협주곡 2번>의 곡상과 잘 맞아떨어졌고, 그런 의미에서 기대를 배반하지 않는 연주를 들려주었다. 특히 2악장의 피아노 주제는 유독 아름다워서 들으면서 몽환적인 세계를 엿볼 수 있었다. 그러나 그 우아함도 뒤이은 찬란한 반짝임 앞에서는 빛을 잃었다. 바로 사카키바 류헤이와 얀 스테판스가 보여 준 괄목할 만한 연주다. 사카키바의 <협주곡 2번>은 도무지 18세의 참가자가 연주했다고 생각되지 않을 만큼 성숙한 연주였다. 2악장의 아름다운 선율에 깃든 슬픔과 초조한 감정을 깊이 분석해 이해했고, 오케스트라와도 호흡이 잘 맞았다. 그를 차세대 비르투오소라고 지칭하는 사람이 있지만 필자는 그렇게 생각하지 않는다. 그는 현시점에 이미 비르투오소다. 그러나 이날 가장 놀라운 모습을 보여 준 사람은 뭐니 뭐니 해도 마지막 참가자 얀 스테판스일 것이다. 그 역시 18세. 그는 느닷없이 결선 무대에서 각성한 듯이 대단한 연주를 보여 줬다. 지금까지는 전통적인 쇼팽을 착실히 계승하는 듯했지만, 갑자기 아주 동적이고 공세적인 연주로 스타일이 바뀐 것이다. 자유분방하면서도 섬세하게, 열정이 넘치면서도 전부 계산한 듯한 완급 조절. 시종일관 기품을 지키며 기교적인 부분만이 유일한 단점이었던 기존의 연주 방식과는 거리가 있다. 이러한 변신이 심사에 어떤 영향을 미칠지는 20일 결과를 기다려 봐야 알겠지만, 설령 얀 스테판스가 우승을 놓친다고 해도 폴란드의 쇼팽 팬들은 낙담할 필요가 없다. 우리는 콩쿠르 우승자보다 더 구하기 어려운 재능의 소유자들을 손에 넣었으니까 말이다.

(10월 20일 자 가제타)


"뭐야, 정말 짜증 나!"

엘리안느가 입술을 쭉 내밀며 신문을 내밀었다. 얀도 이미 노빅 하라셰비치의 평가를 읽은 다음이라 엘리안느가 왜 화를 내는지 알고 있다.

"나 때문은 아니잖아."

"무슨 소리야. 하필 결선 무대에서 그런 연주를 보이다니.

객석에서 듣는 나도 놀라서 기절할 뻔했다고. 대체 며칠 사이에 무슨 일이 있었던 거야?"

변신의 계기는 마리의 죽음이었지만 굳이 그 이야기를 꺼내고 싶지는 않았다.

"……잘 모르겠네."

"덕분에 난 들러리 취급이나 받고. 어떻게 이럴 수가 있어."

"미안."

"이럴 때는 사과할 게 아니라 에헴 하고 헛기침도 좀 하면서 자랑스러워해 봐. 네가 그렇게 반응하면 투덜거리는 내가 더 비참해지잖아."

엘리안느는 얀을 잠시 째려보더니 얼마 안 돼 입가를 다시 풀었다.

"하지만 전도유망한 피아니스트의 탄생을 직접 목도했으니 없던 일로 칠게."

"고마워."

"콩쿠르 결과가 신경 쓰여?"

"그보다는 오늘 연주 쪽이 더 신경 쓰여."

"응, 그건 나도 마찬가지야. 특히 미사키."

"나도. 같은 참가자로서가 아니라 순수한 팬으로서 궁금하네."

"팬?"

"응. 난 미사키의 연주를 좋아하는 팬이야."

흠칫 놀라는 엘리안느를 보고도 얀은 말없이 자리에 앉았다. 절반은 진심이다. 그러나 나머지 절반은 미사키의 몸 상태에 대한 걱정이 앞섰다.

결선 마지막 날 참가자는 에드워드 올슨과 미사키 둘뿐인데 엘리안느의 말을 빌리자면 오늘은 올슨이 들러리가 될 것이다. 전에 대화를 한 번 나눴을 뿐이지만 왠지 성격상 올슨도 엘리안느처럼 그런 결과가 나와도 크게 기죽지 않고 넘길 수 있을 것 같았다.

잠시 후 장내 방송이 흘러나왔다.

—첫 번째 참가자. 에드워드 올슨. 곡명, 〈피아노 협주곡 제2번 바단조 작품 21〉. 피아노는 카와이.

◇◇◇

같은 시각 나고야시 나카구 나고야시 청소년 문화 센터.

기도 아키라는 1층에 마련된 대형 TV 화면을 뚫어지게 바라보고 있었다.

—에드워드 올슨. 미국.

카메라가 곧장 키가 훌쩍한 미국인을 비췄다. 이런 큰 무대에 섰는데도 긴장하기는커녕 오히려 관객석을 향해 인사를 건네고 있다.

인터넷으로 쇼팽 콩쿠르를 보고 있는 아키라는 올슨의 선택이 타당하다고 생각했다. 분명 그에게는 협주곡 1번보다 2번이 더 맞겠다는 느낌이 들었다.

"아, 시작했어?"

뒤에서 시모스와 미스즈가 다가와 물었다.

"아직. 미사키 선생님은 두 번째야."

"〈피아노 협주곡 2번〉……. 30분짜리 곡이지. 그럼 리허설 끝나는 시간에는 얼추 맞겠네."

"혹시 대충하고 끝내 버릴 생각은 아니지? 그럼 안 돼. 초청 연주라고 해도 오늘은 다른 악단원도 있으니까. 그러다가는 신뢰를 잃고 너를 더 이상 부르지 않게 될 거야."

"그럴 거면 돈이라도 더 올려 주던가. 너도 미사키 선생님 라이브 공연을 보고 싶잖아."

"그야 물론……."

"자, 그럼 정했다. 괜찮아. 우리는 프로니까 실전 때 확실히 하면 돼."

미스즈의 오만한 태도는 어제오늘 보는 게 아니지만 지금도 익숙해지지 않았다. 하지만 익숙해지면 또 그것대로 문제 아닐까.

"얼마 전처럼 작은 시민 콘서트가 아니라 나고야 국제 음악 콩쿠르야. 조금은 더 신경 써야……."

"요새는 너도 잔소리가 엄청 늘었네. 자꾸 그러면 이제 네 말 더 안 듣는다. 미사키 선생님처럼 그때그때 필요한 조언만 하라고."

"미사키 선생님이랑 비교하면 어떡해."

아키라는 그렇게 대답하며 미사키를 떠올렸다. 평소 자상하고 온화하지만 그러면서도 도망치거나 게으름을 피우는 것을 용납하지 않았다. 짧은 기간이었지만 그의 가르침 덕분에 지금의 나 자신이 있다.

"우승…… 하셨으면 좋겠네."

"하셨으면 좋겠다가 아니라 하실 거야! 반드시!"

미스즈는 자신만만하게 단언했다.

"우승 못하고 돌아오면 공항 입국장에서 한바탕 퍼부어 줘야지."

이런 곳에서도 목소리가 어지간히 크다. 괜히 여걸 소리를 듣는 게 아니다. 아키라가 황급히 주위를 둘러보자 조금 떨어진 곳에서 고등학생 정도 돼 보이는 여자아이가 멀뚱히 서서 역시 TV 화면을 주시하고 있었다.

미스즈가 뜻밖이라는 듯이 "응?" 하고 목소리를 높였다.

"뭐야, 너. 나왔어?"

"시모스와 씨……."

여자아이도 예상 못한 표정으로 우리를 돌아봤다. 얼굴은 제법 귀엽지만 목소리가 몹시 탁하다. 자세히 보니 원피스 밖에 드러난 팔다리에는 군데군데 수술 자국이 나 있다. 그 불균형한 느낌이 묘해서 아키라는 관심이 생겼다.

"여기는 어떻게 온 거야?"

"저도 참가하거든요. 콩쿠르."

미스즈는 흐응, 하고 콧소리를 내더니 왠지 어색한 것처럼 시선을 피했다.

"뭐, 너라면 충분히 잘하겠지. 열심히 해. 하지만 너 때문에 우승을 놓치면 무대 위에서 욕을 퍼부어 줄 거야."

평소와 다르게 목소리에 기운이 없어서 아키라는 넌지시 물어봤다.

"미스즈. 평소 너답지 않게 뭔가 반응이 영 찜찜하네. 저 아이랑은 무슨 사이야?"

"……별로 언급하고 싶지 않지만, 최대의 라이벌."

미스즈는 그 말만을 남기고 곧장 자리를 떴다. 여자아이는 아직 TV를 물끄러미 바라보고 있다.

"미사키 선생님을 알아?"

"네. 예전에 피아노를 가르쳐 주셨어요."

"오. 선생님은 대학에서만 피아노를 가르치신 게 아닌가 보네. 그때도 자상하면서도 엄격한 분이었어?"

"네. 정확히 그랬죠."

"뭔가 실감이 잘 안 나네. 그 미사키 선생님이 지금 쇼팽 콩쿠르 무대 위에 있다니."

"네. 먼 곳에 계신다는 느낌이 전혀 안 들어요. 지금 당장에라도 옆에 와서 '자, 가자. 학생'이라고 하실 것 같은데."

그 말을 듣자 반갑고 그리운 느낌이 가슴을 스쳤다. 여자아이와 조금 더 대화를 나눠 보고 싶었지만 아쉽게도 이제 곧 리허설이다.

"그럼 다음에 또 보자."

아키라가 그렇게 말하고 등을 돌리려 했을 때 아이가 옆구리에 끼고 있는 악보가 눈에 들어왔다.

드뷔시의 〈기쁨의 섬〉.

멀어져 가는 뒷모습을 바라보는 아키라의 귀에 아이의 혼잣말 소리가 들렸다.

"선생님…… 저는 이곳에 돌아왔어요. 다시 드뷔시를 연주할게요."

◇◇◇

연주를 마치자 올슨은 흐트러진 앞머리를 쓸어 올리고 관객의 박수에 응답했다. 브라보 소리에도 일일이 손을 흔들어 주는 것은 타고난 서비스 정신에서 나오는 걸까.

연주는 올슨답게 쾌활하면서도 로맨틱했다. 다음 차례가 미사키 요스케라 의식이 될 텐데도 그런 기색이 전혀 느껴지지 않을 만큼 자유분방함이 빛났다.

"정말 부담감 같은 단어와는 연이 없어 보이는 사람이네. 대체 어떤 심장을 지녔는지 확인해 보고 싶을 정도야."

엘리안느는 어이없는 듯하면서도 감탄하며 말했다.

"대대로 군인 출신 집안이라더니, 아마 저 두둑한 배짱도 조상들에게 물려받지 않았을까?"

두 사람이 대화를 나누는 동안 올슨이 무대에서 사라졌다.

─두 번째 참가자. 미사키 요스케. 곡명 〈피아노 협주곡 제 1번 마단조 작품 11〉. 피아노는 스타인웨이.

드디어 미사키가 무대에 모습을 드러냈다.

평소의 자상하면서도 부드러운 분위기는 어느새 자취를 감추었고 사지에 발을 들인 군인 같은 표정에서는 장엄한 기운이 느껴졌다.

"뭔가 불안해 보이네."

"불안?"

엘리안느에게는 그렇게 보이는 걸까. 듣고 보니 왠지 그런 것 같기도 하다.

─미사키 요스케. 재팬!

미사키가 피아노 의자에 앉는다. 지휘자 안토니와 잠깐 눈을 마주치자마자 안토니가 곧장 지휘봉을 들어 올렸다.

4분에 이르는 장대한 서주. 미사키는 조각상처럼 오케스트라의 소리를 가만히 앉아 듣고 있다. 무대 위가 아닌 객석에서 연주를 객관적으로 듣고 있으니 역시 쇼팽의 협주곡은 오케스트라가 주인공이 아니라는 느낌을 지울 수 없다. 아무리 바르샤바 필과 안토니가 유능하다고 해도 피아노 파트만큼의 매력은 느껴지지 않는다. 그렇다면 그런 빈약한 관현악을 배경 삼아 미사키는 과연 어떤 쇼팽을 들려줄 것인가.

오케스트라가 두 번째로 1주제를 연주했고 그것을 미사키가 이어받았다.

포르티시모의 양손 옥타브.

작살과도 같은 소리가 얀의 가슴에 깊숙이 파고들었다.

아아, 또 이런다.

쏘아진 작살 끝은 미사키가 쥐고 있다. 이렇게 깊숙이 찔리면 그 후로는 미사키의 의도대로 끌려다닐 수밖에 없다.

조심스러운 바이올린 선율 앞에서 미사키는 석별의 정을 노래한다. 얀은 벌써부터 이미 괴로워하고 있었다. 이 슬픔의 정체는 대체 무엇일까. 미사키의 연주는 통곡하고 있다. 황야를 미친 듯이 뛰어다니며 하늘을 향해 울부짖고 있다.

얀과는 감정 표현의 차원이 다르다. 마치 연예인을 지망하는 아마추어와 프로 배우의 차이다. 같은 협주곡을 선택해서 더욱 세세한 부분에 이르기까지 차이가 뚜렷이 드러난다. 미사키가 발산하는 소리 하나하나는 생명력을 지닌 채 듣는 이의 가슴을 뒤흔든다. 악구 하나하나가 압도적인 문학성을 지녔다.

오케스트라 소리와 함께 미사키의 연주는 상향과 하향을 반복한다. 얀은 어느새 멜로디에 휘둘리는 자신을 발견했다.

이것이 바로 미사키의 피아니즘이 자랑하는 중독성이다.

아무리 마음의 준비를 하고 거부해도 일단 음을 한 번 접하고 나면 다짜고짜 그 세계에 빨려 들어가 그 뒤로는 미사키의 의도대로 끌려다니고 만다. 고상함이나 우아함은 거부한다. 인간이 근원적으로 품은 슬픔을 직접 자극하는 소리인 것이다. 그러니 남녀노소를 가리지 않고 미사키의 연주를 들은 사람들은 또다시 그의 음악을 듣고 싶어 한다.

호른이 들어오자 미사키가 2주제를 연주한다. 빠른 트릴을 동반한 악구가 차츰차츰 열기를 머금는다. 관객들의 반응은 둘러보지 않아도 알 수 있다. 공연장 안에 있는 모두가 숨죽인 채 미사키를 주시하고 있다. 이 연주가 어느 지점으로 향할지를 가늠하기 위해 온 신경을 집중하고 있다.

그렇게 오케스트라 소리가 한층 높아진 악구에서 이변이 일어났다.

원래라면 오케스트라가 완만하게 떨어지며 피아노가 멜로디를 이어받아야 하는데 순간 묘하게 첫 음의 타이밍이 어긋났다.

딴! 하는 불협화음을 치자마자 미사키의 머리가 기우뚱 흔들린다. 이변을 눈치챈 관객들은 정확히 무슨 일이 일어났는지 모르는 상태로 미사키의 일거수일투족에서 눈을 떼지 못한다. 미사키는 하마터면 건반 위에 머리를 부딪치기 직전 아슬아슬하게 정신을 차렸다.

얀은 저도 모르게 두 주먹을 불끈 쥐었다.

돌발성 난청으로 인한 발작이다.

하필 이때 그 증상이 나타나다니.

피아노 독주가 시작되고서도 미사키의 연주는 불안정했다. 사정을 아는 얀은 미사키가 지금 어떤 상황에 있는지 알고 있다. 한쪽 귀가 들리지 않는 상태로는 박자와 음량 모두 또렷하지 않아서 독주를 제대로 소화할 수 없다.

외줄 타기 같은 피아노 독주를 오케스트라가 감싼다. 안토니가 최선을 다해 미사키의 솔로에 맞추려 하지만 피아노 자체가 불안정한 탓에 좀처럼 하나로 합쳐지지 않는다. 기존 곡 구성이 피아노 독주 위주라고 해도 이토록 괴리가 심하면 구성이라 할 수도 없다.

객석에서도 느껴질 만큼 미사키는 지금 발버둥을 치고 있다. 소리를 포착하려고 필사적으로 손가락을 펼치고 있다. 그러나 펼친 손가락에서 다시 소리가 슬금슬금 새어 나간다. 평소 그와는 어울리지 않는 초조한 얼굴로 손가락을 움직이고 있지만 손가락은 그저 허공을 움켜쥘 뿐이다.

이제는 그만해.

얀은 소리치고 싶어졌다. 이건 고문이나 마찬가지다. 미사키는 이제 한 곡도 소화할 수 없는 상태다.

고통 때문에 얼굴이 일그러지는가 싶더니 또다시 머리가 아래로 내려갔다.

그리고 미사키는 마침내 힘을 다한 사람처럼 양팔을 축 늘어뜨렸다.

안토니가 조용히 지휘봉을 내렸고 오케스트라 단원들도 악기에서 떨어졌다.

모든 소리가 사라지자 공연장 안은 찬물을 끼얹은 것처럼 고요해졌다.

얀은 가슴 아픈 한편으로 안도했다. 이 이상 비참한 미사키의 모습을 보고 있을 수 없었다. 결선에 오르기까지 미사키는 압도적인 피아니즘을 폴란드인뿐만 아닌 전 세계에 보여 줬다. 쇼팽 콩쿠르에서 어떤 성적을 거두든 미사키 요스케의 이름은 이미 전 세계 음악 팬들의 마음에 깊숙이 새겨졌을 것이다.

미사키 요스케는 쇼팽 콩쿠르의 전설이 된다. 그것으로 충분하다고 생각했다.

마지막으로 조용히 의자에서 일어나 가슴을 쭉 펴고 무대를 나가 줬으면 해. 그렇게 속으로 기도할 때였다.

미사키가 떨군 고개를 다시 들더니 양옆으로 늘어뜨린 팔을 천천히 올렸다.

그 팔이 정확히 건반에서 멈춘다.

설마.

지금부터 다시 1번을 칠 생각이야?

얀은 반사적으로 엉거주춤 몸을 일으켰다.

안토니를 비롯한 오케스트라 단원들도 깜짝 놀라 미사키

의 손가락을 봤다.

치지 마.

이제는 그만해. 더 이상은 무리야!

그러나 얀의 바람도 소용없이 미사키의 손가락이 가볍게 첫 음을 두드렸다.

부드럽게 이어지는 8분의 12박자.

이것은. 얀은 순식간에 상황을 알아차렸다.

이 곡은 〈협주곡 1번〉이 아니다. 꼭 클래식 팬이 아니어도 누구나 한 번쯤은 들어 봤을 너무나 유명한 곡.

〈녹턴 제2번 내림마장조〉.

달빛 아래에서 남몰래 사랑하는 사람을 떠올리는 듯한 감미로운 멜로디. 서두의 내림마장조 주제가 장식음을 더하며 조금씩 형태를 바꿔 간다. 미사키의 연주는 밤의 회상보다 과거로 떠나는 회귀처럼 들린다.

왜일까. 얀은 스스로 물었다. 자포자기해서 이제는 될 대로 되라며 연주를 시작했다고 해도 왜 이런 쉬운 곡을 택했을까. 이 곡은 왼손 반주에서 첫 번째 박자와 두 번째 박자의 비약이 커지고 화성이 복잡한 것을 제외하면 초심자도 충분히 칠 수 있는 곡이다. 그러나 다시 연주를 시작한 미사키의 표정에 고민하고 망설이는 기색은 조금도 찾아볼 수 없다. 미사키는 지금 어떤 확신을 품고 선율을 자아내고 있다. 분명 미사키 정도의 테크닉이라면 한쪽 청력이 불안정하다고 치지 못하는 곡은 아니지만…….

얀은 순간 앗 하고 소리칠 뻔했다.

그렇다. 이 녹턴은 얀이 미사키와 와지엔키 공원에서 처음 만난 날, 마리가 듣고 싶어 한 곡이었다.

틀림없어. 얀은 확신했다. 지금 미사키는 마리를 위해 이 녹턴을 연주하고 있다. 자신에게 주어진 무대를 오직 마리를 애도하기 위해 쓰고 있다.

미사키는 악보 지시보다는 조금 느린 속도로 녹턴을 연주한다.

오래전 쇼팽의 가르침을 받은 렌츠는 이 곡의 지시를 두고 '풍부한 표정으로 노래하면서도 지나치게 감정에 몰입해서는 안 된다'라고 했다. 그러나 이렇게까지 박자를 떨어뜨리면 의도를 떠나 곡상 전체가 감정에 호소하는 분위기를 띠게 된다.

왼손이 같은 리듬을 새기고, 오른손은 선율을 연주한다. 단조로울 텐데도 장식음을 더하는 것으로 곡이 흡사 만화경과 같은 색채를 보인다. 미사키의 손가락은 본분을 다해서 이 단순한 녹턴 곡에 통속성을 뛰어넘는 슬픔을 담아내고 있다.

얀의 머릿속에 생전 마리의 모습이 떠올랐다. 천진난만한 미소와 늘 솔직한 말투. 이제는 세상에 존재하지 않는 여자아이를 향해 미사키는 지금 진혼곡을 부르고 있다. 부조리한 폭력 때문에 목숨을 잃은 어린 영혼이 편안히 저세상에 갈 수 있도록 어디까지나 자상하면서도, 어디까지나 부드럽게.

마지막 두 악절을 제외하면 모든 게 네 소절의 악절로 이루어져 있다. 그야말로 단순한 구성의 곡이다. 그러나 미사키가 자아내는 음은 그 어떤 곡보다 난폭하게 얀의 가슴을 파고들었다.

피가 배어나는 듯한 미사키의 회한이 통증을 머금고 얀에게까지 전달된다. 곧 사라질 것 같으면서도 사라지지 않는 조심스러운 악절이 세상을 뜬 영혼을 향한 애도처럼 들린다.

가슴이 저릿했다.

얀은 무의식중에 두 손을 모으고 있었다. 그저 마리의 영혼이 무사히 신의 품에 안기기를 기원했다.

약음으로 연주 중인 프레이즈가 공연장 구석구석에까지 전해진다. 옆에 앉은 엘리안느와 다른 관객도 갑작스러운 곡 변경에 허를 찔린 듯했지만 어느새 미사키의 녹턴에 가만히 몸을 맡기고 있다. 지금 고요한 공연장에는 약간의 술렁거림이나 작은 헛기침 소리 한 번 없이 마치 흐르지 않는 물의 표면처럼 스타인웨이로 연주하는 기도 소리만이 흐르고 있다.

갑자기 음량이 포르티시모로 올라간다.

그에 맞춰 얀의 가슴속 온도도 오른다.

그러나 그곳은 아직 정상이 아니다.

미사키는 기세를 더해 포르티시시모까지 뛰어 올라간다. 하늘 끝까지 닿을 듯한 고음이 몸을 꿰뚫었다.

강한 타건이 가차 없이 가슴을 때린다. 비극을 떠올리면서 절대로 잊지 말라고 호소한다. 그 소리는 이미 마리의 목소리다.

마음의 주름 속에 피아노 소리가 스며든다. 저항할 새도 없이 안은 가슴에 소리가 채워지는 감각을 맛보았다.

순간 시야가 일그러졌다. 정신을 차렸을 때는 눈에서 뜨거운 것이 곧장 흘러넘칠 것 같았다. 서둘러 손으로 눈가를 닦는다. 말도 안 돼. 내가 고작 이 녹턴을 듣고 눈물을 흘릴 줄이야.

그 뒤에도 한참 동안 시야는 또렷해지지 않고 오히려 잘금잘금 녹아내렸다.

◇◇◇

—선발대에 피탄! 부상자 한 명!

—소총대, 대기. 더 이상 전진할 수 없습니다!

해럴드 소령은 속으로 제기랄, 하고 욕지거리를 내뱉고 이를 갈았다.

"2분 후에 지원을 보낸다. 그때까지 조금만 더 버텨라."

—알겠습니다!

보고 이후에도 발포음이 산발적으로 들렸다. 현장 분위기가 심상치 않다는 것이 전해진다. 보고에 따르면 사막을 파낸 참호에서 탈레반 병사 몇 명이 뛰어나와 선발대가 탄 지프를 습격했다고 한다. 하늘에서 감시 활동을 벌이는 페이브로도 알아차리지 못했다. 적을 서서히 포위해 식량 보급로를 차단한 후 인질 석방 교섭에 들어가겠다는 계획은 결국 철회할 수밖에 없어졌다.

플랜 B는 이미 준비해 뒀다. 적을 포위한다는 건 플랜 A와 마찬가지지만 퇴로를 두 개 남긴다. 하나뿐이라면 적의 의심을 사지만 두 개라면 크게 걱정하지 않아도 된다. 압도적인 화력으로 공세를 가하면 탈레반도 결국 버티지 못하고 퇴각할 것이다. 그러나 그때 그들이 인질을 어떻게 처리할지가 불안한 요소라 실행을 마음먹기가 쉽지 않았다.

해럴드는 노트북 앞으로 갔다. 화면에서는 지금 막 연주를 마친 동생 에드워드가 관객을 향해 미소 짓고 있다.

에드워드의 협주곡이 끝나기 직전에 전투가 재개됐다. 폭발물 처리 소대의 지원을 받은 해럴드 부대는 파키스탄 국경에서 5킬로미터 지점까지 병력을 진군시켰지만 거기서부터가 난관이었다. 소화기小火器를 동원한 국지전이 이어지면서 전선은 교착 상태에 빠졌다. 인질로 붙잡힌 버스와의 거리를 6백 미터까지 좁혔지만 탈레반이 버스 바로 뒤에 진을 쳐서 다연장 로켓포로 언제든 버스를 격파할 수 있다.

이제는 어떡해야 할까.

그때 노트북 스피커에서 흐르는 녹턴을 듣고 해럴드는 멈칫했다. 에드워드의 연주가 끝나서 이제 노트북을 닫으려 했지만 몸이 뭔가에 사로잡힌 것처럼 불현듯 움직이지 않았다.

화면에서는 잘생긴 동양인이 피아노를 치고 있다. 에드워드에게 결선 과제곡이 협주곡 두 곡 중 하나라고 들었는데 녹턴이라니. 지금 저기서는 무슨 일이 벌어지고 있는 걸까.

그건 그렇고, 뭔가 이상했다. 이미 귀에 못이 박일 만큼 들어서 익숙한 멜로디가 오늘따라 이상하리만큼 슬픈 기운을 머금고 가슴을 파고들었다.

"이 이상 병력을 앞으로 보내면 녀석들은 반드시 인질에 손을 대겠죠."

옆에 있는 대위가 짜증스러운 듯이 말했다.

"그렇다고 수수방관하고 있다가는 저쪽이 다연장 로켓포를 전진시켜 이쪽에 644개의 대인용 폭탄을 떨어뜨릴 수 있습니다."

전진할 수 없고, 그렇다고 후퇴도 할 수 없다. 그러나 지금 이 순간에도 인질들은 위험에 노출돼 있다. 적을 섬멸하라고 하면 이야기는 오히려 간단해질지 모르지만 이번 작전의 목표는 인질 구출이다.

뭔가 묘안이 없을까. 해럴드가 필사적으로 머리를 굴리는 동안에도 노트북 스피커에서는 서정적인 녹턴이 흘러나와 마음을 조금씩 비집고 들어왔다. 평소라면 자연히 의식이 차단될 텐데 오늘은 전략을 짜내는 머릿속에서 음악이 흐르고 있다. 처음 겪는 일이었다. 동생만큼 음악을 분석하는 건 아니지만 분명 인간의 마음속 깊은 곳에 들어와 직접적으로 호소하는 연주처럼 들린다. 떨쳐내려고 해도 그 연주는 차단막을 쉽게 통과해 듣는 이의 영혼을 움켜쥐었다.

해럴드의 머릿속에 불현듯 고향 집이 떠올랐다. 부모님과 에드워드의 모습이 보인다. 작전 수행 중에는 한 번도 느껴본 적 없는 느닷없는 향수에 해럴드는 흠칫 놀라 당황했다.

"……뭐랄까…… 묘하게 사람이 그리워지는 연주네요."

대위가 신기한 것처럼 중얼거렸다.

"아버지와 뉴저지 강가에서 함께 낚시하던 시절이 떠오릅니다."

험상궂은 얼굴에 마치 총알을 입에 물고 태어난 것 같은 남자 입에서 나온 말을 듣고 해럴드는 조금 놀랐다.

"자네에게 그런 이야기를 듣는 건 처음이군."

"하하. 저 역시 고향에 두고 온 것들이 많습니다. 물론 꾼 돈처럼 떠올리고 싶지 않은 것도 있습니다만."

그 순간 문득 머릿속이 번뜩였다.

말도 안 되는 아이디어다. 본부에 보고하면 비웃음을 살 것이다. 그래도 지금 이곳 전선의 지휘권은 나에게 있다. 또 작전의 목적이 전투가 아닌 인질 구출이라면 이 정도 교란 작전은 허용 범위 안에 있다.

"대위. 페이브로에 확성기가 탑재돼 있나?"

"확성기 말입니까. 네. 있을 겁니다."

"또 하나, 적의 무선에 개입할 수 있나?"

"네. 24시간 감청 중이니 아마 가능하지 않을까 싶습니다."

"음악을 틀게."

"네?"

대위가 무슨 말인지 모르겠다는 듯이 이맛살을 찌푸렸다. 당연한 반응이다.

"지금 이 연주곡을 페이브로와 적의 무선에 중계하는 거야. 지금 당장."

"목적이 뭡니까?"

"전의 상실. 〈지옥의 묵시록〉 못 봤나?"

"봤습니다. 그런데 그 영화에 나온 건 좀 더 씩씩한 느낌의 곡 아닌가요?"

"어차피 음악이라는 건 똑같아. 이대로 아무것도 하지 않고 손가락만 빼는 것보다야 낫겠지."

"……알겠습니다. 페이브로와 적의 무선에 이 피아노곡을 틀라고 지시하겠습니다."

어이가 없는지 아니면 상관의 의도를 미처 파악하지 못했는지 대위의 대답은 평소와 달리 또렷하지 않았다.

그래도 해럴드의 지시는 곧장 실행됐다.

6백 미터 떨어진 지점에서 페이브로의 확성기를 통해 흘러나오는 녹턴 소리가 귀에 닿았다. 스피커의 성능이 좋은지

하늘에서 울리는 소리인데도 피아노의 미묘한 완급 조절이 비교적 정확히 전해진다. 소리는 점점 더 넓은 범위로 확산하며 〈녹턴 2번〉의 나직한 소리를 전부 실어 보냈다.

불가사의한 광경이었다.

황량하고 여기저기서 폭발 연기가 피어오르는 전쟁터에 지금 야상곡이 흐르고 있다.

피아노 음량이 포르티시모, 그 뒤로 포르티시시모로 이어지자 해럴드는 또다시 가족들의 얼굴을 떠올렸다. 타고난 군인이었던 아버지는 해럴드의 사관학교 입학을 당연히 여겼지만 어머니는 끝까지 반대했다. 아프가니스탄 파병 소식을 전할 때도 아들을 전쟁터로 보내며 좋아할 어머니가 어디 있겠느냐며 화를 냈다.

에드워드는 피아노를 연주하면서 "형은 역시 우리 올슨 집안의 자랑이야" 하고 약간 질투 섞인 목소리로 해럴드를 띄워 주었다. 그래도 "나한테는 총성보다 이 피아노 소리가 더 맞는 것 같아" 하며 자신이 나아갈 길에 대해서는 일말의 미련도 없는 듯해서 해럴드는 가슴을 쓸어내렸다.

참, 그러고 보니 해럴드가 입대했을 때도 에드워드는 〈군대 폴로네즈〉를 연주해 주었다. 나중에 꼭 다시 들으러 오라고 했고 어머니는 그 옆에서 힘없이 고개를 숙이고 있었다. 그러더니 어머니는 갑자기 해럴드의 손을 꼭 붙잡고 말없이 자기 볼에 갖다 댔다. 그 볼은 촉촉하게 젖어 있었다.

이게 대체 어떻게 된 일일까. 이 녹턴을 듣고 있으면 그간 잊고 있던 기억들이 되살아난다. 가슴이 왠지 저릿하지만 결코 불쾌하지는 않다. 이 녹턴 곡 자체에 깃든 호소력 때문일까. 아니면 저 동양인이 선보이는 마술일까.

평온하고 상냥한 음악이 계속해서 전쟁터에 쏟아진다. 이슬람의 땅에서 머나먼 유럽에서 울리는 피아노 소리가 바람에 실려 흐르고 있다.

잠깐. 바람에 실려?

해럴드는 그제야 위화감의 정체를 깨달았다.

지금 이 전쟁터에 흐르는 것이라고는 〈녹턴 2번〉과 바람 소리뿐이고, 바로 조금 전까지 들리던 총성과 포격 소리는 어느새 자취를 감추었다.

말도 안 돼. 이게 정말로 가당키나 한 일인가.

"대위. 총성이 들리지 않는 것 같군."

"……그런 것 같습니다."

"뭔가 변화가 있는 것 같아. 페이브로를 호출하게."

"지금 바로 연결하겠습니다."

—여기는 페이브로.

"해럴드 소령이다. 상황을 보고하라. 총성과 포탄 소리가 멎었다."

잠시 페이브로에서 응답이 없었다.

"무슨 일이지? 페이브로."

―그게…… 뭔가 이상합니다. 버스를 포위 중이던 탈레반 병사들이 하늘을 올려다본 채로 총을 내려놓고 있습니다……. 앗!

"무슨 일이지!"

―인질들을 태운 버스가 움직이기 시작합니다! 느린 속도지만 두 대 다 방향을 선회해 차만 쪽으로 향하고 있습니다!

"적의 동향은?"

―반응은…… 없습니다.

"뭐라고?"

―현재 적이 이동 중인 버스에 접근하거나 공격을 가하는 낌새가 확인되지 않습니다.

해럴드는 무심코 대위와 서로 얼굴을 마주 봤다.

"다시 한번 보고하라."

―탈레반 측에 전투 또는 인질 구금 의사가 보이지 않는 상황입니다. 인질들을 태운 버스 두 대는 아무 방해도 받지 않고 지금 현장을 벗어나고 있습니다. 거리가 점점 벌어집니다. 반복합니다. 탈레반 측에 현재 공격 의사가 확인되지 않고 있습니다.

대위는 거의 망연자실한 표정이었다.

"소령님. 이게 대체 무슨 마법이죠?"

"내가 한 게 아니야."

해럴드는 노트북 화면에 비치는 동양인을 가리켰다.

"이유는 저 남자에게 묻게."

전쟁터에서 총성이 끊긴 시간은 대략 5분.

그러나 인질 스물네 명이 탈출하기에는 더없이 충분한 시간이었다.

◇◇◇

일단 포르티시시모까지 음량을 높인 멜로디가 그 직후 다시 아래로 떨어졌다. 그래도 음은 끊기지 않는다. 마장조 선율이 속도를 높여 거듭되지만 음형이 또렷하다.

지나치게 감정에 몰입하지 말라는 작곡자의 의도를 벗어나 미사키가 연주하는 〈녹턴 2번〉은 듣는 이들에게 다양한 생각을 안기고 있다. 옆에 앉은 엘리안느는 물론 다른 관객도 저마다 예전 추억들을 떠올리는 듯하다.

잠시 후 녹턴은 마지막으로 고양된 분위기를 보인다. 바닥을 기는 것처럼 이어지던 멜로디가 한 차례 높이 뛰어올라 포르티시모로 바뀐다.

얀은 이제 미사키가 향하는 곳을 가만히 지켜볼 수밖에 없었다.

절박함을 동반한 코다. 가볍게 누르는 타건이 긴장감을 증폭시킨다.

그리고 이어지는 마지막 세 소절.

음이 조용히 사라져 간다.

마지막 음이 공기에 스르르 녹아든다.

미사키는 만족한 것처럼 고개를 한 번 끄덕이더니 몸을 일으켜 객석을 향해 가볍게 고개를 숙였다. 표정에는 실망도 후회도 없다. 평소 앞에 있는 사람에게 호감을 주는 그 미소만이 떠올라 있다.

얀은 의자를 박차고 일어섰다.

미사키의 마음에 호응할 방법으로 이것밖에 떠오르지 않았다.

같은 콩쿠르 참가자라는 처지도 잊고 얀은 크게 소리쳤다.

"브라보!"

그게 신호탄이었다.

공연장 이곳저곳에서 기립 박수가 터졌다. 한 박자 늦은 박수 소리도 들린다. 동정하거나 위로하는 게 아니다. 진심이 담긴 따스한 박수다. 정식 과제곡도 아닌 녹턴에 이런 반응이 나오는 건 예상 밖이었다.

관객의 박수갈채를 듣고 미사키는 무대 옆으로 가다가 멈춰 섰다. 뜻밖이라는 듯이 주위를 둘러보더니 다시 한번 고개를 숙인다.

칭찬이 아닌 공감을 나타내는 환호성은 그 뒤로도 한동안 이어졌다.

참가자들의 연주가 전부 끝난 뒤에도 공연장에는 기분 좋은 긴장감이 잔물결처럼 펼쳐져 있었다. 지금부터 심사 발표가 시작된다.

　얀과 엘리안느를 포함한 결선 진출자 여덟 명은 무대 옆에 모여 가만히 발표를 기다리고 있었다.

　참가자들의 긴장감은 옆에서 봐도 확연했다. 평소에 거의 긴장하거나 겁먹을 일이 없을 것 같은 올슨도 왠지 침착하지 못한 것처럼 보인다.

　그런 그들과 달리 얀은 다른 일곱 명을 관찰할 여유가 있었다. 자신감이 있어서는 아니다. 내 연주로는 기껏해야 입상, 운 나쁘면 순위권 밖을 각오해야 할 것이고 무엇보다 예전만큼 쇼팽 콩쿠르 우승에 관심이 가지 않았다. 아버지가 신경 쓰이지도 않았다.

　잠시 후 카민스키를 비롯한 심사위원들이 무대 위에 등장했다.

　술렁거리던 객석이 썰물 빠지듯 조용해졌다.

　카민스키가 마이크를 잡았다.

　─공연장에 와 주신 관객 여러분, 오래 기다리셨습니다. 그럼 지금부터 쇼팽 콩쿠르의 입상자를 발표하겠습니다. 콩쿠르인 만큼 당연히 순위가 매겨집니다만, 결선에 남은 여덟 명의 참가자는 모두 탁월한 재능을 지닌 주인공들입니다. 순위와 상관없이 앞으로 클래식 음악계를 짊어지고 갈 젊은이

들입니다. 그들의 연주를 특등석에 앉아 들을 수 있어서 저희 심사위원단은 대단히 행복했습니다. 특히 이번 콩쿠르는 개최 기간에 나라 안팎으로 여러 문제가 있었던 탓에 한때는 콩쿠르 중단을 염두에 두기도 했지만, 계속 진행할 수 있었던 것은 콩쿠르 관계자분들을 비롯한 쇼팽 애호가인 청중 여러분들의 열의 덕분입니다. 여러분은 음악을 사랑하는 마음이 폭력에 맞설 수 있다는 것을 증명해 주었습니다. 심사위원을 대표해 감사의 말씀을 전합니다.

일종의 승리 선언이었다. 객석에서는 예상 못한 박수 소리가 터져 나왔다.

─그럼 순위를 발표하겠습니다. 6위, 에드워드 올슨.

올슨이 앗 하더니 서둘러 무대로 뛰어나갔다. 아무래도 순위에 오를 줄 예상하지 못한 듯했다.

─5위. 발레리 가가리로프.

가가리로프는 흥 하고 코웃음을 쳤다. 불만스러운 결과라기보다는 오히려 납득하는 느낌이었다.

─4위. 엘리안느 모로.

엘리안느도 어머! 하고 뜻밖이라는 듯이 목소리를 높였다. 스스로 기대한 것 이상의 결과라는 분위기가 전해졌다.

"축하해. 얼른 가 봐."

얀은 엘리안느의 등을 가볍게 밀어 줬다. 엘리안느는 약간 수줍어하듯 미소를 지으며 종종걸음으로 무대 가운데를 향해 걸어갔다.

—3위. 첸 리펑.

호명된 중국인은 손가락으로 딱 소리를 냈다. 예상대로 됐
다는 반응이다. 리펑은 가슴을 쭉 펴고 조명이 비치는 방향
으로 향했다.

—2위. 사카키바 류헤이.

순간 객석이 오오, 하는 소리와 함께 술렁이기 시작했다.
당사자는 기쁜 듯이 미소 짓고는 바로 옆에 선 미사키의 소
맷자락을 잡아당겼다.

"축하드립니다. 사카키바 씨."

"가, 감사합니다."

"혼자 무대 중앙까지 가실 수 있겠어요?"

미사키가 묻자 사카키바는 잠시 고민하는 듯했다.

"갈 수 있어요."

그렇게 대답하고 그는 가볍게 한 걸음을 내디뎠다. 어린아
이처럼 위태위태한 걸음걸이. 그래도 사카키바는 관객들의
환호성을 나침반 삼아 정확히 무대를 향해 걸어간다.

"왜 저 사람을 혼자 보냈어? 아직 위태로워 보이는데."

"그 말씀 그대로 아직 위태로워 보이기 때문입니다. 겨우
열여덟 살에 쇼팽 콩쿠르 2위. 일본에 돌아가면 그는 일약
스타가 되겠죠. 그러면 당연하다는 듯이 사방에서 다양한 잡
음이 쏟아질 겁니다. 그럴 때 그 잡음에 휩쓸려 넘어지지 않

도록 그는 지금부터라도 조금씩 혼자 걷는 연습을 해야만 합니다."

미사키는 눈을 가늘게 뜨며 말했다. 얀은 왠지 미사키에게 피아노를 배웠다는 일본인 학생들이 조금 부러워졌다.

그리고 카민스키가 마지막으로 그 이름을 입에 담았다.

―1위. 얀 스테판스.

순간 귀를 의심했다.

그러자 한 박자 늦게 관객석에서 폭죽과도 같은 탄성이 터져 나왔다.

그렇게 감정을 고스란히 드러낸 연주였는데, 우승이라고?

대번에 심장 박동수가 확 솟구쳤다. 머릿속이 뱅글뱅글 돌고 뭐가 뭔지 알 수 없었다.

"축하드립니다."

미사키의 나직한 목소리를 듣고 얀은 정신을 차렸다.

"얀 씨의 연주가 최고였다고 인정받았네요. 분명 하늘에 있는 쇼팽도 만족했을 겁니다."

아무래도 꿈이나 몰래카메라는 아닌 듯하다.

가슴속이 뜨거워졌다.

몸이 하늘에 두둥실 뜨는 느낌이었다.

"자, 다녀오세요. 모두가 얀 씨를 기다리고 있습니다."

미사키가 가리키는 쪽에서 눈부신 불빛과 다른 참가자들의 모습이 보였다. 저곳이 바로 영광의 장소다.

그러나 얀은 다리를 살짝 앞으로 내밀었다가 멈칫했다.

돌아보니 미사키는 평소와 똑같이 온화한 미소를 머금고 있다.

그렇게 압도적인 피아니즘을 보여 줬는데도 미사키는 순위에조차 들지 못했다. 승패에는 운이 따른다. 당연히 예상 밖의 결과도 나온다. 결선 연주 도중 급작스럽게 곡을 바꾼 것을 떠올리면 당연하다고 해도 될 만한 결과다.

그래도 얀은 왠지 마음이 편치 않았다. 미사키는 그저 연주 기술을 선보이는 것보다 한 차원 높은 품격을 보여 줬다.

"자, 얼른."

미사키가 채근했다.

"얼른 가서서 모두의 축복을 받고 돌아오세요. 그것이 지금 얀 씨에게 주어진 사명입니다."

당신은 어떻게 그렇게까지 남을 축복해 줄 수 있는 거야. 얀은 목 끝까지 차오른 말을 다시 집어삼켰다. 지금 미사키에게 건넬 말은 아니다.

등을 떠밀리듯 얀은 다시 무대를 향해 발걸음을 뗐다.

폴란드인의 우승에 청중들은 환희하는 듯했다. 끓는점 바로 직전의 열기가 무대 위까지 전해졌다.

"축하한다, 얀."

카민스키가 내민 손에서는 따스함이 느껴졌다.

"넌 이제 자랑이다. 나. 그리고 이 나라에도."

예전 은사의 얼굴이 갑자기 부옇게 보였다.

눈시울이 뜨거워졌다.


# 4


다음 날 21일, 얀을 포함한 입상자들은 와지엔키 공원에 설치된 특설 회장 안에 있었다.

구름 한 점 없는 푸른 하늘이 펼쳐져 있다. 바람도 적당히 건조해 쾌적했다.

시상식과 입상자 공연이 이곳에서 이뤄진다. 이런 계절에 와지엔키 공원은 야외 콘서트장으로 자주 쓰이니 부자연스럽지는 않다. 아니, 와지엔키 공원의 자연을 사랑한 쇼팽, 그리고 그가 쓴 곡을 연주한다면 이곳만큼 연주 장소로 안성맞춤인 곳도 없을 것이다.

공원에 어울리지 않는 광경도 눈에 띄었다. 엄청나게 많은 경찰관들이다. 시상식에 현 코모로프스키 대통령이 참가하니 어쩔 수 없는 조치지만 그래도 공원 풍경과 어울리지 않는 건 확실하다. 특히 공원과 경찰의 조합을 보는 건 얀에게 마리가 휩쓸린 그날의 사건을 떠올리게 했다.

"살벌하네. 콘서트장이라기보다는 꼭 국제 회의장 같아."

엘리안느가 놀란 얼굴로 주변을 둘러봤다.

"어쩌면 관객보다 많지 않을까?"

얀이 들은 바에 따르면 테러 사건이 한 번 일어난 곳에서 콘서트를 여는 것을 반대하는 의견도 나왔다고 한다. 그러나 한 번 일어났으니 두 번은 일어나지 않을 거라는 의견이 더 지지를 받았다. 무엇보다 참극이 일어난 장소이니 희생자들의 영혼을 달래는 의미로 음악을 연주하고 싶다는 쇼팽 협회의 의지가 강했다.

그랜드피아노가 중앙에 놓인 회장에서 가만히 기다리고 있자 대통령 일행이 도착했다. 카민스키 위원장의 안내를 받으며 코모로프스키 대통령이 모습을 드러낸다. 양옆을 경호원이 호위하고 그 주변을 다시 경찰 부대가 둘러싼 삼엄한 분위기지만 정작 당사자인 대통령은 만면에 미소를 짓고 있다.

얀은 정치에 전혀 관심이 없어서 장관 한 명의 이름도 모르지만 그래도 한 나라의 지도자에게 상을 받는다는 것을 떠올리자 역시나 조금 긴장됐다. 이렇게 긴장하는 사람이 나뿐일까 싶어 뒤를 돌아보니 엘리안느와 에드워드, 더 나아가 가가리로프와 리펑까지 긴장한 듯이 웃고 있어서 내심 안심했다. 평소와 똑같은 사람은 사카키바뿐이었다.

사카키바 옆에는 미사키도 보였다. 입상자는 아니지만 아무래도 사카키바를 돕기 위해 함께 온 듯했다.

"미사키가 와 있어."

"보지 마."

엘리안느는 눈을 내리깔며 말했다.

"사카키바 씨에게 부탁을 받고 어쩔 수 없이 왔을 텐데 본인한테 이 자리가 얼마나 가시방석 같겠어. 난 가슴 아파서 못 보겠어."

잠시 후 웅장한 팡파르 소리와 함께 시상식이 시작됐다.

가장 먼저 카민스키가 단상에 섰다. 오늘 날씨처럼 맑고 쾌활한 얼굴을 보자 얀은 긴장이 조금 풀렸다. 콩쿠르 동안에는 이런저런 어려움이 있었지만 결과적으로 나의 우승으로 카민스키에게 보답할 수 있었다고 생각하니 자연스럽게 입가에 미소가 떠올랐다.

그때 먼 곳에서 갑자기 폭발음이 울렸다.

얀은 반사적으로 어깨를 움찔했다.

멀리서 들린 소리인데도 단숨에 주변이 소란스러워졌다. 비명과 아이 울음소리가 여기저기서 터졌다.

"또 테러인가!"

"궁전 쪽이야!"

경찰 부대의 움직임은 신속했다. 즉시 폭발음이 들린 곳을 향해 눈사태가 난 것처럼 우르르 달려가자 주변에 그토록 많던 경찰관들이 순식간에 사라졌다.

멀리서 큰일이 벌어지기는 했어도 자신이 휘말리지는 않았다는 것을 깨달은 관객들이 하나둘 진정하기 시작했다. 카민스키는 쓴웃음을 지으며 마이크 앞으로 다가갔다.

―아무래도 올해는 마지막까지 테러와 함께하는 콩쿠르

가 될 것 같군요. 그렇다면 저희도 역시 끝까지 일상을 잘 이어 가야겠죠. 말은 이렇게 하지만 저도 조금 전 그 일 때문에 놀라서 연설 내용을 까맣게 잊어버렸네요.

회장 안에 나직한 웃음소리가 들렸다. 덕분에 분위기가 제법 누그러졌다.

─연설을 못 하게 된 건 저, 그리고 지금 이곳에 계신 여러분께도 좋은 일일 겁니다. 그럼 곧바로 입상자 시상식을 시작하겠습니다. 대통령께서는 이쪽으로.

성대한 박수 소리를 들으며 대통령이 무대 위에 올라가 카민스키와 악수했다.

자, 이제 시작이다.

얀이 허리를 꼿꼿이 세웠을 때, 두 번째 돌발 사고가 일어났다.

얀의 등 뒤에서 검은 그림자가 나와 옆을 쓱 지나가더니 맹렬한 기세로 단상 위로 뛰어 올라간 것이다.

검은 그림자가 카민스키를 덮쳤다. 경호원도 대통령에게서 떨어진 탓에 빈틈이 생긴 순간이다. 검은 그림자는 대번에 카민스키를 쓰러뜨리고 왼팔을 위로 들어 올렸다.

악몽을 꾸고 있다고 생각했다.

검은 그림자의 정체는 미사키였다.

심지어 미사키가 비틀어 올린 카민스키의 손에는 권총이 들려 있었다.

"당신이 행동을 개시하려면 이때밖에 없을 거라 예상했습니다."

"이거 놔!"

"더 이상 무고한 생명을 해치게 그냥 둘 수 없습니다. 조금 전에 그 폭발은 이곳 경비의 눈을 다른 곳에 돌리기 위한 양동 작전이었겠죠. 아니, 더 나아가 당신이 저지른 폭탄 테러 사건은 모두 오늘 이날을 위한 양동 작전이었다고 해도 과언이 아닙니다. 경찰력의 눈을 폭탄에 집중시킨 다음 근접 거리에서 방심을 불러 확실하게 사살한다. 그런 계획이었던 겁니다."

놀라서 안색이 변한 대통령을 경호원들이 둘러쌌다. 경호원 한 명이 카민스키를 제압 중인 미사키에게 다가가자 미사키는 꺾어 올린 카민스키의 팔을 더 높이 치켜들었다.

"이 권총이 뭘 의미하는지 아십니까? 이 남자가 바로 '피아니스트'입니다."

"무슨 소리야!"

얀은 소스라치게 놀라 당장 미사키에게 따지고 들었다.

"선생님이 테러리스트라니! 대체 무슨 증거로……."

"증거는 바로 이 권총입니다만 더 주목해야 할 건 바로 이겁니다."

미사키는 카민스키의 오른손을 앞으로 보였다. 손등에 희미한 붉은 선이 남아 있다. 콩쿠르 공연장에서 형사가 살해된 날 인파 속에서 누군가에게 긁힌 상처다.

"바인베르크 경부님께 들었습니다만 그날 공연장에 와서 대기실에 드나들 수 있었던 사람은 총 122명. 그중 '피아니스트'가 포함돼 있을 것으로 추정되는 프랑스 여행력이 있는 사람은 18명. 저를 제외한 일곱 명의 결선 진출자, 그리고 아담 카민스키 심사위원장을 비롯한 열한 명의 심사위원들입니다. 저는 악수를 구실로 이 열여덟 명의 손을 전부 확인했습니다만, 그중 손에 상처가 있는 사람은 카민스키 심사위원장과 사카키바 씨뿐이었습니다. 그러나 사카키바 씨는 당일 옷을 갈아입지 않았기 때문에 범인이 아닌 조건이 성립했죠."

미사키의 설명에 따르면 사카키바는 시각 장애인이니 가까운 거리에서 사람을 죽일 경우 피가 튈 것을 고려해 당연히 옷을 갈아입었을 것이라고 했다. 미사키가 관계자들을 만나 틈만 나면 악수를 청하고 다닌 이유가 바로 그것이었을 줄이야.

"잠깐만, 미사키. 그럼 손에 난 상처로 선생님과 사카키바 씨를 용의자로 특정한 근거는 뭔데?"

"그게 바로 '피아니스트'가 피오트르 형사의 손가락을 자른 이유이기 때문입니다. '피아니스트'의 정체를 알아챈 피오트르 형사는 대기실에 불려 가 카민스키 심사위원장과 마주 보고 섰을 때 상대를 경계했겠죠. 그러다가 순간 허를 찔려 권총을 빼앗기는 바람에 다시 권총을 되찾으려고 상대의 손을 붙잡았고 그때 바로 손등에 상처가 생긴 겁니다. 그리고 당연히 피오트르 형사의 손톱에는 카민스키 심사위원장의 피부 조각이 박혔을 테고요."

내심 놀랐다. 그 피부 조각에서 DNA를 검출해 손등에 상처가 있는 사람과 대조하면 범인을 즉시 밝혀낼 수 있다.

"범인은 손톱에 남은 피부 조각을 가져가야 했습니다. 그러나 손에 상처를 남긴 손가락만을 처리하면 목적이 들통 날 염려가 있었죠. 그래서 범행을 감추기 위해 카민스키 심사위원장은 피오트르 형사의 모든 손가락을 절단한 것입니다. 아마 잘라낸 손가락은 혼란을 틈타 공연장 안에 있는 화장실 변기에라도 버렸겠죠. 아닙니까, 카민스키 위원장님?"

미사키가 내려다보자 카민스키는 입술 끝을 일그러뜨렸다. 얀은 지금껏 한 번도 본 적이 없는 사악한 얼굴이었다.

"그야말로 논리가 빈약하군, 미사키. 핵심 증거가 없잖나."

"네. 맞습니다. 그래서 전 범인이 당신이라는 걸 대략 눈치챘어도 대놓고 지적할 수는 없었죠. 이렇게 당신이 직접 행동에 나서는 순간을 기다릴 수밖에 없었던 겁니다."

"그냥 내버려 뒀어도 되지 않나? 어차피 자네한테는 다른 나라 이야기잖아. 사람이 몇 명 죽든 형사 놈들이 몇 명 뒈지든 자네와는 상관이 없다는 말이야."

"당신이 설치한 폭탄 때문에 제 소중한 친구가 목숨을 잃었습니다. 상관없다고 할 수 없습니다."

주변에 있는 경호원은 미사키의 그 말을 듣고서야 그가 지금 제압 중인 상대의 정체를 알아챘을 것이다. 네 명의 경호원이 미사키 대신 카민스키의 신병을 확보했다.

대통령이 이제는 저항을 멈춘 카민스키를 향해 천천히 다가갔다.

"참으로 믿기 어려운 일이군. 테러에 굴하지 말라는 내용의 감동적인 성명문을 발표한 당사자가 테러리스트였을 줄이야."

"아마 카민스키 위원장도 필사적이었을 겁니다. 자신과는 관련 없는 테러 때문에 쇼팽 콩쿠르가 중단되는 사태만은 피하고 싶었겠죠. 그 성명문의 핵심 취지는 콩쿠르를 계속 이어 가야 한다는 것이었습니다. 대통령 곁에 가까이 다가갈수 있는 기회는 오직 오늘 이 시상식뿐이기 때문입니다."

"그렇다면 일련의 테러가 모두 나를 암살하는 게 최종 목적이었다는 건가?"

"최종 목적은 분명 그랬겠죠. 이전 대통령께서 목숨을 잃은 전용기 추락 사고도 경찰은 '피아니스트'의 소행으로 보고 수사 중이라고 하니까요. 다만 오직 그것만을 위해 같은 나라 국민들 수십 명의 목숨을 빼앗은 건 아니라고 봅니다. 다른 테러리스트들과 마찬가지로 일반 시민들도 카민스키 위원장에게는 그저 희생양에 불과했을 거예요."

"왜지?"

대통령은 이제는 꼼짝 못하고 있는 카민스키를 내려다보며 물었다.

"레흐 카친스키와 내가 자네에게 무슨 잘못이라도 저질렀나?"

"당신들이 폴란드의 대통령이기 때문이다. 바로 당신들이 루돌프를, 내 외아들 루돌프를 죽였어!"

"루돌프?"

"벌써 잊어버린 건 아니겠지. 3년 전 파키스탄 국경 마을에서 폴란드군 병사 일곱 명이 저지른 주민 학살 사건. 그때 학살을 막고자 나선 젊은 자국 병사도 희생됐지. 자국 군인의 광기에 휩쓸려 맞아 죽은 젊은 군인. 그가 바로 내 아들 루돌프 카민스키다!"

순식간에 대통령의 얼굴이 굳었다.

"미군의 고발 덕분에 그 일이 만천하에 드러나게 됐지만 이 나라의 군 당국과 정부는 사안을 은폐하려 했고 자신들의 체면을 지키기 위해 그 일곱 명에게 제대로 된 처벌도 내리지 않았어. 우리 아들 루돌프는 임무를 수행하다가 평범하게 죽은 전사자 취급을 당했고! 심지어 정부는 내게도 압력을 가했지. 앞으로 음악원 학장 일을 계속하고 싶으면 입 다물고 있으라고. 내 아들은 두 번 살해된 거야. 한 번은 자국 군인들에게. 또 한 번은 당신들, 그러니까 폴란드라는 이 국가에게!"

카민스키의 눈이 어두운 빛을 머금었다.

미사키는 침통한 목소리로 입을 열었다.

"전 대통령의 사망으로 경비 태세는 전보다 더 엄중해졌습니다. 아무리 음악원 학장이라는 직함이 있어도 쉽사리 관저 근처에 다가갈 수 없었겠죠. 그런 상황에서 카민스키 위원장이 대통령과 접촉할 수 있는 몇 안 되는 기회가 바로 이 쇼팽 콩쿠르 시상식이었던 겁니다."

"자네가 테러리스트로 전락한 이유가 고작 그 복수 때문인가?"

"복수라는 동기에 무슨 문제라도 있나? 그럼 당신들이 머나먼 타국에 젊은 군인들을 파견하는 이유는 대체 뭐지? 그게 다 나라의 체면이나 이익 따위를 위해 그들을 보내 피부색이 다른 이들을 무차별적으로 죽이고 있을 뿐이잖아. 당신은 내 복수를 비웃을 자격이 없어!"

카민스키는 말을 끝마치고 침을 퉤 뱉었지만 대통령의 얼굴에는 닿지 않았다. 대통령은 그를 벌레 보듯 내려다보고는 손으로 바지를 툭툭 털었다.

"얼른 그를 데려가게. 이건 1급 국가 반역죄야."

카민스키는 경호원들에게 붙잡혀 질질 끌려갔다.

얀은 그들이 옆을 지나치자 참지 못하고 목소리를 높였다.

"선생님!"

카민스키는 얀을 딱 한 번 쳐다봤다.

말없이 쓸쓸해 보이는 미소를 짓고 있다.

그것으로 충분했다. 지금 카민스키에게 무슨 말을 들어도 그저 울고 싶을 것이다.

천천히 사라져 가는 예전 은사를 지켜보고 있자 시야 끝에서 그 얼굴을 발견했다.

왜 저런 곳에. 얀은 가슴이 두근거리는 것을 느끼며 그를 향해 뛰어갔다.

비톨트는 특설 회장 끝에 있는 인파 속에 섞여서 단상을 보고 있었다.

"아빠. 이런 데서 뭐 해?"

"아들이 쇼팽 콩쿠르에서 우승했으니 아버지가 시상식에 참석하는 건 당연하지."

"그럼 아빠답게 가장 앞줄에 앉든가 해야지. 왜 거기 그렇게 숨어 있어."

거기까지 말했을 때 얀은 문득 머릿속이 번뜩였다.

"아빠……. 아빠는 알고 있었구나. '피아니스트'가 카민스키 선생님이라는 걸."

"그래. 알고 있었지."

비톨트는 눈썹 하나 까딱하지 않고 대답했다.

"실은 매일 카민스키의 뒤를 따라다녔다. 심사위원장이라는 위치에서 조금이라도 널 응원해 줬으면 해서. 그랬더니 어떻게 됐냐. 카민스키가 가는 곳곳마다 사건과 사고가 끊이지 않았지. 난 카민스키의 아들의 죽음이 국가에 의해 부조리하게 은폐되었다는 사실을 알고 있었고 그 일 때문에 그가 테러를 저지르고 다닌다는 것을 조금씩 깨닫게 됐다."

범인으로 연행되는 모습을 봐서인지 비톨트는 애써 냉정함을 감추려 하지 않았다.

"전에 내가 보호받고 있고 테러에 휩쓸려 죽을 리도 없다고 단언한 것도 그 때문이었어?"

"그래. 카민스키가 널 아들처럼 생각하고 있다는 것도 알고 있었으니까. 녀석이 어떤 테러 활동을 벌이고 다니든 너만은 다치게 하지 않을 거라 믿었다. 실제로도 그랬고."

"알면서도 왜 선생님을 말리지 않은 거야?"

"말려서 될 일이 아니니까."

비톨트는 그렇게 잘라 말했지만 얀은 아버지의 말에서 거짓의 기운을 느꼈다.

"설마 그걸 가지고 거래한 거야?"

"……뭐?"

"선생님이 테러리스트라는 걸 경찰에 알리는 것과 내 콩쿠르 성적을 거래한 거냐고!"

기어코 입 밖에 꺼내자 마음이 검게 그을렸다. 바로 조금 전까지 품었던 자긍심이 산산이 무너져 내렸다.

"그걸 걱정했냐? 그렇다면 안심해라. 물론 그렇게 할까도 떠올렸지만 거래를 제시하기도 전에 카민스키는 네게 영예를 선사했으니.”

아버지의 말을 어디까지 믿어야 좋을지 알 수 없었다. 지금은 결과 발표 당시 카민스키가 내 손을 잡아 줬을 때 느낀 온기 쪽을 더 믿을 수 있다.

“그러니 네 우승은 정당한 결과다. 자랑스럽게 여겨라.”

“고마워. 고마워서 눈물이 나올 지경이야.”

비톨트가 두 팔을 활짝 펼쳤다.

“얀. 이로써 넌 어엿한 스테판스 집안의 자랑거리가 됐다. 자, 이제 같이 집에 돌아가자. 가서 축배를 들자꾸나.”

“축배는 아빠 혼자 들어. 난 두 번 다시 그 집에 돌아가지 않아.”

얀은 아버지에게서 등을 확 돌렸다.

그렇다. 조금 더 빨리 이랬어야 했다.

“얀!”

비톨트가 외쳤지만 얀은 한 번도 돌아보지 않았다.


다음 날 얀은 바르샤바 프레드릭 쇼팽 공항 출입국 게이트 앞에 서 있었다.

“거처를 구하셨다고요.”

“응. 작은 집이지만 피아노만 들어가면 충분해.”

얀이 대답하자 미사키는 비로소 안심하는 듯했다.

"얀 씨는 혼자서도 잘할 수 있을 겁니다."

이 남자는 왜 이렇게 남들에게만 신경 쓰는 걸까.

"미사키야말로 앞으로 어떡할 생각이야?"

"글쎄요. 귀국하면 또 강사 일이라도 찾아야겠지요."

"아쉬운 게 두 가지 있어."

"네?"

"카민스키 선생님이 그렇게 된 뒤로 솔직히 나는 지금도 우승의 가치를 못 느끼겠어."

내 성적에 카민스키가 얼마나 영향을 끼쳤을까. 지금껏 의심을 씻지 못했다. 씻지 못하는 한 우승의 영예도 거짓에 불과하다.

"이건 사적인 의견입니다만, 제자의 채점에 가담하지 않는다는 규칙이 엄연히 있었을 겁니다. 카민스키 위원장님이 무리하게 영향력을 발휘할 수는 없었겠죠. 얀 씨의 우승은 지극히 정당한 결과입니다. 제가 보증하겠습니다."

미사키는 얀의 어깨 위에 손을 살짝 얹었다.

"모두에게 인정받은 분이 자기 자신을 비하해서는 안 됩니다. 그건 정당하게 평가한 사람들을 모욕하는 짓이니까요. 얀 씨와 사카키바 씨, 엘리안느 씨. 그 밖에 결선에 남은 모든 분들이 저마다 탁월한 재능을 지녔다는 카민스키 위원장님의 말은 진심이었을 겁니다."

"하지만."

"그렇게 결과를 믿지 못하겠다면 믿지 않으셔도 됩니다. 다만 자신의 능력만은 믿어 보는 게 어떨까요. 얀 씨는 조금 더 나 자신을 좋아해야 합니다."

"나 자신을 좋아한다?"

"나 자신을 좋아한다. 나 자신의 음악을 좋아한다. 현실에서 도피하지 않기 위해 반드시 필요한 태도입니다."

"……그게 바로 또 하나의 아쉬운 점이야."

"네?"

"미사키는 왜 폴란드에서 태어나지 않았어? 그럼 내 선생님이 될 가능성도 있었을 텐데."

"그래서 제자와 함께 쇼팽 콩쿠르에 참가하고요?"

미사키가 웃음을 터뜨려서 얀도 덩달아 웃었다.

그때 비행기 탑승을 알리는 방송이 들렸다.

"그동안 신세 많이 졌습니다."

미사키는 여행용 가방을 다른 손에 들고 고개를 숙였다.

신세를 진 건 오히려 나야. 얀이 그렇게 짚어 주기도 전에 미사키는 곧장 등을 돌려 탑승구로 향했다.

아무래도 그의 사전에는 망설임이나 미련 같은 단어는 없는 듯하다.

"건강해야 해!"

천천히 사라져 가는 뒷모습을 향해 그렇게 외치자 미사키는 손을 딱 한 번 흔들어 주었다.

또 어디선가 만날 수 있기를.

그렇게 기원하며 1층 로비에 내려가자 대기실에 설치된 대형 TV 화면이 갑자기 바뀌었다.

—지금 막 들어온 속보입니다. 바로 조금 전 파키스탄의 자르다리 대통령이 전 세계를 상대로 긴급 메시지를 발표했습니다.

파키스탄 대통령의 긴급 메시지?

얀은 가던 발걸음을 멈췄다.

TV 화면이 조악한 화질의 화면으로 바뀌더니 안경을 낀 쾌활해 보이는 대통령의 모습이 나왔다.

—파키스탄 대통령 아시프 알리 자르다리입니다. 쇼팽 콩쿠르의 결선 진출자인 미사키 요스케. 혹시 이 메시지를 보고 있나?

별안간 미사키의 이름이 튀어나와서 얀은 깜짝 놀라 입이 떡 벌어졌다.

—자네에게 감사 인사를 해야 할 것 같아서 이렇게 메시지를 전하네. 20일에 있었던 일일세. 아프가니스탄 영내에서 파키스탄 시민 스물네 명이 탈레반의 인질로 붙잡혔네. 그리고 구출을 의뢰한 미군이 적의 공격을 받아 고전하고 있을 때 자네가 연주한 쇼팽의 음악이 전쟁터에 흘렀지. 고작 5분의 연주였어. 그러나 5분 동안 총격과 포격은 완전히 멎었네. 그 탈레반이 피아노 선율이 흐르는 동안 총을 쏘지 않은

거야. 그러네. 단 한 발도. 덕분에 스물네 명의 인질은 그 틈을 타서 탈출할 수 있었고.

대통령의 목소리가 희미하게 떨렸다.

─참으로 희한한 일이지. 이것이 바로 음악의 힘 아니겠나? 미사키. 콩쿠르 심사위원들이 자네에게 상을 주지 않았다고 들었네. 그러나 자네의 연주는 우리에게 기적을 선사했네. 자네가 연주한 녹턴 덕분에 스물네 명의 사람들이 소중한 목숨을 구한 거야. 심사위원들이 상을 주지 않았다면 우리가 대신 자네에게 감사와 영광을 전하고 싶네. 정말로 고맙네, 미사키. 자네의 음악이 언제까지나 쇼팽의 영혼과 함께하기를 기원하겠네.

끝까지 보지 못하고 얀은 조금 전에 온 길을 되돌아갔다.

젖 먹던 힘을 다해 달렸다.

여행자들 옆을 스쳐 지나고, 사이사이를 빠져나가 원래 있던 곳으로 뛰어간다.

미사키. 당신에게 반드시 전해야 해.

지극히 정당한 평가라고?

그 말은 당신을 위해서 존재하는 말이야. 테러의 위협에 맞서 경찰은 물론 우리 콩쿠르 참가자들은 아무것도 하지 못했어. 전쟁의 광기와 유일하게 맞서 싸운 건 오직 당신의 녹턴뿐이야.

당신이야말로 진정한 우승자야.

잠시 후 얀은 간신히 입국 심사장 앞에 도착했다.

그러나 아무리 고개를 두리번거려도 미사키는 보이지 않았다.

*Intermezzo*

# 간주곡

본 에필로그는 『잘 자요, 라흐마니노프』와 『언제까지나 쇼팽』 사이에 일어난 이야기입니다.

## I

"그러니까 왜 연주회에 초청된 피아니스트가 전철 같은 걸 타고 가야 하는 건데! 우리를 맞으러 나올 택시도 없는 거야? 이런 말도 안 되는 일이 어딨어!"

한산한 전철 안에서 시모스와 미스즈가 연신 투덜거렸다. 그러자 두 자리 옆에 앉은 이루마 히로토는 노골적으로 얼굴을 찌푸렸다.

"침 좀 그만 튀겨. 바이올린 케이스가 녹기라도 하면 어쩌려고 그래?"

"내 침 때문에 녹는다고? 카본으로 만든 케이스 아니야?"

"네 숨결에서 시큼한 냄새가 나는 걸 보면 네 침은 분명 강산성이야. 카본을 넘어 납도 녹일 수 있을걸."

"오, 그렇게 약해빠진 케이스라면 녹기 전에 걷어차 부숴 줄까?"

위풍당당한 체구에 머리를 뒤로 바짝 묶은 미스즈와 연약하고 중성적인 분위기의 남자의 대화는 조금 전부터 30분 넘게 이어지고 있다. 같은 차량 안에 탄 승객들의 눈길이 쏠릴 만큼 화려한 퍼포먼스다.

"저기, 부탁이니까 둘 다 그만 좀 해."

중간에 낀 기도 아키라는 진절머리가 난다는 듯이 말했다.

"어차피 시모스와는 나나 이루마처럼 악기를 늘 들고 다니는 것도 아니니 괜찮잖아. 공연장이 역 앞이니 그렇게 많이 걷지도 않을 테고."

"그런 걸 따지기 이전에 대접 자체가 문제라는 거야. 초청받은 연주자가 이런 굼뜬 완행열차를 타고 가서야 되겠어?"

"초청이라. 과연 그럴까. 그냥 시간에 맞는 피아니스트가 없어서 네게 제안이 간 걸 텐데."

"뭐!"

"사실을 말하는 거야. 쁘치코 헤밍*."

"다시 한번 말해 봐. 이 파충류 같은 능구렁이 자식!"

"아아, 진짜 그만 좀……."

아키라는 한숨을 푹 내쉬었다. 아키라를 사이에 두고 두 사람이 서로 으르릉거리고 있다. 대체 악단의 인사 담당자는

---

* 일본 피아니스트 후지코 헤밍의 이름을 딴 별명. 우리나라에서는 '리틀 ○○○' 식으로 별명을 붙이지만 일본에서는 '쁘띠petit'를 조합해 만든다.

연주자 간의 궁합 같은 것을 고려하긴 한 걸까.

아키라와 이루마는 음대를 졸업한 후 다행히 지역 교향악단에 들어갔다. 그러나 들어간 것까지는 성공했어도 악단원 생활이 절대 만만하지는 않았다. 월급의 대부분은 연주회 수입인데 연주회 자체가 매일 열리는 게 아닌 데다가 관객이 없으면 그만큼 수입도 줄어든다. 공연장을 빌리는 비용만 해도 150만에서 200만 엔이 들고 그 밖의 광고와 전단 인쇄비 등을 빼면 오히려 적자가 날 때도 있다.

또 지역 악단은 대부분 지자체와 향토 기업의 지원을 받아 활동하는데 오랜 불황 때문에 스폰서 쪽에서 지원을 끊어 월급이 줄어들 때도 있다. 그래서 악단은 정기 연주회 외에도 다른 곳에서 들어오는 공연 의뢰를 받아 어떻게든 그 구멍을 메우고 있다. 이번에 아키라가 소속된 악단이 초청된 것 역시 그 일환으로 고등학생 이하 청소년들이 참가하는 시민 콘서트라고 했다. 그런데 주최 측에서 피아니스트를 한 명 요청했다. 악단은 늘 피아노를 쓰는 건 아니어서 전속 피아니스트를 두지 않는다. 그래서 아키라가 알고 있는 최소 개런티로 최고의 연주를 보여 주는 미스즈에게 말을 걸게 된 것이다.

아키라는 이루마의 바이올린 실력과 미스즈의 피아노 실력을 다 최고로 인정한다.

그러나 두 사람의 성격은 최악이다.

심지어 궁합은 더욱 절망적이었다.

게다가 하필이면 나와 이 두 사람은 이제 곧 관객 앞에서 호흡을 맞춰 협주곡을 연주해야 한다.

이건 거의 벌칙 게임 아닐까.

아키라는 다시 한번 한숨을 깊숙이 내쉬었다.


공연장인 다목적 홀은 역 바로 앞에 있었다. 별생각 없이 1층 로비 게시판을 보니 대강당은 콘서트 외에도 영화와 연극 공연, 더 나아가 꽃꽂이 전시장으로도 쓰인다고 한다. 좋게 말하면 쓰임새가 다채롭고 나쁘게 말하면 용도가 불분명하고 뒤죽박죽하다. 이유를 거슬러 가면 탁상행정의 결과일 가능성이 크다. 사업 수익을 깊게 고려하지 않고 겉모습만 번지르르한 건물을 지은 것까지는 괜찮다고 해도, 일반적인 수익으로 유지비와 인건비를 감당하지 못하니 행사를 가리지 않고 장소를 제공할 수밖에 없어지는 것이다. 그리고 아마추어 수준의 행사로는 관객이 들지 않으니 계속해서 수익성이 떨어지는 악순환이 반복된다.

이번에 아키라의 악단이 초대된 행사는 지역 유대가 끈끈한 피아노 교사들이 주최한 가족 대상 연주회였다. 지역 활성화라는 명목이 붙었지만 한마디로 동네에 사는 아이들의 피아노 발표회나 다름없어 보인다.

그래도 아키라는 어느 정도는 제대로 된 공연이기를 간절히 바랐지만 연주자 대기실에 들어가자마자 그 기대는 산산이 날아갔다.

대기실 안은 마치 도떼기시장 같았다. 나풀거리는 드레스를 입은 여자아이들이 바쁘게 움직이며 허둥지둥하고 있고, 아이들보다 더 화장이 짙은 어머니들이 불꽃 튀기는 경쟁전을 펼치고 있다.

"저기, 도키모토 씨. 들었어? 이 공연장에 있는 피아노가 야마하래."

"어머. 그거 곤란하네요. 우리 유는 계속 스타인웨이로만 연습했는데. 터치가 다르면 어쩌죠?"

"웃기시네. 스타인웨이라니. 저런 꼬맹이들한테는 장난감 피아노로 충분할 것 같은데. ……응? 뭐야, 아키라. 왜 잡아당겨?"

"시모스와. 너 목소리가 너무 커."

피아노 발표회라고는 하지만 지금 여기 있는 어머니 중 대다수는 진지하게 자녀를 피아니스트로 키울 생각이 없고 피아노 교육을 그저 예체능 사교육 정도로 보지 않을까.

그러나 피아노나 바이올린을 배우면 무조건 정서 교육 및 올바른 인격 형성에 도움이 된다고 생각한다면 오산이다. 피아노를 아무리 아름답게 연주해도 타고난 성격이 잔인한 아이는 계속 잔인하고, 바이올린을 우아하게 연주하는 아이가 마음까지 우아하다고는 할 수 없다. 실제로 연주는 훌륭하지만 인성은 파탄 수준인 어엿한 사례가 여기 둘이나 있다.

아키라는 미스즈의 소맷자락을 잡아당기며 무대로 향했다. 아키라의 악단 순서는 오후 첫 번째라 지금부터 호흡을 맞춰 놓아야 한다. 다른 참가자는 어제도 이곳에서 연습했다고 하지만 우리는 그러지 못했다. 처음 만지는 피아노를 연주해야 하는 미스즈는 문제가 더 심각하다.

그러나 무대에는 이미 먼저 자리를 잡고 있는 작은 손님이 있었다.

"마코토, 그럼 안 되잖니! 왜 또 그걸 잘못 쳐!"

성격이 급해 보이는 어머니가 팔짱을 끼고 바라보는 곳 앞에서 나이가 열 살쯤 돼 보이는 남자아이가 열심히 건반을 두드리고 있다. 친다기보다 두드린다고 표현할 수밖에 없는 수준이고 레가토나 스타카토 같은 지시어도 거의 무시하고 있다. 자세히 들어 보니 아이가 연주하는 곡은 베토벤 교향곡 제9번 4악장 오케스트라 파트를 피아노곡으로 편곡한 곡이다. 초심자용이지만 마코토라는 소년에게는 그조차 어려운 듯했다.

아니, 어렵다기보다 애초에 선율 자체가 성립하지 않는다. 음정도 엉망이라 아키라는 처음 들었을 때 피아노 조율이 잘못됐다고 느꼈을 정도다.

"이제 와서 그러면 어쩌려고 그러니? 넌 아무래도 아빠 일에 관심이 있는 것 같지만 엄마가 네게 그런 금속 제련 일 같은 걸 시킬 것 같아? 넌 엄마를 닮아서 잘할 수 있어. 자, 그 부분을 다시 한번 쳐 봐."

말투에서 그녀가 내심 남편이 하는 일을 무시하고 있다는 게 훤히 보였다.

왠지 또다시 독설을 내뱉을 것 같아서 미스즈 쪽을 쳐다봤지만 뜻밖에도 미스즈는 이맛살을 찌푸린 채 가만히 입을 다물고 있다. 이루마는 어이가 없다는 듯이 천장을 올려다보고 있다. 생각해 보면 나를 비롯한 우리 세 사람 모두 음악가의 피를 물려받았으니 그저 남 일처럼 느껴지지 않을 것이다.

"엄마는 가서 선생님께 인사 좀 드리고 올게. 지금 그 부분을 계속 반복해서 치렴."

그 말을 남기고 어머니가 사라지자 마코토는 건반에서 손을 떼고 겁먹은 듯 주변을 연신 두리번거렸다.

괜한 참견이니 그만둬. 머릿속에서 목소리가 메아리쳤지만 그냥 내버려 둘 수 없었다. 그 사람, 즉 예전에 나에게 앞으로 나아갈 용기를 가르쳐 준 선생님이라면 이럴 때 분명 가만있지 않을 거라고 생각했기 때문이다.

아키라는 마코토에게 다가가 어깨에 살며시 손을 얹었다.

"연주 전에 쓸데없는 생각은 하지 않는 게 좋아."

화들짝 놀라서 돌아본 아이의 얼굴이 금세 발갛게 달아올랐다.

"엄마가 그렇게 무섭니?"

농담 섞어 물었지만 마코토는 토라진 얼굴로 입술을 쭉 내밀고 고개를 가로저었다.

"아니, 무서운 건 엄마가 아니야."

"오. 그럼 뭐가 무서운데?"

"형은 몰라? 여기, 나오는 곳이잖아."

"나오다니, 뭐가?"

"이거."

마코토는 아래로 내리고 있던 두 팔을 앞으로 내밀며 말했다.

"예전에 이 무대에서 어떤 여자 피아니스트가 연주한 적이 있는데, 연주 도중에 갑자기 죽었고…… 그 뒤로 가끔 이렇게 나오고 있대."

## 2

별로 신빙성이 가는 이야기가 아니지만 공연장 관계자에게 넌지시 물으니 마코토의 이야기는 사실이었다.

"공연장 오픈 기념 공연으로 이 지역 출신의 피아니스트를 불렀대. 그런데 그 여자가 베토벤 피아노 소나타를 연주하는 도중에 심장 발작인가 뭔가를 일으켜서 갑자기 죽었다지 뭐야. 그날 이후부터 여자가 가끔 이곳에 출몰한대."

피아노 위치가 약간 기울었다고 불평불만을 늘어놓던 미

스즈는 아키라의 이야기를 듣자마자 낯빛이 새파래졌다.

"마, 말도 안 돼. 그냥 학교 괴담 같은 거지?"

"응. 그런데 정말로 예전에 그런 사건이 있었다는 게 그냥 평범한 괴담과는 조금 다르지."

"뭐야. 설마 넌 그런 이야기를 믿어?"

"우리 집안이 원래 신앙심이 깊은 집안이야. 만약 음악의 신이 있다면 그런 귀신 같은 것도 믿어 주는 게 공평하다는 느낌도 들고."

그러자 미스즈는 고개를 세차게 흔들었다.

"공평은 무슨 공평! 신은 있을지 몰라도 귀신 같은 건 절대 없어! 자라 보고 놀란 가슴 솥뚜껑 보고 놀라는 거야! 다 착시야! 착각이야!"

피아노를 연주하는 아마조네스, 시모스와 미스즈의 약점이 이거였나. 아키라는 생각지도 못한 시모스와의 약점을 깨닫고 웃음이 터질 뻔했지만 후환이 두려워 필사적으로 참았다. 이루마에게도 미리 가만있으라고 하려 했는데 이루마는 무뚝뚝한 얼굴로 침묵하고 있었다.

"이루마⋯⋯?"

"난 말이지. 그런 비과학적이고 논리적이지 않은 이야기는 질색이야."

이루마는 그 이상 말을 섞고 싶지 않다는 듯이 고개를 돌렸다.

잠시 후 공연장 안 조명이 약간 어두워지더니 유명 애니메이션의 주제가가 나오며 연주회가 시작됐다. 나이가 어린 참가자부터 순서대로 연주를 시작하니 그럴 만도 하지만 벌써부터 미스즈는 무대 옆에서 투덜거리기 시작했다.

"대체 뭐가 아쉬워서 나 같은 피아니스트가 이런 꼬맹이들 사이에 섞여서……."

"시모스와, 목소리가 크다니까."

일단 주의를 줬지만 미스즈의 불만이 아예 이해되지 않는 것은 아니다. 연주 실력을 떠나 이번 행사는 학예회나 마찬가지다. 어린아이들이 모였으니 너그러이 봐줄 필요도 있지만 아이들이라고 자기 실력을 아예 모르는 것도 아니고, 피아노에 흥미가 없는 아이를 억지로 무대 위에 세우려 한다면 그것은 연주회라기보다 부모들의 허영 대회다. 그런 걸 겪은 아이가 앞으로 음악을 좋아하게 될 리 없을 테고 이렇게 오히려 역효과만 낳는다면 이런 행사는 처음부터 하지 않는 게 낫다.

"그런데 이런 부모들의 지갑에서 음악계에 돈이 흘러오기도 하니."

아키라의 속내를 들여다본 것처럼 이루마가 중얼거렸다.

"클래식 음악계는 특히 완전한 피라미드형 조직이잖아. 밑바닥에서 최대한 많은 자본을 끌어모아서 꼭대기에 뿌리는 형국이야. 그러니 어쩔 수 없이 이런 부모들도 필요해."

순서대로 프로그램이 진행돼 네 번째에 그 아이 이름이 불렸다.

—참가 번호 4번, 나루세 마코토. 곡은 〈베토벤 제9번〉 피아노 버전.

조금 전처럼 겁먹은 얼굴로 마코토가 무대 가운데를 향해 걸어갔다.

어색하게 인사하고 의자 높이를 맞춘다.

그리고 손가락을 건반에 댄 순간이었다.

아키라를 비롯한 세 명의 눈에 믿을 수 없는 광경이 펼쳐졌다.

악보를 둔 보면대 바로 아래쪽에서 마코토의 눈앞을 향해 난데없이 빛을 발산하는 뭔가가 나타난 것이다.

"으악!"

마코토는 소리를 꽥 지르고 의자에서 굴러떨어졌다.

그것은 틀림없는 도깨비불이었다.

도깨비불은 피아노를 벗어나 관객석 쪽으로 향해 갔다.

그러나 객석 바로 앞까지 날아가는가 싶더니 이번에는 허공에서 휙 하고 다시 사라졌다.

객석에서 비명이 터졌다. 아이들의 울음과 어머니들의 비명 소리가 불협화음이 되어 공연장 안을 뒤흔들었다.

자연히 다리가 앞으로 향했다. 아키라는 무대에서 엉덩방아를 찧은 채로 있는 마코토에게 달려갔다.

"괜찮니?"

마코토가 고개를 연신 끄덕였다. 아키라는 피아노 쪽으로 가서 도깨비불이 나온 곳 주변을 보다가 기겁했다.

보면대 아랫부분이 뭔지 모를 액체로 흠뻑 젖어 있었다.

다행히 공연장 출입구로 관객들이 밀려 나가는 사태까지 발전하지는 않았지만 연주회는 일단 중단됐다.

"어떻게 저기서 불덩어리 같은 게 나온 거죠?"

"이렇게 섬뜩한 공연장에는 일분일초도 있고 싶지 않아 요!"

헐레벌떡 뛰어온 공연장 관리자를 향해 흥분한 어머니들이 모여들었다. 아이들의 울음소리도 멎지 않아서 공연장 안의 떠들썩한 분위기가 좀처럼 진정될 기색이 없다.

"그러니까 이런 곳에 오고 싶지 않다고 했지! 오늘은 정말 재수 옴 붙은 날이야!"

미스즈는 독설을 내뱉으면서도 아키라와 이루마 옆을 떨어지고 싶지 않은지 계속 주변을 어슬렁거렸다.

아키라도 섬뜩한 건 마찬가지였지만 정체불명의 불꽃이 사라져 버린 지금 계속 겁먹고 있을 일은 아니다. 그보다 더 중요한 문제를 어떻게 처리해야 할지가 문제였다.

"저기. 이대로 연주회가 중단되면 좀 곤란하지 않아?"

"뭐가?"

"모처럼 여기까지 자비를 들여서 왔는데 한 푼도 못 받는 거잖아. 나올 거면 우리 연주가 끝난 다음에 나올 것이지, 하필이면 우리 연주 전에 그 도깨비불 같은 게 나와서."

"……지금 그런 생각을 할 때야? 너도 참 대단하다."

미스즈가 빈정거려도 돈 문제에는 역시 민감한 것이 학창 시절부터 이어져 온 아키라의 성격이다.

"그래도 먹고는 살아야지. 아무튼 이 콘서트를 다시 이어 갈 방법이 없을까?"

도깨비불이라는 것은 단순한 자연현상이라는 이야기가 있다. 사람의 몸에는 인이라는 물질이 있는데 시신이 분해되는 과정에서 인이 불빛을 발산하거나 방전 때문에 일종의 플라스마 현상 일어나는 게 원인이라는 것이다. 그러나 이곳은 묘지가 아닐뿐더러 갑작스럽게 플라스마가 발생할 만큼 특수한 요인이 갖춰진 곳도 아니다. 애초에 그런 이야기를 관객들에게 설명해도 전문가도 아닌 사람의 말을 얼마나 진지하게 들어 줄지도 의문이었다.

그렇다면 뭔가 이런 쪽에 대해 잘 아는 사람이 와서 설명해 주면 효과가 있지 않을까. 그렇게 생각하고 이루마와 상의하기 위해 이루마를 돌아보자 그는 핸드폰으로 누군가와 통화 중이었다.

이루마는 갑자기 아키라 쪽으로 눈길을 향하더니 핸드폰을 건넸다.

"바꿔 달래."

"날? 누군데?"

"받아 보면 알아."

뭐야. 뜬금없이. 아키라가 핸드폰에 귀를 갖다 대자 수화기 너머에서 목소리가 들렸다.

—여어, 기도 군. 오랜만이네.

아키라는 순간 놀라서 말문이 막혔다.

지금껏 한시도 잊은 적 없는 그리운 그 사람.

"미사키 선생님!"

—방금 이루마 군에게 이야기를 대충 들었는데, 뭔가 큰일이 벌어진 것 같네.

"아, 저…… 조금 곤란한 상황이 되기는 했어요."

—갑자기 공연장에 불덩어리가 나타났다는 이야기까지 들었어. 상황을 조금 더 자세히 설명해 주겠어?

미사키가 물으면 알려 주지 않을 이유가 없다. 아키라는 연주회가 시작되고 도깨비불이 나타나기 전까지 모든 상황을 빠짐없이 보고했다.

수화기 너머에서 잠시 침묵이 이어지더니 그다음 나온 미사키의 말을 듣고 아키라는 깜짝 놀랐다.

—혹시 그 마코토라는 아이 아버지가 금속 제련이나 원자력 관련 회사에서 일하고 있지 않아?

너무 놀라서 하마터면 핸드폰을 떨어뜨릴 뻔했다.

"어, 어떻게 그걸……. 아까 이루마도 그런 이야기는 안 했 잖아요?"

─아, 역시 그렇구나. 그럼 피아노 실력도 별로 뛰어나지 않았겠네.

"아, 네. 그 말도 맞기는 한데……. 그게 아이 아버지가 하 는 일과 무슨 관련이 있는 거예요?"

─이유는 금방 설명해 줄 수 있지만……. 세 사람은 지금 뭘 원하고 있어?

"이대로 무사히 콘서트가 속행되기만을 바라고 있어요."

─그렇구나. 그럼 지금 내가 시키는 대로 한번 해 볼래?


## 3


"여러분. 잠깐만 제 이야기를 들어 주세요."

아키라가 무대에서 그렇게 외치자 떠들썩하던 회장이 순 식간에 조용해졌다.

"조금 전에 일어난 그 이상한 일 때문에 지금부터 어떤 의 식을 한번 해 보려고 해요. 우선 여러분, 모두 자리에 앉아 주 세요."

무슨 말인지 수상쩍어하는 듯하지만 절박한 아키라의 목 소리를 듣고 출구 쪽에 있던 관객들이 다시 돌아왔다.

"이야기를 들어 보니 이곳에서 전에 어떤 여성 피아니스트가 불행한 죽음을 맞았다고 하더라고요. 그렇다면 그런 음악가를 상대로 하는 의식이 있어요. 지금부터 저희는 어느 바이올린 소나타를 연주할 건데, 이 곡은 작곡자가 갑작스럽게 청각 장애가 생기는 바람에 절망의 늪에 빠져 쓴 곡인데도 불구하고 시종일관 희망찬 기운으로 가득 찬 곡이랍니다. 그건 그 작곡가가 분명 희망으로 공포를 극복할 수 있다는 것을 알고 있었기 때문이죠."

천천히 또박또박하게 설명할 것. 미사키에게 지시받은 그대로 하자 점차 관객석의 술렁거림이 잦아들었다.

"유명한 곡이니 여러분도 잘 아실 거예요. 베토벤의 〈바이올린 소나타 제5번 봄〉. 그 1악장입니다."

다음 곡에서 바이올린을 맡은 이루마는 지금 피아노 옆에서 대기 중이다. 아키라의 등 뒤에서는 미스즈가 바이올린의 타이밍을 가늠하려는 것처럼 뚫어지고 쳐다보고 있다.

아키라는 어깨 너머로 미스즈에게 눈짓으로 신호하고 바이올린을 켜기 시작했다.

제1악장, 알레그로, 바장조. 소나타 형식.

처음부터 열 소절로 시작되는 그 유명한 주제를 연주한다. 봄이 찾아와 들뜬 마음을 그대로 음으로 표현한 선율. 순차 진행으로 점차 하향하는 음형. 단 열 소절이지만 그것만으로도 공연장 안의 분위기는 사뭇 달라졌다.

미스즈의 피아노 연주가 졸졸 흐르는 시냇물을 연출한다.

힘차고 격렬한 연주가 주특기인 미스즈가 터치를 조절해 가며 바이올린의 음량에 맞추고 있다. 베토벤은 살아생전 바이올린에는 익숙하지 않아서 이 곡 〈봄〉 역시 바이올린 소나타인데도 선율과 리듬을 피아노가 주체로 끌고 간다. 타건이 강한 미스즈가 아키라에게 맞추지 않으면 하모니가 무너지고 만다.

미사키는 간주곡으로 이 곡을 연주하는 것이라고 했다. 악장과 악장 사이에 관객의 마음을 가라앉혀서 분위기를 단숨에 전환하기 위한 선율. 도깨비불 소동 때문에 흥분한 관객들을 진정시키려면 이 평화롭고 우아한 멜로디를 지닌 곡이 분명 절호의 간주곡이라고 할 만하다.

탁해진 공연장 안의 공기를 너희의 연주로 깨끗이 씻어 주렴. 괜찮을 거야. 지금 너희라면 충분히 잘할 수 있다. 미사키는 그렇게 말해 주었다.

피아노가 흐른다.

바이올린이 새긴다.

바이올린이 노래하는 선율을 피아노가 다시 반복한다. 서로의 절묘한 호흡과 경쾌함이 이 곡의 매력이다. 평소에는 성격을 비롯해서 맞는 게 하나도 없는 두 사람이 악기를 통해 영혼의 대화를 주고받는다.

2주제로 옮겨 가자 순서가 역전되어 이번에는 미스즈의 피아노가 앞장을 선다. 1주제보다는 힘찬 화성 연타. 이번에는 아키라가 따라가는 모양새로 바이올린의 음량을 높인다. 두 악기가 자아내는 선율이 한껏 가라앉아 있던 공기를 찢고 하늘 높이 솟구친다.

아키라는 연주와 음악이 주는 희열을 관객들에게 간절히 전하고 싶었다. 아직 손가락이 짧은 어린 연주자들에게 음악은 고통이 아닌 즐거운 것임을 알려 주고 싶었다.

아키라는 연주하는 음량에 맞춰 무게 이동을 반복한다. 미스즈도 연이어 포지션을 이동한다. 둘 다 섬세하게 움직여야 하는 동시에 체력이 필요하지만 지금 우리가 만들어 내는 선율이 활기차게 공연장 안 구석구석으로 퍼지고 있다.

바이올린과 피아노가 호흡을 맞춰 번갈아 노래한다. 둘이 함께 신나게 봄의 산들바람이 부는 들판을 뛰어간다.

연주에 몰입하고 있으면서도 공연장 안의 열기가 피부로 전해졌다. 이제는 겁먹고 당황하지 않는다. 음악을 즐기고 공유하고 싶은 마음으로 가득 차 있다.

재현부 바로 전에 음량을 낮춘다. 여기서는 제시부와 반대로 피아노가 앞장을 선다. 조바꿈을 한 주제지만 경쾌함은 그대로다.

미스즈의 건반 지배력은 압도적이었다. 여든여덟 개의 건반을 자유자재로 다루며 가끔은 격한 감정에 몸을 내맡기고 가끔은 냉정하게 제압해 가며 미묘한 감정 변화를 선명하게 새겨 나간다. 한때의 독선적인 피아니즘은 어느새 자취를 감췄고 지금은 타인이 내는 소리에 귀를 기울이며 손을 움직이고 있다.

예전에 음대를 다닐 때 참가한 정기 연주회에서 라흐마니노프의 피아노 협주곡을 연주했던 것이 미스즈의 피아니즘을 바꿨을 가능성이 크다. 이후에도 미스즈와 몇 번 함께 합주했는데 그때마다 미스즈는 점점 다른 사람들과 친화력이 높아졌다. 일상생활에서 다소 제멋대로 구는 성격은 여전하지만 음악에서 하모니만 잘 맞출 수 있다면 아키라에게 불만은 없다.

이번에도 역시 음악의 힘이 대단하다는 것을 느낀다. 사상, 신념, 성격이 다른 사람도 멜로디를 매개로 시간과 공간을 공유할 수 있다. 그리고 그 순간의 쾌감을 잊지 못하고 음악가들은 오늘도 악기에 손을 갖다 댄다.

재현부가 지나 슬슬 종결부로 접어들었다. 아키라는 지금껏 아껴 온 나머지 연료에 불을 붙였다.

선율을 잘게 새긴다.

아키라와 미스즈 사이에 긴장감이 높아진다.

서로의 모습은 보이지 않지만 서로 지금 어디를 달리는지 알 수 있다. 어디에 가려는지도 알고 있다.

연주자들끼리만 들리는 목소리로 두 사람은 지금 속삭이고 있다.

더욱더 친밀하게.

더욱더 멀리.

아키라의 바이올린이 손을 내밀자 미스즈의 피아노가 그 손을 강하게 움켜잡는다.

가자!

두 사람은 코다를 향해 질주를 시작했다.

급격한 언덕길을 뛰어 올라가 하늘을 향해 노래한다.

그리고 또다시 숨죽여 속삭인다.

일단 소리를 낮춘 다음 폭풍우처럼 몰아친다.

아키라가 바이올린의 활을 떼는 것과 동시에 미스즈의 두 손도 올라갔다.

한숨을 내쉬자 객석에서 성대한 박수 소리가 울려 퍼졌다.


이후 이루마와 교대해 두 곡을 더 연주하고 세 사람은 무대 옆으로 나갔다. 공연장 안 분위기를 살피니 다행히 콘서트는 속행될 듯했다.

무대 옆에서는 마코토가 우두커니 서 있었다. 아무래도 이곳에 서서 계속 세 사람의 연주를 듣고 있었던 모양이다.

아키라는 마코토에게 다가가 허리를 숙이며 눈높이를 맞췄다.

"어땠니? 피아노 소나타."

마코토는 입을 꾹 다물었지만 눈동자 안쪽에서는 열기가 보였다.

이 정도면 성공이다.

"마코토. 지금 네 나이 때는 좋아하지도 않는 걸 열심히 할 필요가 없어. 그런데 이 형은 네가 적어도 음악을 싫어하지는 않았으면 해. 방금 네가 들은 피아노 소나타가 멋졌다면 직접 칠 수 있게 연습해 보는 건 어떻겠니? 만약 칠 수 있게 되면 네 미래도 반드시 바뀌게 될 거야."

마코토는 고개를 딱 한 번 끄덕이더니 갑자기 얼굴을 확 구기고 뛰어가 버렸다.

"와, 진짜 아재 같다. 너도 그런 조언을 할 수 있구나."

이루마가 미소를 머금고 빈정거렸다.

"응. 맞아. 이게 다 미사키 선생님께 배운 거야. 참. 핸드폰 한 번만 더 빌리자. 선생님께 보고해야지."

"처음에도 내가 먼저 걸었는데…… 비싸다고."

뭐가 비싸다는 것인지 그때는 알지 못했다.

"미사키 선생님. 아키라예요. 덕분에 일이 잘 풀렸어요. 관객분들도 이제는 마음이 어느 정도 진정됐나 봐요. 그래서, 범인은 역시 마코토였던 건가요?"

―그래. 그런 건 가까운 곳에 있는 사람만 할 수 있으니까. 무대 위에 그 아이밖에 없었다면 그런 결론이 나오지.

"대체 어떤 수법이었던 건가요?"

―단순한 화학 실험이야. 시모스와 씨가 피아노가 기울었다고 지적했댔지? 마코토도 아마 전날 연습을 하면서 그걸

깨달았을 거야. 그리고 아까 연주를 시작하기 전 주머니에 숨겨 놓고 있던 얼음을 보면대 아래에 뒀겠지. 이후 머리 위에 있는 조명 열기 때문에 얼음이 천천히 녹기 시작했고 물이 되어 피아노가 기운 쪽으로 흘렀어. 아주 작은 냇가가 만들어진 거야. 그리고 그 끝에는 금속 나트륨 파편이 놓였을 테고.

"금속 나트륨요?"

—비중은 0.97이고 반응성이 대단히 높지. 물과도 쉽게 반응해서 물에 닿으면 수소를 발산하는 동시에 열기를 내어 수소가 불타게 돼. 또한 비중이 작으니 물에 뜨고 연소 에너지로 수면 위를 움직이니 객석에서 보면 마치 불덩어리가 달리는 것처럼 보였을 거야.

보면대 아래가 젖어 있었던 것이 그런 이유였나.

"그럼 마코토의 아버지 직업은 어떻게 알아내신 거예요?"

—금속 나트륨은 한정된 용도로 쓰이니까. 고속 증식로의 냉각재나 금속 제련 정도에서만 쓰이지. 소방법 적용 대상이라 일반인에게 판매되지 않기도 하고. 만약 입수했다면 금속 제련 공장에서 작은 파편을 슬쩍 훔치는 수준이었을 거야.

"어린 나이에 용케도 그런 걸 알고 있었네요."

—교육열이 높은 선생님들은 초등학교에서도 그런 실험을 보여 주며 가르친단다. 나 때도 그랬고. 그리고 아버지가 다니는 공장에 떨어져 있을 작은 조각 정도면 일상에서도 아

마 장난감처럼 갖고 놀지 않았을까? 아이 어머니 말로는 아이가 평소에 아버지가 하는 일에 관심이 있었다고도 하니.

"동기는 역시 공연 중단을 노린 거겠죠?"

─그보다 그냥 피아노를 치고 싶지 않았을 거야. 그저 부모가 바랄 뿐이고 좋아하지도, 잘하지도 않는 피아노를 무대 위에서 쳐야 하는 고통. 기도 군이라면 이해하겠지?

시험을 치르고 싶지 않은 학생이 학교에 폭탄을 설치했다는 장난 전화를 거는 것과 비슷하다.

─장난치고는 도가 지나치기는 했지만 다행히 피해라고 할 만한 건 없었던 것 같고, 아이를 잘 타이르기만 하면 앞으로도 큰일로 발전하지는 않을 것 같네. 자네가 잘 이야기해 줬어?

그렇다고 딱 잘라 대답할 수는 없었다. 그래도 나의 말이 마코토의 가슴에 가닿았다고 믿고 싶었다.

"모쪼록 음악을 싫어하지 않았으면 한다고 했고…… 적어도 그 말은 아이도 이해해 준 것 같아요."

─응, 그걸로 충분해. 자, 그럼 또 어디선가 만나자.

"저, 선생님."

마지막 말을 하기도 전에 전화가 끊겼다.

그때 등 뒤에서 미즈즈가 다가왔다.

"난 왜 안 바꿔 줬어! 모처럼 한마디 해 주려고 했는데."

"선생님께 할 말이 있었어?"

"응? 혹시 모르고 있는 거야?"

"뭘?"

"선생님, 쇼팽 콩쿠르에 참가하려고 바르샤바에 가신대."

미사키가 쇼팽 콩쿠르에 참가한다니. 놀라운 일이지만 그
보다 바르샤바라는 지역이 더 마음에 걸렸다.

"조금 전 국제 전화 요금은 나중에 확실히 받을 거니 기억
해 둬."

이루마가 불만 섞인 눈빛으로 말해서 아키라는 방금 통화
가 몇 분 정도였는지를 떠올렸다.

아무래도 오늘도 역시 적자가 날 듯하다.

옮긴이의 말

## 공포 속에서 더욱 찬란한 희망을

『언제까지나 쇼팽』을 쓴 작가 나카야마 시치리는 2010년 데뷔 이후 지금껏 10년 동안 50권에 가까운 작품을 쓰며 현재 일본 미스터리 소설계에서 가장 활발히 활동하는 작가입니다. 1961년생으로 오랜 세월을 평범한 회사원으로 살아온 그는 소설가로 데뷔하자마자 마치 그간 쌓인 한을 풀기라도 하듯 주제와 장르를 가리지 않고 다양한 이야기를 우리에게 들려주고 있습니다. 그중에서도 작가의 데뷔작 『안녕, 드뷔시』를 시작으로 2020년 기준 총 여섯 권이 출간된 '음악 탐정 미사키 요스케' 시리즈는 다소 생소할 수도 있는 클래식 음악과 미스터리를 훌륭하게 접목한 시리즈입니다. 클래식 음악에 문외한이라는 작가의 말이 믿기지 않을 만큼 표현이 풍부하고 유려해서 '글로 접하는 음악'이라는 평가를 받기도 합니다. 이러한 음악 묘사, 탄탄한 서사, 시종일관 궁금증을 자아내는 수수께끼와 미스터리 소설다운 반전 등이 잘 맞물려 시리즈는 비단 미스터리 마니아뿐만 아니라 일반 독자들

사이에서도 주목을 받았고, 이후 영화화 등을 거쳐 대중에 더 큰 인기를 불러 모아 지금은 시리즈 누적 판매 부수 130만 부라는 대기록을 세운 명실상부 나카야마 시치리를 대표하는 작품군으로 자리 잡았습니다.

'미사키 요스케' 시리즈 세 번째 작품(스핀오프 제외)인 『언제까지나 쇼팽』은 일본을 배경으로 한 전작 『안녕, 드뷔시』, 『잘 자요, 라흐마니노프』와 달리 일본을 벗어나 전설의 음악가 쇼팽을 배출한 클래식 음악계의 본고장, 폴란드로 향합니다. 이번 작품의 주인공 얀 스테판스는 대통령 전용기 사고 이후 테러의 위협으로 흔들리는 폴란드의 4대째 음악가 집안에서 태어나 어렸을 때부터 늘 피아노와 함께해 오며 쇼팽 콩쿠르에 도전하려는 18세 소년입니다. 아버지 비톨트와 스승 아담 카민스키의 가르침을 통해 그동안 숨 쉬는 것처럼 피아노를 쳐 왔고 전통적인 쇼팽 해석인 '폴란드의 쇼팽'을 당연히 받아들여 온 얀은, 숙원인 쇼팽 콩쿠르에 참가하고 다른 경쟁자들의 연주를 접하게 되면서 거대한 가치관의 변화를 겪습니다. 그리고 미사키 요스케를 만나 본격적으로 그동안 자신이 머물러 있던 작은 고치에서 벗어나 높이 비약하려 하고, 미사키 요스케는 언제나 그렇듯 그런 주인공의 노력을 옆에서 자상하게 돕습니다. 『언제까지나 쇼팽』은 폴란드의 콩쿠르에서 벌어지는 이야기인 만큼 전편보다 스케

일이 큰 동시에 음악 묘사가 한층 많고 풍부한 것이 특징이며 그러면서도 시리즈의 주축이 되는 주인공의 성장담과 사회적인 메시지를 놓치지 않았다는 호평을 받았습니다. 피아노 선율 속 장식음처럼 『안녕, 드뷔시』, 『잘 자요, 라흐마니노프』의 등장인물들이 이야기 속에 깜짝 출연해 시리즈로서의 재미를 더 풍부하게 즐길 수 있는 것도 작품의 백미입니다.

이번 작품의 주 무대가 되는 쇼팽 콩쿠르는 폴란드를 대표하는 콩쿠르로서 백 년의 역사를 자랑하는 유서 깊은 피아노 경연 대회입니다. 클래식 음악 팬들에게는 이미 더할 나위 없을 만큼 유명한 대회이지만 2015년 어떤 계기로 우리나라에서도 본격적으로 그 명성이 널리 알려지게 되었습니다. 바로 쇼팽 콩쿠르 역사상 한국인 최초로 우승을 차지한 피아니스트 조성진 씨 덕분입니다. 그는 유려한 곡 해석과 아름다운 연주로 심사위원과 관객들의 극찬을 받으며 한국을 비롯한 아시아, 그리고 전 세계에 쇼팽 음악의 묘미를 전파했습니다. 작품에서 언급되는 것처럼 오늘날의 쇼팽 해석은 '폴란드의 쇼팽'을 넘어서 연주자마다 다양한 개성과 스타일이 있지만, 조성진 씨의 연주는 그중에서도 가장 쇼팽다운 우아함이 잘 살아 있다는 평가를 받습니다. 'Chopin(쇼팽)과 같은 Cho 씨 가문이 틀림없다'는 우스갯소리가 있을 정도로 쇼팽의 감정과 느낌을 잘 표현한 그의 연주 덕에 저도 작품을 번역하며 많은 도움을 받았습니다. 지금은 조성진 씨의 쇼팽 콩쿠르 당시 연주 영상을 비롯해 작품에 등장하는 모든 곡을 유튜브에서 편리하게 찾아 들을 수 있으니 독자 여러분께서도 꼭 음악을 들으며 작품을 읽어 보시기를 권합니다.

　나카야마 시치리가 『언제까지나 쇼팽』을 집필한 시기는 극단적 이슬람주의 세력 ISIS의 대두로 전 세계가 또다시 테러의 위협과 직면하기 시작할 무렵이었습니다. 소설가의 사명은 책을 통해서 늘 그 순간 그 순간 꼭 해야 하는 이야기를 하는 것이라고 자신의 생각을 밝힌 바 있는 나카야마 시치리는 『언제까지나 쇼팽』 출간 후 가진 인터뷰에서 이번 작품의 성격에 대해 다음과 같이 정의했습니다.

　"『안녕, 드뷔시』가 '음악과 개인', 『잘 자요, 라흐마니노프』는 '음악과 단체(오케스트라)'의 관계성을 주제로 했다면 이번 작품 『언제까지나 쇼팽』 '음악과 세계'를 바라보며 쓴 작품입니다."

　개인에서 단체로, 단체에서 세계로 뻗어 가는 이야기는 시리즈 구성상 필연이었을 수도 있습니다. 하지만 그러한 구상이 작품이 세상의 빛을 본 당시의 시대적 배경과 절묘하게 맞물렸다는 것은, 어쩌면 개인의 성장이 자연스럽게 더 큰 단위의 위협을 극복하는 것과 연결된다는 사실의 방증일지도 모릅니다. 본작 『언제까지나 쇼팽』 이후 '미사키 요스케' 시리즈는 다시 포커스를 개인에게 맞춰 이번에는 미사키 요스케의 과거를 그린 『어디선가 베토벤』, 『다시 한번 베토벤』으로 이어집니다.

이번 작품을 번역하면서 수없이 쇼팽의 곡을 듣고 또 들었지만, 그중에서도 가장 인상 깊이 남아 있고 지금까지도 머릿속에서 흐르는 곡이 바로 작중 사카키바 류헤이가 연주한 〈폴로네즈 6번 영웅〉입니다. 작품이 쓰인 2010년대 초반에 무분별한 테러로 전 세계가 긴장했다면, 지금 제가 후기를 작성하는 2020년은 3월은 미지의 바이러스의 습격이 지구촌을 또다시 공포에 몰아넣고 있습니다. 테러와의 위협에서 지지 않고 꿋꿋하게 희망을 찾은 분들 덕분에 위협이 더 큰 단위로 번지지 않을 수 있었던 것처럼, 지금 이 순간에도 가장 낮은 곳에서 조용히 공포와 맞서 싸우며 타인의 생명을 구하기 위해 분투하는 모든 분들이 바로 영웅이라 생각합니다. 그들을 기리며 저는 오늘도 저는 〈폴로네즈 6번〉을 찾아서 듣고 개인으로서 할 수 있는 수칙을 지키며 어제와 다르지 않은 평범한 일상을 영위해 나가려 합니다. 곡의 힘찬 선율처럼 그런 작은 영웅들과 평범한 우리의 힘과 바람이 모이고 모여 공포 속에서 또다시 찬란한 희망을 찾아낼 것이고, 작품 속 미사키의 음악이 기적을 불러일으킨 것처럼 훌륭하게 위기를 또다시 극복해 낼 원동력이 될 거라고 믿습니다.
미스터리에 언제나 해결 편이 있는 것처럼 말입니다.

2020년 봄

이연승